Malachy Tallack

Das Tal in der Mitte der Welt

Roman

Aus dem Englischen
von Klaus Berr

btb

Die Originalausgabe erschien 2018 unter dem Titel
The Valley at the Centre of the World
bei Canongate Books Ltd., Edinburgh.

Penguin Random House Verlagsgruppe FSC® N001967

1. Auflage
Genehmigte Taschenbuchausgabe Mai 2023

Coverdesign: Buxdesign, München,
unter Verwendung einer Illustration von Ruth Botzenhardt
Druck und Einband: GGP Media GmbH, Pößneck
JT · Herstellung: sc
Printed in Germany
ISBN 978-3-442-77296-4

www.btb-verlag.de
www.facebook.com/btbverlag

Für Thea und Malin

Samstag, 31. Oktober

An diesem Vormittag musste Sandy Emmas Vater beim Schlachten helfen. Die Lämmer waren so weit, und der Tag war trocken. Letzte Woche hatte er versprochen, ihm zur Hand zu gehen, zu tun, was getan werden musste. Aber da hatte er noch nicht gewusst, dass Emma nicht mehr da wäre.

Er schüttete sich Müsli in eine Schüssel und setzte den Kessel auf. Er aß am Tisch, trank seinen Kaffee dann stehend am Fenster. Von dort sah er das Tal vor sich ausgebreitet, das braune Band des Bachs, das sich durch die Biegung des Tals schlängelte. Stare zankten sich auf dem Steinmäuerchen in einer Ecke des Gartens. Schafe grasten und tratschten auf der angrenzenden Weide. Vor Maggies Haus am Ende der Straße meldete sich ein junger Hahn in der Welt zurück. Dahinter rutschte das Tal ins Meer. Ein Hauch Salz auf der Fensterscheibe ließ alles weiter weg aussehen, als es sein sollte.

Gestern war Emma gegangen, mit einer Tasche Klamotten und ein paar Sachen aus dem Bad. Ihre Zahnbürste war nicht mehr da. Ihr Shampoo und ihr Conditioner. Die Haarbürste vom Nachtkästchen. Der kleine Stift Lippenbalsam. Sie komme nächste Woche wegen des Rests, hatte sie gesagt, und danach, wer weiß? Sie wolle sich eine Wohnung auf dem Festland suchen – wahrscheinlich wieder in Edinburgh –, und in der Zwischenzeit werde sie bei einer Freundin in Lerwick unterkommen.

Der Zeitpunkt war eine Überraschung gewesen, nicht, dass sie ging. Sie redeten seit Monaten darüber, immer mal wieder, bis Emma keine Lust mehr hatte zu reden. Am Ende war es schwer zu sagen, wessen Entscheidung es gewesen war. Die Fäden dieser Unterhaltungen waren immer wirrer und unzusammenhängender geworden. Abschneiden schien der einzige Ausweg zu sein. Und obwohl Emma den Schnitt machte, war es Sandy gewesen, der den Knoten erst zugezogen hatte. Er hatte selbst dafür gesorgt, dass er verlassen wurde.

Nach dem Packen war Emma die wenigen hundert Meter zum Haus ihrer Eltern gefahren, um ihnen zu sagen, dass sie wegging. Davor hatte ihr gegraut, das wusste er. Vor der Enttäuschung ihrer Eltern. In der Stunde, während ihr Auto in der Einfahrt vor Kettlester stand, war Sandy unruhig. Er wollte dabei sein, um sich selbst zu verteidigen, alles aus seiner Sicht zu erklären. Aber er wusste nicht so recht, ob er es erklären konnte. Und es stand ihm nicht zu. Also wartete er einfach, rang die Hände und starrte auf den Boden.

Die Küchenuhr tickte – eine amerikanische Ogee-Standuhr mit einem Segelschiff vorne drauf. Früher hatte sie Sandys Großvater gehört, jetzt gehörte sie Sandy. Emma hasste die Aufdringlichkeit ihres Klangs, aber er hörte ihn gern. Wenn er in Gedanken woanders und das Geräusch getilgt war, hielt Sandy manchmal inne und horchte, um es wiederzufinden, als wäre es neu. Das holte ihn sofort in Raum und Zeit zurück.

Er bewegte sich, versuchte, die Schultern zu lockern. Er rollte sie ein paarmal und bewegte den Kopf hin und her. Die Nacht hing noch an ihm wie feuchte Wolle, aber der Gang die Straße hoch würde helfen. Er würde ihn wach machen. Sandy stellte die Tasse auf das Abtropfblech und nahm den Overall vom Haken an der Tür. Auch eine Jacke nahm er mit, für alle Fälle. Draußen war die Luft ruhiger und stiller, als er erwartet hatte. Es war einer dieser Vormittage, an denen man Leute am anderen Ende des Tals reden hören könnte, falls dort jemand war, der redete. Sandys Stiefel klapperten über den Asphalt, und die Scheide mit dem Messer in seiner Tasche scheuerte bei jedem Schritt.

»Das ist mein Zuhause«, hatte Emma gesagt, als sie ihn das erste Mal zu ihren Eltern mitgenommen hatte. Mit großer Geste hatte sie alles umfasst, was sie sehen konnten, und gelacht. Das war der Ort, an dem sie aufgewachsen war, der Ort, den sie am besten kannte, und der Ort, an den sie zurückkehren wollte, auch wenn sie ihm das noch nicht gesagt hatte. Aber bei diesem ersten Mal, als sie miteinander vor dem Haus gestanden hatten, die Gerüche aus der Küche ihrer Mutter im Rücken, konnte er nicht sehen, was sie sah. Hügel, Felder, Schafe, Vögel: Mehr gab es in diesem Tal nicht, und er verband nichts damit. »Gehen wir rein«, sagte er. »Es ist kalt.«

Sein eigenes Zuhause hätte vielleicht fünfundzwanzig Kilometer weit weg sein können, in dem grauen ehemaligen Sozialblock in Lerwick, in dem er seine Kindheit verbracht hatte und in dem sein Vater noch immer lebte. Oder es hätte die Wohnung in Edinburgh sein können, die er mit einem anderen teilte. Er hatte noch nie viel darüber nachgedacht. Die Frage schien einfach nicht wichtig.

Er und Emma lernten sich kennen, als sie beide Mitte zwanzig waren und in der Großstadt lebten. In der Schule waren sie in verschiedenen Jahrgängen gewesen, und sie hatten unterschiedliche Freundeskreise. Er hatte ihren Namen schon früher gehört, so war es hier in der Gegend eben, aber mehr wusste er über sie nicht. Sie war ein winziger Teil eines Bilds, das ihm nicht mehr sehr am Herzen lag. Bis, nach ihrem Kennenlernen, sein Herz sich ihr zuwandte.

»Wir sind wie durch ein Gummiband mit den Inseln da verbunden«, hatte sie ihm einmal gesagt. »Man muss entscheiden, wie man damit umgeht. Entweder du gehst weg und dehnst dieses Gummiband, bis es langsam schlaff wird und du freier atmen kannst, oder du gibst einfach nach. Lässt dich wieder herziehen. Lässt dich nach Hause holen.« Damals hatte er sie ausgelacht. Seit er in den Süden gegangen war, hatte er dieses Ziehen nie gespürt. Kein einziges Mal. Das Ziehen hatte immer in die andere Richtung gewirkt, weg von dem Ort, an dem er angefangen hatte.

Aber zwei Jahre nach seinem ersten Besuch in dem Tal war er wieder hier gelandet, zusammen mit Emma. Dieses Haus war sein Zuhause geworden, und drei Jahre lang war es ihr gemeinsames Zuhause gewesen. Und jetzt war sie weg.

David stand am Eingang zum Schuppen, ein Becken mit warmem Seifenwasser in den Händen. Er stellte es auf die Werkbank, drehte sich um und nickte Sandy zu.

»War schon früh wach, hab die Lämmer noch vor dem Frühstück reingeholt.«

»Das ist gut«, sagte Sandy. »Wie viele müssen wir machen?«

»Heut nur acht. Hab später noch was zu erledigen. Den Rest können wir morgen machen, wenn's bei dir geht. Sonst schaff ich es auch selber, wenn du was anderes vorhast.«

Sandy zuckte die Achseln. »Morgen ist gut.« Die Tiere auf dem Viehwagen drängelten nervös. »Bist du so weit?«

»Ja«, sagte David und ging zum Anhänger. Er blieb stehen, als hätte er etwas vergessen, und legte Sandy dann eine Hand auf die Schulter. »Tut mir leid, Junge«, sagte er und nickte noch einmal. »Tut mir wirklich leid.« Er drehte sich um, öffnete die Riegel und ließ die Rampe herunter. »Ich bin so weit, wenn du es bist.«

David trat einen Schritt zur Seite, als Sandy das Gatter ein Stück öffnete und in den Viehwagen stieg. Die Lämmer waren inzwischen sechs Monate alt, stämmig und stark, und sie drückten sich an die Rückwand, alle Augen auf ihn gerichtet. Anfangs war keine Panik zu spüren, nur eine angespannte Erwartung, als er auf sie zuging, um sich ein Tier auszusuchen. Noch ein Schritt, und sie stoben auseinander. Ein Bock mit Stummelhörnern wollte rechts an ihm vorbei. Er packte ihn bei den Schultern und schleifte ihn zum Gatter. Dort nahm David einen Vorderlauf in jede Hand und führte das Tier zum Schuppen, während Sandy sich zum nächsten umdrehte. Diesmal eine Zibbe.

Das zweite Lamm zwischen die Knie geklemmt, kam er aus dem Anhänger und schloss das Gatter hinter sich. Er stand da und wartete auf das, was jetzt kam. Irgendwie fühlte es sich falsch an, nicht hinzuschauen, als würde er sich durch das Wegschauen vor einer Schuld drücken, die rechtmäßig seine war.

Davids Bewegungen hatten etwas Bedachtes, einen bewussten Respekt vor jedem Schritt, der jetzt kam. Alles lag da, wo er es brauchte, alles war bereit. Er beugte sich vor, nahm den Bolzenschussapparat und drückte sich das Lamm an den Körper. Sandy drehte den Kopf des Tiers, das er hielt, und bedeckte ein Auge mit der Hand, wie David es ihm gesagt hatte. »Man weiß ja nie«, hatte er zur Erklärung hinzugefügt. »Man weiß ja nie.«

Bei den nächsten Schritten gab es kein Zögern. Davids Hand schloss sich um den Auslöser, und es knallte, kaum lauter als bei einem Champagnerkorken. Aus dem Lamm wurde etwas anderes. Es versteifte sich und zuckte, als seine Nerven krampften, die Hinterläufe schlugen in die Luft. David zog sein Messer tief durch die Kehle des Tiers und drückte den Kopf nach hinten, um es ausbluten zu lassen. Sandy merkte, dass er den Atem angehalten hatte, und er entspannte sich, als das dunkle Blut fächerförmig auf den Betonboden spritzte. Als das Sprudeln und Zucken aufgehört hatte, schnitt David tiefer, nahm den Kopf ab und legte ihn hinter sich auf den Boden. Er hob den Kadaver aus der Blutlache heraus.

»Okay, das nächste.«

Als Sandy mit dem lebenden, atmenden Tier in den Händen nach vorn schlurfte, war ihm bewusst, dass es nur noch ein paar Sekunden zu leben und zu atmen hatte. Er war nicht sentimental, aber er war auch nicht immun gegen den Ernst dessen, was gerade passierte. Besser tat man es hier, als sie in den Schlachthof in der Stadt zu schleifen, sagte David immer. Und er hatte recht. Auf diese Art war alles ruhiger und ehrlicher. Dennoch spürt Sandy eine Schwere im Bauch, als er David das Tier übergab, dann einen Schritt zurücktrat und zuschaute.

Als beide Tiere tot dalagen, nahmen die Männer je eines und trugen sie, die Vorderläufe in der einen Hand, die Hinterläufe in der anderen, in den Schuppen. Sie legten sie so auf die geschwungenen Lattenbänke neben der Tür, dass die Läufe zur Decke zeigten. David schüttelte sein Messer im Wasserbecken, wischte die Klinge ab und wusch sich die Hände. Sandy zog sein eigenes Messer aus der Tasche, drehte und inspizierte es.

»Ist es scharf genug?«, fragte David.

»Sollte es.«

Obwohl Sandy diese Arbeit schon öfter gemacht hatte, fühlte er sich nicht souverän. An vieles musste gedacht werden, und er wartete, bis David angefangen hatte, bevor er sich selber daranmachte, schaute zu und imitierte die Bewegungen des Älteren. Er entfernte die Füße und die unteren Läufe. Die Gelenke brachen mit einem Knirschen, wie beim ersten Biss in einen Apfel. Er wusch die Klinge, hob dann die Haut am Brustbein an und setzte einen Schnitt, zuerst in die eine Richtung, auf den Hals zu, dann in die andere, zum Bauch. Dann hob er den Felllappen, den er direkt vor sich hatte, an und drückte das Messer darunter. So zog er die Haut vom Fleisch, wie das Etikett von einem Päckchen. Er legte das Messer weg, drückte die rechte Faust in die Tasche, die er so geschaffen hatte, und fuhr mit den Knöcheln an der Verbindung entlang, zuerst sanft, dann fester, er weitete die Tasche, bis seine ganze Hand hineinpasste. Es war heiß und feucht da drin, unter dem Vlies, und Sandy hatte das Gefühl, in etwas Intimes, Verbotenes einzudringen, wovor ihn die Hitze warnte. Er spürte den Umriss der Rippen an seinen Fingern, die feste Wölbung des Körpers. Und als er tiefer hineingriff, mit sanftem Druck auf die steifen Grate der Wirbelsäule zuarbeitete, gab er sich große Mühe, nur an das zu denken, was er tat, nicht, was er getan hatte.

Als er mit der einen Seite fertig war, ging er um die Bank herum und machte dasselbe mit der anderen, löste das Lamm aus sich selbst, bis er den Freiraum erreichte, den er bereits geschaffen hatte. Seine Knöchel brannten vor Anstrengung, und er hielt kurz inne, bevor er weitermachte, schnitt und zog, bis er das Fell völlig gelöst hatte und das Tier nackt auf der Bank lag.

Sandy schaute zu David hinüber und beobachtete die schnellen, perfekten Bewegungen seiner Hände. Er versuchte, es ihm nachzumachen, hob die dünne Membran an, die die Bauchhöhle umspannte, und trennte sie sorgfältig ab, wobei er die Klinge so hielt, dass die Schneide von den vorquellenden Eingeweiden wegzeigte. Ein fettiger, fauliger Geruch drang aus dem Innern, und das verschlungene Gewirr tauchte auf, zart und grässlich. Genau hier kann alles schiefgehen, dachte er. Hier drin ist alles, was man nicht aufschneiden will: eine pralle Blase und ein voller Darm. Er schnitt von der Leiste bis zum Brustbein, dann höher bis zum Hals, wobei er das Brustbein durchtrennte. Das Tier öffnete sich.

David hatte Emma nie beigebracht, wie man ein Lamm tötet und ausnimmt. Auch seiner älteren Tochter Kate nicht. Er war kein Traditionalist durch und durch, hier aber schon: Männer brachten es ihren Söhnen bei, deshalb brachte er es Sandy bei. Vielleicht stellte er sich vor, dass dieses Wissen weitergegeben würde, an seinen eigenen künftigen Enkel, obwohl er so einen Gedanken nie laut aussprach. Doch jetzt, an diesem Tag, wurde die Vereitelung dieses unausgesprochenen Gedankens für Sandy offensichtlich, und vielleicht auch für David. An diesem Tag waren sie nur Nachbarn. Das Begreifen dieser Veränderung stand zwischen ihnen, während sie schweigend ihre Bänke umkreisten, wie einsame Tänzer.

»Bist du fertig?«, fragte David.

»Fast. Bin gleich bei dir.«

David ging zu dem Schrank an einer Seitenwand und holte sich eine Handvoll Metallhaken. Er durchstach die hinteren Beinsehnen seines Lamms und steckte jeweils einen Haken hinein. Sandy nahm das Metall in die Hände und hob das Lamm so hoch, wie er konnte. David griff mit der Hand hinein, schnitt die dunkle Leber und das Herz heraus und legte sie beiseite. Er durchtrennte das Zwerchfell, schnitt Luft- und Speiseröhre ab, zog dann die Eingeweide heraus und warf den Darm in einen Plastikeimer zu seinen Füßen. Schließlich wurden die Nieren entfernt, die von einem geronnenen Fettklumpen umgeben waren.

»Okay, häng's auf«, sagte David, »und dann machen wir das Ganze noch mal.«

Als sie fertig waren, hingen acht Körper von der Stange an der einen Wand des Schuppens, rosig und dunkelrot und weiß marmoriert. Jetzt war alle Wärme aus ihnen entwichen, jeder Hinweis auf das Leben, das eben erst geendet hatte. Sie waren fest und steif. In ein paar Tagen wären sie schon zerteilt und lägen in Davids Tiefkühltruhe. Und auch in seiner, hoffte Sandy.

Die beiden Männer putzten die Sauerei weg, stopften Häute und Därme und Köpfe in schwarze Säcke, schabten den gelierten Blutschlick draußen weg und schrubbten den fleckigen Boden mit Reinigungsmittel. Dann standen sie zusammen in der Tür und schauten hinaus über den Hausacker und das Tal, als eine Pfeilformation Gänse flügelschlagend über ihre Köpfe hinwegzog, die Luft in ihren Federn ein Wimmern. Sie sahen den Vögeln nach, die südlich nach Treswick flogen.

David drehte sich zu Sandy um. »Willst du einen von diesen Köpfen mit nach Hause nehmen?«, fragte er. »Damit du Gesellschaft hast.«

Sandy ließ den Witz kurz zwischen ihnen hängen und genoss dessen Unbeholfenheit. Dann lachte er.

»Nee, ich komm schon zurecht.«

David nickte feierlich. »Wenn du es sagst.«

Sandy bemerkte einen Blutspritzer auf dem Gesicht des Älteren und hatte das Bedürfnis, es ihm zu sagen oder ihn mit dem Ärmel seines Pullovers wegzuwischen. Aber es war unwichtig. Er war der Einzige, der es je sehen würde.

»Kommst du dann morgen wieder?«, fragte David. »Sind nur noch ein paar, aber deine Hilfe könnt ich schon noch mal brauchen.«

»Ja. Ich komm wieder.«

»Gut. Ich sag Mary, sie soll mehr zum Abendessen kochen. Du kannst dann mit uns essen. Komm so gegen zehn, wenn's dir recht ist.«

Sandy lächelte und nahm sich einen Beutel mit zwei Lebern und zwei Herzen darin. Das klare Plastik klebte an seinen schmierigen Händen. »Bis morgen dann«, sagte er, ging die Auffahrt hoch und hinaus auf die Straße.

*

»Liebling, ich setz schon mal die Kartoffeln auf. Schau zu, dass du in zwanzig Minuten wieder da bist, okay?«

»Schon gut«, rief David. Er suchte im Dielenschrank nach etwas, dann war er verschwunden. Die Haustür ging auf und zu. Ein kalter Windhauch kam in die Küche, und Mary stellte sich näher an den Herd. Ihr Mann hatte so eine Art, Sachen mitzubekommen, ohne dass er zuzuhören schien. Früher irritierte sie das, jetzt aber nicht mehr. Sie wusste, dass er rechtzeitig zum Essen zurück sein würde.

Die Geräusche und Gerüche des Kochens füllten die Küche, und Mary war mittendrin. Mit den Händen in den Taschen ihrer Schürze stand sie da. Alles war fertig oder so gut wie. Jetzt konnte sie nur noch warten. Fünf, vielleicht zehn Minuten lang konnte sie einfach die Hände ruhen lassen.

Fast ihr ganzes Leben lang hatte sie Freizeit nicht gekannt. Zwei Mädchen aufziehen, arbeiten, alle mit Essen versorgen: Keine Zeit hatte sich je frei angefühlt. Und wenn sie mal eine

Pause machte, was sie hin und wieder tun musste, hatte sie in diesen Augenblicken immer ein schlechtes Gewissen, als gehörten sie nicht rechtmäßig ihr, sondern wären einem anderen gestohlen, einem, der sie mehr verdient hatte. Wenn sie einmal innehielt und sich mit einer Tasse Tee in der Hand hinsetzte, überfielen sie sofort Gedanken an alles, was sie stattdessen tun könnte und tun sollte. Das Wohnzimmer musste gesaugt, das Bad musste geputzt, Essen musste gekocht, Wäsche gewaschen werden. Sie ärgerte sich nie über die Arbeit, die anfiel – schließlich hatte sie sich dieses Leben ausgesucht –, aber sie hasste es, wie sie ihre Gedanken steuerte, als hätte sie einen Polizisten in sich.

Als sie David heiratete, hatten sie eine Übereinkunft getroffen: Er würde den Hof bearbeiten, sie das Haus. Es war eigentlich keine geschäftliche Vereinbarung, eher ein gegenseitiges Einvernehmen. Sie hatten jeder einen Job nebenher – er im Ölterminal, sie an der Grundschule in Treswick, mit dem Auto zehn Minuten entfernt –, und das war beiden sehr recht. Die Tiere interessierten Mary nicht sonderlich. Zumindest nicht, solange sie lebten. Sie half im Gemüsegarten, wenn sie gebraucht wurde, Kartoffeln ernten oder was gerade getan werden musste, und sie kümmerte sich um die Pflanzen in den Blumenbeeten. Ansonsten arbeitete sie fast nur im Haus. Seit über zwanzig Jahren wirkte diese Arbeit endlos, eine Liste, von der nie etwas gestrichen werden konnte.

Dann verließ Kate das Haus, und Emma ging in den Süden, um zu studieren, und alles änderte sich. Überschüssige Zeit schlich sich an sie heran, als hätte sie schon die ganze Zeit im Haus gelauert. Ohne Vorwarnung gab es immer wieder Situationen, in denen nichts Dringendes zu erledigen war, und dann suchte sie nach einer nützlichen Beschäftigung. Das Haus wurde sauberer, als es je gewesen war. Der Garten noch unkrautfreier.

Doch als Mary im letzten Sommer in Rente ging, löste die Struktur, um die herum ihr Leben gekreist hatte, sich auf. Ihre Tage wurden weite Räume, die man füllen musste. Sie musste noch lernen, das zu tun, lernen, es zu genießen. Vielleicht war sie jetzt glücklicher als je zuvor, es war schwer zu sagen. Sie wusste nicht mehr, wie es sich angefühlt hatte, als die Kinder noch jünger waren. Vielleicht hatte sie zu viel zu tun gehabt, um viel zu fühlen. Sie war einfach da gewesen, sie lebte und war, was sie arbeitete.

Die Kartoffeln begannen, im kochenden Wasser zu hüpfen und zu poltern. Mary drehte die Flamme kleiner, setzte sich dann an den Tisch und kaute an den Fingernägeln. Sie dachte an Emma, und ihre Gedanken kreisten um diese brandneue Abwesenheit. Bis gestern Abend hatte ihre Tochter gleich nebenan gewohnt. Jetzt war sie in Lerwick, und wie es aussah, würde sie bald noch sehr viel weiter weg sein – einen Flug, eine Meeresüberquerung entfernt. Zu denken, dass Emma weg war, fiel ihr schwer. Zu denken, dass sie unglücklich, allein war, fiel ihr schwer. Emmas Traurigkeit war von der ihrer Mutter nicht zu unterscheiden. Mary wollte die Hand nach ihr ausstrecken und sie halten, als wäre sie sechs Jahre alt, als wäre sie gestürzt und hätte sich das Knie aufgeschlagen, als gäbe es etwas, *irgendetwas,* das eine Mutter tun konnte. Aber es gab nichts. Ihre Tochter war kein kleines Mädchen mehr, und sie brauchte Marys Hilfe nicht. Jetzt nicht mehr. Sie traf ihre eigenen Entscheidungen, machte ihre eigenen Fehler, und ihre Mutter musste untätig dasitzen und warten, hilflos wie ein Kind neben einem weinenden Elternteil.

Mary hatte gesehen, dass Sandy heute Morgen gekommen war, aber sie war nicht hinausgegangen, um hallo zu sagen. Solange er da war, hatte sie das Haus nicht verlassen. Nicht, weil sie wütend war. Sondern weil sie irgendwie Angst hatte, ihn in ihre Traurigkeit mit hineinzuziehen. Ihr Mitleid war noch zu eng mit ihrem eigenen Verlustgefühl verbunden, und es gab Fragen der Loyalität, die beantwortet oder zumindest gestellt werden mussten.

Sie stand auf, um noch einmal nach den Kartoffeln zu schauen. Sie machte sich zu viele Sorgen. Sie hatte sich schon immer zu viele Sorgen gemacht. David schüttelte nur den Kopf, wenn er sah, wie sie die Stirn in Falten legte, grübelte, ihre Zeit verschwendete. Sie fürchte immer das Schlimmste, sagte er, und vielleicht hatte er recht. Im schlimmsten Fall kam es selten zum Allerschlimmsten. Heute war ein schlechter Tag, und morgen vielleicht auch noch. Aber bald kamen wieder bessere Tage, das wusste sie.

Die Haustür ging, und sie hörte David in der Diele, er zog die Stiefel aus, hängte seine Jacke auf und öffnete den Reißverschluss seines Overalls. Jetzt würde er die Ärmel seines Pullovers aufkrempeln, um sich die Hände zu waschen. Sie hörte ihn seufzen, dann ging die Badtür zu. Sie nahm die Kartoffeln vom Herd und goss sie im Spülbecken ab.

Beim Essen redeten sie nicht viel, und über Emma sagten sie kein Wort. Sie aßen einfach nur und waren dankbar für die Gesellschaft des anderen. Reden würden sie später, das wusste Mary, wenn der Tag vorüber war und die Müdigkeit sie näher zusammenbrachte. Sie stand auf und räumte die Teller ab. David nippte an dem Glas Wasser vor sich.

»Willst du Tee?«, fragte sie.

»Ja, das wär wunderbar.«

Mary setzte den Kessel auf und öffnete den Kühlschrank. Sie

zögerte und starrte hinein. Etwas störte sie. Es dauerte ein paar Sekunden, bis es ihr wieder einfiel. »Oh, Scheiße! Ganz vergessen. Mittags hat Maggie angerufen. Die Milch ist ihr ausgegangen, und ich hab versprochen, ihr ein Pint vorbeizubringen. Das ist Stunden her. Inzwischen dürfte sie mich verfluchen.«

»Ist doch gar nicht deine Art, so was zu vergessen.«

»Nein, ist es nicht.« Mary schüttelte den Kopf und nahm einen Karton Milch aus dem Kühlschrank. »Ich geh jetzt gleich«, sagte sie. »Dauert nicht lang. Kannst du bitte den Abwasch übernehmen?«

David nickte. »Ja. Und ich setz den Kessel wieder auf, wenn du heimkommst.« Mary lächelte und ging zur Haustür. Sie nahm ihre Handschuhe vom Tisch in der Diele und ging dann hinaus zum Auto. Der Abend war klar und kalt und so gut, wie man es sich Ende Oktober erhoffen konnte. Ein Meer aus Sternen drehte sich über dem Tal, als Mary zu Maggie ans Ende der Straße fuhr. Ihre Scheinwerfer schnitten durch die Dunkelheit und verhüllten alles außerhalb ihrer Reichweite.

Maggie war alt – inzwischen ging sie schon auf die neunzig zu – und hatte keine Familie in der Nähe, die nach ihr sehen konnte. Eine Schwester, Ina, lebte in Neuseeland, und eine Nichte ebenfalls. Aber sie hatte keine eigenen Kinder, und ihr Ehemann Walter war schon lange tot. Für ihr Alter ging es ihr sehr gut. Sie war fast immer gesund gewesen, und sie brauchte kaum Hilfe im Alltag. Aber so unabhängig, wie sie wollte, war sie nicht. David hatte ihren Grund schon vor mehr als fünfzehn Jahren übernommen, als sie das Herz und die Kraft dafür verlor. Maggie kannte er länger als jeden anderen. Er war im Tal aufgewachsen, wie sie auch, und er betrachtete sie nicht unbedingt als Mutter, dachte Mary, aber doch als einen sehr wichtigen Teil seines Lebens. So gut wie jeden Tag schaute er oder sie nach ihr, ob es ihr gut ging, ob sie irgendetwas brauchte. David hielt sie über seine Arbeit mit den Schafen auf dem Laufenden, und Mary erzählte ihr jeden Klatsch, den sie für erzählenswert hielt. Maggie hörte noch immer gern »das Neueste«, wie sie es nannte. Sie wusste gern Bescheid über die Leben, die ihr eigenes umkreisten.

In Gedanken noch woanders, bemerkte Mary erst beim Anhalten vor dem Haus, dass etwas nicht stimmte. Normalerweise war es nach Einbruch der Dunkelheit hell erleuchtet wie ein Schiff, da Mary nie irgendetwas ausschaltete, wenn sie von einem Zimmer ins andere ging. Aber heute Abend wirkte es leer. Mary war erleichtert, als sie beim Aussteigen sah, dass eine einzelne Lampe durchs Wohnzimmerfenster schien. Maggie ist also da, dachte sie, schläft wahrscheinlich in ihrem Sessel am Feuer. Doch als sie die Haustür öffnete, eintrat und »Hallo, ich bin's nur« rief, wie sie es immer tat, fand sie das Wohnzimmer leer. Sie schaltete das große Licht im Gang ein und stieg die Treppe hoch. Oben klopfte sie leise an die Schlafzimmertür und öffnete sie dann, um hineinzuschauen. Das Zimmer war leer, das Bett ordentlich gemacht. Sie ging durchs ganze Haus und öffnete abwechselnd jede Tür, doch Maggie war nicht da.

Mary überlegte sich, was passiert sein konnte. Als sie zuvor miteinander telefoniert hatten, war alles noch in Ordnung gewesen. Sie hatten nicht darüber gesprochen, dass irgendjemand sie abholen würde, und seit Stunden war kein Auto mehr die Straße hinuntergefahren. Maggie hatte schon seit Jahren kein Auto mehr, sie selbst konnte also nirgendwohin gefahren sein. Mary ging wieder zur Vordertür hinaus und schaute zu Terrys Haus hinüber. Dort brannte Licht, und sie fuhr die gut hundert Meter, klopfte und trat ein. Da war sie bereits in Panik. Terry saß mit Sandy im Wohnzimmer, sie tranken Bier. Zuerst schaute Mary die beiden nur an, dann sah sie sich im Zimmer um, als könnte die alte Frau dort irgendwo sein, in irgendeiner Ecke kauern. Als sie dann sprach, spürte sie eine Enge in der Brust.

»Habt ihr sie gesehen?«, fragte sie. »Maggie meine ich. Habt ihr Maggie gesehen?«

»Nicht vor kurzem«, sagte Terry.

»Ich auch nicht«, fügte Sandy hinzu. »Ich meine, seit dem Nachmittag nicht.«

»Heute Nachmittag? Wann am Nachmittag?«

»So gegen drei«, sagte Sandy. »Sie war auf der Strandweide, nicht weit vom Haus entfernt.«

»Und du hast sie nicht zurückkommen sehen?«

»Nein. Um drei hab ich sie nur zufällig gesehen. Danach nicht mehr. Ich hab einfach angenommen, dass sie wieder nach Hause gegangen ist.«

»Na ja, aber zu Hause ist sie nicht!« Marys Stimme war lauter, als sie beabsichtigt hatte. »Wir müssen nach ihr suchen«, sagte sie.

»Bist du sicher, dass das nötig ist?«, fragte Terry.

»Nein, ich bin nicht sicher«, sagte Mary. »Ich weiß es nicht. Aber ich glaube schon. Ich werde jetzt David anrufen.«

Die beiden Männer zogen ihre Stiefel an und folgten Mary nach draußen. Sie zitterte, als die kalte Luft nach ihren Wangen und Händen griff.

Nur ein paar Minuten später kam Davids Pick-up die Straße herunter, und die drei standen schweigend neben dem Tor und warteten, dass man ihnen sagte, was sie tun sollten. Mary roch den Alkohol an ihnen, und auch wenn es unsinnig war, ärgerte sie sich doch über ihre Verantwortungslosigkeit. Trinken! Gerade heute Abend!

David hielt neben dem Haus, schaltete den Motor ab und öffnete die Tür, stieg aber nicht aus. Sam, sein alter Border Collie, saß im Fußraum des Beifahrersitzes, mit offenem Maul und aufgestellten Ohren. David schnappte sich drei Taschenlampen und schaltete sie nacheinander an und wieder aus, nur zur Sicherheit. »Na«, sagte er, »dann wollen wir mal nachschauen. Ist wahrscheinlich mit einer Freundin irgendwohin, aber schauen sollten wir schon. Und wenn sie bis zwölf nicht zu Hause ist, ruf ich die Küstenwache an, mal sehen, was die denken.«

Er wandte sich an Sandy. »Du hast sie also am Strand gesehen?«, fragte er.

»Ja, und sie war schon halb durch die Weide. Aber das war vor vier oder fünf Stunden.«

»Okay, also wenn einer von uns am Strand entlanggeht, können die anderen zwei durch die Weide gehen und rüber bis Burganess. Wir laufen einfach herum und schauen, was wir finden. Mary, vielleicht solltest du bei ihr im Haus bleiben, falls sie zurückkommt, von wo immer sie war. Bringt nichts, wenn wir über den Hügel latschen, wenn sie zu Hause vor dem Fernseher sitzt.«

David schaute zum Meer hinüber.

»Okay, Terry, wenn du am Strand entlanggehst, von dem Ende da, das wär gut. Wenn du uns brauchst, versuch's auf meinem Handy oder lass die Taschenlampe ein paarmal aufblitzen, dann kommen wir runter.«

Er streckte die Hand aus und legte sie Mary an die Wange, während Sandy neben ihm einstieg, dann fuhren sie los bis zum Ende der Straße. Mary sah zu, wie die Männer den Pick-up verließen, durch das Tor und auf die dunkle Wiese gingen, zusammen mit dem Hund, der ihnen vorauslief. Eine Weile hörte sie sie noch, das Rascheln ihrer wasserdichten Jacken und das Schmatzen ihrer Stiefel auf dem weichen Boden. Stimmen waren allerdings nicht zu hören. Sobald David gesagt hatte, was zu sagen war, hielt er den Mund.

Die beiden Lichtkegel der Taschenlampen huschten in die eine und die andere Richtung über die Wiese, überquerten dann den Bach und folgten der Landzunge nach Burganess. Das dritte Licht sah sie irgendwo hinter Maggies Haus am Strand entlangschwingen. Sie traute Terry nicht besonders, vor allem nicht, wenn er getrunken hatte, aber sie hoffte, er nahm seine Aufgabe ernst. Sie fuhr zu Maggies Haus zurück und ging hinein. Durchs Westfenster des Wohnzimmers konnte sie die Taschenlampen sehen, deren merkwürdige, unnatürliche Bewegungen die Nacht durchstachen.

Dieses Tal war seit fast fünfunddreißig Jahren Marys Zuhause, und in der ganzen Zeit war Maggie ein Teil dieses Orts gewesen, eigentlich nicht weniger als die Felder, der Bach und die Straße selbst. Mary dachte zurück an den Tag, als sie zum ersten Mal in diesem Haus gewesen war, kurz bevor sie und David heirateten. Sie wurde ins Tal gebracht, um die Leute kennenzulernen. Sie wurde von Haus zu Haus geführt wie eine Kuriosität oder eine Zirkusnummer, damit alle sie sehen und mit ihr reden und danach untereinander über sie tratschen konnten, wenn sie wieder weg war. Sie besuchten Jimmy und Catherine, Davids Eltern, anschließend Maggie und Walter hier, fuhren dann zum Red House, um Willie kennenzulernen, und schließlich zu Joan in Kettlester, wo sie jetzt wohnten. Natürlich hatte sich in diesem Haus viel verändert. Ende der Achtziger hatten sie es renoviert und modernisiert, mit einer brandneuen Küche und einem zweiten Bad. Aber unter alldem war es immer noch erkennbar. An den Wänden hingen dieselben Bilder, die Möbel und Verzierungen waren dieselben. Es war sogar noch der alte Geruch, den sie von diesem allerersten Tag in Erinnerung hatte: ein dichter, tröstender Geruch, nach Handcreme und Staub und Seife und Suppe.

Als die Tür aufging, schreckte Mary hoch, und das Herz hämmerte in ihrer Brust. Es war David, noch in Jacke und Hut und Stiefeln. Er schaute seine Frau an und wandte dann den Blick ab.

»Und, habt ihr sie gefunden?«, fragte Mary und versuchte, zuversichtlich zu klingen. David trat von einem Fuß auf den anderen, schaute zu Boden und schließlich zu Mary.

»Ja, wir haben sie gefunden.«

Samstag, 23. Januar

Alice schaute von ihrem Schreibtisch hoch und zum Fenster hinaus auf eine schneebedeckte Ecke des Gartens und einen weißen Streifen des Hügels dahinter. Es war der erste richtige Schnee seit fast einem Jahr, und es sah nicht so aus, als würde er liegen bleiben. Schnee schien sich hier in Shetland nicht zu Hause zu fühlen und blieb selten lange. Doch manchmal empfand sie sein Vorhandensein als Wohltat. Es war kein kalter Winter gewesen, aber auch kein einfacher. Anfang November hatte er eingesetzt. Der Vormittag von Maggies Beerdigung hatte heftige Sturmböen und horizontalen Regen gebracht, und im Rückblick schien es seitdem kaum nachgelassen zu haben. Woche um Woche Wind und Wasser, Grau in Grau. Jetzt, gegen Ende Januar, fühlte sich dieser Ausbruch klaren, kalten Wetters an wie eine Erleichterung. Der Frühling war noch Monate entfernt. Jede Helligkeit war willkommen.

Ein Auto fuhr vorbei und aus dem Tal hinaus. Von ihrem Sitzplatz aus konnte Alice die Straße nicht sehen, aber sie erkannte den Klang des Fahrzeugs, das Jaulen eines lockeren Keilriemens. Terry, dachte sie und machte sich wieder an ihre Arbeit. Sie war abgelenkt, versuchte, sich zum Schreiben zu inspirieren, indem sie immer wieder durchlas, was sie bereits geschrieben hatte, sich die eigenen Worte noch einmal durch den Kopf gehen ließ. Das Buch vor ihr war nicht wirklich ein Buch. Noch nicht. Es war ein etwa fünf Zentimeter hoher Stapel Papier, die einzelnen Seiten mit schwarzer Maschinenschrift bedeckt, teilweise handschriftlich in zwei Farben überschrieben: rote Tinte für Überarbeitungen, blaue für zusätzliche Notizen und Ideen.

Sie blätterte in dem Stapel, hielt an beliebigen Stellen an, klappte ihn auf wie einen Kartensatz. Sie las sich ein paar Zeilen laut vor – einen Absatz über den fleischfressenden Sonnentau, der in der feuchten Erde am Bachufer wuchs, *Drosera rotundifolia,* mit klebrigen roten Tentakeln und lutscherrunden Blättern – und blätterte dann weiter. Diesmal hielt sie bei einem Absatz über die sozialen Auswirkungen des Crofters' Holdings Act von 1886 an. Trockenes Zeug, dachte sie. Wichtig, aber trocken.

Das Buch hatte klein angefangen. Ein paar Notizen und Bemerkungen über das Tal auf Papierfetzen. Irgendwann hatte Alice gedacht, es könnte eine kurze Geschichte Shetlands werden. Das wäre eigentlich eine einfache Aufgabe gewesen, die nur bis jetzt noch niemand übernommen hatte. Alice war keine Historikerin, aber die Details waren alle bereits vorhanden, sie mussten einfach nur auf ein paar hundert Seiten zusammengefügt werden. Das konnte sie leisten, kein Problem. Aber es war ganz anders gekommen. In den dreieinhalb Jahren, die sie nun an dem Buch arbeitete, hatte sich daraus etwas Neues entwickelt, etwas mit größerem Maßstab und kleinerem Blickfeld. Diese ursprünglichen Notizen wuchsen immer mehr an, aber ihre Aufmerksamkeit richtete sich kaum über die Grenzen des Tals hinaus. Es war überhaupt nicht nötig, ihren Blick zu erweitern, das erkannte sie. Dieser Ort war die Geschichte, die sie erzählen wollte.

Die historischen Fakten waren größtenteils einfach gewesen. Sie hatte alles gelesen, was sie über das Tal und seine Umgebung finden konnte, hatte mit denen gesprochen, die es am besten kannten. Hatte Archäologen eingeladen, mit ihr am Bachrand entlang, um die Felder herum und hinüber nach Burganess zu wandern. Sie hatten ihr erzählt, was sie konnten, ohne alles umgraben zu müssen, und sie hatten ihr viel erzählt. Sie hatte die Archive in Lerwick durchforstet und sich alles Wichtige notiert, hatte Mappen und Ordner mit Daten, Namen, Ereignissen, Ursachen und Folgen gefüllt. Vor ihren Augen entstand ein Blick des Ortes, der in die Vergangenheit reichte, üppig und großzügig in den Details.

Aber die Geschichte des Tals konnte nicht einfach so erzählt werden, das begriff sie dabei. Die Geschichte des Tals war viel mehr als die Chronologie dessen, was Menschen hier getan hatten. Es war alles, was an diesem Ort passierte, alles, was hierhergehörte und hier lebte. Also hatte sie angefangen, sich über die Naturgeschichte zu informieren, hatte Bücher über die Vögel und Pflanzen der Insel gelesen, hatte versucht, sie selber zu finden, sie zu beschreiben und zu fotografieren. Und je mehr sie lernte, so zeigte sich, desto mehr gab es zu wissen. Das Buch wuchs immer weiter.

Lange Zeit fürchtete sie, dass es nie fertig werden würde. Zu viel gab es herauszufinden, dachte sie, zu viel zu erforschen. Sie hatte ein unmögliches Projekt in Angriff genommen. Aber jetzt war endlich das Ende in Sicht. Der Papierstapel fühlte sich nicht mehr so an, als wäre er außerhalb ihrer Kontrolle. Die meisten Kapitel waren abgeschlossen. Das Buch hatte jetzt eine Gestalt, nur an den Rändern faserte es noch ein wenig aus. Noch sechs Monate vielleicht, dann wäre es fertig.

Es war das erste Mal, dass Alice so etwas versucht hatte, etwas Reales. Es war auch das erste Mal, dass sie etwas für *sich selbst* geschrieben hatte, ohne irgendwelche anderen Leser im Sinn. Krimis: So etwas hatte sie früher geschrieben. Dafür war sie bekannt. Diese anderen Bücher, insgesamt fünf, bei denen wusste sie genau, wer sie lesen würde. Sie konnte sich ihre Leser beim Schreiben vorstellen, und sie hatte sie auch persönlich kennengelernt, bei Signierstunden und bei Festivals, damals, als sie noch in York lebte. Damals, als alles noch so war wie früher. Sie sagten ihr, wie sehr sie ihre Arbeit liebten, wie viel sie ihnen bedeutete. Alice konnte das gar nicht verstehen. Nicht wirklich. Aber so war es eben. Eine Weile war sie irgendwie berühmt, irgendwie respektiert. Sie schrieb Geschichten über einsame Polizisten: besessen, beschädigt, wütend und erfolgreich – wenigstens bei der Verbrecherjagd. Hart und düster: Das war das Etikett, das man ihr anhängte, und das war okay. Es machte ihr Spaß, diese Geschichten zu schreiben, sie fand es größtenteils auch befriedigend. Sie mochte die Erschaffung der Charaktere, das Ausgestalten, es gefiel ihr, sie herumzuschubsen, sie in verschiedene Richtungen zu bewegen, bis sie das Ziel erreichten, das sie für sie ausgesucht hatte, das Schicksal, das sie beschlossen hatte. Sie fühlte sich nicht unbedingt allmächtig, aber etwas in dieser Richtung. Sie hatte die Kontrolle, und das gefiel ihr. Aber dann gefiel es ihr plötzlich nicht mehr. Als Jack, ihr Ehemann, krank wurde, änderte sich alles. Sie hatte eben ihr letztes Buch, *Der Bettler*, begonnen, hatte einen Abgabetermin vor sich, eine Hypothek und Rechnungen und einen Ruf. Sie arbeitete weiter, stand weiter jeden Tag auf und setzte sich an ihren Schreibtisch, eine Tasse schwarzen Kaffee vor sich. Aber es war anders. Es war ihr nicht länger wichtig, was in der Geschichte als Nächstes passierte. Es war ihr nicht länger wichtig, was ihre Figuren getan hatten oder was sie noch tun würden. Es war ihr nicht länger wichtig, wie die Einzelteile zusammenpassten. Nichts davon war real. Es war alles nur eine Scheinwelt. Real war nur Jack, und Jack lag im Sterben.

Sie brachte das Buch natürlich zu Ende. Sie musste. Sie war bereits im Voraus bezahlt worden, und zwar ziemlich gut. Aber es war schwer. Es dauerte länger als sonst. Sie konnte den Abgabetermin ihres Verlegers nicht einhalten, dann auch den zweiten nicht. Alle waren verständnisvoll, ermutigend. Sie drängten sie nicht zu sehr. Lass dir Zeit, sagten sie, wir können warten. Aber sie wollte sich keine Zeit lassen. Sie wollte, dass das Buch fertig und aus dem Weg geräumt war. Was sich früher angefühlt hatte wie ihr Leben, fühlte sich jetzt an wie ein Hemmnis des Lebens. Jeder Tag war ein mühsamer Marsch bergauf. Und als sie dann die Spitze des Hügels erreichte, war da nichts zu sehen. Der Pfad hinter ihr war verschwunden, und falls es vor ihr einen Pfad gab, konnte sie ihn nicht finden. Sie tastete sich voran, stolperte bei jedem Schritt. Sie beendete den Roman zwei Monate, bevor Jack starb.

Das Buch war ein Erfolg. Die Kritiken waren nicht so positiv wie früher, aber das war egal. Die Leute kauften es trotzdem. Und die Kritiken waren okay. Im Grunde genommen waren sie freundlicher, als Alice selbst reagiert hätte, wäre sie nach ihrer ehrlichen Meinung gefragt worden. Was sie geschrieben hatte, war ihr nicht peinlich; sie wollte, als es fertig war, nur nicht mehr darüber nachdenken. Interviews und öffentliche Auftritte lehnte sie ab. Sie brauchte eine Pause, und niemand sagte etwas dagegen. Alice nahm das Geld und rannte davon. Sie rannte fast so weit, wie sie sich überhaupt vorstellen konnte.

Dieses Haus hier hatte sie wenige Wochen nach Jacks Tod online gefunden, als sie nach etwas suchte, das für sie einen Sinn ergab. Sie hatte ein Angebot abgegeben, und damit war die Sache erledigt. In Shetland hatten sie und Jack ihre Flitterwochen verbracht, auf sein Drängen hin. Er liebte die Spaziergänge, liebte das Meer, und keiner von ihnen hatte damals genug Geld für größere Entfernungen. Beide waren sie verzaubert gewesen von den vierzehn Tagen hier, und in den folgenden Jahren waren sie dreimal wiedergekommen. Hin und wieder sprachen sie davon, gemeinsam hierherzuziehen, hier zu leben. Das könnte ihr Ort sein, sagten sie, ihr Zuhause. Aber es war nie passiert. Es hatte immer einen Grund gegeben, nicht zu gehen, eine Ausrede, um an Ort und Stelle zu bleiben. Die Entfernung, die Umständlichkeit, das Wetter. Sie redeten über Shetland, dachten an Shetland, blieben aber, wo sie waren. Und als Alice schließlich umzog, war sie allein. Sie packte Jacks Sachen in Kisten, lagerte sie ein und schaffte ihre Habseligkeiten in den Norden.

Ihr Haus in York brachte fast dreimal so viel, wie dieses hier gekostet hatte, über Geld musste sie also sehr lange nicht mehr nachdenken. Das war eine Wohltat, die sie so nicht erwartet hatte. Es machte alles einfacher. Manchmal werden die besten Entscheidungen genau so getroffen, dachte sie in den Wochen nach ihrer Ankunft. Nur Herz und Bauch, nichts anderes. Es war eine gute Entscheidung. Hier war der richtige Ort für sie.

Das Tal hatte sie von Anfang an fasziniert. Damals hatte sie viel Zeit zur Verfügung, und sie nutzte sie, um einfach spazieren zu gehen und zum Fenster hinauszuschauen auf ihre allernächste Umgebung. Anfangs schrieb sie nicht. Nicht in den ersten Monaten nach ihrer Ankunft hier im Norden. Der Drang hatte sie verlassen, und eine Weile hoffte sie, er würde nicht zurückkehren. In diesen Monaten erschien ihr das Schreiben als etwas völlig Falsches – eine tragische Ablenkung vom Geschäft des Am-Leben-Seins. Der Hunger, den sie immer gespürt hatte, Wörter auf eine Seite zu bringen, Geschichten zu erschaffen, wurde ersetzt durch einen anderen Hunger, ein anderes Bedürfnis. Alice wollte diesen

Ort kennenlernen, an dem sie gelandet war. Sie wollte sich als Teil davon fühlen und dazugehören. Sie trat Clubs bei und ging zu Versammlungen in der Stadt, sie lernte ihre Nachbarn kennen und machte sich sichtbar. Sie las und schaute und lernte.

Nach einer Weile kamen die Wörter dann doch. Ihr Appetit aufs Erfinden aber nicht. Als sie diesmal anfing zu schreiben, konnte Alice die Geschichte nicht kontrollieren, sie konnte nur beobachten und aufzeichnen. Es war eine Erweiterung, eine natürliche Entwicklung ihres Bedürfnisses zu verstehen, wo sie war.

Bei einer Insel, dachte sie, als das Projekt anfing, Gestalt anzunehmen, ist es so, dass man glaubt, sie komplett kennenlernen zu können. Man hat das Gefühl, der eigene Verstand kann alles umfassen, was es hier gibt, alles, was zu sehen und lernen und zu verstehen ist. Man hat das Gefühl, man kann sie in sich bergen, so wie sie einen in sich birgt. Und ein kleines Tal auf einer kleinen Insel … nun, genau das versuchte Alice: es in Worten und in Gedanken zu bergen, den Ort zu beschreiben und zu umfassen, nicht nur, wie er mal war oder wie man glaubte, dass er war, sondern wie er ist, hier und jetzt. Das Buch trug den Arbeitstitel *Das Tal in der Mitte der Welt*. Ihr gefiel das. Es brachte sie zum Lächeln.

Im Augenblick schloss sie ihr Kapitel über Säugetiere ab. Es würde das kürzeste der naturgeschichtlichen Kapitel werden. Schließlich gab es keine lange Liste, die man abarbeiten musste. Es gab jede Menge Kaninchen und ein paar Schneehasen, die sie meistens im Winter sah, mit ihren schicken weißen Mänteln. Es gab Igel, auch Feldmäuse, hier Shetland-Mäuse genannt, und vielleicht auch Hausmäuse. Wahrscheinlich trieben sich hier auch Hermeline herum, obwohl sie im Tal noch nie einen gesehen hatte, deshalb waren sie noch immer mit einem Fragezeichen versehen. Wie auch die Wanderratten, die in diesem Teil der Insel nicht zu leben schienen, doch sie war noch nicht so weit, sie auszuschließen. Frettchen wuselten hier mit Sicherheit herum – wunderschöne, schreckliche Tiere –, und Otter waren regelmäßige Besucher. Im Augenblick gab es drei von ihnen, eine Mutter und zwei Jungen, die sie oft vom Strand aus sah, und ein viertes Tier, möglicherweise der Vater der Jungen, das sich gelegentlich blicken ließ. Und schließlich gab es noch die Robben, sowohl die Gemeinen Seehunde als manchmal auch die Kegelrobben, doch es war fraglich, ob sie wirklich zum Tal gehörten, da sie sich nicht am Strand fortpflanzten, sondern nur in der Bucht herumschwammen. (Die Walartigen – vor allem Orcas und Tümmler – hatte sie genau aus diesem Grund nicht aufgenommen.) Nutztiere tauchten in diesem Kapitel nicht auf. Sie fanden sich im landwirtschaftlichen Teil des Buchs, das sie Ende letzten Jahres so gut wie abgeschlossen hatte.

Alice hatte alle Informationen gesammelt, die sie über diese Tiere finden konnte: Details ihrer grundlegenden Biologie, Ernährung, Bestandsgröße, das ungefähre Datum ihrer Einführung, soweit verfügbar (da alle, außer dem Seehund, von Menschen auf die Shetlands gebracht worden waren). Sie hatte auch versucht, alle Sichtungen zu dokumentieren, um ihre Verhaltensweisen und ihre Lebensräume im Tal beschreiben zu können, und das war auch der Grund, warum sich die Hermeline als schwierig erwiesen hatten. Alles, was relevant erschien, sollte aufgenommen werden, und fast alles davon war inzwischen geschrieben. Das Kapitel war beinahe fertig.

Wieder einmal hob Alice den Kopf von der Arbeit und krempelte die Ärmel ihres dunklen Wollpullovers herunter. Sie wirkte jünger als ihre fünfundvierzig Jahre, aber sie kleidete sich älter.

Beim Schreiben trug sie eine Brille – eine Schildpattbrille mit großen Gläsern, die zufällig gerade wieder in Mode waren. Alles andere war einfach nur bequem. Der Pullover, die Jeans, die T-Shirts, die Fleecejacke: Es gefiel ihr, nicht darüber nachdenken zu müssen, was sie anziehen sollte. Das war eine der Freiheiten, von denen sie gar nicht bemerkt hatte, dass sie ihr fehlten, bis sie sie hier gefunden hatte.

Um diese Zeit am Vormittag wurde Alice oft abgelenkt. Sie versuchte, ihre abschweifenden Gedanken zu zügeln, so gut es ging, bis klar war, dass sie sie nicht mehr ordnen konnte. Dann machte sie einen Spaziergang. Eine halbe Stunde war alles, was sie normalerweise brauchte, außer sie musste etwas Spezielles finden, beobachten oder ergründen. Das war genug Zeit, um halb nach Burganess und zurück zu kommen oder ohne Eile am Strand entlangzuschlendern. Heute musste sie nirgendwohin, also würde sie wahrscheinlich am Strand landen. Sie legte den Stift weg, richtete die Seiten auf ihrem Schreibtisch aus, schnappte sich ein Notizbuch, nur zur Sicherheit, und holte ihren Mantel. Als sie die Tür öffnete, legte sich ein Vorhang aus kalter Luft um ihren Körper, und sie steckte ihre dick behandschuhten Hände in die Taschen.

*

Am oberen Rand des Tals, wo die Straße zum Meer hin abzufallen begann, stellte David seinen Pick-up ab und stieg aus. Sam, der Collie, blieb wegen der Kälte auf dem Beifahrersitz. Hier lagen auf einer Reihe hölzerner Paletten entlang des Zauns kleine, blaue Silageballen in Zweier- und Dreierstapeln. In der Wiese dahinter warteten die Schafe schon. Als sie ihn kommen hörten, waren sie eifrig herbeigerannt.

Obwohl die Schneedecke nur dünn war, sahen die Tiere hungrig aus und blökten ungeduldig. David ging zum Ende der Reihe und griff nach einem Ballen oben auf dem Stapel. Er scharrte den Schnee weg, zog den Ballen zu sich und rollte ihn zum Gatter. Er fing immer am hinteren Ende an, weil er wusste, je länger der Winter dauerte, umso mehr freute er sich darüber. So wurde die Aufgabe jeden Tag ein bisschen einfacher.

Er öffnete das Gatter und schob den Ballen auf die Weide, und die Schafe drängten sich mit weißen Atemfahnen vor den Mäulern um ihn. Er öffnete den metallenen Futterring und schob den Ballen hinein, holte dann ein Messer aus der Tasche und schnitt zuerst einen Kreis oben in den Ballen und dann vier vertikale Linien nach unten. Er zog den Plastikkreis von oben herunter und dann die vier Streifen von der Seite, um die Silage freizulegen. Sorgfältig entfernte er das Netz und stopfte es in die Tasche seines Overalls, lockerte dann den Ballen und breitete ihn im Ring aus.

Die Schafe steckten die Köpfe durch den Metallrahmen und kauten das feuchte Gras. Sein Geruch und das Lanolin der Tiere schwängerten die Luft wie halb vergorenes Bier. David zählte sie – zwei Dutzend – und sah dann zu, wie sie ihre Köpfe in das Futter stießen. Es waren Shetlands, sie alle, klein und kräftig. Er zog einen Handschuh aus, legte einem Mutterschaf die Hand an die Wange und kraulte sie. Es drückte sich an seine Hand, fraß aber weiter. Vor vier Jahren hatte er dieses Lämmchen mit der Hand aufgezogen, es war von seiner Mutter verlassen und von David mit der Flasche gefüttert worden, und deshalb war es nicht so zappelig und nervös wie die anderen. Hin und wieder ließ es sich immer noch ganz gern kraulen, aber Futter war ihm lieber.

David dachte an die anderen Flaschenkinder, die er gehabt hatte, Generationen von mit der Hand aufgezogenen Schafen, einige davon die Mütter und Großmütter der Tiere, die er jetzt vor sich hatte. Als die Mädchen noch klein waren, kümmerten sie sich um sie. Emma vor allem. Sie stand dann immer früh auf, um die erste Fütterung zu übernehmen, hielt ihnen die Flaschen an die kleinen Mäuler, immer zwei auf einmal, mit einem vor Freude glühenden Gesicht, wenn sie die Milch saugten und schlürften und schluckten. Nach der Schule rannte sie sofort nach Hause, um sie wiederzusehen, trug sie wie zappelnde Teddybären im Garten herum. In diesen ersten Wochen waren die Lämmchen perfekte Kuscheltiere. Sie waren niedlich, sie hatten gern Gesellschaft, sie spielten. Doch vielleicht war es ihre Bedürftigkeit, auf die die Kinder am stärksten reagierten – ihre totale Abhängigkeit vom Menschen. Kein Kind kann widerstehen, wenn es gebraucht wird.

David verließ den Futterring und ging zum Gatter zurück. Einmal blieb er stehen und warf noch einen letzten Blick auf die Schafe, die sich über das Heu hermachten, als hätten sie die ganze Woche nichts gefressen. Er fühlte sich müde, sogar erschöpft, obwohl es keinen Grund dafür gab, und als er dann wieder im Pick-up saß, gestattete er sich einen langen Seufzer. Der Hund auf dem Beifahrersitz seufzte ebenfalls und legte dann den Kopf auf Davids Schoß. Sam hob den Blick und wartete, ob etwas passierte.

Da Maggie nicht mehr da war, war David jetzt die älteste Person im Tal. Und da Emma nicht mehr da war, war er auch der Einzige, der hier aufgewachsen war. Er wusste nicht so recht, was das genau bedeutete, aber irgendetwas schien es zu bedeuten. Es fühlte sich an wie eine Verantwortung, wie ein Gewicht, das man nicht abschütteln konnte.

Er hatte nie irgendwo anders gelebt. Nicht wirklich. Nach

dem Schulabschluss war er weggegangen, um irgendwo Arbeit zu finden, hatte in Aberdeen geschuftet, war aber nach einem Jahr schon wieder zurückgekommen. Er war nicht so scharf auf das Geld, dass er länger weggeblieben wäre. Er war zurückgekehrt in das Haus seiner Eltern – jetzt Terrys Haus –, und Ende der Siebziger hatte er dann einen Job im Ölterminal gefunden. Seitdem war er nie auf den Gedanken gekommen, irgendwo anders zu leben. Dieses Tal formte seine Gedanken. Oft *war* es seine Gedanken. Sein Gefälle, der sanfte Schwung der Landschaft. Irgendwie spiegelte es sich in ihm. Es war ein Teil von ihm, und er konnte diesen Ort genauso wenig verlassen, wie er ein anderer Mensch sein konnte. Diese Erkenntnis hatte ihn nie bekümmert. Ganz im Gegenteil. Es gab ihm eine klare Zielgerichtetheit, deren Fehlen ihm bei anderen auffiel. Das Leben wäre so viel einfacher, dachte er, wenn die Leute nur von einem Ort träumten.

Er saß auf dem Fahrersitz und schaute hinaus auf *seinen* Ort: seine Gegenwart, seine Vergangenheit und Zukunft. Von hier aus, am Rand der oberen Weide, konnte er fast das ganze Tal überblicken. Nur die Senke im Süden dieses Felds, wo die beiden kleinen Bäche verschmolzen, war seinem Blick verborgen. Alices Haus, Bayview, lag am nächsten, nur ein Stück die Straße runter; dann sein eigenes Haus, Kettlester, wenn man das Haus der Smiths auf dem Hügel oben nicht mitzählte, was er auch nicht tat. Das erreichte man über eine ganz andere Zufahrt, die in einer halben Meile Entfernung von der Hauptstraße abging, und es sah weder aus wie ein Teil des Tals, noch fühlte es sich so an. Gebaut worden war es vor inzwischen über zehn Jahren – ein großes, protziges Haus mit Fenstern überall –, aber David hatte sein Vorhandensein noch immer nicht ganz akzeptiert.

Hinter Kettlester machte die Straße eine Kurve nach Südwesten, bis sie das Red House erreichte, in dem Sandy jetzt wohnte. Dort hatte bis in die Siebziger ein altes, steinernes Cottage gestanden, das dann abgerissen und durch das Holzhaus ersetzt worden war, das immer noch stand und das selber nicht viel mehr war als eine Hütte. Willie, ein Cousin von Maggies Vater, hatte sein ganzes Leben dort verbracht und nur sehr widerwillig dem Neubau zugestimmt, auf dem Maggie bestanden hatte. Er schien den Plan als Beleidigung seiner Vorfahren zu betrachten – *ihrer* Vorfahren –, die das Haus vielleicht gebaut hatten, oder auch nicht. Aber seine Sturheit war nichts im Vergleich zu ihrer, und so wurde der Plan schließlich durchgeführt. Seine einzige Bedingung, die Maggie akzeptiert hatte, für die aber niemand je eine richtige Erklärung erhielt, war, dass das neue Haus in einem auffälligen Rot gestrichen werden sollte.

Willie lebte noch weitere zwanzig Jahre in diesem neuen Haus. Als es gebaut wurde, hatte er vor der Zeit gealtert gewirkt, als hätte seine eigene Gesellschaft ihn ausgelaugt. Doch als er starb, war er wirklich alt – fast hundert –, und offensichtlich hatte er diese letzten Jahre so genossen wie noch keins davor. Damals kaufte David das Haus, zum Teil, weil er das Geld hatte und es als Investition betrachtete, zum Teil wegen dem, was mit Flugarth, seinem Elternhaus, passiert war. Flugarth lag noch ein paar hundert Meter die Straße hinunter. Dort war er aufgewachsen, und dort hatte er auch gelebt, bis er Mary heiratete und mit ihr nach Kettlester zog.

Seine Eltern starben mit wenigen Jahren Abstand und ein paar Jahre vor Willie. Damals hatte er ihr Haus verkauft, weil er es nicht brauchte. Er hatte es an Terry verkauft, dessen Bruder mit David in Sullom Voe arbeitete und der es vom ersten Augenblick an zu lieben schien. Man nahm an, dass er mit seiner Familie einziehen würde, aber seine Familie zog nie ein. In den ersten Jahren kamen sie an Wochenenden und in den Sommerferien, das war's dann aber auch schon. Und dann fing Terry an, allein zu kommen. Nicht gerade, um Urlaub zu machen, sondern um seiner Familie eine Pause zu verschaffen. Er kam, um zu trinken oder um trocken zu werden. Manchmal kam er allein am Freitagabend und blieb bis Montagmorgen und ging kaum einmal vor die Haustür. Ein anderes Mal fuhr seine Frau ihn zum Haus und ließ ihn am Gartentürchen heraus, sie setzte ihn dort ab, bis er wieder so weit war, dass er nach Hause durfte.

In letzter Zeit war Terry immer länger und länger geblieben, und seit einem halben Jahr lebte er ständig hier. David kannte nicht die ganze Geschichte – er hatte verschiedene Versionen gehört –, aber es sah so aus, als hätte Louise, Terrys Frau, schließlich aufgegeben und ihn hinausgeworfen. Sein Arbeitgeber, die Stadtverwaltung, hatte vermutlich dasselbe getan. Oder zumindest hatten sie ihm gesagt, er brauche nicht wiederzukommen, bis er sich gefangen habe. Terry war nicht ununterbrochen betrunken. Es gab Tage, an denen er ganz bei sich war – vernünftig, freundlich und eine gute Gesellschaft. Aber er war unberechenbar. Man konnte sich nicht auf ihn verlassen. Und obwohl er David leidtat, war es schwer für ihn, das Haus seiner Eltern so missbraucht zu sehen. Es war eine Enttäuschung, die nicht verging.

Hinter Flugarth war das Haus am Ende der Straße. Offiziell hieß es Nedder Gardie, doch seines Wissens hatte, bis auf den Postboten, niemand je den vollen Namen benutzt. Es gab kein Upper Gardie, von dem es unterschieden werden musste, deshalb war dieses Haus, wie auch der dazugehörende Grund, als Gardie bekannt. Als er noch jung war, nannte sein Vater es manchmal das Peerie Haa, das kleine Haus. Es war vermutlich ein Witz, doch auf wessen Kosten, erfuhr David nie. Meistens wurde es einfach Maggie's genannt. Aber jetzt war Maggie nicht mehr da.

In direkter Linie von diesem Haus zu der Stelle, wo er jetzt saß, lag der grünste Teil des Tals, doch zu dieser Jahreszeit sah es hier nicht sehr grün aus, auch ohne Schnee nicht. Die Wiesen auf dieser Seite des Bachs wurden als Weiden oder für die Silage genutzt, mit einem schmalen Streifen unter Kettlester, auf dem David Kartoffeln, Zwiebeln, Steckrüben und Karotten anbaute. Der andere Gemüsegarten war oben neben dem Haus. In seiner Jugend gab es im Tal mehr Anbau und weniger grasende Schafe. Es gab Heuwiesen und manchmal Haferfelder; und Maggie und sein Vater hatten oft eine Kuh und ein Kalb auf einer der unteren Wiesen, und sie teilten sich die Arbeit und ihre Früchte. Dieser Anblick ging ihm ab – dieses Bild des Überflusses, so trügerisch es auch sein mochte –, aber er verstand auch, dass es sich aus gutem Grund geändert hatte. Es war leichter geworden, Geld zu verdienen, als Nahrung zu produzieren; so einfach war das. Und jetzt, da er in Rente war und, theoretisch, die Zeit hatte, die Dinge anders zu machen, merkte David, dass er weder die Energie noch den Willen aufbrachte, wenigstens nicht allein. Jede der Wiesen vor ihm gehörte entweder zu seinem Grund oder zu Gardie. Und seit Jahren bearbeitete er sie alle allein.

Wieder dachte David an Maggie. An dem Abend, als sie sie gefunden hatten, zusammengesunken an einem Felsen bei Burganess, war ihm bewusst geworden, dass er eine Dringlichkeit in sich spürte, die von Panik gefärbte Erkenntnis, dass etwas sich seinem Ende näherte. Anfangs hatte er dieses Gefühl nicht richtig verstanden, hatte es nur für Kummer und Nostalgie gehalten – und vielleicht stimmte beides –, aber es war etwas Größeres. Was er dem Ende zugehen spürte, war nicht nur eine Person oder eine Generation; es war viel älter und ging in Wahrheit schon lange dem Ende entgegen. Es war ein Erinnerungsfaden, der sich so lange zurück erstreckte, wie Menschen an diesem Ort lebten. Es war eine Kette von Geschichten, die an Geschichten hingen, von Liebe, die an Liebe hing. Es war ein Erbe, von dem er nicht wusste, wie er es weitergeben sollte. Die Erkenntnis brachte eine bange Verantwortlichkeit mit sich, als hätte man ihm etwas übergeben, das er nicht anders als kaputtmachen konnte.

Nach Maggies Tod hatte David sich einige Wochen lang gefühlt, als würde er schwankend an einem Abgrund stehen, und seine Traurigkeit über das, was kommen würde, war fast so groß wie seine Traurigkeit über das, was bereits vergangen war – über den Verlust einer Frau, die er sein ganzes Leben lang gekannt hatte. Jetzt, drei Monate später, stieg sie immer noch in ihm auf, wenn er innehielt, um an Maggie zu denken.

Er war nicht völlig überrascht, als vor zwei Wochen ein Brief vom Anwalt in Lerwick kam. Maggie hatte nie explizit gesagt, dass sie Haus und Grund ihm hinterlassen würde, aber er verstand, warum sie es getan hatte. Letztendlich kam es fast als Erleichterung – ein Echo und eine partielle Antwort auf seine eigenen Sorgen. Sie hatte das Land im Tod David anvertraut, wie sie es im Leben schon getan hatte. Aber nicht, das war David klar, zu seinem eigenen Vorteil. Sie hatte ihn zum Vollstrecker ernannt, damit er tat, was richtig war, um Entscheidungen für die Zukunft zu treffen.

Richtig war, dass jemand im Haus wohnte und das Land bearbeitete, wie sie es bearbeitet haben wollte, und vor drei Monaten, bevor Emma ging, wäre seine Entscheidung noch einfach gewesen. David hätte seine Tochter und Sandy gefragt, ob sie aus dem Red House ins Gardie ziehen wollten, und er hätte es mit Freuden getan, weil er sich Maggies Zustimmung sicher war. Denn genau das hatte sie zweifellos im Sinn gehabt. Aber da jetzt auch Emma weg war, war alles komplizierter. Das Gefühl der Weiterführung, nach dem er sich sehnte, war schwieriger zu erkennen. Seine Verbindung zur Vergangenheit wie zur Zukunft war auf einen Schlag geschwächt worden.

Zwei Wochen lang hatte er mit Mary immer mal wieder die Alternativen durchgesprochen, sie waren sogar in der Nacht aufgewacht, um sie durchzugehen, und sie hatten alle verworfen bis auf eine.

Als er den Schlüssel in der Zündung drehte, merkte David, dass er sich nach seiner Frau sehnte. Erst vor ein paar Stunden hatten sie zusammen gefrühstückt, aber er vermisste sie dennoch und wollte in dem Augenblick mit ihr zusammen sein. In ungefähr einer Stunde wäre er zum Mittagessen wieder zu Hause, und dann gab es den ganzen Nachmittag nichts, was ihn aus dem Haus treiben würde. Aber bis dahin hatte er noch eine Aufgabe zu erledigen. Es gab eine Frage, die gestellt werden musste.

David stampfte mit den Stiefeln auf der Schwelle auf und trat fest gegen die Wand, um den Schnee abzuschütteln, bevor er die Tür öffnete und hineinging. »Hallo! Sandy? Bist du zu Hause?«

Aus der Küche war ein Schlurfen zu hören, und Sandy kam in einem dicken blauen Wollpullover mit ausgefransten Bündchen heraus. »Komm rein«, sagte er. »Ich hab eben Kaffee gemacht. Anscheinend kannst du hellsehen.«

David grinste. »Na ja, da würd ich nicht nein sagen«, sagte er. »Ein Kaffee bringt vielleicht wieder ein bisschen Leben in mich rein.«

Sandy nickte und drehte sich wieder zur Küche um. »Komm und setz dich.«

Die beiden Männer saßen einander am Tisch gegenüber, doch beide schauten zum Fenster hinaus, über das Tal hinweg, zum weiß bestäubten Hügel und zum Meer. Sie hatten die Hände um die heißen Tassen vor sich gelegt.

»Sieht gut aus von hier drinnen«, sagte Sandy.

»Aye. Sieht auch von draußen ziemlich gut aus«, erwiderte David. »Nur ein kleines bisschen kälter.« Einen Augenblick lang schwieg er, und dann wandte er sich Sandy zu. »Ich hab Neuigkeiten für dich«, sagte er und hielt inne, weil er nach den richtigen Worten suchte. »Wie's aussieht, hat Maggie vielleicht gerade über deine Zukunft entschieden.«

»Wie meinst du das?«, sagte Sandy langsam.

»Na ja, sie hat in ihrem Testament Haus und Grund mir hinterlassen. Und da ich in meinem eigenen Bett recht glücklich bin, muss jemand anders da unten leben.«

Sandy wartete auf mehr.

»Sie hat gedacht, dass vielleicht du und Emma da einziehen wollt, schätz ich, falls du das Land bearbeiten und eine Familie haben willst. Aber da du ja meine Tochter vertrieben hast, denk ich, ich sollt es dir anbieten, falls du es haben willst.«

Sandy wandte den Blick ab.

»Und ich würd dir mit den Schafen und der anderen Arbeit helfen«, sagte David. »Wir könnten uns gegenseitig helfen. Ich wär sehr froh drüber.«

»Hast du es Emma angeboten?«, fragte Sandy.

»Aye, ich hab ihr die Situation erklärt, aber sie denkt im Augenblick nicht ans Zurückkommen.«

»Und Kate?«

David schüttelte den Kopf. »Sie wollen nicht aus der Stadt weg. Und mir gefällt der Gedanke nicht, dass es einfach leer steht. Also, wenn du es willst ...«

Sandy atmete tief ein, sagte aber nichts.

»Da ist allerdings ein Haken«, ergänzte David.

»Ach ja?« Sandy hob die Augenbrauen.

»Na ja, Maggie war eine kleine Hamsterin, weißt du. Und da sie nicht vorhatte, so bald zu sterben, hat sie alles uns hinterlassen, damit wir es wegräumen. Ich könnt 'ne hilfreiche Hand gebrauchen.« Er lächelte und kniff dann die Lippen zusammen. »Um genau zu sein, ich könnt viele Hände gebrauchen. Wir werden da 'ne Weile zu tun haben.«

»Will ihre Familie denn nichts davon?«

»Ich hab mit Ina gesprochen, ihrer Schwester, und sie will ein oder zwei Sachen. Aber was nutzt ihr denn der Großteil von diesem Scheiß unten in Neuseeland? Ich glaub, sie war einfach erleichtert, dass Maggie das Haus nicht ihr hinterlassen hat, damit sie es ausräumt.«

»Okay, aber ich muss da erst mal drüber nachdenken«, sagte Sandy. »Ein bisschen überraschend kommt es schon. Ich hatte eigentlich nicht vor, mir Grund zuzulegen. Auf jeden Fall nicht allein.« Er hielt inne. »Aber ich kann dir auf jeden Fall helfen, das Haus auszuräumen. Wann wolltest du denn anfangen?«

»Morgen vielleicht oder übermorgen.« David trank den letzten Schluck seines Kaffees. »Wenn du den Pick-up da unten siehst, komm einfach vorbei, wenn du kannst, und wir schauen, was zu tun ist. Wird 'ne Heidenarbeit, schätz ich. Ich hab einen

Container bestellt, und ein oder zwei Feuer werden wir sicher auch machen müssen.«

Sandy nickte, schaute aber schon wieder abgelenkt weg.

»Na, dann lass ich dich mal drüber nachdenken«, sagte David, stand auf und stellte seine Tasse ins Spülbecken. Er verabschiedete sich und verließ das Haus. Sandy blieb am Küchentisch sitzen.

Sonntag, 24. Januar

Als Mary auf dem Weg zur Küche an dem Wandspiegel im Flur vorbeikam, erhaschte sie einen Blick auf sich und blieb stehen. Sie sah müde aus, auf einer Gesichtshälfte lag ein Schatten wie ein Muttermal. Sie strich sich durch die kurzen grauen Haare, schob sie zurecht und rieb sich die Augen. Dann wandte sie sich vom Spiegel ab.

Heute war ein schwieriger Tag. Die Wochenenden waren immer am schlimmsten. Emmas Weggang war schwer für sie gewesen – schwerer, so schien es, als beim letzten Mal, als ihre Tochter noch als Teenager auf die Universität gegangen war. Damals war die Einsamkeit von Geschäftigkeit überdeckt worden, von Stolz und Hoffnung. Jetzt wurde sie nur von Routine überdeckt. Wenn es sonst nichts gab, was ihre Aufmerksamkeit erforderte, würde Emmas Abwesenheit an ihr nagen, Zuwendung heischen wie ein Welpe. Sie hatte sich an ihre Tochter als Nachbarin gewöhnt, an ihr unangekündigtes Vorbeischauen und an ihre Anwesenheit im Tal, ihre Nähe. Sie würde sich auch an diese Distanz gewöhnen, aber nicht schnell.

An diesem Morgen hatte sie Emma angerufen, weil sie ihre Stimme hören wollte, aber auch in dem Wissen, dass es keine einfache Unterhaltung werden würde. Nach dem Frühstück hatte David ihr eine SMS geschickt, um ihr mitzuteilen, dass er Sandy das Anwesen angeboten hatte. »Nur, damit sie Bescheid weiß«, hatte er geschrieben, als wäre es nicht so wichtig. Mary wartete, bis er zum Schuppen gegangen war, erst dann griff sie zum Hörer. Ihre Aufgabe war es, sich die Dinge anzuhören, von denen sie wusste, dass Emma sie sagen würde. Sie wusste es, weil sie verstand, warum ihre Tochter sich so fühlte, warum sie bei dem Gedanken, dass Sandy in Gardie einzog, zusammenzucken würde, bei dem Gedanken, dass er ohne sie *dauerhaft* hier leben würde.

David verstand diese Gefühle nicht. Zumindest würde er es nie zugeben. Er hatte lediglich versucht, unter den gegebenen Umständen eine praktische Lösung zu finden. Für ihn war es das Richtige, für das Anwesen, für das Tal und hoffentlich auch für Sandy. Und dieses Richtige würde länger Bestand haben als jede Verletzung, die Emma im Augenblick empfinden mochte. Schließlich hatten sie sie als Erste gefragt, ob sie das Anwesen haben wolle, und sie hatte nein gesagt. Mary wusste, dass ihr Ehemann das dachte, und sie wusste auch, dass er im Wesentlichen recht hatte. Sie widersprach ihm nicht. Es fiel ihr einfach schwerer, dieses Richtige höher zu schätzen als die augenblicklichen Ängste ihrer Tochter.

Ein gerahmtes Foto auf dem Tisch im Flur zeigte Emma und Kate mit acht und zehn, beide in Winterjacken und Schals, die im Wind wedelten. Früher hatte das Foto im Wohnzimmer gehangen, bis die Farben im Licht ausbleichten, sich das Rot der Mädchenjacken in Ocker verwandelte. Mary hatte es dann in den fensterlosen Flur gestellt, weil sie fürchtete, das Bild würde ganz verschwinden, Als sie es jetzt betrachtete, kam der Tag zu ihr zurück – ein Tag wie viele andere, nur dass er von der Kamera eingefangen und festgehalten worden war. Die beiden Mädchen lachten, alberten unten am Strand herum, an einem Vormittag, als die Wellen sich lärmend an den Felsen brachen.

Damals war die eine Schwester so fröhlich, zufrieden und schnell mit einem Lächeln zur Hand gewesen wie die andere. Emma war Kate hinterhergelaufen, sie hatte sie vergöttert und immer das tragen wollen, was Kate trug, das tun wollen, was Kate tat. Sie standen sich sehr nahe. Sie hatten gemeinsame Freunde, auch noch, als Kate auf die Junior High ging und Emma in der Grundschule zurückließ, die näher an zu Hause lag. Damals hätte Mary sich nie vorstellen können, dass die beiden sich so unterschiedlich entwickeln würden.

Mit das Schwierigste beim Elternsein war es, dachte sie, in den eigenen Kindern Unzufriedenheit wachsen zu sehen. Als sie klein waren, konnten ihre Wünsche und Bedürfnisse immer von Mutter oder Vater befriedigt werden. Es gab Essen, wenn sie Hunger hatten; es gab ein Bett, wenn sie müde waren; es gab Ablenkungen gegen die Langeweile. Doch dann kam ohne Vorwarnung eine Frage, auf die weder Mutter noch Vater eine Antwort liefern konnten. »Warum mag Sarah mich nicht mehr?« Mary konnte sich noch gut daran erinnern, als Kate sie das gefragt hatte, mit fünf oder sechs Jahren, eines Tages nach der Schule, die Augen feucht vor Tränen über eine zeitweilig verlorene Freundschaft. Und sie konnte sich noch erinnern, wie bestürzt sie war, bei diesen wenigen, gequälten Worten, über die Erkenntnis, dass ihre Töchter nicht immer fröhlich und zufrieden sein würden, dass die Welt sie enttäuschen würde, dass Freunde und Familie sie im Stich lassen konnten.

Als sie dann beide auf die Junior High School gingen, wurden die Bereiche ihres Lebens, die nicht mehr in Marys Kontrolle lagen, immer größer. Es waren nicht nur andere Menschen, die sie aus der Fassung brachten, es waren auch ihre eigenen Körper. Sie schienen oft über sich selbst verwirrt zu sein, über die

Veränderungen, die sie durchmachten, über die neuen Zwänge, denen sie ausgesetzt waren. Mary tat alles, um sie zu beruhigen, um für ihre Fragen offen zu sein und ihnen mit Rat und Tat zur Seite zu stehen. Aber ihr Rat war nicht immer willkommen.

Das war der Punkt, an dem ihre Töchter sich in unterschiedliche Richtungen entwickelten. Während Kate im Verlauf der Schuljahre mit sich selber ins Reine zu kommen schien, schaffte Emma das nie so recht. Wie sich zeigte, kam Kate nach ihrem Vater. Ihre Wünsche und Sehnsüchte waren klar umrissen und überstiegen nie ihre Fähigkeit, sie auch zu erfüllen. Aber Emma war anders. Nie schien sie so genau zu wissen, was sie wollte oder wie sie es bekommen konnte, wer oder wo sie sein wollte. Das war heutzutage keine Seltenheit, aber es bedeutete, dass Emma und David immer mehr zu kämpfen hatten, um einander zu verstehen. Sie waren sich stets sehr nahe, suchten die Gesellschaft des anderen, aber sie stritten auch viel.

Kate verließ die Schule, suchte sich einen Job, lernte einen Mann kennen, heiratete, bekam Kinder – erst eins, dann ein zweites. Mary machte sich Sorgen um sie, auf diese unvermeidliche Art. Sie fand Gründe, sich Sorgen zu machen, auch wenn es keine gab, und meistens gab es wirklich keinen Grund. Kates Ehemann war gut zu ihr, sie schienen zusammen glücklich zu sein, die Kinder waren gesund und gescheit. Aber Emma … immer Emma. Sie ging auf die Universität, studierte Geschichte und Politik, und sie dachten, vielleicht würde sie Lehrerin werden. Doch das wollte sie nicht. Sie machte ihren Abschluss ohne Plan oder feste Absicht. Mary sah, wie sehr diese Ziellosigkeit ihre Tochter belastete, aber sie konnte nichts tun, um ihr diese Last zu nehmen, außer von David nachdrücklich zu verlangen, Emma nie zu fragen, was sie als Nächstes vorhatte. Und er tat es auch nie. Stattdessen fragte er seine Frau. Bei Mary suchte er Vergewisserung, und die versuchte sie ihm zu geben, wann immer sie konnte.

Sie waren beide hocherfreut gewesen, als Emma vor drei Jahren nach Hause kam. Nicht nur ihre Tochter in der Nähe zu haben war schön, sondern auch, sie glücklich zu sehen, sich vorzustellen, sie hätte ihren Platz im Leben gefunden. Alles, was sie bis dahin gemacht hatte, hatte vorübergehend gewirkt, als müsste sie sich jeden Schritt neu überlegen. Aber nach Hause zu kommen, das war anders. Zuhause war ein Ziel. Dort landete man letztendlich. Das hatten sie zumindest geglaubt.

Als Mary zuvor mit Emma telefoniert hatte, war sie im Flur gesessen und hatte sich das Foto ihrer jungen Töchter angeschaut. Sie sah das Gesicht eines Mädchens und hörte die Stimme einer Frau. Was für ein Abstand lag doch zwischen diesen beiden Emmas – das lachende Gesicht, die mit den Tränen kämpfende Stimme. Mary war die Mutter von beiden.

Es gab eine Zeit, da sie geglaubt hatte, dieses Gefühl würde eines Tages schwächer werden. Dass die mütterliche Sorge nicht mehr ihre Gedanken ausfüllen oder sie nachts wach halten würde. Aber so funktionierte es nicht. Als aus ihren Kindern Erwachsene wurden, erkannte sie einfach, dass sie ihnen weniger helfen konnte und sich deshalb noch mehr Sorgen machte.

Mary schaute auf ihre Uhr. Es war kurz vor Mittag. Am Nachmittag wollte sie sich in der Stadt mit einer Freundin treffen, aber noch hatte sie ein wenig Zeit. Sie griff in eine Schublade im Dielenschrank und zog zwei Saatgutkataloge heraus, machte sich eine Tasse Tee und setzte sich an den Küchentisch. Die Kataloge waren beide letzte Woche angekommen, und Mary riss die Plastikhülle herunter und schlug den ersten auf. Sie überblätterte das Gemüse – das war Davids Abteilung – und fing an, die Blumen durchzusehen, hielt auf jeder Seite inne, um die Namen zu lesen und die Fotos anzuschauen. Einige ihrer Lieblingsblumen waren ganz vorne: die Akeleien, fremdartig und zart, unendlich in ihrer Vielzahl; die duftigen Prachtspieren, weiß, rosa und scharlachrot; die Flammenden Herzen, vielleicht ihre absolute Lieblingsblume, so perfekt und unwahrscheinlich.

Tatsächlich bestellte Mary aus den Katalogen nie mehr als ein paar Päckchen pro Jahr. Sie bekam Ableger und Sämlinge von Freunden, kaufte Pflanzen im Gartenzentrum, vermehrte und teilte, was sie bereits hatte. Aber ums Kaufen ging's gar nicht. Es ging ums Schauen. Die Kataloge zu lesen war wie träumen vom Sommer. Es sollte sie daran erinnern, dass der Winter vergehen und die Wärme zurückkehren würde. Es war ein Ritual, das sie immer mehr brauchte.

Als Mary zu den Zwiebeln blätterte, dachte sie mit Freude daran, dass bald die Schneeglöckchen sprießen, sich unter den Sträuchern, neben den Pflasterwegen und an den Rändern des Rasens ausbreiten würden. Später kämen auch die violetten und gelben Krokusse, dann die Narzissen, die den Garten auflodern ließen. Im Lauf der Jahre hatte sie andere Zwiebeln probiert, doch nicht immer mit Erfolg. In einer Ecke wuchsen Traubenhyazinthen, und auch Sternhyazinthen, winzige blaue Sternchen. Zweimal hatte sie Schachblumen gepflanzt und gehofft, dass ihre lila Schachbrettglocken den Garten füllten, aber beide Male war sie enttäuscht worden. Beim ersten Mal hatte sie fünfzig Zwiebeln eingegraben, aber im folgenden Frühling hatten nur vier Pflanzen ihre Köpfchen aus der Erde erhoben. Im letzten Jahr war nur eine Pflanze übrig geblieben.

Gärtnern auf Shetland war eine Übung in der Bewältigung von Enttäuschungen. Jedes Jahr probierte Mary etwas Neues: Mindestens eine Pflanze oder ein Saatgutpäckchen hatte sie noch nie zuvor gezogen. Sie gab sich große Mühe, bei der Auswahl vernünftig und bescheiden in ihren Zielen zu sein. Sie suchte nach Pflanzen, die nicht zu viel Wärme brauchten, die für ein »Küstenklima« geeignet waren. Doch manchmal wurden auch bescheidene Ziele durchkreuzt. Auch wenn sie Pflanzen aus den Gärten von Freunden woanders auf der Insel nahm, schien das Leben in diesem Tal manchmal zu viel für sie zu sein. Mit seiner südwestlichen Ausrichtung bot es einfach zu wenig Schutz vor den vorherrschenden Winden, wenig Deckung gegen die Stürme und das Salz, das vom Atlantik hergetragen wurde und alles auf seinem Weg wegschmirgelte.

Am schlimmsten waren jedoch nicht die Winterstürme. Denn dann steckten die meisten Pflanzen fest und sicher in der Erde. Am schlimmsten waren die Stürme, die im Mai oder Juni über die Insel fegten, wenn alles Leben sich Bahn brach. Wie oft hatte sie an einem Frühlingsmorgen schon die Vorhänge aufgezogen, um ihren Garten verkümmert zu sehen, verbrannt und zerfetzt von der salzsatten Luft? Und was konnte sie tun, außer hinauszugehen und den Schaden aufzuräumen, ihr Bestes zu geben, um alles wiederherzurichten und zu hoffen, dass der Sommer gnädiger sein würde?

Mary brauchte den Garten. So unvorhersehbar und schwierig seine Pflege auch war, in den letzten zehn Jahren war er ihr doch immer wichtiger geworden. David schien schon immer damit zufrieden zu sein, in einem endlosen Kreislauf zu leben, in dem Jahreszeit auf Jahreszeit folgte, Jahr um Jahr. Seine Hoffnung war nicht die Veränderung, sondern die Beständigkeit. Marys

Hoffnung war eine andere. Sie sehnte sich nach Wachstum und Fortschritt, nach Blühen und Gedeihen. Nur so fühlte sie sich in der Lage, an diesem Ort zu leben, mit all seiner Kälte und Dunkelheit. Diese Hoffnung machte es möglich. Als die Mädchen noch klein waren, war es einfacher – jede Energie, jeder Ehrgeiz konnte auf sie konzentriert werden, auf *ihr* Wachstum. In diesen Jahren war der Garten in erster Linie ein Platz zum Spielen für die Töchter. Aber jetzt wollte sie mehr von ihm. Sie wollte, dass er ihr etwas zurückgab, was er gelegentlich auch tat.

Trotz all der Enttäuschungen – Samen, die nicht aufgingen, Blätter, die vor der Schärfe des Winds zurückwichen, Blumen, die sich öffneten und wieder schlossen, als wäre ihnen ihre Erbärmlichkeit peinlich – machte Mary weiter. Sie grub und stutzte und pflanzte und jätete und wartete; und für diese Arbeit wurde sie, bis zu einem gewissen Maß, entlohnt. Jedes Jahr im Winter gab der Garten ihr etwas, worauf sie hoffen konnte, etwas, worauf sie sich freuen konnte. Und jeden Sommer, wie grässlich das Wetter auch war, schenkte er ihr sporadische Freudensausbrüche, sogar Glücksgefühle. Wenn sie an einem trüben Nachmittag mit Einkaufstüten in jeder Hand nach Hause kam, hielt sie inne beim Anblick des kleinen roten Rhododendrons, der manchmal fast zu glühen schien, oder beim Dickicht der kobaltblauen Lupinen unter dem Küchenfenster. Diese Augenblicke, in denen die sture Schönheit des Gartens sie überraschte, waren jede Enttäuschung wert.

Mary klappte den Katalog zu, stand auf und trank den letzten Schluck Tee. Draußen hing der Himmel grau über dem Tal. Die Temperatur stieg an – nach dem Thermometer unter dem Fenster hatte es sechs Grad –, und der Schnee von gestern war fast verschwunden. Laut Vorhersage sollte der Wind nach Süden drehen und bis zum Abend zu einem Sturm anwachsen. Hier konnte sich alles immer so schnell ändern. Sie fragte sich oft, ob das der Grund war, warum David im Zyklus eines Jahres Stabilität suchte, da sie von Tag zu Tag, von Augenblick zu Augenblick, nicht gefunden werden konnte. Manchmal wirkte ihr Ehemann auf sie wie das Stabilste, was sie in ihrem Leben je kennengelernt hatte. Er änderte sich nie. Oder kaum. Wie die Lärche, die sie vor zwanzig Jahren in einer Ecke des Gartens gepflanzt hatte, entwickelte er sich so langsam, dass man kaum glauben konnte, er wäre von einem Tag auf den nächsten irgendwie anders. Manchmal war Mary frustriert und verärgert von seiner Unbeweglichkeit; dann wieder wallte Dankbarkeit in ihr auf, bis sie weinen musste, nur um es herauszulassen. Sie lehnte sich dann an seine Schulter und schlang ihm die Arme um den Hals. Und er fragte: »Wass'n los?«, und sie sagte: »Nichts«, und er zog sie an sich und sagte ihr, dass ihn das freue.

*

Seit Davids gestrigem Besuch hing die Frage in der Luft wie ein Versprechen. Sandy war sich allerdings nicht sicher, ob sie Gutes oder Schlechtes versprach. Das Angebot des Anwesens war so unerwartet gekommen, war so randständig zu seinem Denken, dass es eine Zeit gedauert hatte, bis er es überhaupt als Frage begriffen hatte.

Wo will ich sein? Darauf lief das Ganze hinaus.

Seit mehr als zwei Monaten hielt er es nun schon im Red House aus und lebte fast so, als würde Emma zurückkommen. Er hatte nichts getan, um sie aus ihrem Zuhause zu löschen. Er hatte keine Möbel umgestellt oder neue Bilder für die Wände gekauft. Er war nicht durch jedes Zimmer gegangen, um noch vorhandene Hinweise auf sie zu entfernen – die Bücher und Kleidungsstücke, die sie vergessen hatte. Er hatte einfach weitergemacht wie zuvor, nur ohne sie.

Dabei erwartete er nicht, dass Emma zurückkehrte. Er hatte nicht mit Absicht Platz für sie gelassen in der Hoffnung, dass sie eines Tages auf der Schwelle stehen und darum betteln würde, wieder eingelassen zu werden. Er wusste, das würde nicht geschehen. Und auch wenn es Tage gegeben hatte, an denen er sich nach ihr sehnte und wie ein Besessener immer wieder ihre Facebook-Seite anklickte, Stunde um Stunde nach irgendetwas suchte – ein neuer Freund, ein Foto –, das seiner Sehnsucht zuwiderlaufen, den scharfen, bitteren Schlag der Eifersucht heraufbeschwören könnte, hatte es wesentlich mehr Tage gegeben, an denen er ihr einfach nur alles Gute wünschte.

Wenn er ehrlich war, hatte er gar nicht das Bedürfnis, die Leerstelle ihrer Abwesenheit zu füllen, weil sich der Raum, den sie in seinem Leben eingenommen hatte, bereits geschlossen hatte. Und zwar schon bevor sie wegging – über Monate, vielleicht Jahre hinweg hatte sich dieser Raum immer weiter zusammengepresst, während Sandy sich auf einen Verlust vorbereitete, den er gar nicht anders als erwarten konnte. Er wollte den Verlust nicht, er fürchtete ihn, aber weil er ihn erwartete, wurde er unvermeidlich.

»Du schließt mich aus«, sagte sie immer, wenn er wieder einmal aus einer verschwurbelten Diskussion einfach ausstieg. Und auch wenn er es leugnete, ihr und sich selbst gegenüber, tat er genau das: ausschließen – aber nicht sie, sondern sein Bedürfnis nach ihr. Er verschloss sich, zog sich zurück an einen Ort, den er besser kannte als jeden anderen. Verlassenheit, das begriff Sandy, war bequemer als die Angst davor. Emma hatte beschlossen wegzugehen, weil er ihr keine Wahl gelassen hatte.

Seit ihrer letzten Begegnung, wenige Tage nach Maggies Begräbnis, als sie die letzten Kartons in ihren kleinen Toyota stapelte, hatten sie nur unregelmäßigen Kontakt. Ein paar nüchterne E-Mails, in denen es um praktische Dinge ging, und ein paar Anrufe, einer davon tränenreich, mit denen sie den Rest klärten. Sie war jetzt in Edinburgh, wohnte nicht weit von ihrer ersten gemeinsamen Wohnung entfernt. Er war hier.

Eigentlich hätte Sandy derjenige sein müssen, der wegging. Dies war Emmas Haus, nicht seins. Zumindest hatte es sich früher so angefühlt. Aber Sandy wollte nicht weg. Er war hier glücklich. Oder fast so glücklich, wie er es brauchte. Er wollte nicht verlieren, was Emma ihm gegeben hatte – dieses Haus, diese Menschen –, aber er konnte nicht anders, als *sie* zu verlieren.

Ohne groß darüber nachdenken zu müssen, begriff er, dass seine augenblickliche Situation vorübergehend war. Er wohnte Tür an Tür mit den Eltern seiner Exfreundin, hatte ein Haus von den Eltern der Exfreundin gemietet. Er war ein Teil ihres Lebens, die beiden waren ein Teil seines Lebens, in einem Ausmaß, das früher oder später nicht mehr okay sein könnte – für ihn, für Emma, für sie. Ein paar seiner Freunde hatten bereits beiläufig gefragt, wann er denn umziehe. Auch sein Vater. Er hatte ihre Fragen abgetan. Es hatte sich nicht dringend angefühlt, und im Augenblick gab es keinen Ort, wo er lieber gewesen wäre. Er konnte warten, bis eine Entscheidung notwendig wurde.

Was er vor Davids Intervention nicht erwartet hatte, war die Möglichkeit, dass er vielleicht gar nicht weggehen müsste, sondern hier im Tal bleiben könnte, allein. Und woran er mit Sicherheit nie gedacht hatte, kein einziges Mal, war, sich noch tiefer einzugraben, indem er das Land und das Haus am Ende der Straße übernahm. Zumindest nicht ohne Emma.

Jetzt war er allerdings gezwungen, darüber nachzudenken.

Als Sandy an die gestrige Unterhaltung am Küchentisch zurückdachte, hatte er das Gefühl, dass David ihm nicht nur eine Entscheidung auferlegt, sondern sie bereits für ihn getroffen hatte. Von dem Augenblick an, da die Frage im Raum stand, hatte sie sich angefühlt wie ein Plan, zu dem seine Zustimmung erwartet wurde. Maggie habe Sandys Schicksal entschieden, sagte David. Aber eigentlich war es nicht sie, sondern er. Als Sandy jetzt die Straße hinunter zum Gardie ging, wo fast in jedem Fenster ein Licht brannte, war ihm, als hätte sich in der Lücke zwischen Davids Willen und seinem eigenen ein Vakuum geöffnet – ein Vakuum, das gefüllt werden musste. Was er jetzt vielleicht fühlte, war eine Verpflichtung, auch wenn er nicht sicher war, warum oder wann dieses Gefühl aufgetaucht war. Und noch konnte er auch nicht sagen, ob es eine Last oder ein Geschenk war. Bis jetzt war es nur eine Komplikation.

Der Nachmittag verdunkelte sich und stemmte sich einem Sturm entgegen, wie ein wütender Hund, der an der Kette reißt. Die scharfe Kälte von gestern hatte sich zu etwas Wilderem verwirbelt. Schon jetzt war die Brise mehr als eine Brise. Fast unbemerkt war sie gekommen, eine Bö, die sich nicht wieder legte, sondern jetzt das Tal aufwirbelte und an seinen Wangen und seinen Augenwinkeln riss. Salz hämmerte seine Lippen. Alles neigte sich ins Inselinnere.

Sandy hatte sich in diesem Tal nicht immer zu Hause gefühlt. Er hatte einige Zeit gebraucht, um sich einzugewöhnen, sich als Teil dieses Ortes zu fühlen. Zuerst hatte er sich gegen das Gefühl gewehrt, weil er nicht daran gewöhnt war, aber das hielt er nicht sehr lange durch. Jetzt bewegte er sich durch das Tal wie durch die Zimmer eines vertrauten Hauses, er kannte alle seine Veränderungen, von Tag zu Tag, von Augenblick zu Augenblick. Licht und Wetter waren immer in Bewegung, darauf achtete er zuerst. Der Schnee, der gestern fast alles bedeckt hatte, war so gut wie verschwunden, die nasse Erde, das Heidekraut, die Felsen lagen wieder bloß. Der Himmel war ein zerschundenes Grau, das nach Norden eilte.

Davids Pick-up stand vor Gardie neben dem Tor, auf der Ladefläche lag mit der Front nach oben eine Kommode. Sandy trat durch die Haustür ein und rief.

»He, hallo, ich bin's nur.«

»Ich bin oben«, kam die Antwort. »Komm hoch!«

Sandy fand ihn im zweiten Schlafzimmer, er saß inmitten von etwa einem Dutzend Kartons, die auf dem Boden aufeinandergestapelt oder ausgebreitet waren, die meisten offen und voller Papiere und Notizbücher.

»Sie hat alles aufgehoben«, sagte David. »Briefe, Postkarten, Tagebücher, alles. Keine Ahnung, was ich behalten soll und was nicht.«

Sandy sah sich um und spürte die Entgeisterung, die David empfinden musste. »Vielleicht sollten wir das für den Augenblick lassen und mit den einfachen Sachen anfangen. Lass alles eingepackt, wir können uns dann irgendwann später drum kümmern. Wenn wir uns nicht entscheiden können, packen wir einfach alles auf den Dachboden.«

»Ja, hast recht«, sagte David. »Wenn ich so weitermache, verzettle ich mich, bevor ich überhaupt richtig angefangen habe.« Er trat aus dem Sammelsurium aus Kartons heraus und hob abschließend die Hände. »Okay, kümmern wir uns um was anderes. Ich hab für Dienstag einen Container bestellt, also können wir anfangen, Gerümpel dafür nach unten zu schleppen. Aber erst führ ich dich rum.«

Die beiden Männer gingen über den Flur ins größere Schlafzimmer. Alles war noch so, wie es vor drei Monaten gewesen war. Die Bettdecke – weiß mit einem Stickrand aus Kornblumen am Fußende – war ordentlich zusammengelegt und zurückgeschlagen. Eine kleine Sammlung von Cremes, Puder und Flaschen stand auf der Frisierkommode. In einem Abfalleimer neben der Tür lagen ein paar zusammengeknüllte Papiertaschentücher. Einen Augenblick lang sagte keiner von ihnen etwas, sie standen einfach in der Tür und schauten sich alles an.

»Scheiße«, murmelte David. »Mir wär's fast lieber, sie hätte das Haus jemand anders gegeben. Es fühlt sich beinahe an, als müssten wir ihr ganzes Leben auseinandernehmen.«

Sandy sagte nichts, sondern nickte nur langsam. Er war in Maggies Haus noch nie oben gewesen und fühlte sich immer noch so, als wären sie hier Eindringlinge.

»War vielleicht 'ne schlechte Idee, dich zu fragen«, sagte David, der sich weiter umschaute.

»Warum?«

»Na ja, ist schon für mich schlimm genug, aber ich muss es nur ausräumen. Du musst darin leben.«

Sandy starrte ihn an. »Ich *muss* nicht drin leben. Ich kann leben, wo ich *will.*« Er verließ das Schlafzimmer, ging den Flur entlang und die Treppe hinunter. Er war nicht wütend, aber er wollte diese Unterhaltung nicht fortsetzen. Er fühlte sich in die Enge getrieben.

Im Wohnzimmer sahen nur wenige Bilder an den Wänden aus, als wären sie erhaltenswert. Neben den Familienfotos gab es ein paar hässliche Gemälde von Booten, eine gerahmte Postkarte aus Korsika und zwei kleine Drucke, die Fuchsjäger auf Pferden zeigten, mit Jagdhunden im Vordergrund. Sandy schüttelte den Kopf. Sie waren ihm zuvor noch nicht aufgefallen, und auf dieser Insel ohne Füchse wirkten sie völlig fehl am Platz. Er fragte sich, woher sie stammten. An welchem Punkt in Maggies Leben waren sie gekauft oder geschenkt worden? Und von wem?

An der gegenüberliegenden Wand befand sich ein hölzerner Kasten mit vielen winzigen Fächern, in jedem stand eine verblasste Porzellanfigur – vorwiegend Tiere. Es gab Affen, Kühe, Hunde, Elefanten, Schafe, Fische, einen Schwan, einen Hasen und noch viele mehr. Und egal, wie groß das Tier real war, alle waren sie auf wenige Zentimeter reduziert. Sandy schaute sich die Figürchen eins nach dem anderen an. Einige wirkten sehr lebensecht in der Darstellung – eine Kuh mit gesenktem Kopf, als würde sie grasen, ein Lachs mitten im Sprung –, andere waren merkwürdig und lächerlich. In einem Fach stand ein Kamel mit einem Fez auf dem Kopf. Daneben balancierte eine Katze auf den Hinterläufen, mit einer Fliege um den Hals. Wie schon bei den Jagdbildern war es schwierig, diese Objekte mit der alten Frau in Verbindung zu bringen, die Sandy in den letzten Jahren ihres Lebens kennengelernt hatte. Er konnte sich nicht vorstellen, dass sie vor diesen Figuren stand und sie bewunderte, geschweige denn, dass sie loszog, um sie zu kaufen.

»Den hab ich gemacht«, sagte David von der anderen Seite des Zimmers.

Sandy hatte ihn nicht die Treppe herunterkommen hören, und vor Überraschung stockte ihm der Atem. Erst als er sich umdrehte, fiel ihm auf, dass David in Strumpfsocken dastand, als würde er Maggies Regeln weiterhin befolgen.

»Was gemacht?«

»Den Schaukasten da. Als ich in der Schule war. Früher hatte sie die auf einem Regal stehen gehabt, alle dicht beieinander. Also habe ich den gebaut. Eines Tages habe ich die Figuren gezählt, als sie in der Küche war, und dann habe ich den Kasten gebaut. Sie hat sich sehr gefreut.«

»Ich kann mir nicht vorstellen, dass sie die gesammelt hat. Irgendwie passen die nicht zu ihr.«

»Sie hat sie nicht gesammelt. Das war ihre Schwester.«

»Ina?«

»Ja. Aber als sie dann nach Neuseeland ging, hat Maggie versprochen, sich um sie zu kümmern. Und das hat sie auch getan. Mehr als sechzig Jahre lang.«

»Und Ina wollte sie nie zurück?«

»Nein, warum auch? Die sind Scheiße. Als Ina weg war, haben sie Maggie mehr bedeutet als Ina.« Er lachte. »Die Leute sind schon komisch.«

»Und, wo fangen wir an?«, fragte Sandy. »Was willst du behalten?«

»Na ja, das meiste ist nichts zum Behalten. Alle Zimmer müssen entrümpelt und neu gestrichen werden. Wird 'ne ziemliche Arbeit, das schön herzurichten. Je mehr wir rausschaffen, umso einfacher wird es.«

»Okay. Dann lass uns hier drinnen anfangen. Bist du scharf auf diese Bilder da?«, fragte er und deutete zu den beiden Jagdszenen über dem Fernseher. »Was hat's mit denen eigentlich auf sich?«

»Na ja, ich hab Maggie vor Jahren nach ihnen gefragt. Um ehrlich zu sein, ich hab über sie nie groß nachgedacht, bis es dann in den Nachrichten um die Fuchsjagd ging, als sie verboten wurde. Also hab ich sie gefragt, warum sie sie aufgehängt hat.«

»Und?«

»Und sie sagte, ihr gefielen diese Hunde.« David lachte laut auf. Auch Sandy lachte.

»Okay«, sagte David. »Wir können alles, was zum Wegwerfen ist, auf einen Haufen legen, und mit diesen Bildern fangen wir an.« Er nahm sie von der Wand und legte sie in die Ecke neben dem offenen Kamin. »Und sonst?«

»Du kannst auch die anderen Bilder wegwerfen«, sagte Sandy. »Vielleicht nicht die Fotos, aber den Rest.«

»Mir gefallen die Boote recht gut.«

»Die sind furchtbar, weg damit!«

»Okay, wenn du es sagst.«

Einige Stunden lang wanderten die beiden Männer durchs Haus, machten Stapel, füllten schwarze Müllsäcke, inspizierten und entschieden. Manchmal sprachen sie sich ab, fragten den anderen nach seiner Meinung, aber meistens waren keine Fragen nötig. Das Haus war angefüllt mit den Habseligkeiten einer alten Frau, die keine Verwandte war. Jede Sentimentalität war schnell überwunden, als sie die ersten Bilder von der Wand nahmen. Manchmal fragte sich Sandy, welches Recht er hatte, über den Inhalt dieses Hauses zu entscheiden, aber David hatte ihn hergeholt und ließ ihn machen, also tat er es auch.

In der Küche schaute er in Schubladen und Schränke, holte Dosen und Trockennahrung heraus, ließ aber Besteck, Teller, Töpfe und Pfannen an ihrem Platz. Ein hässliches Set aus braunen Schüsseln wurde entfernt, ein anderes, schlicht weiß, blieb im Schrank. Sandy zögerte ein paar Sekunden, bevor er den Kühlschrank öffnete, weil er sich vor dem fürchtete, was er drin finden würde. Aber er war leer. Erst jetzt fiel ihm auf, dass er auch stumm war. David, der die Kühlschranktür gehört hatte, schaute zu ihm herüber.

»Wir haben ihn ausgeräumt«, sagte David. »Am Abend, als sie starb.«

Daran hätten nur wenige Leute gedacht, überlegte Sandy. Aber es überraschte ihn nicht, dass David und Mary es getan hatten. Er stellte sich vor, wie sie durchs Haus gingen, Stecker aus Dosen zogen, jedes Zimmer kontrollierten, den Inhalt von Kühlschrank und Gefriertruhe in Tüten packten, umgeben von Maggies Tod wie von einem Nebel.

»Vielleicht haben wir für heute getan, was wir konnten«, sagte David schließlich. »Ich komm dann am Dienstagnachmittag wieder und schaff was von dem Gerümpel in den Container. Du bist in der Arbeit?«

»Ja, ich fahre die ganze Woche lang Taxi. Gegen sechs dürfte ich allerdings zurück sein. Ich könnte dann am Abend wieder dazukommen.«

»Bleibst du nicht für das Wikingerfest in der Stadt? Das ist doch am Dienstagabend, oder?«

Sandy hob die Augenbrauen. »Nein. Ich hab's nicht so mit den Nordmännern.«

In Wahrheit konnte sich Sandy kaum etwas Schlimmeres vorstellen, als neunhundert betrunkenen Männern zuzusehen, die verkleidet durch die Straßen zogen, brüllten und sangen und Fackeln schwenkten. Er hatte noch nie auch nur die geringste Beziehung zu diesen Bereichen der Shetland-Kultur gehabt, bei der ihm ja eigentlich das Herz aufgehen müsste. Vor allem nicht zu diesem Auswuchs. Und die Tatsache, dass man ihn noch nie zur Teilnahme aufgefordert hatte, schien zu bestätigen, dass dieses Up Helly Aa ein Fest für andere war, nicht für ihn. »Chauvinistischer Machoquatsch«, nannte er es, wenn Emma in der Nähe war. »Ich glaube, ich lass es aus.«

David lachte. »Ich kann's dir nicht verdenken. Ist Jahre her, dass ich das letzte Mal bei der Parade war. Da waren die Mädchen noch Teenager, glaub ich. Aber mach dir wegen Dienstag keinen Kopf. Wir haben heut Abend schon viel geschafft. Ich sag dir Bescheid, wenn ich dich wieder brauche, wenn's schwere Sachen zu heben gibt und so.«

»Okay, aber trau dich ruhig, mich um Hilfe zu bitten.«

»Als hätt ich mich je nicht getraut.«

Draußen war die Dunkelheit inzwischen so dick wie Moorwasser. Nur drei Lichtflecken – von Terrys Haus, von Davids und von Alices – brachen durch. Der Wind kreischte ins Tal, nahm vom Meer auf, was er konnte, und trug es heran. Regen peitschte in schrägen Böen, noch vereinzelt, drohte aber zum Wolkenbruch zu werden.

»Ich fahr dich heim«, sagte David.

Sandy öffnete die Beifahrertür. »Da sag ich nicht nein«, sagte er.

»Hast du von dem Laden gehört?«, fragte David beim Losfahren.

»Welcher Laden? Was ist damit?«

»Der in Treswick. Billys Laden. Er denkt dran zuzumachen, hat er mir gesagt.«

»Wie das?«

»Zu wenig Leute, und die kaufen zu wenig Essen, wie er sagt. So einfach ist das. Die kommen einmal die Woche für Milch und einen Laib Brot, den Rest besorgen sie sich in der Stadt.«

»Ah, schuldig im Sinne der Anklage.«

»Wir auch. Wär allerdings schade, wenn er geht. Den Laden gibt's, so lange ich denken kann.«

»Ja, schade wär's.«

David hielt an der Einfahrt zum Red House, und Sandy stieg aus.

»Okay, bis bald dann«, sagte er und senkte den Kopf, ohne auf eine Antwort zu warten. Er musste richtig drücken, um die Pick-up-Tür zu schließen, und zog dann im Weggehen die Schultern gegen den Wind hoch. Hier oben wirkte er noch stärker, die Luft prügelte auf seinen Körper ein und drohte, ihn zur Seite zu werfen. Als er dann drinnen war, hörte er ihn um das Haus ächzen und kreischen, als wollte er durch die Fenster und Wände hereinkommen.

Sandy nahm das Telefon vom Küchentisch. Er hatte nur eine Nachricht von Terry, die er ignorierte. Er goss sich einen Whisky ein und ging ins Wohnzimmer, zündete ein Feuer an und setzte sich in den Sessel am Fenster. Er schloss die Augen und lauschte dem Sturm, während die Flammen auf dem Feuerrost keuchten und loderten.

Donnerstag, 11. Februar

Alice war auf Händen und Knien, drehte Steine um und untersuchte, was darunterlag. Am Bachufer dicht am Wasser beugte sie sich vor, hob einen flachen Stein an, balancierte ihn auf einer spitzen Ecke und spähte darunter. Ein Regenwurm grub sich mit Akkordeonbewegungen in den Schlamm; ein winziger schwarzer Käfer huschte ins Gras, eine Ansammlung weißer Kleckse, wahrscheinlich Eier, steckten in einer Ritze im Stein. Sonst sah nichts lebendig aus. Behutsam legte sie ihn wieder ab, genau so, wie sie ihn gefunden hatte.

Vor etwa zwanzig Minuten hatte es angefangen zu regnen. Nicht sehr stark, doch ihre Kleidung war durch und durch nass, und ihre Hände waren kalt. Sie war entmutigt. Seit sie vor vierzehn Tagen die Säugetiere beiseitegelegt hatte – ein paar Beobachtungen musste sie noch zusammentragen, aber ansonsten war das Kapitel abgeschlossen –, hatte sie angefangen, sich mehr mit Insekten und anderem Kleingetier zu beschäftigen, und war fast von Anfang an überwältigt.

Dabei hatte sie von vornherein gewusst, dass es ab diesem Stadium heikel werden würde. Die Aufgabe, die sie sich mit dem Buch gestellt hatte, war eine große: ehrgeizig, aber erreichbar, dachte sie, zumindest innerhalb gewisser Parameter. Doch hier, im Reich der Wirbellosen, der Käfer, Fliegen, Würmer, Spinnen, Bienen und Wespen, Motten, Weichtiere, Milben, Mücken, Köcherfliegen, Schwebfliegen und Florfliegen, schossen diese

Parameter in die Höhe und drohten, das ganze Projekt scheitern zu lassen. Denn diese Geschöpfe, diese winzigen, unbedeutenden Wesen, waren unglaublich zahlreich, und Alice wusste noch nicht so recht, was sie mit ihnen anfangen sollte.

In letzter Zeit hatte sie bei ihren täglichen Spaziergängen Teile des Tals erkundet, denen sie bis jetzt noch keine Aufmerksamkeit geschenkt hatte: die schattigen Winkel, die Bachufer, den Boden unter Heidekrautstängeln, die Erde und die feuchten Ecken. Diese Erfahrung hatte sich auf ihre Art als unterhaltsam erwiesen. Es gefiel ihr, den Ort aus neuen Blickwinkeln zu sehen, ihn auf Bodenniveau und noch tiefer zu betrachten. Sie hatte sich ein kleines Vergrößerungsglas gekauft, eine Lupe, die sie jetzt immer an einer Kette um den Hals trug. Sie hatte winzige Plastikboxen bei sich, um Exemplare für die Identifikation zu sammeln, doch bis jetzt hatte sie noch nichts mit nach Hause gebracht, da sie nicht wusste, wo sie anfangen sollte.

Februar war nicht die richtige Zeit für Insekten. Zumindest in der Luft war noch nicht viel, unten am Boden allerdings schon. Mehr, um genau zu sein, als sie bewältigen konnte. Vom Fenster ihres Wohnzimmers aus hatte das Projekt immer machbar ausgesehen. Der Ort, dachte sie, konnte zufriedenstellend in Worte gefasst werden. Es gab nur eine Handvoll Häuser sowie die Ruinen von zwei weiteren am Südhang des Tals, die schon seit dem neunzehnten Jahrhundert verlassen waren. Die Geschichte konnte man aus Büchern und eigenen Beobachtungen erfahren, zumindest soweit das für ihre Zwecke nötig war. Auch ein Großteil der Naturgeschichte schien in Reichweite: die Säugetiere, die Vögel, sogar die Pflanzen. Doch hier im Schlamm spürte Alice das Gewicht ihrer Unwissenheit und die schiere Masse all dessen, was sie nicht benennen konnte. Als sie einen weiteren Stein anhob und die Bewohner dieses Unterschlupfs in der Dunkelheit verschwinden sah, wusste sie, dass sie nicht einmal einen Bruchteil des Lebens hier erfassen konnte. Je genauer sie hinschaute, desto größer wurde das Tal. Was sie mit der Lupe betrachtete, wuchs, bis es die Linse ausfüllte, das Winzige wurde zum Enormen. Hier traf sie der schwindelerregende Gedanke, dass die Welt unter ihr tatsächlich unendlich war, dass es, je genauer sie hinschaute, umso mehr zu sehen gab, und dass alles, was sie sah, jedes Atom davon, sein eigenes Zentrum war.

Alice ließ sich nicht leicht von Details abschrecken. Die Recherche war schon immer der Teil des Schreibens, der ihr am meisten Spaß gemacht hatte, und diesen Ort so gut und so genau wie möglich kennenzulernen war größtenteils Zweck ihres Buchs gewesen. Wenn sie Fiktion schrieb, brachte sie Monate mit Vorbereitungen auf den jeweiligen Roman zu, las sich in Themen ein, die nötig waren, um das Buch zum Leben zu erwecken. Sie informierte sich über Forensik, analysierte Polizeiprozeduren, machte sich schlau über die Wissenschaft der Verwesung – die kleinen Details, die das große Bild erst vollständig machten. Sie wollte Bücher schreiben, die ein Ermittler lesen konnte, ohne sich über Ungenauigkeiten zu ärgern. Insgeheim wollte sie Bücher schreiben, die ein Verbrecher lesen und sich fragen könnte: *Warum habe ich daran nicht gedacht?*

Rezensenten nahmen oft an, dass bei ihr, da sie Kriminalgeschichten schrieb, immer die Handlung im Mittelpunkt stand. Aber das war nie der Fall. Für Alice standen die Details an erster Stelle. Sie sammelte Informationen, sammelte Fakten und Fotos. Sie schrieb alles nieder, ließ es reifen, miteinander verschmelzen. Die Geschichte formte sich erst später heraus. Sie keimte aus dem Material, das sie gesammelt hatte. Sie wuchs fast organisch aus diesem Material. Alice baute eine Welt auf, Stück um Stück, und in dieser Welt wurde eine Geschichte möglich, vielleicht sogar unausweichlich. Es bringt nichts zu fragen: *Wohin gehe ich?*, sagte sie einmal einem Interviewer, wenn man sich nicht zuerst gefragt hat: *Wo bin ich?*

Und genau das hatte sie sich gefragt, als sie mit diesem Buch anfing. Was für ein Ort ist diese Insel? Woraus besteht sie? Das waren die Fragen, die sie, nach Jacks Tod, wieder zum Schreiben gebracht hatten, und das waren die Fragen, die sie nach inzwischen vier Jahren dazu gebracht hatten, jetzt im Schlamm zu knien, während der Regen ihren Rücken durchnässte und die Kälte ihre Finger steif werden ließ.

Sie setzte sich auf einen Felsen und versuchte, einen Augenblick lang nichts zu denken. Sie schloss die Augen. Hier war es einfach, das Hirn leer zu machen. Das Gurgeln des Bachs auf seinem Weg zum Meer, das Rauschen und Kichern des Wassers, waren alles, was sie hören konnte. Es war nicht laut – das Gelände hatte wenig Gefälle, und der Bach war schmal –, aber es reichte, um die üblichen Geräusche des Tals zu überdecken. Die Wellen am Strand oder die Regentropfen auf der Erde konnte sie nicht hören. Die Schafe auf der Strandweide konnte sie nicht hören. Auch nicht, wie David vor Gardie seinen Pick-up anließ und die kurze Strecke die Straße hochfuhr. Erst ein oder zwei Minuten später hörte Alice ihn, als das Fahrzeug auf Höhe der Stelle kam, wo sie saß, in eine Ausweichbucht fuhr und dort anhielt. Sie öffnete die Augen, als David aus dem Pick-up stieg und die Tür zuwarf.

Er winkte. Sie winkte zurück. Er rief etwas, aber sie verstand es nicht, deshalb zuckte sie die Achseln und hob die Hände. Jeder andere, dachte Alice, wäre weitergefahren und hätte sie später angerufen, falls er mit ihr sprechen musste. Aber David war nicht wie jeder andere. Sie sah zu, wie er eine Hand auf einen Zaunpfosten stemmte, über den Draht stieg und in seinem Overall über die Wiese zum Bach ging.

»Hey«, rief er schon aus dreißig Metern Entfernung. »Du meditierst, wie ich sehe.«

»So was in der Richtung«, rief Alice und lächelte.

»Na, hör nicht auf damit. Werd dich nicht lange aufhalten.«

Er griff nach dem Schirm seiner Kappe und zog sie gegen den Regen tiefer in die Stirn, drehte den Kopf nach links und nach rechts, sagte aber nichts mehr und schaute Alice auch nicht mehr an, als er sich in Bewegung setzte, doch Alice konnte den Blick nicht von ihm nehmen. Sie war fasziniert von David, war es immer schon gewesen. Er war wie eine erfundene Person, ein Charakter, und doch war er irgendwie realer als alle, die sie kannte.

»Schöner Tag für ein Picknick«, sagte er, als er ein paar Meter entfernt auf der anderen Seite des Bachs stehen blieb.

»Sieht vielleicht nicht so aus«, grinste Alice, »aber eigentlich betreibe ich hier Recherche.«

»Aye.« David nickte ernsthaft. »Das sage ich Mary auch manchmal, wenn ich nachmittags ein Schläfchen halte.«

Von allen, die sie kannte, konnte Alice sich bei David am wenigsten vorstellen, dass er ein Nachmittagsschläfchen hielt, aber sie lachte trotzdem laut über den Witz.

»Und, was kann ich für dich tun?«, fragte sie. »Oder ist das nur Kontaktpflege?«

»Ach, normalerweise pflege ich meine Kontakte nicht draußen im Regen«, sagte David. »Aber ich hab dich gesehen und dachte mir, ich hätte da vielleicht was, das dich interessieren könnte. Für dein Buch, meine ich. Und ich wollt es nicht vergessen.«

Alice wusste nicht so recht, was David oder ihre anderen Nachbarn von ihrer Schriftstellerei oder von dem Buch selbst hielten. Sie hatte ihnen natürlich davon erzählt und erklärt, was sie damit beabsichtigte, aber die Reaktionen waren eher verhalten gewesen. Kopfnicken, ein oder zwei höfliche Fragen, dann wurde das Thema gewechselt. Entweder sie haben was dagegen, oder es interessiert sie nicht, dachte sie. Oder beides. Sie war sich bewusst, dass dieses Projekt gönnerhaft oder anmaßend wirken konnte. Sie war hier eine Zuzüglerin, ein Neuling. Sie war sich auch bewusst, dass es ihre Nachbarn vielleicht beunruhigte, was genau sie über das Tal schreiben mochte – über sie selbst zum Beispiel. Sie hatte sich Mühe gegeben, in ihren Erklärungen diese Befürchtungen auszuräumen, aber es war schwer zu sagen, ob sie genug getan hatte. Alice war deshalb erfreut und erleichtert, Davids Angebot zu hören.

»Na, du weißt doch, dass ich Maggies Haus ausräume, damit Sandy, wie ich hoffe, dort einziehen kann. Sie hat ein paar Sachen hinterlassen, die dich vielleicht interessieren könnten. Sachen, die sie geschrieben hat, meine ich.«

»Okay. Was für Sachen?«

»Tagebücher, Aufzeichnungen, solche Sachen. Da sind auch Briefe und so, die sie von anderen Leuten hatte, aber die nützen dir wahrscheinlich nichts. Aber wie's aussieht, hat sie ziemlich viel geschrieben. Hat einfach nur aufgezeichnet, was so passiert ist. Einiges davon wird ziemlich langweilig sein, aber vielleicht findest du was, das dir nützlich sein kann. Außer du findest schon auf diesem Stein da raus, was du brauchst.«

Alice lachte noch einmal. »Nein, vielen Dank, das klingt großartig. Ich würde mir das gern einmal anschauen, wenn du es nicht für zu persönlich hältst.«

»Nee, ich hab's mal flüchtig durchgeblättert, und so was scheint nicht dabei zu sein. Es geht mehr ums Wetter als um sie selbst, denk ich.«

»Na gut, klingt, als könnte es mir weiterhelfen. Soll ich vorbeikommen und alles abholen?«

»Nee, nee. Ich bring's dir irgendwann vorbei. Wenn sich die Gelegenheit ergibt.« Er drehte sich und schaute das Tal hinunter, sein Blick bewegte sich am Bach entlang zu dem schmalen Stück dunklen Meers ganz hinten. »Na ja, ich lass dich jetzt wieder deine Recherchen machen. Und ich denke, ich muss mein Abendessen recherchieren.«

»Danke, David«, sagte sie mit einem Lächeln. »Danke, dass du an mich gedacht hast.«

»Ich konnt ja kaum nicht an dich denken, wenn ich dich da mitten in diesem Tal sitzen seh.« Er zwinkerte und nickte und drehte sich dann um. »Bis später«, sagte er, ohne sich zu ihr umzusehen.

»Tschüs. Und noch mal danke.«

Alice sah ihn mit demselben forschen Schritt, mit dem er zu ihr gekommen war, wieder zur Straße hochgehen. Seine Hände waren, wie immer, wenn er nichts trug, hinter dem Rücken verschränkt, als würde er einfach nur einen Spaziergang machen. Am Zaun blieb er stehen. Von dieser Seite war er nicht so leicht zu übersteigen, aber er schien kein Problem zu haben, hob einfach erst das eine Bein, dann das andere. Er ließ den Pick-up an, dann fuhr er davon.

Alice spürte einen Schmerz im Rücken. Der Felsen, auf dem sie saß, war dafür nicht ideal geformt, und vor allem ein Höcker drückte sich in ihre rechte Hinterbacke. Die andere schien taub zu sein. Eigentlich wollte sie nicht sofort aufstehen, aber ihre untere Körperhälfte drängte beharrlich. Sie stand auf und drückte, die Hände in die Hüfte gestemmt, den Rücken durch. Plötzlich fühlte sie sich genau da, wo sie stand, sehr sichtbar und ungeschützt. Normalerweise verschwendete sie keinen Gedanken daran, wer sie beobachten könnte, aber die Unterhaltung mit David hatte es ihr vor Augen geführt. An dieser Stelle konnte sie von jedem Haus im Tal gesehen werden, falls jemand Ausschau hielt. Sie konnte die anderen nicht sehen, aber alle konnten sie sehen.

Da ihr dieser Gedanke unbehaglich war, ging sie, fast parallel zur Straße, am Bachlauf zurück und dann quer durch die obere Weide zum Haus. Sie hielt den Kopf gesenkt, achtete auf ihre Füße, die in der feuchten Erde schmatzten, spürte die nasse Hose an ihren Beinen und die Umklammerung durch die nassen Stiefel. Zurück im Haus, zog sie sich aus und drehte die Dusche auf. Dann stand sie mit geschlossenen Augen unter dem warmen Wasser, bis die Kälte aus ihrem Körper gewichen war, zog frische Sachen an und ging ins Arbeitszimmer. Sie setzte sich an den Schreibtisch, schaute den Stapel Papiere, die Bücher und Ordner an und dann zum Fenster hinaus.

Nach Davids Intervention hatte sie jetzt Lichtblicke in ihren Gedanken. Zuvor hatte sie sich den Kopf zerbrochen. Das Problem, wie das nächste Kapitel konstruiert werden sollte, wie sie es anlegte, damit es alles enthielt, was sie drinhaben wollte, hatte sie völlig in Anspruch genommen. Manchmal nahmen angesammelte Details eine eigene Gestalt an, wie ein Sandhaufen. Sie dirigierten sie und verlangten Entscheidungen, die eigentlich gar nicht nötig waren. Aber diesmal gab es einfach zu viel, und es drohte, sie unter einem riesigen, formlosen Berg zu begraben.

Was ihr die Spinnen und Ameisen und Fliegen allerdings sagten, war, dass dieses Projekt sich wirklich einer Art Abschluss näherte. Sie konnte über die Wirbellosen einfach nicht auf dieselbe Art schreiben wie über Vögel und Säugetiere. Was sie produzierte, konnte unmöglich umfassend sein. Ja, sie könnte alle Lebewesen, die sie identifiziert hatte, auflisten, aber was würde das bringen? Ein Register voller Löcher. Sie könnte den Rest ihres Lebens damit zubringen, die Namen von Insekten zu lernen und eine viel längere Liste zu erstellen, aber diese Löcher würde sie nie völlig stopfen können. Sie war jetzt an dem Punkt, an dem ihr Wille zur Vollständigkeit mit dem Unmöglichen kollidierte. Das war der Punkt, an dem eine Grenze sich selbst auferlegte.

Ihr Kopfzerbrechen war verflogen. Die Erkenntnis dieser Grenze, die nicht als Augenblick der Klarheit über sie gekommen war, sondern, wie das Feuchterwerden ihrer Kleidung im Verlauf des Vormittags, allmählich und unleugbar, hatte ein Gefühl der Erleichterung mit sich gebracht. Sie wusste jetzt, was sie nicht tun konnte. Und diese Erleichterung gestattete es anderen Gedanken, ihr zuzusetzen.

Alice hatte immer angenommen, dass der letzte Teil ihres Buchs sich auf die menschliche Zeitgeschichte des Tals konzentrieren würde. Es schien der einzig angemessene Abschluss zu sein. Aber sie hatte noch nicht wirklich darüber nachgedacht, wie das zu bewerkstelligen wäre. Wenn es so weit ist, dachte sie sich, würde sie schon wissen, was sie tun musste. Aus den letzten hundert Jahren wären genügend Informationen verfügbar, in den örtlichen Archiven und bei David, die es ihr ermöglichen würden, das Kapitel mit Leben zu füllen. Fotos, Namen, Daten: Details würden wichtig werden.

Sie sah das Buch ganz ähnlich wie das Tal selbst: aus mehreren Schichten bestehend. Die Gegenwart konnte nicht verstanden, nicht einmal richtig gesehen werden, ohne die Schichten zu verstehen, auf denen sie fußte. Wie bei einem Berg mit seinen Bändern aus Schiefer und Gneis und seinen Flözen aus Quarz und Eisen war jedes Einzelteil nötig für das Ganze. Wenn irgendein Teil anders wäre, entstünde ein ganz anderer Ort. Doch einfach nur die Geschichte, die Geologie und Geografie genau zu beschreiben reichte nicht. Alice wollte, dass ihr Schlusskapitel das Tal als das zeigte, was es *war*, etwas, das alle diese Teile enthielt und umfasste, auf ihnen stand. Sie wollte, dass die Leser diesen Ort schließlich so sahen, wie man vielleicht eine Uhr zum ersten Mal richtig sieht, nachdem man mitbekommen hat, wie sie zerlegt und wieder zusammengebaut wurde.

Doch Davids Angebot hatte ihr einen anderen Gedanken eingepflanzt: den Gedanken an Maggie. Alice hatte die Frau nicht sehr gut gekannt, was sie immer enttäuscht hatte. Sie begrüßten einander und wechselten vielleicht ein paar Worte, aber diese Unterhaltungen waren nie so freundlich oder so vertraut, wie sie es sich erhoffte. Maggie hatte vielleicht die Energie verloren, sich anzustrengen und Neuankömmlinge willkommen zu heißen. Sie hatte nicht mehr das Bedürfnis, sie in ihr Leben zu holen. Das war verständlich, aber Alice wäre es anders lieber gewesen. Sie hätte sie gern besser gekannt.

Als Maggie starb, versuchte Alice, sich das nicht zu Herzen gehen zu lassen. Sie ging natürlich zur Beerdigung – es nicht zu tun wäre unhöflich gewesen –, aber sie mied das Gespräch über das Vorgefallene und bemühte sich, die alte Frau aus ihren Gedanken zu drängen. Schließlich waren sie keine Freundinnen gewesen, sie hatten sich nicht nahegestanden, deshalb kam ihr die Trauer, die sie in sich spürte, wenn sie an Maggie dachte, irgendwie unecht vor, irgendwie unehrlich.

Das war der erste Todesfall, den sie physisch miterlebte, seit sie auf die Insel gekommen war. Es war der erste seit Jack. Nach mehr als vier Jahren hatte dieser Verlust seinen Würgegriff um ihre Gedanken gelockert, aber er war noch da, immer, wie ein Schmerz, und nun wieder die Nähe des Todes zu spüren war schwierig gewesen.

Doch Trauer ist etwas Ungezähmtes, und sie stieg, in unerwarteten Momenten, immer noch auf. Manchmal war Alice wie gelähmt von ihr, nicht nur, wenn die Erinnerungen unverlangt und unwillkommen zurückkehrten, sondern beim reinen Prozess des Erinnerns selbst – das allmähliche Verschwinden von Dingen, die früher so klar gewesen waren. Es hatte Zeiten gegeben, da sie versucht hatte, sich das Gesicht ihres Mannes zur Gesellschaft und als Trost ins Gedächtnis zurückzurufen, und gemerkt hatte, dass er nicht da war, wie ein Buch, das im Regal fehlte. Sie geriet dann in Panik und ärgerte sich über die Erkenntnis, dass sie, nachdem sie ihn einmal verloren hatte, nun ein zweites Mal würde verlieren müssen, Stück für Stück. In solchen Momenten schloss sie die Augen und schüttelte den Kopf, durchwühlte verzweifelt ihre Gedanken, bis er wieder da war.

Jack starb mit achtunddreißig Jahren an Darmkrebs. Er war fünfunddreißig, als er die Diagnose erhielt, kurz nachdem sie angefangen hatten, auf ein Baby hinzuarbeiten. Jetzt oder nie, hatte sie gesagt, als seine Begeisterung und ihr Alter – sie war zwei Jahre älter als er – ihre Angst vor dem Muttersein endlich überwunden hatten. »Jetzt oder nie.«

Fast drei Jahre lang lebten sie mit dieser Krankheit, zuerst voller Hoffnung – die Statistiken und seine Jugend waren auf ihrer Seite – und dann ohne. Zur Zeit der Diagnose hatte der Krebs bereits in die Lymphknoten gestreut und war unterwegs zur Leber. Als er dort ankam, war der Ausgang entschieden. Die Chemotherapie verlangsamte ihn, konnte ihn aber nicht verhindern. Jack würde auf der falschen Seite der Statistik landen. Er war »einer der Pechvögel«, hatte der behandelnde Arzt gesagt, als ihre Ängste schließlich bestätigt wurden.

Wenn jemand, den man liebt, zum Sterben verurteilt ist, wenn man weiß, dass er zum Sterben verurteilt ist, und man nichts tun kann, um es zu verhindern, spaltet das Leben sich auf. Die eine Hälfte macht weiter, als wäre alles normal. Man steht morgens auf, isst Frühstück, putzt sich die Zähne. Man geht zur Arbeit, trifft sich mit Freunden, schaut fern und geht ins Bett. Man funktioniert. Doch die andere Hälfte schaut immer voraus. Sieht jenseits des Sterbens den Toten. Sie erahnt die Abwesenheit, die kommen wird. Und doch ist da zwischen diesen beiden Hälften, dem Automaten und dem Seher, eine Instanz, die den anderen, der noch nicht weg ist, der noch da ist, befristet, aber real, lieben und betreuen muss.

Mehr als zwei Jahre lebte Alice so, und es funktionierte so gut, wie es ein Außenstehender nur erwarten konnte. Sie schrieb weiter – mit zunehmendem Widerwillen –, und sie kümmerte sich weiter um ihren Mann, der bis zu den letzten Wochen seines Lebens zu Hause war.

»Ich sterbe«, sagte er manchmal und schaute zu ihr, als würde ihn diese Erkenntnis aufs Neue überraschen. Genau auf dieselbe Art sagte er ihr, dass er sie liebe. Der Gedanke kam ihm unvermittelt und musste ausgesprochen werden. Ihre eigene Liebe zu Jack schwoll mit dem Bevorstehen seines Todes an und schwoll auch danach noch weiter, als könnte diese Liebe irgendwie wachsen und den Leerraum füllen, den er hinterlassen hatte.

Am Tag seines Todes, Ende Juli 2011, wurde sie kurz nach dem

Mittagessen ins Krankenhaus gerufen. Sie hatte fast den ganzen Vormittag mit ihm verbracht, war nur nach Hause gegangen, um sich ein bisschen auszuruhen. Schon einige Tage zuvor hatte man ihr gesagt, dass es jetzt jederzeit passieren könne, und seitdem hatte sie Schlafprobleme. Als das Telefon klingelte, musste sie eigentlich gar nicht rangehen. Sie griff bereits nach dem Autoschlüssel, war bereits unterwegs.

Mehrere Stunden saß Alice bei ihm, bis er nicht mehr war, bis die Schwester kam und sie an der Schulter berührte, und als sie fragte, ob Alice noch mehr Zeit brauche, wollte sie sagen: *Ja, ich brauche mehr Zeit, ich brauche noch ein paar Minuten, noch einen Tag, noch ein Jahrzehnt mit meinem Mann, ist das okay, können Sie das tun, können Sie das bewerkstelligen?* Aber sie sagte nichts. Sie stand auf, ließ seine Hand los und ging ins Wartezimmer, wo in einer Ecke stumm ein Fernseher flimmerte, der Löschfahrzeuge und Krankenwagen und Rauch und verwundete, weinende Menschen zeigte.

Lange starrte sie den Bildschirm an, versuchte zu verstehen, was hier passierte, in diesem fahlblauen Zimmer im vierten Stock des Krankenhauses. Sie las das Laufband mit den neuesten Meldungen zu den Angriffen in Norwegen, in Oslo und Utøya, auf dem erklärt wurde, wo die Bombe explodiert war und die Schießerei stattgefunden hatte, wie viele Tote befürchtet wurden, wie viele Verletzte es gegeben hatte. Sie sah Menschen auf Tragbahren und zitternde Kinder in Decken. In diesem Augenblick hatte sie das Gefühl, völlig stillzustehen, während die Welt um sie herumgaloppierte, auf fester Bahn und doch in einem verrückten Wirbel, wie eine Achterbahn außer Kontrolle, die schneller und schneller auf ihren Schienen rast und jeden Augenblick herauszuspringen und durch die Luft zu schleudern droht. Sie, Alice, stand im Zentrum des Ganzen, völlig machtlos und doch der Zweck des Ganzen, als würde dieses wilde, verrückte Rotieren der Welt nur für sie allein aufgeführt. Sie war wie gelähmt. Sich von dieser Stelle fortzubewegen würde bedeuten, den Irrsinn zu betreten, der sie umgab. Sie konnte nur vermeiden, von diesem Sturm erfasst zu werden, wenn sie in seinem Zentrum blieb und ihn um sie herum wüten ließ. Sie stand so da, bis sie nicht mehr stehen konnte.

In den nächsten beiden Tagen blieb Alice zu Hause, sah sich die Nachwehen der Attentate im Fernsehen an, die Szenen der Zerstörung und des Todes, die Stunde um Stunde wiederholt wurden. Und während sie gebannt starrte, sah sie ihr eigenes Entsetzen und ihre Entrüstung auf diesem Bildschirm gespiegelt, ihren eigenen Verlust im Verlust anderer reflektiert. Sie fühlte sich verkrüppelt, entstellt von dem Geschehenen, als wäre sie selbst eine der Verletzten. Auch spürte sie ein gewisses Ressentiment gegen diese Leute, gegen die schiere *Öffentlichkeit* ihres Leidens und das Mitgefühl, das es ihnen einbrachte. Was war mit ihr und ihrem *privaten* Leiden? Wo war das Gedenken an Jack? Wo war die Berichterstattung über seinen Tod? Fixiert auf diesen Bildschirm, von ihm hypnotisiert, zog sie aus der universellen Trauer Nahrung für die eigene. Es gab nichts anderes mehr.

In diesen ersten Tagen ließen die Leute sie ziemlich in Ruhe. Sie setzten ihr Essen vor, von dem sie ein bisschen zu sich nahm. Sie stellten nicht zu viele Fragen. Doch bald wurde klar, dass sie Verpflichtungen zu erfüllen hatte. Entscheidungen mussten getroffen werden. Am liebsten hätte sie alles ihren Schwiegereltern überlassen. Sie brachte nicht den Willen auf, zu entscheiden, welchen Sarg Jack brauchte, welche Blumen sie kaufen, welche Musik gespielt werden sollte, wenn dieser ausgezehrte

Körper ein letztes Mal in ihrer Mitte lag. Es war ohne Bedeutung. Nichts von alledem war von Bedeutung. Jede Frage schien obszön. Wie konnte man nur an solche Sachen denken? Wann immer es ging, flüchtete Alice sich in die Gesellschaft des Fernsehers, bis schließlich auch die letzten Reporter das Interesse an den toten Kindern Norwegens verloren. Allein vor dem Bildschirm fühlte sie sich benebelt vom Vergehen der Zeit, gelähmt von der endlosen Bewegung der Welt.

Samstag, 13. Februar

»Na komm, Jamie. Lass uns ein bisschen aus dem Haus gehen.«

»Es regnet.«

»Nicht wirklich. Außerdem hast du doch deine Jacke. Einfach nur ein bisschen an die frische Luft. Na komm!«

Jamie schaute vom Sofa hoch, warf Terry einen mürrischen Blick zu und starrte dann wieder auf sein Handy. »Das WLAN hier ist scheiße.«

»Hast recht, das ist es. Und das ist ein guter Grund, nicht den ganzen Tag nur herumzuhocken und auf einen Monitor zu starren. So wird's auch nicht schneller.«

Jamie schnaubte und stemmte sich hoch, als erforderte die Bewegung eine Anstrengung, für die er kaum die Kraft aufbrachte.

»Wohin gehen wir?«

»Nur zum Strand, okay? Nur mal schauen. Wir sind nicht lang weg, das verspreche ich.«

Eigentlich wollte Terry genauso wenig an den Strand wie Jamie, aber er musste irgendetwas tun. Sein Kopf war benebelt und pochte, und ein paar Minuten draußen könnten den Druck ein wenig lindern. Die Wände waren ihm zu eng, zu massiv. Die Wellen würden alles wieder klar machen, den Kater wegspülen.

Louise, seine Frau, hatte ihren gemeinsamen Sohn gleich in aller Frühe vorbeigebracht, eine Stunde eher, als er erwartet hatte – das war allerdings sein Fehler. Er war wach gewesen, aber nur gerade so. Bis jetzt hatte Jamie kaum ein Wort gesagt. Er hatte sich mit seinem Handy aufs Sofa gelegt. Facebook, SMS, Spiele. Terry wusste nicht genau, was. Rauszugehen könnte ihnen beiden guttun. Es könnte den Tag besser machen.

Jamie hatte recht, es regnete. Nicht heftig, aber es reichte. Der Regen fiel in einem Winkel von fünfundvierzig Grad, und ihre Gesichter waren nass, kaum dass sie auf die Straße eingebogen waren. Von hier aus sah das Tal geschrumpft und elend aus, als würde das Land selbst sich vor dem Wasser ducken. Terry beschirmte eine Zigarette mit der Hand, zündete sie an und zog den Rauch tief in die Lunge.

»Dad, kehren wir um.«

»Nein, lass uns weitergehen. Zehn Minuten, nicht mehr. Und wenn wir zurück sind, mache ich ein Feuer.«

Terry war jetzt seit sieben Monaten in diesem Haus, seit Louise ihn endgültig hinausgeschmissen hatte. Zumindest wirkte es diesmal endgültig. Dafür hatte es natürlich Warnungen gegeben, mehr als genug. Aber es war noch nie so ernst gewesen, so lange. Er machte ihr keinen Vorwurf. Zumindest nicht, wenn er nüchtern war. Und mit Sicherheit nicht, wenn er verkatert war. Dann, jetzt, schämte er sich, war schockiert darüber, dass sie es so lange mit ihm ausgehalten hatte. Ihre Freundlichkeit verblüffte ihn. Er hatte sie nicht verdient. Er hatte seine Frau nie verdient.

Es gab jedoch Zeiten, da dachte er anders. Wenn er betrunken war, konnte sein Selbstmitleid in Wut umschlagen. Dann war es Louise, die Fehler gemacht hatte, Louise, die ihn ins Elend stürzte, Louise, die seine Beziehung zu seinem Sohn ruinierte. Dann stellte er sich vor, was für schreckliche Dinge er zu ihr sagen könnte, wenn sie nur da wäre und ihm zuhörte.

Doch meistens war seine Wut nach innen gerichtet, ein brodelnder Strom aus Selbstekel, der sowohl Ursache wie Folge seiner Sauferei war. Er trank, weil er sich selbst hasste, weil er trank, weil er sich selbst hasste. Hin und wieder meinte er einen Riss in dieser Kette zu erkennen, ein Glied, das man vielleicht aufstemmen und zerbrechen könnte. Doch immer fiel die Logik des Ganzen auf ihn zurück: die perfekte, unausweichliche Logik.

Louise war gut zu ihm gewesen. Dass er Jamie nicht sehen durfte, stand nie zur Debatte. Es hatte nie auch nur die Drohung gegeben. Sie ließ ihn ins Haus kommen, wenn er dazu in der Lage war, und alle vierzehn Tage brachte sie den Jungen am Samstagmorgen vorbei und holte ihn am Sonntagnachmittag wieder ab. Sie verlangte von Terry, dass er an diesen Wochenenden nüchtern blieb, und er fügte sich.

Er wusste jedoch, dass die Besuche Louises Entscheidung waren, nicht Jamies. Er wusste oder vermutete zumindest, dass Jamie jedes Mal protestierte, wenn so ein Wochenende nahte, dass er wahrscheinlich darum bettelte, in der Stadt bleiben zu dürfen, nur dieses eine Mal, um seine Freunde zu sehen, um auszugehen oder sonst was zu tun. Terry wusste nicht so recht, was mehr wehtat: das Wissen, das diese Unterhaltungen zwischen seiner Frau und seinem Sohn stattfanden, oder die Realität der Besuche, bei denen Jamie störrisch und unkommunikativ war, bei denen Terry seinen Sohn anschaute, als wäre er ein Alien, als wäre er völlig unverständlich und unerreichbar, als wäre er bereits verloren.

Terry drehte sich nicht um. Er wusste, dass Jamie, elend und entrüstet, seine Turnschuhe über den Boden schleifte. Er folgte der Straße bis hinunter zu Gardie, dann dem Pfad, der zum Strand führte. Er öffnete das Gatter, wartete, bis sein Sohn bei ihm war, und schloss es dann hinter ihnen. Es regnete noch, aber die feuchte Luft war nicht unangenehm. Sie fühlte sich frisch und richtig an, und Terry war froh, dass er sich durchgesetzt hatte.

»Okay, können wir jetzt umkehren?«

»Nein!«

Die beiden, Vater und Sohn, knirschten über den Kies zum Wasser. Es herrschte Ebbe, und ein breiter Streifen Seetang lag schwarz auf den Steinen. Zwischen den fleischigen Blättern steckten Holzstücke und Müll, vorwiegend Plastik. Ein paar alte Flaschen, kaputte Bojen, Netzschwimmer, ein Kanister, ein Flip-Flop. Terry hatte irgendwo gelesen, dass rechte und linke Schuhe im Meer in entgegengesetzte Richtungen treiben und von Strömungen an völlig völlige verschiedene Orte gespült würden. Vielleicht war ein Großteil des Schuhwerks, das hier landete, linksfüßig wie dieser Flip-Flop. Es klang unwahrscheinlich, aber er wollte es glauben. Er hatte nie daran gedacht, die Theorie zu überprüfen, deshalb blieb es ein Mysterium. Zu dieser Zeit des Jahres war der ganze Strand mit Müll übersät, aufgewirbelt von den Winterstürmen. Er kam von wer weiß woher. Vielleicht von einem Schiff geworfen oder von einem anderen Strand an einem anderen Ort. Im Frühling räumten David und Mary ihn weg, sie sammelten und entsorgten, was nicht hier sein sollte. Aber der Müll kam immer wieder.

Terry und Jamie gingen jetzt nebeneinander, trotteten mit gesenkten Köpfen die Tanglinie entlang. Beide suchten höchstens halbherzig nach interessanten Dingen, aber nach unten zu schauen war trockener, als nach oben zu schauen. Vor ihnen pickten Steinwälzer und Sandregenpfeifer hungrig und eifrig in der Vegetation, und ihre weißen Brüste blinkten in der trüben Luft. Die Vögel flogen auf, als Vater und Sohn sich näherten.

Am Ende des Strands blieben beide stehen. Terry hatte immer noch Kopfschmerzen, aber ansonsten fühlte er sich besser. Er drehte sich zum Wasser. Eine Robbe dümpelte mit erhobener

Schnauze etwa zehn Meter vom Strand entfernt und beobachtete sie neugierig. Sie schauten ihr ebenfalls zu. Ihr hundeähnliches Gesicht schien die beiden einzuordnen oder darauf zu warten, dass sie etwas Interessantes taten. Terry pfiff, und der Kopf zuckte und reckte sich höher.

»Hast du gewusst, früher sagten die Leute, dass die Robben ihre Haut ablegen und als Menschen leben können? Vorwiegend als Frauen. Dein Opa hat mir erzählt, dass seine Mutter als Robbe geboren wurde. Sie planschte immer im Wasser herum, sagte er, obwohl in dieser Zeit noch kein Mensch schwamm.«

Jamie schaute seinen Vater mit einem höhnischen Grinsen an. »Die Leute waren früher ziemlich blöd, was?«

»Na ja, so könnte man es sehen.«

Der Junge hob einen Stein auf und warf ihn nach der Robbe. Er landete dicht bei ihr, und das Tier verschwand mit einem Spritzen, tauchte dann aber weiter draußen wieder auf und beobachtete sie weiter. »Tschüs, Uroma!«, rief Jamie.

Terry schüttelte den Kopf und lachte. »O Mann. Du bist mir vielleicht einer.« Er schaute auf seine Füße hinunter, suchte nach einem flachen Stein, den er über das Wasser hüpfen lassen konnte, doch die waren auf diesem Strand nicht leicht zu finden. Er drehte sich wie eine Möwe, schaute die Hochwasserlinie entlang und hob zwei auf, die geeignet sein könnten. Der erste hüpfte ein paarmal, tauchte dann in eine Welle. Der zweite schaffte nicht einmal das. Er warf ihn, was in seinem Kopf einen dumpfen Schmerz verursachte, und der Stein landete mit einem Platschen im Wasser.

Jamie lachte. »Du stellst dich vielleicht an.«

»Stimmt. Aber besser als du kann ich es.«

»Nein, kannst du nicht.« Der Junge bückte sich, hob einen

flachen, komisch geformten Stein auf und drehte den Körper seitlich. Er warf ihn mit Kraft, knapp über die nächste Welle hinweg, und er hüpfte, ein-, zwei-, dreimal, und schlitterte dann in einer Serie winziger Hopser weiter, die das Gesamtergebnis auf neun brachten, wie Jamie behauptete.

»Okay, ja, du bist besser als ich.«

»Noch einen Versuch?«

»Okay, aber auf drei Gewinnsätze.« Terry nahm seine Suche nach Steinen wieder auf, bückte sich am Rand des Strands und hob drei geeignetere auf, die glatt in der Hand lagen. Er drehte sich seitlich, bog den Arm mit dem ersten Stein nach hinten und … patsch. Ein feucht klatschender Schlag aufs Gesicht. Ein großer Klumpen sandigen Tangs rutschte von seinem Kopf zu Boden. Er schaute zu Jamie hinüber, der sich krümmte vor Lachen, wischte sich dann mit der Hand über den Mund, zupfte Dreck von den Lippen. Fast hätte er geschrien, hielt sich aber zurück. Er ließ den Zorn verrauchen, und dann musste auch er lachen.

»Können wir jetzt zurückgehen?«, fragte Terry, nachdem er aufgehört hatte, zu spucken und zu japsen.

Der Junge nickte und ging voraus.

Zu Hause zündete Terry ein Feuer an und ging duschen. »Pass drauf auf«, sagte er, als er das Zimmer verließ. Als er zurückkam, war das Feuer aus, und Jamie saß wieder in der Sofaecke und starrte auf sein Handy. Er schaute hoch zu Terry, dann zum Feuer und runzelte die Stirn.

»Tut mir leid. Hab ich gar nicht bemerkt.«

»Nein, das sehe ich. Könntest du bitte versuchen, es wieder anzuzünden?« Er gab sich Mühe, nicht verärgert zu klingen.

»Mum lässt mich das nicht machen.«

»Na ja, ich schon. Ich bitte dich, es neu aufzurichten, *vorsichtig*, und dann anzuzünden, *vorsichtig*. Ich kann dir dabei zuschauen, wenn du willst.«

»Nein, ich schaff das schon. Können wir dann was zu Mittag essen?«

»Ja, ich mach was. Ruf mich, wenn du Hilfe brauchst.«

Terry ging nach nebenan in die Küche, holte vier weiße Brötchen aus dem Brotkorb und ein Stück Käse aus dem Kühlschrank. Er horchte, aus dem anderen Zimmer kam das Rascheln von Papier, dann das gedämpfte Klappern von Holzscheiten. Jamie gab sich wirklich Mühe, leise zu sein. Er versuchte, seine Aufgabe so gut wie möglich zu erfüllen, gerade weil ihm so etwas bisher verboten gewesen war.

Terry hörte, wie ein Streichholz angerissen wurde, und spürte plötzlich in sich ein Gewicht sacken, als wäre die Angst vor der Katastrophe, einmal eingestanden, aus seinem Hirn direkt in den Magen gefallen. Er legte das Messer auf den Teller und ging, von Panik getrieben, ins Wohnzimmer. Dort kniete Jamie vor dem Feuer und hielt das Streichholz an eine Ecke einer Zeitung, genau so, wie Terry es gemacht hätte.

»Fast angezündet«, sagte Jamie und schaute, Anerkennung suchend, zu ihm hoch.

»Gut gemacht. Sieht klasse aus.« Terry versuchte, die Angst nicht zu zeigen, die ihn so unerwartet gepackt hatte. Er lehnte sich an den Türrahmen und wartete, bis die Flammen auf dem Rost züngelten. Funken knisterten im Kleinholz. »Schütte jetzt ein paar Kohlen drauf, dann stell das Schutzgitter davor. Wir wollen das Haus ja nicht abfackeln.«

»Du hast es vorher aber nicht aufgestellt.«

»Nein, hab ich vergessen. Ich hätte aufmerksamer sein müssen.«

Der Junge hob den Kohleeimer, der voll und schwer war, aber er versuchte, die Anstrengung nicht zu zeigen. Er kippte ihn zum Feuer, und Terry zuckte zusammen, weil er erwartete, dass der gesamte Inhalt in den Flammen landete. Eingreifen oder lernen lassen, er wusste nicht so recht, was am besten war. Aber es geschah nichts.

»Rüttle ihn ein bisschen mit der linken Hand.«

Jamie tat, was man ihm gesagt hatte. Ein paar Brocken Kohle fielen. Er wiederholte die Bewegung. Nichts. Dann noch ein paar mehr. Und noch einer.

Terry hatte lange genug zugesehen. »Okay, ich denke, das reicht.«

Jamie stellte den Eimer weg und das Schutzgitter auf. Er schaute seinen Vater an und lächelte. »Okay?«

»Aye, danke. Und ich hol jetzt das Mittagessen. Willst du Orangensaft?«

»Hast du auch noch was anderes?«

»Wasser.«

»Okay, dann Saft.«

Terry brachte Essen und Getränke und schaltete den Fernseher an.

»Sollen wir uns einen Film ansehen?«

»Warum nicht. Hast du was Anständiges?«

»Wahrscheinlich nicht. Schau mal die DVDs da auf dem Regal durch.«

»Du solltest dir Netflix besorgen, Dad.«

»Ja, vielleicht sollte ich das. Muss ich mir merken.«

Jamie blätterte in den Scheiben und zog einen James Bond

heraus, den sie beide schon mindestens zweimal gesehen hatten. »Nehmen wir den.«

Terry spürte Liebe in sich aufsteigen, als er sah, wie sehr der Junge sich bemühte, zugänglich zu sein. Er machte sich eine Tasse Tee und setzte sich aufs Sofa. »Okay, ich bin so weit.« Er drückte Play auf der Fernbedienung und drehte dann die Lautstärke hoch, um den Wind und den Regen zu übertönen, der jetzt gegen das Fenster prasselte. Zum ersten Mal seit Wochen empfand er so etwas wie Glück, und er versuchte beharrlich, das quälende Verlangen, allein und ohne seinen Sohn zu sein, beiseitezuschieben.

*

David holte zwei leere Eimer von der Ladefläche seines Pick-ups und stellte sie im Schuppen neben die Plastiksäcke mit Silage, die an der Wand aufgereiht waren. Die Fütterung war für diesen Tag erledigt, und er hatte sogar noch ein paar Stunden in Maggies Haus geschafft, hatte den restlichen Müll zum Container getragen, die Tapete von den Wohnzimmerwänden gekratzt und Pläne gemacht. Jetzt war nicht mehr viel zu tun, von der eigentlichen Renovierung abgesehen, und er war froh darum. Er wollte die Aufgabe erledigt haben, das Haus von Maggie geleert und mit dem Leben eines anderen gefüllt sehen – vorzugsweise Sandys. Er wollte, dass das Haus wieder atmete und von der Last des Verlusts befreit war. Er wollte es erneuert sehen.

Die letzten Wochen waren nicht sehr angenehm gewesen. Sich durch Maggies Zimmer zu arbeiten, die Dinge in der Hand zu halten, die früher ihr gehört hatten, über ihr Schicksal zu entscheiden, all das hatte ihm ein tieferes Gefühl des Verlusts vermittelt, als er in den ersten Wochen nach ihrem Tod empfunden hatte. Damals hatte er sich davon distanzieren können, zumindest bis zu einem gewissen Grad. Sie war eine alte Frau, hatte er sich gesagt. Sie war nicht mehr der Mensch, der sie mal gewesen war, der Mensch, den er sein ganzes Leben gekannt hatte. Aber in diesem Haus und in ihrer Abwesenheit war sie wieder dieser Mensch. Sie war genau die Frau, mit der er Jahr um Jahr, Jahrzehnt um Jahrzehnt dieselbe Unterhaltung geführt hatte, über Schafe, übers Wetter, über ihre Nachbarn. Sie war die Frau, die ihn am Tag seiner Hochzeit aus dem Konzept gebracht hatte, als er sich bei der Feier, zappelig vor Nervosität, durch seine Rede gestammelt hatte. »Setz dich und lass mal jemand anders ran«, hatte sie, unter tobendem Gelächter, gerufen. Sie war die Frau, die auf Emma und Kate aufgepasst hatte, als sie noch klein waren, wenn er und Mary in der Arbeit waren, und sie war die Frau, die auf ihn aufgepasst hatte, als er noch ein Kind war, sich von ihm im Garten hatte helfen lassen oder mit ihm über die Felder und durchs Tal gewandert war. David, der immer trödelte, konnte kaum mit ihr Schritt halten. Sie war damals selbst noch eine junge Frau, träumte vielleicht von eigenen Kindern, Kindern, die aber nie kamen. Das war die Maggie, deren Andenken das Haus noch immer bewohnte, und sie fehlte ihm.

Er hatte diese Zeit im Leben erreicht – eine Zeit, die er so nicht erwartet hatte, die sich jetzt aber als merkwürdig bedeutsam erwies –, in der der letzte der Erwachsenen, die er als Kind gekannt hatte, nicht mehr da war. Ein paar seiner Lehrer könnten noch unterwegs sein, stellte er sich vor, er hatte aber seit vielen Jahren nichts mehr von ihnen gesehen oder gehört. Bestimmt gab es auch noch andere Leute, Zeitgenossen und Freunde seiner Eltern, vielleicht gebrechlich und vergesslich. Aber es gab niemanden, dessen Fehlen ihm auffallen würde. Tatsächlich lag die

Schuld größtenteils bei ihm. Er war zu viel für sich geblieben, oder zumindest im Tal. Er verlor leicht den Kontakt zu anderen Leuten und tat wenig, um das zu ändern. Manchmal sah er in Billys Laden oder in den Gängen des Co-op in Lerwick ein vertrautes Gesicht – einen seiner Schulkameraden oder einen Arbeitskollegen von Mary –, und dann drehte er sich weg, damit man ihn nicht bemerkte. Wenn es ihm nicht gelang, war er immer jovial, immer freundlich, aber er hatte oft Erfolg.

Dabei war es nicht so, dass er nicht gern mit Leuten redete. Es machte ihm Spaß, sich mit Freunden von Emma oder Kate zu unterhalten, wenn er ihnen zufällig begegnete, oder mit Leuten, die in der Nähe wohnten, aber oft wusste er nicht, was er sagen sollte, wenn die Höflichkeiten ausgetauscht waren. So viel seines Denkens konzentrierte sich auf das Tal, dass er, wenn man auf andere Themen zu sprechen kam, ins Schwimmen geriet oder meistens einfach völlig desinteressiert war.

Mit Ausnahme seiner Töchter und der Enkel gab es hier alles, was er brauchte. Und Maggie war immer ein Teil dieses *Hier* gewesen. Vom Augenblick seiner Geburt bis zum Augenblick ihres Todes. Und eigentlich sogar noch länger. Sie war die Verbindung nicht nur zu seiner eigenen Vergangenheit, sondern zu einer Zeit, bevor er existierte, einer Zeit, die er aus Geschichten kannte und die jetzt in ihm lebte. Jetzt, da sie nicht mehr da war, spürte er eine merkwürdige Art der Verantwortung gegenüber dieser Vergangenheit, auch wenn er nicht völlig verstand, was diese Verantwortung mit sich brachte.

David hatte sich nie gegen Veränderungen gewehrt. Er hatte sich nie vor ihnen gefürchtet, so wie einige Ältere es taten. Das Leben, in dem er aufgewachsen war, war hart, unendlich härter als das Leben, das er jetzt führte, und er hatte es nie verherrlicht oder idealisiert. Er war froh, dass es vorbei war. Der Komfort, den er genoss, die Befreiung von Hunger und Armut waren ein Luxus, den seine Großeltern erst sehr spät im Leben erfahren hatten. Diese Veränderungen konnte man nicht wegwünschen. Es war deshalb nicht leicht zu sagen, nach welchen Dingen, die verloren waren, er sich genau sehnte. Er konnte nicht so recht in Worte fassen, was jetzt fehlte, das früher vorhanden gewesen war. Vielleicht war es das Gefühl der Dauer und Beständigkeit, das er in seiner Jugend empfunden hatte und das nun ersetzt war durch etwas wie Unsicherheit und Vergänglichkeit. Vielleicht war es nur das.

Weil er hier aufgewachsen war, hatte er das Gefühl, etwas ererbt zu haben. Seine Eltern hatte ihm nicht nur einen Start ins Leben geschenkt und ihn dann seinen eigenen Weg finden lassen. Er hatte den Weg zusammen mit dem Start geerbt, und er hatte es akzeptiert. Kein einziges Mal hatte er dieses Erbe als Behinderung betrachtet. Kein einziges Mal schaute er sein Leben an und wünschte sich, es woanders verbracht zu haben, etwas anderes getan zu haben. In dieser Hinsicht empfand er kein Bedauern. Die Insel war für ihn sowohl ein Geschenk wie eine Wahl gewesen. Das Geben dieses Geschenks und seine Annahme waren irgendwie unzertrennlich.

Er wusste natürlich, dass jetzt vieles anders war. Die freie Entscheidung war alles, und die Möglichkeiten waren endlos. Wie konnte irgendjemand jetzt so leben, wie er es in seinen jungen Jahren getan hatte, und den Ort seiner Geburt akzeptieren, als wäre er das größte Geschenk, das er sich vorstellen konnte? Wie konnte irgendjemand sich mit dem hier zufriedengeben? Heute war jede getroffene Entscheidung tausend verpasste Chancen, also würde *das hier* immer übertroffen werden von *was wäre, wenn.*

Vielleicht war das etwas Gutes, diese Freiheit. David war sich nicht so sicher. Er dachte an Emma. Sie war weggegangen, dann zurückgekehrt und jetzt wieder gegangen, unfähig, so richtig zufrieden zu sein. Überall sah sie Chancen, und sie ergriff sie. Sie war gefangen, verheddert in ihrem eigenen Willen, konnte ihm nicht entkommen. Er schaute sie an, und er wusste, dass die Entscheidungen, die er in seinem Leben hatte treffen müssen, anders waren als die, die sie treffen musste. Es waren einfachere Entscheidungen gewesen. Als er hierher zurückkam und Mary heiratete, hörte er auf, Entscheidungen zu treffen, und fing an zu leben. Er gab sich selbst auf für etwas wie Schicksal. Er gab sich selbst für das Leben auf. Emma hatte sich vielleicht nie für irgendetwas aufgegeben. Jetzt vermisste er sie, mehr, als er es für möglich gehalten hatte.

Im hinteren Teil des Schuppens standen hinter dem Traktor ein paar Möbel, die er aus Gardie gerettet hatte: der Küchentisch, ein Kleiderschrank und eine Kommode, ein Sekretär und ein Schaukelstuhl. Er wollte sie aufbewahren und nach der Renovierung zurückstellen. Ihm gefiel der Gedanke einer Fortsetzung. Aber zuerst musste ein bisschen was an ihnen getan werden. Nichts Größeres. Zwei der Schubladen in der Kommode fielen auseinander; der Tisch musste abgeschliffen werden und der Sekretär ebenfalls. Der Schaukelstuhl war irgendwann einmal cremefarben lackiert worden, doch inzwischen blätterte der Lack ab. David trug ihn nach vorn und stellte ihn neben die Werkbank. Bei den anderen Möbeln konnte er die elektrische Schleifmaschine benutzen, aber der Stuhl musste per Hand gemacht werden.

Er fing oben an, mit dem gröbsten Schleifpapier, das er finden konnte, drückte fest gegen das Holz und schmirgelte. Der Lack löste sich ganz leicht – eine matte, tote Haut, die man loswerden musste –, aber er blieb im Schleifpapier haften, und David musste das Blatt alle paar Minuten ausklopfen, um es von den Resten zu befreien. Als das Querbrett sauber war, nahm er sich die aufrechten Streben vor, umschloss jede einzelne mit der Hand und schob das Papier auf und ab, bis das dunkle Holz sichtbar wurde. Nun wandte er sich den Armlehnen, dem Sitz zu, arbeitete sich Stück um Stück nach unten, bis zur perfekten Biegung der Kufen, die auf dem Betonboden standen.

Wenn David arbeitete, dachte er kaum an etwas anderes. Nur hin und wieder schweiften seine Gedanken ab, wanderten, korrigierten sich dann und kehrten zurück. Diese Arbeit erforderte keine besonderen Fähigkeiten oder starke Konzentration, doch seine Aufmerksamkeit galt ganz ihr. Es war die Art von Arbeit, die er liebte, Arbeit, in der er sich verlieren konnte und sich doch präsenter fühlte als bei vielen anderen Gelegenheiten. Manchmal dachte er, lieber hätte er in seinem Leben etwas Praktischeres gemacht, wäre Schreiner oder Schiffsbauer geworden, wie der Vater seiner Mutter einer gewesen war. Die Ganzheitlichkeit faszinierte ihn. Es war ein Kontrast zum nie endenden Kreislauf der Landwirtschaft. Man arbeitete an einem Projekt, man brachte es zu Ende und wandte sich etwas anderem zu. Man war stolz auf die Dinge, die man erschaffen hatte, und andere erfreuten sich an ihnen. Man wandte seine Arbeit nützlichen, manchmal schönen Dingen zu, wie dem Schaukelstuhl in seinen Händen, seinen soliden Formen, die an Muskeln und Knochen erinnerten. Aber David war nie der geborene Schreiner gewesen. Er lernte, wie Dinge gemacht wurden, wie sie funktionierten. Er hatte einige der Fähigkeiten, aber nicht das Talent. Wenn er als Junge seinem Großvater half, musste man ihm immer sagen, was er tun sollte.

Er lag immer einen Schritt zurück. Er schaute zu, wie der alte Mann sich bewegte, seine Haut auf den Brettern, rau an den Fingerspitzen, glatt an der Handfläche, als wären die eigenen Hände aus Holz. Er sah zu, wie Boote Gestalt annahmen, und auf ihn wirkte es wie ein Zaubertrick. David konnte nie ganz verstehen, wie der Trick funktionierte.

Heutzutage mied er schwierige Arbeiten. Er hatte weder den Ehrgeiz noch die Geduld dafür. Sein Cousin Andy war Schreiner und half ihm bei allem, was getan werden musste. Aber Arbeiten wie diese, einfache Reparaturen, machte er gern selber. Sie garantierten Befriedigung. Er kannte seine Grenzen, doch innerhalb dieser Grenzen konnte er Vergnügen finden.

Der Lack war jetzt ganz ab, und David hatte eben angefangen, den Stuhl mit feinerem Schmirgelpapier zu bearbeiten, als er merkte, dass er Hunger hatte. Ein tiefes Knurren im Magen holte ihn aus der Versenkung. Er war von Gardie nach Hause gekommen, um zu Mittag zu essen, hatte sich aber ablenken lassen. Jetzt war es mitten am Nachmittag. Unter dem abgeschliffenen Stuhl türmte sich ein Häufchen aus Lackpartikeln und Holzstaub und weggeworfenem, zerknittertem und durchgescheuertem Schmirgelpapier. Er würde die Arbeit später abschließen und alles aufräumen.

Er richtete sich auf. Seine Finger waren steif vor Kälte und die Zehen in den Lederstiefeln taub. Er war müde. Der Regen, der zuvor heruntergeprasselt war, hatte aufgehört, aber die Luft draußen war noch feucht, und der Wind traf seine Wangen und Ohren scharf wie Katzenklauen.

Kurz stand David in der Tür des Schuppens und schaute hinaus. Er fühlte sich alt. Seine Haare waren schütter und vorwiegend grau, mit einer kahlen Stelle von der Größe eines Bierdeckels oben auf dem Kopf. Seit sie aufgetaucht war, hatte er es sich zur Gewohnheit gemacht, die Handfläche auf diese Stelle zu legen, wie um zu kontrollieren, ob die Lücke in seinen Haaren noch da war und ob sie seit seiner letzten Kontrolle, die normalerweise nicht lange her war, nicht größer geworden war. Er wusste, dass es lächerlich war, konnte aber offensichtlich nicht damit aufhören. Seine Gedanken schweiften ab, und seine Hand wanderte nach oben, wie angezogen von einem Magneten auf dem Scheitel seines Schädels.

Er ging seitlich ums Haus herum, weil er von dort die obere Weide sehen konnte. Einige der Mutterschafe drängten sich um den Futterring und zupften Silage aus dem Ballen. Andere grasten dicht vor der Mauer am Nordende der Weide, die ein wenig Schutz vor dem Wind bot. Er suchte nach nichts Besonderem, schaute nur nach. Wenn das Wetter schlecht war, bekam er noch immer ein schlechtes Gewissen. Die letzten beiden Wochen war es unerbittlich kalt gewesen, mit Graupel an einigen Tagen, dann Regen, dann Hagel. Aber die Schafe hielten es aus, sie beklagten sich nicht. Sie fraßen und schliefen einfach, meistens schweigend, während in ihnen kleine Leben heranwuchsen.

In der Diele band er die Schnürsenkel auf und streifte die Stiefel ab, indem er die Zehen als Ausziehhilfe benutzte. Sam stand kurz von seinem Lager in der Ecke auf, wackelte ein paarmal mit dem Schwanz, legte sich dann wieder hin, rollte sich zusammen und schloss die Augen. David schüttelte den Kopf und lachte. »Du bist mir vielleicht ein Faulpelz, Sam.« Er hörte Mary in der Küche – Geschirr wurde weggeräumt, Schränke geschlossen –, und er ging lächelnd hinein, um sie zu begrüßen.

»Hab mich schon gefragt, was mit dir passiert ist«, sagte sie. »Dachte, ich hätte dich schon vor Stunden zurückkommen sehen.«

»Bin ich, hab dann aber die Zeit vergessen. Hab im Schuppen gearbeitet, bis mein Bauch mich daran erinnerte, was mein Kopf vergessen hatte.«

»Aber du wirst doch jetzt nichts essen? In ein paar Stunden gibt's schon Abendessen.« Mary hörte auf, die Spülmaschine auszuräumen, und schaute ihn mit hochgezogenen Augenbrauen an.

»Na, wenn ich jetzt nichts esse, bin ich in ein paar Stunden nicht mehr am Leben. Keine Angst, ich lass noch Platz für später.«

David öffnete den Kühlschrank, holte ein dünnes Stück Käse heraus und dann eine Schachtel Haferkekse aus dem Schrank über der Mikrowelle. Er schnitt sechs Scheiben von dem Käse ab, legte sie auf einen kleinen Teller und setzte sich an den Tisch.

»Willst du Tee?«, fragte Mary, als sie mit dem Geschirr fertig war.

»Aye. Bei dem Kohldampf habe ich ganz vergessen, dass ich auch was zu trinken brauche.«

Mary füllte den Kessel und schaltete ihn ein, stellte dann zwei Becher mit Teebeutel und eine Flasche Milch auf den Tisch.

»Wie war dein Tag?«, fragte sie mit Blick zu ihrem Gatten, der ins Essen vertieft war.

»Um ehrlich zu sein, ich weiß es nicht so recht«, antwortete David. »Irgendwie hab ich das Gefühl, ich hätte die Hälfte davon verpasst. Bin aufgestanden, rausgegangen und dann war's plötzlich jetzt. Ich weiß, dass ich bei Maggie ein bisschen was geschafft hab. Und ich hab einen Stuhl abgeschliffen. Das ist so ziemlich alles, denk ich.«

Als der Kessel zu kochen anfing, ließ ein Klingeln David den Kopf heben. Er schaute zu Mary, dann zum Telefon an der Wand, weil er den Mund zu voll hatte, um zu fragen.

»Es ist *dein* Telefon«, lachte Mary und griff in die Tasche seiner Fleecejacke, die er über einen Stuhl gehängt hatte. Sie schaute aufs Display und schob es ihm über den Tisch zu.

»Sandy«, sagte sie lächelnd.

David schüttelte den Kopf und schluckte, griff nach dem Telefon, das vor ihm lag, und suchte nach dem richtigen Knopf.

»Aha!« Er drückte ihn und hob das Handy dann ans Ohr.

»Hallo, Junge, wie geht's?«

»Ganz okay, danke.«

Die Verbindung war schlecht, und David schloss die Augen und konzentrierte sich auf Sandys Stimme.

»Ich wollte dir nur sagen, dass ich eine Entscheidung getroffen habe«, sagte Sandy.

»Okay.« David nickte. »Wegen was?«

»Wegen dem Haus.«

»Aha! Na ja, ob du es glaubst oder nicht, ich hatte heute zwei Leute, die mich gefragt haben, ob sie es kaufen können. Würde ein schönes Ferienhaus abgeben, hat mir einer gesagt.«

»Oh.« Sandy klang überrascht. »Und, willst du es verkaufen?«

»Nein, will ich nicht. Ich hab dir gesagt, was ich will. Da hat sich nichts geändert.«

»Okay, das ist gut.«

David hielt einen Augenblick inne. »Heißt das, du willst es?«

»Aye, ich will's mal versuchen.«

»Na, das ist 'ne gute Nachricht, Sandy, Junge. Bin sehr froh, das zu hören.«

»Ja, ich bin auch froh. Glaube ich wenigstens. Wie auch immer, ich rede später noch mit dir, und dann können wir einen Plan machen. Wenn's geht, würde ich gern einziehen, sobald es fertig ist, bevor ich meine Meinung noch mal ändere.«

»Das ist mir ganz recht. Es ist bereit für dich, sobald ich mit Malern und so durch bin. Ein paar Wochen, vielleicht weniger, wenn du mir hilfst.«

»Ich helf dir«, sagte Sandy. »Ich komm später vorbei. Dann können wir alles besprechen.«

»Bis dann«, sagte David, nahm das Handy vom Ohr und grinste. Er hob den Blick zu Mary, die am Tisch stand und zu ihm herunterschaute.

»Er will bei Maggie einziehen«, sagte David.

»Aye, das hab ich verstanden.« Mary nickte langsam. »Na ja, ich hoffe, das funktioniert für ihn«, sagte sie. »Ich hoffe wirklich, dass es funktioniert.«

Dienstag, 22. März

Sandy zog am ersten März ein, an einem verhagelten Vormittag. Mehr als ein Dutzend Kisten hatte er bereits, eine nach der anderen, aus dem Red House nach Gardie geschafft, an diesem Tag dauerte die Sache deshalb nicht sehr lange. David kam mit dem Pick-up und einem Anhänger, sie luden beides voll, und das war's. Er hatte weniger Habseligkeiten, als er befürchtet hatte, und viele der Möbel blieben, wo sie waren. David hatte für Gardie neue Sachen gekauft und die Sachen von Maggie, die erhaltenswert waren, im Haus gelassen und repariert.

Das Haus fühlte sich komisch an. Tagelang versuchte Sandy das Gefühl abzuschütteln, dass es noch immer das Haus eines anderen war, dass er hier nur Eindringling oder Gast war. Es war umgestaltet worden – neuer Anstrich, neue Teppiche –, und er hatte sich die Farben sogar aussuchen dürfen. Doch Sandy fragte sich immer noch, ob er vielleicht die falsche Entscheidung getroffen hatte.

Als drei Wochen später die neuen Mieter im Red House ankamen, hatte er sich bereits besser eingewöhnt. Seine Sachen waren nicht mehr in Kisten, sondern im Haus verteilt, und das half. Wie auch die zahlreichen Gespräche mit David über die Landwirtschaft, bei denen der alte Mann ihm seine Begeisterung wie ein Geschenk anbot. Manchmal lachte er über Davids Aufregung und über seine Versuche, sie im Zaum zu halten.

»Sei nicht zu ehrgeizig«, warnte David ihn. »Nicht, bis du vertrauter mit dem Ganzen bist. Nimm dir ein Jahr oder zwei, um zu sehen, wie du vorankommst.«

Dann, fünf Minuten später: »Vielleicht könnten wir uns Schweine besorgen. Zwei oder drei, die wir zwischen uns aufteilen. Und eine Kuh. Nur 'ne kleine Shetlander. Kann ich mir gut vorstellen. Lange her, dass ich eine hatte.«

Sandy konnte es sich auch vorstellen. Er war nicht immun gegen die Visionen, die David für das Anwesen hatte, und es schmeichelte ihm, dass David ihn als Teil dieser Vision sah. Es gab Zeiten, wenn sie zusammen am Küchentisch in Gardie oder oben in Kettlester saßen, die Sandy an die Aufregung erinnerten, die Emma und er nach ihrem Einzug ins Red House empfunden hatten. Doch es war komisch, diese Aufregung jetzt mit Emmas Vater zu teilen, sie ohne Emma zu empfinden. Es fühlte sich fast an wie Untreue.

Vom Küchenfenster aus, vor dem er das Geschirr wusch, konnte Sandy die Straße zum Red House sehen. Vor dem Haus stand ein weißer Transporter, aus dem zwei Leute Kisten schleppten. Ein Shetland-Pärchen, sagte David, aus Lerwick. Ein paar Jahre jünger als Sandy. Ihre Namen hatte er schon gehört, aber er kannte sie nicht.

Sandy freute sich. Jüngere Leute im Tal fühlten sich an wie eine Befreiung. Jetzt wäre er kein so krasser Außenseiter mehr. Er war froh gewesen, als er den Transporter gleich in der Früh ankommen sah, und jetzt stand er am Fenster und sah zu, wie zwei Gestalten zwischen Fahrzeug und Haus hin- und hergingen. Er hätte ihnen gern seine Hilfe angeboten, und wenn nur aus Neugier. Aber er musste heute ein paar Stunden arbeiten, in der Stadt Taxi fahren. Und außerdem war das ihre Zeit. Er wäre nur ein Eindringling. Lieber warten, bis sie die Nase voll hatten vom Schleppen und Auspacken. Er würde später rübergehen und hallo sagen, sie willkommen heißen.

Sandy erinnerte sich an den Tag, an dem er und Emma angekommen waren, mit nur drei Koffern. Die Kisten kamen ein paar Tage später, auf einem Lastwagen aus Edinburgh. Sein Vater Jim war danach mit dem Inhalt von Sandys Schlafzimmer gekommen – den Überbleibseln seiner Teenagerjahre –, von dem er das meiste nicht mehr brauchte und auch nicht mehr wollte und sehr gern nie mehr wiedergesehen hätte. Das war die gesamte Hilfe seiner Familie bei dieser Gelegenheit. Sein Vater kam, lud ab, schaute sich um und fuhr wieder. Er wünschte ihnen Glück in ihrem neuen Zuhause, aber ohne große Begeisterung. Das war seine Art. Die Distanz zu wahren war gleichbedeutend mit einem Schulterklopfen. Öffentliches Bezeugen von Liebe oder Zuneigung war ihm so fremd wie Gesellschaftstänze. Falls Jim solche Gefühle hatte, dachte Sandy sich manchmal, dann so, wie andere Scham erlebten: als etwas, was unterdrückt und beiseitegeschoben werden musste, etwas, was ihn schwach machte.

Die Hilfe, die sie hatten, in diesen ersten Tagen und danach, kam von David und Mary. Sie kam in Form körperlicher Unterstützung – Kisten schleppen, renovieren, putzen –, und später kam sie in Form von Freiraum. Vor allem David hatte anfangs viel Zeit im Haus verbracht, bis Emma ihm behutsam sagte, er solle ihnen ein bisschen Zeit allein lassen. Da ging er und kam erst wieder, als sie ihn drei Tage später fragten, ob sie sich ein paar Werkzeuge ausleihen könnten. Danach hatten sie kaum irgendwelche Probleme mit ihren Eltern. Zumindest Sandy nicht. Für Emma war das natürlich anders. So gern sie sie hatte, nur ein paar hundert Meter entfernt von ihnen zu leben bedeutete, dass sie sich manchmal von ihrer Liebe eingeengt fühlte. Sie jammerte über die körperliche Nähe ihres Vaters und die emotionale Nähe ihrer Mutter. Sie sehnte sich, sagte sie, nach ein bisschen mehr Abstand.

Doch auch wenn Emma es manchmal klaustrophobisch fand, verlor sie nicht aus den Augen, dass ihre Klaustrophobie ein Luxus war. Das Beispiel von Sandys Eltern erinnere sie stets daran, sagte sie ihm. Sein Vater wohnte zwar nur eine halbe Stunde entfernt, hätte aber ebenso gut in Peru sein können. Zu Besuch kam er höchstens ein paarmal im Jahr, und auch nur, wenn er extra eingeladen wurde, was selten passierte.

Sandys Mutter Liz war weggegangen, als er sieben war. Eines Samstagnachmittags im Juli. Er erinnerte sich, wie er neben ihrer Schlafzimmertür stand, während sie Sachen in Taschen packte und dann hinaus zum Auto brachte. Sie erklärte nicht, was da passierte, machte einfach weiter und ignorierte ihn; aber er wusste, was es auch war, wichtig war es auf jeden Fall. Sein Vater war nicht da, er hatte keine Ahnung, was zu Hause vor sich ging. Als sie mit Packen fertig war, fuhr sie Sandy zum Haus eines Freundes, lieferte ihn dort ab und nahm noch an diesem Abend die Fähre nach Süden. Er sah sie fast ein ganzes Jahr nicht wieder.

Auch seinen Vater sah er einige Tage nicht. Was genau in dieser Zeit passierte, fand Sandy nie heraus. Vielleicht war Jim Liz nachgefahren, hatte sie angefleht zurückzukommen, oder vielleicht konnte er seinem Sohn, der ebenso im Stich gelassen wurde, so schnell nicht wieder in die Augen schauen. Zu der Zeit wurde Sandy nichts erklärt. Er blieb einfach im Haus seines Freundes, aß dort, schlief dort, bis man ihn nach Hause gehen ließ – in ein Zuhause, das nie mehr ganz dasselbe war.

In den ersten Wochen nach dem Verschwinden hätte Sandy gut auch ganz allein sein können. Nicht nur seine Mutter war verschwunden, irgendwohin, auch sein Vater hatte sich zurückgezogen, war zwar noch sichtbar, aber irgendwie abwesend. Mehrmals suchte Sandy nach ihm, hungrig und unsicher, wenn keine Mahlzeiten stattgefunden hatten. Er fand ihn dann zusammengerollt auf dem Bett, das er früher mit jemandem geteilt hatte. Nie sah er Tränen, es gab nur ein klaffendes Schweigen, das sich im Zimmer und im Haus ausbreitete wie eine Krankheit.

Weder seine Mutter noch sein Vater kehrten je vollständig zurück. Sie kam nicht mehr auf die Shetlands. In den meisten Jahren schickte sie Geburtstagskarten und manchmal Weihnachtsgeschenke, aber er sah sie nur selten. Jim wiederum schien den Bezug zu allem zu verlieren, was ihm früher wichtig gewesen war. Für den kleinen Jungen, der das alles mitbekam, war es, als hätte sein Vater die Welt beurteilt, sie als mangelhaft befunden und ihr den Rücken zugekehrt, um sich lieber auf Sachen zu konzentrieren, die emotional wenig oder nichts von ihm verlangten – seine Arbeit und der Fernseher. So fühlte es sich für den heranwachsenden Sandy an, als er sah, wie dieser früher fröhliche, gesellige Mann sich in eine enge Welt zurückzog, die kaum Platz hatte für den Jungen, der noch in seiner Obhut war. Sandy sah darin eine Beurteilung. Er fühlte sich abgeurteilt. Er konnte nicht mehr wie früher die Aufmerksamkeit seines Vaters fesseln, und so fühlte er sich mit der Zeit selbst als Enttäuschung – eine Enttäuschung, die so groß war, dass seine Mutter ihn verlassen und sein Vater sich zurückgezogen hatte wie ein Einsiedlerkrebs in die harte Schale seiner Einsamkeit.

Doch als er älter wurde, lernte Sandy, das anders zu sehen. Letztendlich war es Emma, die ihn dazu zwang. Es sei nicht Enttäuschung, die sein Vater empfinde, sagte sie ihm. Es sei Angst. Er habe eine Heidenangst, alles zu verlieren, was er noch hatte, also habe er sich eingeredet, er hätte nichts zu verlieren. Das Resultat war dasselbe, doch für Sandy war es leichter zu schlucken. Verbitterung zerfloss zu Mitgefühl. Sein Vater war kein strenger Richter – außer seiner selbst –, er war einfach nur erbärmlich und von Kummer deformiert. Jetzt fragte sich Sandy, warum Emma nicht gesehen hatte, dass er an derselben Krankheit litt.

In den zweiundzwanzig Jahren seit ihrem Verschwinden hatte Sandy seine Mutter nur etwa ein Dutzend Mal gesehen, insgesamt nur einen Monat oder noch weniger. Einmal hatte er eine Weile bei ihr gewohnt, mit sechzehn Jahren. Sie lebte zu der Zeit in London und hatte beschlossen, dass sie neu anfangen sollten. Sie wollte ein Teil seines Lebens sein, jetzt, da er erwachsen war. In dieser Zeit erlebte er sie als einen Menschen, der ihn verwirrte, der sowohl anhänglich wie distanziert war. Sie versuchte, seine Freundin zu sein, stellte ihm Fragen nach Mädchen, nach seinen Zielen, aber sie wollte rein gar nichts wissen über sein Zuhause oder über seinen Vater. Sie stellte Sandy ihren Freunden vor, von denen einige erst jetzt zu erfahren schienen, dass sie Mutter war. Sie zeigte ihn herum wie eine Handtasche oder ein Schoßhündchen und ignorierte ihn dann. Eigentlich war geplant, dass er vierzehn Tage blieb, doch nach einer Woche fragte er sie, ob er nach Hause fahren dürfe. Liz hatte nichts dagegen. Seine Abreise schien sie ebenso zu erleichtern wie ihn.

Sandy war mit dem Geschirr fertig und schaute auf die Uhr. Er war spät dran. So sehr war er damit beschäftigt, aus dem Fenster zu starren, dass er die Zeit vergessen hatte. Er schaute sich in der Küche um, als müsste noch etwas getan werden, aber er fand nicht heraus, was. Alles war ausgeschaltet. Alles war in Ordnung. Er griff nach seiner Jacke.

Noch war der Frühling auf der Insel nicht angekommen. In

der letzten Woche hatte eines Morgens fast so etwas wie Wärme in der Luft gelegen, aber das Gerücht der neuen Jahreszeit erwies sich als falsch. Noch am selben Nachmittag stürmte ein bitterer Wind aus dem Norden heran und hörte für Tage nicht auf zu wehen. Die Äcker waren noch immer durchtränkt, und alles war winterbleich und bräunlich. Als Sandy zum Auto ging, flogen ein Dutzend Austernfischer lärmend über das Haus, hektisch, als würden sie vor einem unsichtbaren Desaster fliehen. Einer nach dem anderen stürzten sie sich auf die Strandweide und fingen sofort an, die weiche Erde mit ihren Schnäbeln zu untersuchen, stochernd, stoßend, orange in braun.

Sandy ließ den Motor an und bog vom Haus auf die Straße ein. Er fuhr langsam, weil er hoffte, noch einen Blick auf seine neuen Nachbarn zu erhaschen, aber von ihnen war nichts zu sehen. Die Türen des Transporters und das Haus waren geschlossen.

Dann spürte er den Stich von etwas Unerwartetem. Es war das Haus und es war Emma und es war die Zeit und es war das Tal. Und alles war zusammengewickelt zu einem festen, scharfkantigen Bündel, das ihn in die Magengrube traf, als er zu den Fenstern des Red House schaute.

Was tat er hier?

Als er Emma kennenlernte, verkaufte Sandy Handys in einem schäbigen kleinen Laden neben der Universität. Es war nicht gerade Mindestlohn, aber nicht weit davon entfernt. Er behielt diesen Job etwa achtzehn Monate und suchte sich dann einen anderen, in dem er so ziemlich dasselbe tat. Davor hatte er als Barmann und kurz in einem Callcenter gearbeitet. Er hatte keinen dieser Jobs besonders gemocht, aber auch keinen gehasst. Sein Hauptkriterium bei der Wahl einer Arbeit war immer ihre Vergessbarkeit. Er fragte sich stets: Werde ich außerhalb der Arbeitsstunden darüber nachdenken müssen? Wird sie mir Stress verursachen? Wenn die Antwort ja lautete, war er nicht interessiert.

Zu der Zeit dachte er, er wisse, wer er sei, wisse, was für ein Leben er führen wolle. Freiheit war die Abwesenheit von Drama, von Angst. Er hatte in seiner Kindheit genug davon gehabt, wollte es nicht mehr. Also machte er sich unempfindlich für die zerstückelte Welt. Er machte sich fest und ganz. Oder zumindest glaubte er das.

Emma stellte diesen Gedanken in Frage. Sie war der erste Mensch, bei dem er je den Wunsch – *das Bedürfnis* – gehabt hatte, ein paar der Schutzschichten um sich herum abzuschälen. Wie oder warum das passiert war, wurde nie völlig klar. Vielleicht weil sie anfangs körperliche Distanz wahrte. Sie küssten sich erst bei ihrer fünften Begegnung. Sie redeten und redeten einfach. Sie zwang ihn – durch diese Distanzwahrung –, einen Schritt auf sie zu zu machen. Und als er merkte, was da los war, stand er ihr schon näher als allem, woher er gekommen war. Eigentlich hatte er keine andere Wahl, als weiterzumachen.

In diesen ersten Monaten mit Emma hatte er sich sehr verletzlich gefühlt. Indem er ihr gestattete, ihn kennenzulernen, hatte er sich selbst schwächer gemacht. Es war, als hätte er ihr die Baupläne und das Bedienerhandbuch für sein Ich überreicht, als hätte er gefährliches Wissen an jemanden weitergegeben, ohne sich darüber im Klaren zu sein, was derjenige mit diesem Wissen anstellen konnte. Die Stärke, die er aus seiner früheren Unabhängigkeit gezogen hatte, war immer eine Art Macht gewesen. Aber es war eine ohnmächtige Macht. Er konnte nichts damit anfangen, außer zu überleben. Er sah sich selbst manchmal wie eine Burg auf einer kleinen Insel: Seine Stärke war rein defensiv. Er war sicher, und er war einsam.

Die Angst wurde mit der Zeit schwächer, wie es kommen musste, und die Beziehung mit Emma bewegte sich in Richtung Geborgenheit. Seine Ganzheit wurde zusammengefasst in einem größeren Ganzen, und seine Sicherheit wurde ersetzt durch eine andere, von der Einsamkeit kein Teil mehr war. Wenn er an die Zukunft dachte, dachte er nicht länger an sich allein.

Nach zwei gemeinsamen Jahren wieder in den Norden zu kommen war für sie beide ein Risiko. Ein paar ihrer Freunde waren bereits auf die Inseln zurückgekehrt, um sich dort niederzulassen und eine Familie zu gründen, und Emma hatte diese Anziehungskraft ebenfalls gespürt. Stärker als er. Hätte sie in Lerwick leben wollen oder sonst wo auf den Inseln, hätte er sich vielleicht widersetzt. Dann hätte er vielleicht nein gesagt. Aber das Tal war anders. Das Tal ergab irgendwie einen Sinn. Hier hatte er sich geschützt gefühlt vor der zerstückelten Welt, die ihm früher so bedrohlich erschienen war. Hier fühlte er sich vom Ort absorbiert, ohne von ihm zerstört zu werden.

Den Großteil seines Lebens hatte Sandy darum gekämpft, nicht so zu werden wie sein Vater. Er hatte gegen diese Selbstverkleinerung gekämpft, die entsteht, wenn man verliert, was zu verlieren man sich nicht leisten kann. Indem er Emma wegschob, das erkannte er jetzt, hatte er diesen Kampf vielleicht schon verloren. Er könnte bereits verkleinert sein.

Am frühen Nachmittag war Sandy mit der Arbeit fertig und fuhr dann ans entfernte Ende der Strandweide, um einen Zaun zu reparieren, der den letzten Sturm nicht überstanden hatte. Zwei Pfosten waren umgekippt, weil sie verfault waren, und ein dritter war kurz davor. Er hatte solche Arbeiten schon öfter mit David verrichtet, aber jetzt war er das erste Mal allein, und auf seinem eigenen Land. Obwohl er die Reparatur schaffte, hatte sie länger gedauert als eigentlich nötig, und als er in der Dunkelheit zurückkehrte, war er hungrig und durchgefroren. Vom Abend zuvor waren noch Makkaroni übrig, er stach die Frischhaltefolie mit einer Gabel an und stellte das Gericht zum Aufwärmen in die Mikrowelle. Die Flasche Wein im Kühlschrank erinnerte ihn daran, dass er die Straße hochgehen und sich vorstellen wollte.

Er schaute auf die Uhr. Es war noch nicht zu spät, und er musste ja nicht lange bleiben. Wenn nötig, konnte er den Wein und die Karte einfach an der Tür übergeben. Vielleicht waren sie im Augenblick noch nicht bereit für Gäste. So wäre es wahrscheinlich am besten.

Nach dem Essen schrieb Sandy ein paar Zeilen auf die Karte, die er in dem Sekretär in der Diele gefunden hatte – Emma hatte immer in Vorbereitung auf vergleichbare Gelegenheiten Postkarten gekauft und offensichtlich ein paar zurückgelassen. Er holte den Wein aus dem Kühlschrank und trat in Stiefeln und Jacke aus dem Haus. Es regnete gerade nicht, und er beschloss, zu Fuß zu gehen. Die halbe Stunde im Haus hatte wieder Wärme in seine Knochen und Muskeln gebracht, und er fühlte sich bereit für die frische Luft, oder so gut wie. Eine scharfe Brise aus Nordosten fuhr den Hügel herunter und flutete das Tal, und Sandy zuckte zusammen, als sie ihm übers Gesicht kratzte. Der Abend war dunkel, aber die schüttere Kette aus Hauslichtern entlang der Straße zeigte ihm den Weg. In seinem Rücken brannte sein eigenes Außenlicht, hier traditionell das Signal, dass niemand zu Hause war.

An der Tür des Red House hielt Sandy kurz inne, bevor er klopfte. Die Vorhänge im Wohnzimmer waren geschlossen, aber das Licht brannte, und er hörte Schritte von dort in die Diele. Er trat einen Schritt zurück und lächelte.

»Hallo?«, sagte der Mann in der Tür. Sandy sah seinen Blick zur Straße zucken, vielleicht sah er, dass dort kein Auto stand.

»Ja, hi, ich bin Sandy. Von unten an der Straße. Wollte eigentlich nur hallo sagen und euch das bringen. Ein Begrüßungsgeschenk.« Er gab ihm die Flasche und die Karte und trat dann zurück, um zu gehen, falls nötig.

»Oh, hallo, Sandy«, sagte Ryan. »Dachte mir schon, dass ich dich kenne. Bin mir sicher, wir haben uns schon irgendwo getroffen. Bei einer Party oder im Pub oder sonst wo.«

Sandy lachte. »Bestimmt«, sagte er, obwohl er sich ziemlich sicher war, dass sie sich nicht kannten. Das Gesicht des Mannes weckte keine Erinnerungen. Das Fußballtrikot über seiner Jeans kennzeichnete ihn als jemanden, den Sandy sonst eher mied. Ein Grinsen, das fast schon höhnisch war. Kurze Haare, unnötig gegelt. Geht am Freitag nach der Arbeit wahrscheinlich mit den Kumpels einen heben. Hält sich wahrscheinlich auch für einen verdammten Wikinger.

Und wahrscheinlich ist er ein netter Kerl. Sandy versuchte, die negativen Gedanken wegzudrücken und weiterzulächeln.

»Willst du auf ein Glas reinkommen? Da du so freundlich warst, was mitzubringen.« Ryan hob die Flasche und lächelte. »Wir selber sind noch nicht so weit.«

Sandy zögerte. Der Gedanke an sein Bett zog ihn weg. Aber er konnte nicht nein sagen. »Ja, sehr gern. Wenn ihr nicht zu sehr mit Auspacken beschäftigt seid.«

»Wir brauchen mal 'ne Pause«, sagte Ryan. »Du bist genau im richtigen Augenblick gekommen.« Er trat beiseite und ging ins Haus zurück. In der Diele stapelten sich an der Wand mehrere kleine Kartons. Ein Schuhkarton voller Ansichtskarten lag offen da. Die oberste zeigte einen weißen Sandstrand und ein türkisgrünes Meer. »GREECE« stand in Großbuchstaben darauf. Ryan ging voraus und führte Sandy in das Wohnzimmer, das bis vor wenigen Wochen noch sein eigenes gewesen war. »Komm rein und setz dich«, sagte er, blieb knapp hinter der Tür stehen und deutete zum Sofa. »Ich hole ein paar Gläser.«

Sandy setzte sich in einen weinroten Sessel, der zum weinroten Sofa passte. Er schaute sich in dem Zimmer um, das so vertraut und doch völlig verändert war. Es war vorwiegend leer. Noch hingen keine Bilder an den Wänden, auf den Regalen standen keine Bücher, es gab noch keinen Zierrat oder irgendwelche persönlichen Dinge, nur auf dem Couchtisch stand eine blaue Glasvase mit einem Strauß Narzissen, die oben herausquollen. Sandy erkannte die Vase. Er wusste, von wem die Blumen stammten.

Die Treppe knarzte – die beiden oberen Stufen waren schon immer laut gewesen –, dann kam das Tapp-Tapp von Füßen in Strumpfsocken in die Diele herunter. Die Tür ging auf. »Hallo, ich bin Jo«, sagte die junge Frau. Und sie lächelte, ein weiter Bogen, der die Winkel ihrer braungrauen Augen anhob und mit Fältchen einkreiste.

Er stand auf und ging mit ausgestreckter Hand auf sie zu. »Ich bin Sandy«, sagte er. Sie schüttelte ihm die Hand. Als sie zum Gruß nickte, fiel eine Strähne dunkler Haare hinter ihrem Ohr hervor.

»Ich sortiere oben Sachen«, sagte sie. »Vor allem im Schlafzimmer, damit wir einen Rückzugsort haben, wenn uns das hier zu viel wird. Ich hab's nicht so mit Chaos.« Sie lächelte. »Ryan hat mir aus der Küche eine SMS geschrieben, dass du hier bist«, sagte sie und verzog das Gesicht zu einem feixenden Grinsen. Sandy wusste nicht so recht, wie er auf die Geste reagieren sollte. Er lachte und wandte den Kopf ab.

Ryan kehrte mit einem Tablett zurück und nahm Sandy die Verlegenheit. Auf dem Tablett standen die Flasche Wein, drei Becher und ein großer Karottenkuchen samt Tellern und Gabeln. »Was will man mehr«, sagte er.

Sandy lachte noch einmal. »Ich sehe, ihr hattet heute schon Besuch?«, sagte er und nickte zu dem Kuchen und der Vase auf dem Tisch.

»Ja«, sagte Ryan. »Hatten wir tatsächlich.«

»Mary hat beides heute Vormittag vorbeigebracht«, ergänzte Jo. »Das war sehr freundlich von ihr.«

»Alles, was Mary tut, ist freundlich«, erwiderte Sandy.

»Na ja, es ist auf jeden Fall das erste Mal, dass Vermieter mir Geschenke bringen«, sagte Ryan anerkennend.

Die drei setzten sich – Sandy wieder in den Lehnsessel, Ryan und Jo auf das Sofa. Jo goss den Wein ein und gab Sandy einen Becher. »Tut mir leid wegen denen da. Wir haben die Kiste mit den Gläsern noch nicht ausgeräumt.«

»Kein Problem. Die sind doch perfekt!« Er hob seinen Becher. »Prost! Und willkommen im Tal.« Sie taten es ihm gleich, dann tranken alle schweigend.

Ryan schnitt den Kuchen an. »Ich bin am Verhungern. Wir hatten noch keine Gelegenheit, groß Lebensmittel zu besorgen, da kommt das als Gottesgeschenk.« Er verteilte die Teller und fing an zu essen, schaufelte sich große Stücke in den Mund.

»Und, wie lange hast du hier gewohnt?« Jo drehte sich um und schaute Sandy an. »Du warst doch in diesem Haus, bevor du rübergezogen bist, oder?«

»Ja, ich bin vor drei Jahren hier eingezogen, mit Emma, Davids und Marys Tochter. Aber sie ging letztes Jahr weg. Ich bin erst vor ein paar Wochen umgezogen.«

Ryan schaute Sandy mit hochgezogenen Augenbrauen an. »Ist das der Grund, warum du ausgezogen bist? Weil's komisch ist, von den Eltern der Ex zu mieten?«

»Um genau zu sein, ich bin immer noch ihr Mieter«, erwiderte Sandy lächelnd. »David gehört auch das Haus am Ende der Straße.«

»Aha! Also ein richtiger Immobilien-Tycoon.«

»Ich glaube nicht, dass er das so sehen würde«, lachte Sandy. »Er verdient an mir jedenfalls kein Vermögen.«

»Aber das muss doch komisch sein, hier mit ihnen zu leben, oder?«, fragte Jo. Ihre Besorgnis klang aufrichtig.

»Na ja, eigentlich ist es ganz okay. Wir kommen gut miteinander aus, wir sprechen nur inzwischen nicht mehr viel über Emma. Schätze, komisch ist es schon, aber …« Er zuckte die Achseln. »Im Augenblick funktioniert es. Ich bin recht gern hier, denke ich, und sie scheint es zu freuen, wenn ich bleibe.«

Jo schaute ihn an und nickte, während er sprach. »Sie wirken beide sehr liebenswert«, sagte sie. »Wir haben Glück, diesen Ort gefunden zu haben.«

»Das habt ihr auf jeden Fall«, sagte Sandy. »Die Leute standen fast von Lerwick her Schlange, um dieses Haus zu bekommen, sagt zumindest David. Ihr müsst was ganz Besonderes sein.«

»Warum hat er alle abgewiesen?«, fragte Ryan, kratzte sich die letzten Krümel vom Teller und spülte sie mit einem Schluck Wein hinunter.

»Er wollte junge Leute«, sagte Sandy. »Er hofft, ihr bleibt eine Weile und werdet ein Teil der Gemeinschaft, solche Sachen. Schätze, er wollte einfach Leuten helfen, die neu anfangen. Er ist in solchen Sachen ziemlich sentimental.«

Ryan schnaubte leise. »Na, das ist ironisch«, sagte Ryan und schaute flüchtig zu Jo. Sie wandte den Blick ab.

»Wie meinst du das?«, fragte Sandy.

Ryan trank noch einen Schluck Wein und goss sich dann neu ein. »Na ja, er hilft uns auf jeden Fall aus, aber vielleicht nicht so, wie er denkt.«

»Ach so?«

»Ich habe ein Haus in der Stadt«, fuhr Ryan fort. »Drei Schlafzimmer und so. Ich habe es von meiner Oma geerbt, und wir haben drei Jahre drin gewohnt, aber dann dachten wir uns, wir könnten es vermieten und irgendwo anders billiger wohnen. Ein bisschen Geld verdienen. Als wir hörten, dass wir dieses Haus bekommen, haben wir das Stadthaus online gestellt, und schon am nächsten Tag war alles unter Dach und Fach. Wir kriegen dreimal so viel, wie wir hier an Miete bezahlen. Und wir hätten noch mehr verlangen können, denke ich. Also, wenn wir es hier ein paar Jahre aushalten …« Er zuckte die Achseln. »Dann machen wir einen ziemlich guten Schnitt.«

Sandy lächelte nicht mehr, er versuchte, nicht schockiert auszusehen. Schließlich war es eine völlig logische Überlegung. Wenigstens aus ihrem Blickwinkel.

»Na ja, das klingt nach einem guten Geschäft«, sagte er. »Aber ich würde David nichts davon erzählen, wenn ich ihr wäre.«

»Warum? Mag er es nicht, wenn junge Leute was aus sich machen? Will er, dass wir von seiner Wohltätigkeit abhängig bleiben? Ich meine, wir sind sehr dankbar, dass er uns hierhaben will, aber … du weißt schon, man muss vorankommen im Leben.«

»Ja, das stimmt. Aber David sieht die Dinge nicht so wie andere Leute. Wenn er es täte, würde er sehr viel mehr Miete von euch verlangen.«

Jo verzog das Gesicht. »Na ja, wir sind sehr dankbar«, sagte sie. »Es ist für uns eine große Hilfe, und es ist so wunderschön hier.«

Sandy nickte und gestattete ihr, die Spannung aufzulockern, die Ryan nicht bemerkt zu haben schien. Ihr Gesichtsausdruck verriet, dass sie sich nicht wohlfühlte bei dem, was eben offenbart worden war – vielleicht weil es so aussehen konnte, als nützten sie die Großzügigkeit eines anderen aus. Oder vielleicht erkannte sie Sandys Loyalität einfach klarer als Ryan und verstand besser, warum Diskretion hier nötig sein könnte.

Sandy lehnte sich zurück und lächelte. »Toll ist es hier auf jeden Fall«, sagte er. »Wenn erst mal Sommer ist, werdet ihr froh sein, hier draußen zu sein und nicht in irgendeiner Stadt festzustecken.«

»Ich weiß«, sagte Jo. »Ich habe im Norden gelebt, bis ich sechzehn war, also werde ich nostalgisch, wenn's ums Land geht, vor allem bei gutem Wetter. Was es ja nicht allzu oft gibt.« Sie lachte.

»Du hast im Norden gelebt, bis du *sechzehn* warst?« Ryan grinste. »Ja, aber nur ab zehn.« Er wandte sich an Sandy. »Sie tut so, als wäre sie Shetlanderin, aber eigentlich ist sie aus Cambridge, wie man ja hören kann.«

Jo spitzte die Lippen und fuhr fort. »Ryan ist ein Stadtmensch, durch und durch. Aber er wird sich dran gewöhnen. Er wird Schafe hüten, bevor der Sommer vorüber ist.«

»Na ja, David würde sich jedenfalls sehr über die Hilfe freuen«, sagte Sandy grinsend. »Und ich auch. Aber vorsichtig, er nimmt euch in Beschlag. Bevor ich in dieses Haus zog, hatte ich keinen Blick an Schafe verschwendet. Und schaut mich jetzt an: ein Bauer!« Sandy schüttelte scheinbar betrübt den Kopf.

»Und, macht dir die Landarbeit Spaß?«, fragte Jo.

»Ist ein bisschen zu früh, um das zu sagen. Es hat mir immer gefallen, David bei der Arbeit zu helfen. Es schien mir immer erfüllender als alles, was ich sonst tun könnte. Aber ich schätze, alles kann unterhaltsam sein, wenn man keine Verantwortung hat. Jetzt muss ich darüber nachdenken und mir Sorgen machen und Geld dafür ausgeben. Und ich hab noch keinen Schimmer davon, was alles zu tun ist und wann. Ich verlass mich einfach drauf, dass David es mir sagt. Ich denke, er ist gern Lehrer. Ich hoffe nur, dass ich schnell genug lernen kann.«

»Wird es dir hier draußen nicht langweilig?«, fragte Ryan. »Du bist ziemlich weit weg von allem.«

»Na, das seid ihr jetzt auch«, sagte Sandy. »Und es kommt darauf an, was ihr braucht. Wenn man jede Nacht in den Pub oder ins Kino gehen will, dann wird man hier vielleicht nicht glücklich. Ansonsten, was kann einem hier schon fehlen?« Sandy stand lächelnd auf. »Wenn mir langweilig wäre, dann wär ich schon längst weg. Stattdessen bin ich noch tiefer ins Tal gezogen. Wohin ich jetzt auch zurückkehren werde, weil ich, ehrlich gesagt, hundemüde bin und ihr vielleicht noch ein bisschen weiter auspacken wollt, bevor ihr ins Bett geht.«

Jo stieß einen langen Seufzer aus, als würde sie Luft ablassen. »Schätze, das sollten wir«, sagte sie. »Im Augenblick fühlt es sich noch so an, als würden wir nie fertig werden, aber irgendwann wird es vorbei sein.«

»Nein, wahrscheinlich nicht. Es gibt immer eine Kiste, die nie geleert wird. Man schaut hinein und hat keine Ahnung, was man mit den Sachen machen soll, also steckt man sie in einen Schrank oder stellt sie auf den Dachboden, und dort bleibt sie dann, bis man wieder umziehen muss. Und man nimmt sie mit, oder wenn man Glück hat, vergisst man sie einfach.«

»Klingt nach der Stimme der Erfahrung«, sagte Jo.

»Ja, nur ist es bei mir nicht eine Kiste, es ist ein halbes Dutzend, die ich ins unbenutzte Schlafzimmer geschoben habe, damit ich nicht mehr darüber nachdenken muss. Ich hoffe, dass ich eines Tages die Tür aufmache, und sie sind wie durch Zauberhand verschwunden.«

»Ich bin mir sicher, wir könnten ein Lagerfeuer für dich organisieren«, sagte Ryan. »Ich bin zwar praktisch nicht sehr begabt, aber ein Feuer schaffe ich.«

»Ja, aber ich will nicht, dass sie vernichtet werden«, sagte Sandy. »Ich will, dass sie verschwinden. Das ist was ganz anderes.«

Er ging zur Tür, und Jo und Ryan folgten ihm. Draußen drehte er sich noch einmal um und lächelte. »Na, vielen Dank für den Kuchen. Es ist sehr schön, ein paar neue Leute als Nachbarn zu haben, damit's hier ein bisschen lebendiger wird.«

»Danke«, sagte Jo. »Und danke fürs Vorbeikommen und für den Wein und deine freundlichen Worte. Hat mich sehr gefreut.«

»Hat mich ebenfalls gefreut, und ich bin mir sicher, wir sehen dich bald wieder«, sagte Ryan, obwohl Sandy kaum hörte, was er sagte, denn Jos Worte schimmerten noch immer in ihm, strömten durch seine Nerven und hinein in die Eingeweide. Er nahm einen langen, kalten Atemzug, wandte sich zum Gehen und hob zum Abschied die Hand.

»Tschüs«, rief er und drehte dem Haus den Rücken zu. Er hörte die Tür zugehen, spürte hinter sich aber noch immer Jos Nähe. Als er auf die Straße trat und zu seinem Haus ging, kam ihm der Gedanke an Jo wie ein Eindringling vor, unerwünscht und doch unwiderstehlich. Am Ende der Straße war er erschöpft und ging schnell nach oben ins Bett, stellte sich davor nur kurz ans Fenster, um zu den Lichtern im Red House zu schauen, in dem jetzt Ryan und Jo lebten.

Freitag, 25. März

Wenn sie darüber nachdachte, wirklich nachdachte, schien es ihr gar nicht möglich, dass sie so lange hatte leben können. Dass sie jetzt bald vor dem hohen Alter stand, die Arbeit hinter sich hatte und die Kinder aus dem Haus, war irgendwie unvorstellbar. Ihre Jugend schien noch gar nicht so lange her zu sein. Die Jahre waren irgendwie nicht voll genug, um schon ganz vorbei zu sein. Es war, als wäre ein Rinnsal die ganze Zeit an ihr vorbeigeflossen, bis ein See fast leer war. Als wäre sie während eines Films eingenickt und fände sich jetzt im letzten Viertel wieder und versuchte verzweifelt, sich zu erinnern, was zuvor passiert war.

In ihrer ersten Zeit im Tal träumte Mary oft von dem Zuhause, das sie zurückgelassen hatte. Sie träumte von der Straße in Edinburgh, in der sie aufgewachsen war und ihre Eltern damals noch immer lebten – wo sie auch noch zwanzig Jahre lang leben sollten, bis ihr Vater starb und ihre Mutter sich an den Stadtrand zurückzog. In dieser Straße hatte Mary gespielt und gelacht und geweint. Sie hatte Händchen gehalten, zuerst mit ihrer Mutter und dann später mit Andy Buchan und James Brodie, blähbrüstige Jungs mit fettigen Haaren und feuchten Händen. Im Schlaf Hunderte Meilen weiter im Norden träumte sie von den graugesichtigen Gebäuden und dem Streifen Himmel, der wie ein trauriges Banner zwischen ihnen hing. Sie träumte von dem grünen Platz an einem Ende der Straße und der Kirche am anderen – eine Kirche, die sie nach dem Willen ihres Vaters jeden

Sonntag besuchen musste, obwohl er an Gott nicht mehr glaubte als an Feen. »Das tut dir gut«, sagte er ihr. Und vielleicht hatte er ja recht.

Sie träumte von der Mietwohnung, in der sie gelebt hatten: ihre Eltern, ihre beiden Brüder, ihre Schwester und sie selbst. Eigentlich war es ihnen recht gut gegangen. Besser als einigen ihrer Freunde. Ihr Vater Robert war Friseur – sein kleiner Laden lag zehn Gehminuten entfernt –, und wie er gern sagte: »Solange Haare wachsen, bin ich in Arbeit.« Was stimmte, bis zu einem gewissen Grad.

Er hatte sein Geschäft 1946 eröffnet, neun Jahre vor Marys Geburt und ein Jahr nach seiner Rückkehr aus Stalag XX-B, dem Gefangenenlager bei Marienburg, Deutschland, in dem er einen Großteil des Krieges verbracht hatte. Diese Zeit war der stumme Teil von ihm. Er erwähnte sie nur selten, sprach unaufgefordert nie darüber. Und wenn andere den Krieg zur Sprache brachten, was gelegentlich passierte, zeigte er kaum Interesse oder wechselte das Thema. Was er allerdings sagte, war, dass das Lager ihm einen Beruf gegeben hatte. Als er sich zum Militär meldete, war er sechzehn und arbeitete in der North British Rubber Company in Fountainbridge, wo er Wärmflaschen machte. Als er zurückkehrte, war er Friseur. Wie er im Lager zu dieser Position kam, erklärte er nie genau, aber so war es. Er schnitt den britischen Soldaten die Haare und manchmal auch den deutschen. Sie gaben ihm Zigaretten als Bezahlung, ab und zu sogar Schokolade. Diese Arbeit bescherte ihm einen Lebenszweck, etwas, womit er seine Zeit sinnvoll ausfüllen konnte. Schon wenige Monate nach seiner Heimkehr hatte er den kleinen Laden gemietet, den er später auch kaufte, und hängte ein Schild übers Fenster, weiße Beschriftung auf rotem Grund. Bald kam ein stetiger Strom von Kunden, viele davon Exsoldaten wie er selbst.

Als Mary zehn Jahre alt war, hatte Robert ihr bereits beigebracht, ihm die Haare zu schneiden, was sie auch jedes Wochenende tat. »Ein Friseur kann es sich nicht leisten, schlampig auszusehen«, sagte er immer. Ihre ersten Versuche waren noch ziemlich ungeschickt, aber ihr Vater war geduldig, und Sandra, ihre Mutter, war immer da, um Katastrophen abzuwenden. Später freute Mary sich auf die Zeit, die sie und ihr Vater gemeinsam verbrachten, denn dann waren sie sich so nah wie sonst nie. Während sie, die Schere in der Hand, um ihn herumging, saß er mit geschlossenen Augen da und behandelte sie mit derselben Aufmerksamkeit wie sie ihn. Er fragte sie nach ihrer Woche: was sie in der Schule gelernt hatte, was sie gerade las, was sie sich im Kino anschauen wollte. Und sie erzählte es ihm. Sie redete frei und ohne die Angst, verurteilt zu werden. Ihr Vater war ein Mann, der leicht zu mögen war. Sie sah ihn selten wütend, und nur einmal richtete sich sein Zorn gegen sie. Er war ein stiller Mann, der Dinge gesehen hatte, die er lieber vergessen wollte, und die Erinnerungen, die in ihm gewütet haben mussten, überdeckte er mit einer stillen Fröhlichkeit, die für Leute, die ihn nicht so gut kannten, undurchdringlich erscheinen mochte.

Mary erinnerte sich noch gut an den Laden, in dem sie nach der Schule manchmal saß und den Gesprächen der Kundschaft lauschte. (Sie war, wie er sagte, unter der Woche die einzige Frau, die hereindurfte. Nur am Wochenende sah er das entspannter, weil dann die Mütter ihre Söhne zum Haareschneiden brachten.) Sie erinnerte sich noch an die Geräusche – Reden und Scherenklappern –, und sie erinnerte sich auch noch an den Geruch: das scharfe Prickeln der Haar- und Rasierwässer und des

Desinfektionsmittels, das warme Leder des Sessels, in dem die Männer saßen und ihr Spiegelbild betrachteten. Für sie war das ein Ort nie endender Faszination.

Wenn Robert jeden Abend um halb sieben nach Hause kam, setzte er sich an den Küchentisch, während Sandra kochte. In dieser Zeit sprach er kein Wort. Er saß in sich selbst versunken da und starrte die Wände oder den Boden an. Es war, als würde er im Kopf alles noch einmal durchgehen, was er während des Tages gehört hatte, und entscheiden, was er sich merken und was er aussortieren wollte. »Ein Friseur hört viele Geheimnisse, und er bewahrt sie auch«, sagte er immer. Vertraulichkeit war für ihn so wichtig wie für einen Arzt oder Priester. Er hütete diese Geschichten wie ein Geizkragen. Ein Vermögen, das nie ausgegeben wurde.

Bereits in Marys frühen Jahren hatte Robert mit Veränderungen zu kämpfen. Seine jüngeren Kunden waren nicht länger zufrieden mit den Schnitten, die er anbot, und erschienen seltener. Jungs, die früher alle paar Wochen gekommen waren, blieben jetzt zwei Monate oder noch länger weg. Und wenn sie dann kamen, mussten ihre Haare geölt, in Form geschnitten und nach hinten gekämmt werden, bis sie glänzend glatt anlagen wie ein Otterfell. Anfangs trauten die Jungs sich nicht, nach etwas anderem zu fragen, also versetzte er sie wieder in den Zustand vom letzten Mal. Doch immer häufiger hörte er Wünsche nach Stilen, die er nicht zu schneiden wusste, nach Entenschwänzen und Schmalzlocken. Oder die Jungs brachten Fotos, die sie aus Magazinen herausgerissen hatten, von Filmstars und Sängern: Tony Curtis, James Dean, Elvis Presley. Robert fühlte sich überrumpelt von den Veränderungen, aber er konnte sie ebenso wenig aufhalten wie fünfzehn Jahre zuvor den Krieg.

Zuerst widersetzte er sich auf die einzige Art, die ihm einfiel: Er weigerte sich, Haare anders zu schneiden als auf die traditionellen Arten. Aber er erkannte sehr schnell, dass ein solcher Widerstand schlimmer war als vergeblich. Er konnte diese Veränderungen nicht nur nicht verhindern, sondern er riskierte auch sein Geschäft, wenn er es versuchte. Und das würde ihn zum Narren stempeln. Also lernte er. Er tat, was man von ihm verlangte. Es machte ihn nicht glücklich, aber es sicherte ihm seinen Lebensunterhalt.

Mary war noch zu jung, um zu merken, wie betroffen ihr Vater war. Die Veränderungen begannen schon kurz nach ihrer Geburt, und als sie zehn war, hatte er seinen Widerstand längst aufgegeben. Doch als sie dann zum Teenager wurde, in den späten Sechzigern, erkannte sie, dass ihr Vater aus einer ganz anderen Zeit stammte. Obwohl er noch kein alter Mann war, war er dennoch irgendwie zurückgelassen worden, klammerte sich an Dinge, die früher wie Gewissheiten ausgesehen hatten, jetzt aber für ihn unerreichbar waren. Die Welt, in die er nach dem Krieg zurückgekehrt war, war ihm entglitten, er wirkte schwach und unsicher, nicht getragen vom Strom, sondern immer bemüht, den Kopf über Wasser zu halten. Er schaffte es nie ganz.

Vielleicht sah Mary das in David, als sie ihn kennenlernte: einen Mann, der aus der Zeit gefallen war. Auch damals schon, in den späten Siebzigern, als das Öl auf die Bühne trat und Shetland eine neue Richtung einschlug, schien David eine merkwürdige Beziehung zur Zeit zu haben. Er schaute nicht erwartungsvoll in die Zukunft, wie die anderen es taten, doch er hing auch nicht in der Vergangenheit fest. David schien in einer Art ewiger Gegenwart zu leben, er schaute weder vorwärts noch rückwärts, sondern irgendwie immer aufs Land. Und er war wirklich so auf diese Gegenwart konzentriert, dass Mary sich anfangs gar nicht sicher war, ob er sie überhaupt bemerkt hatte.

Sie war damals eine junge Lehrerin in der Grundschule in Treswick, nur ein paar Meilen vom Tal entfernt, und David war derjenige, den sie anrief, wenn in der Schule irgendetwas zu reparieren war. Er ersetzte die Fliesen, die während der Winterstürme von den Wänden fielen. Er reparierte den Heizungskessel, wenn der kaputt war, was ziemlich häufig vorkam. In den Sommerferien strich er die Klassenzimmer neu.

Als sie sich kennenlernten, war David eher höflich als freundlich. Ihre Gespräche hielt er auf ein Minimum reduziert. »Hab mir nicht gedacht, dass dich interessiert, was ich zu sagen habe«, sagte er ihr später. Aber sie *war* interessiert, und außerdem war sie einsam. Obwohl sie ihre Arbeit liebte, die Handvoll Kinder liebte, die zur Schule kamen, vermisste sie doch auch ihr Zuhause. Sie vermisste ihre Familie und die Freunde, die sie in Schule und College gefunden hatte. Ihre Nachbarn in Treswick waren nett, aber sie spürte auch eine gewisse Nervosität bei ihnen, als wäre eine alleinstehende Frau ohne örtliche Wurzeln ein Risiko. Das sagte zwar niemand, aber sie spürte es.

Wenn sie mit David sprach, versuchte sie zunehmend, ihn zu ermuntern, ihm Fragen zu stellen, was er so tue, wie seine andere Arbeit aussehe und über andere Leute im Dorf. David tratschte nicht, nicht wie einige andere, mit denen sie redete, aber irgendwann lernte er, mit ihr zu reden, ohne den Eindruck zu vermitteln, er müsse eigentlich ganz woanders sein. Er lernte, nicht herumzuzappeln. Er erzählte ihr, dass er noch zu Hause bei seinen Eltern lebte, obwohl er fünf Jahre älter war als sie, und er erzählte ihr ziemlich viel über Schafe. Das war vermutlich der Teil, der sie seiner Meinung nach nicht interessierte. Stattdessen fühlte sie sich zu ihm hingezogen. Sie merkte, dass sie etwas für ihn empfand.

David war damals wenn nicht gerade ein schöner Mann, aber doch auf seine eigene Art attraktiv gewesen. Er war groß und stand mit geradem Rücken da, auf eine Art, wie es viele der alten Kleinbauern nicht mehr schafften und die auch er in späteren Jahren nur unter Mühe aufrechterhalten konnte. Er war glattrasiert, hatte ein kräftiges Kinn, und seine Haare, weit entfernt von den ordentlichen, kurzen Schnitten, die ihr Vater schätzte, sahen immer aus, als wäre er mit den Händen hindurchgefahren, was er auch oft tat. Er war nicht unbedingt schlampig, aber er bewegte sich immer in diese Richtung. Auch in sauberer Kleidung und frisch geduscht sah er aus, als hätte er im Schuppen gearbeitet. Aber David hatte diese stille Würde an sich. Er war überzeugt von dem, was er wusste und was ihm Spaß machte. Er war, so schien es, von allem überzeugt außer von Mary. Und das war letztendlich der Grund, warum sie annahm, dass ihr Interesse an ihm womöglich erwidert wurde. Denn dieser solide, sichere Mann wirkte in ihrer Gegenwart zunehmend nervös und verlegen. Wann immer es ging, mied er den Blickkontakt, und wenn sie einander anschauten, dann blinzelte er und zeigte ein schiefes Lächeln, das wie eine Entschuldigung an seinen Mundwinkeln flackerte.

Dieses Lächeln, dachte Mary Jahre später, war so ziemlich das Schönste, was sie in ihrem Leben je gesehen hatte. Es war der Anblick eines Mannes, den seine eigenen Gefühle aus der Fassung brachten, der verwirrt war, weil etwas möglich schien, was er nie zu erwarten gewagt hatte. Als sie schließlich den ersten Schritt machte, war es, als würde sie sich über die Reling beugen und einem im Ozean treibenden Mann die Hand reichen.

In diesen Tagen dachte Mary kaum zurück an die Zeit, bevor sie ins Tal gezogen war. Und wenn sie doch zurückdachte, dann nicht mit der Wehmut, die Leute ihres Alters empfinden sollten. Hin und wieder vermisste sie die Geschäftigkeit und Anonymität einer Großstadt, und sie fuhr ein paarmal im Jahr in den Süden, um ihre Geschwister zu besuchen, was genügte, um sich ihre Dosis davon abzuholen. Aber die Landschaft ihrer Träume war schon lange nicht mehr die Landschaft ihrer Kindheit. Wie ihr Ehemann fühlte sie sich nun völlig umschlossen von diesem Tal, das seit über dreißig Jahren ihr Zuhause war. Die Zeit davor fühlte sich an, als würde sie in ein anderes Leben, zu einem anderen Menschen gehören. Auch ihre inzwischen toten Eltern wirkten für sie jetzt weit entfernt. In gewisser Weise war das schon immer so gewesen. In der Zeit des Heranwachsens hatte sich ihr Zuhause als etwas angefühlt, dem sie, wenn sie nur alt genug wäre, entkommen würde. Sie wusste, dass David dieses Gefühl nie gehabt hatte. Und sie hoffte, dass ihre Töchter es nie erlebt hatten. Zumindest nicht auf dieselbe Art. Emma fehlte die Sicherheit ihres Vaters, aber dieser Ort zog sie ebenso an, wie er sie forttrieb. Sie liebte ihn, auch als sie ihn verließ. Kate dagegen schien starke Gefühle weder in die eine noch in die andere Richtung zu haben. Sie lebte in der Stadt, kam oft zu Besuch, hatte jedoch, wo sie auch war, nie verunsichert gewirkt. Ob Kate und Emma ihre Eltern als einer anderen Zeit zugehörig betrachteten, wie Mary ihren Vater, war schwer zu sagen. Vielleicht.

Als Mary sich auf die Seite drehte und den Mann betrachtete, der neben ihr schlief, sah sie jemanden, der mit Sicherheit nicht der Zukunft gehörte und es auch nie getan hatte. Die Zukunft würde ihn, wenn sie eintraf, immer überraschen. Aber er steckte nicht, wie ihr Vater, in der Vergangenheit fest. Die Zeit, in der er feststeckte, war noch da, jetzt, und würde auch morgen wieder da sein. Die Gegenwart hatte immer viel Platz für David.

Die Uhr neben dem Bett zeigte 7:23. Der Wecker war auf halb gestellt, aber Mary wusste, dass ihr Mann in den nächsten Minuten die Augen öffnen würde. Obwohl sie den Wecker jeden Abend stellten, hatte er kaum Gelegenheit zu läuten. David wachte immer vor der eingestellten Zeit auf und stellte ihn aus. Mary blieb manchmal noch ein bisschen länger liegen, während er duschte und Frühstück machte, aber an diesem Morgen war sie schon seit mehr als einer Stunde wach und bereit zum Aufstehen. Sie beugte sich vor und küsste David auf die Stirn. Seine Haut fühlte sich an ihren Lippen warm an. Sie stand auf, zog sich an und ging zum Fenster. Das Tal war trist, fast sepiafarben und getaucht in einen dünnen, sich lichtenden Nebel. Die Schafe auf der Weide waren still und wachsam und schauten einander an, als würde der Morgen sie nervös machen.

Mary ging nach unten in die Küche. Sie füllte den Kessel und stellte zwei Becher auf die Anrichte. Sie stellte einen Topf auf den Herd, schüttete Haferflocken hinein und bedeckte sie mit Milch. Sie drehte die Platte auf kleine Flamme, stand dann da und horchte. Der blubbernde Kessel. Das Rumoren der Haferflocken, als die Hitze sie durchströmte. Die stille Klage der Bodendielen im Obergeschoss.

»Guten Morgen, Liebling«, sagte Mary und schaute vom Porridge hoch.

David kam zu ihr und legte ihr die Hand in den Nacken. Er beugte sich vor und küsste ihre Haare. »Guten Morgen. Wie geht's?«

»Ganz gut. Hab nicht zu gut geschlafen. Bin oft aufgewacht. Aber ansonsten ganz in Ordnung.«

»Irgendein besonderer Grund?«

»Nein, glaub nicht. Mir ging halt einiges durch den Kopf.«

»Was denn?«

»Ach, du weißt schon. Sandy, Emma. Alles, was passiert ist. Sie fehlt mir einfach, das ist alles.«

»Ja, mir auch«, nickte David. »Mir auch.«

»Aber mir geht's gut. Ich habe nichts, worum ich mir Sorgen machen müsste, schätze ich, und deshalb mache ich mir Sorgen um nichts.«

»Ja, so bist du«, sagte David, zog einen Stuhl hervor und setzte sich an den Tisch. Mary stellte ihm eine Schüssel Porridge und einen Becher Tee hin, dann für sich dasselbe an ihren Platz und setzte sich. Er schlug eine Zeitung auf und fing an zu lesen.

»Die scheinen mir recht liebenswürdig zu sein«, sagte Mary, um das Thema zu wechseln, denn ihre Gedanken wanderten zur Straße.

»Wer denn?«, fragte er und schaute aus seiner Zeitung hoch.

»Jo und … ach, wie heißt ihr Mann gleich wieder? Ian?«

»Ryan. O ja, die sind wohl ganz in Ordnung. Waren sie hier?«

»Nein, nein. Ich war vor ein paar Tagen bei ihnen, nur um mal hallo zu sagen, und dann hab ich sie gestern Abend auf der Straße getroffen. Hab ihnen gesagt, sie können vorbeikommen, wenn sie irgendwas brauchen.«

»Ja, das wissen sie. Brauchen sie irgendwas?«

»Nein, sie scheinen gut zurechtzukommen. Ich wollt es sie nur wissen lassen.«

»Das ist gut. Bin froh, es zu hören.« David blätterte um, stieß dann lange die Luft zwischen gespitzten Lippen aus. Er schüttelte den Kopf, murmelte: »Idioten!«, klappte dann die Zeitung zusammen und faltete sie einmal. Er schaute seine Frau an. »Ich bin froh, dass sie hier sind. Scheinen nette Leute zu sein. Ich glaub, wir haben Glück.«

»Ja, ich glaube, du hast recht. Du hast sie gut ausgesucht.« Sie lächelte und stand dann auf, um den Tisch abzuräumen.

»Schätze, das wird funktionieren«, sagte David. »Denk dir nichts.«

*

Seit David vor über einem Monat Maggies Schachteln vorbeigebracht hatte, standen sie ungeöffnet im unbenutzten Zimmer. Alice war mit anderen Dingen beschäftigt. Sie war dabei, ihre früheren Kapitel zu redigieren und in Form zu bringen und über Insekten so viel zu schreiben, wie sie konnte, was nicht sehr viel war, aber wahrscheinlich reichte. Eine Einführung in die Wirbellosen der Gegend: Mehr war nicht nötig, und mehr konnte sie auch nicht tun. Mit Hilfe ihrer Bücher und des Amateurentomologen Colin, den sie aus Lerwick kannte, hatte sie einen Anfang gemacht. Einen guten Anfang. Das Ganze fügte sich zusammen.

Die Schachteln waren ihr seit ihrem Eintreffen nicht oft in den Sinn gekommen. Die Tür zu diesem Zimmer war die meiste Zeit geschlossen, und sie hatte wenig Grund hineinzugehen. In dem Zimmer stand ein Doppelbett, für ihren Bruder Simon und seine Familie, wenn sie zu Besuch kamen, und eine Kommode, deren Schubladen fast alle leer waren; und da war auch noch ein Regal mit Büchern, die sie gelesen hatte und nicht noch einmal lesen wollte. Das war so ziemlich alles.

Doch als Alice letzte Nacht wach lag, hatte sie an die Kartons gedacht. Zuerst fiel ihr der Ausdruck auf Davids Gesicht ein, als er sie vorbeibrachte, an dem Abend, nachdem sie am Bach miteinander gesprochen hatten. An diesem Abend hatte er ein

Lächeln auf dem Gesicht, das nicht ganz so war wie das Lächeln, das er normalerweise trug. Es war der Blick von jemandem, der etwas weiß, was man selber nicht weiß, und der weiß, wie man sich fühlen wird, wenn man es herausfindet.

»Wann willst du sie zurück?«, fragte sie ihn, als er den letzten Karton vom Pick-up hereintrug.

»Nie mehr«, sagte er. »Mit ein bisschen Glück.« Dann lachte er. »Wenn du glaubst, dass irgendetwas von Interesse für mich oder ihre Familie sein könnte, lass es mich einfach wissen. Und wenn du sie loswerden musst, dann nehme ich sie zurück. Aber wahrscheinlich landen sie nur auf dem Dachboden, wenn du sie nicht willst, also hat das alles keine Eile.«

Es waren insgesamt zehn Kartons, aber kein großer darunter, und nach denen zu urteilen, die geöffnet worden waren, steckten sie alle randvoll mit Notizbüchern, Briefen und diversen Papieren. Als sie ankamen, hatte Alice sie absichtlich versteckt. Es war nicht die richtige Zeit gewesen, um zu erkunden, was da eingetroffen war. Schon der Gedanke daran war überwältigend. Sie hatte das unbestimmte Gefühl, dass der Inhalt wichtig sein könnte, aber die reine Menge des Ganzen machte sie nervös. Schwer vorzustellen, wie sie das Wichtige vom Unwichtigen trennen konnte, ohne jedes Wort zu lesen. Doch sie hatte keinen Stress, keine Eile empfunden. Sie hatte nicht das Gefühl gehabt, mit dem Material anfangen oder es aus dem Weg schaffen zu müssen. Sie hatte genug anderes zu tun, und das Zimmer würde erst im nächsten September wieder gebraucht werden, wenn ihr Bruder mit seiner Frau und den Kindern zu Besuch kam.

Es war deshalb nicht offensichtlich, warum sie letzte Nacht wach gelegen hatte und an nichts anderes denken konnte als an diese Kartons. Es schien keinen Grund dafür zu geben, keinen Auslöser, den sie festmachen konnte. Sie kamen ihr einfach in den Sinn, erst unbeabsichtigt, doch dann ließen sie sie nicht mehr los. Stundenlang lag sie wach und stellte sich vor, was drin sein könnte, angetrieben von einer Dringlichkeit, die weder logisch noch ignorierbar war. Zweimal wäre sie beinahe aufgesprungen, um ins andere Zimmer zu gehen, und zweimal redete sie es sich wieder aus. Warte, dachte sie. Morgen früh sind sie auch noch da.

Jetzt war der Morgen gekommen, und Alice hatte bei weitem nicht so viel geschlafen, wie ihr lieb gewesen wäre. Sie frühstückte in der Küche, machte sich eine Tasse Kaffee, dann noch eine. Sie las die ersten Seiten der *Shetland Times* vom letzten Freitag. Sie schob hinaus, worüber sie stundenlang nachgedacht hatte, so wie sie als Kind das Öffnen ihrer Weihnachtsgeschenke hinausgeschoben hatte, bis alle anderen in der Familie die ihren ausgepackt hatten. Der Klammergriff der Erwartung war irgendwie angenehmer als seine Lösung.

Nachdem das Frühstück verspeist und der Kaffee getrunken war, putzte sie sich die Zähne, dann ging sie in das Zimmer, setzte sich zwischen den Kartons aufs Bett und ließ den Blick darüberschweifen. Sie stand auf, ging in ihr Büro und kam mit einem großen, leeren Notizbuch, Klebeetiketten und einem Textmarker zurück, bereit, ein wenig Ordnung in die Sache zu bringen. Sie fing willkürlich an, mit der Absicht, sich im Verlauf der Sichtung um eine Systematisierung zu kümmern. So ging sie ihre Recherche an: drüberbeugen und mit dem anfangen, was ihr gerade in die Finger kam. Sie würde sich dann nach und nach überlegen, wie das alles unterteilt, bezeichnet und verstanden werden konnte.

Sie zog einen der Kartons heran und klappte die Deckel auf. Drinnen waren Stapel von Briefen in Umschlägen, einige davon mit Gummibändern zusammengehalten. Sie alle schienen handgeschrieben zu sein – persönliche Briefe, keine Rechnungen –, und es mussten deutlich über hundert sein, vielleicht auch doppelt so viele. Alice zog einen heraus. Er war mit einem Messer geöffnet worden, der Umschlag war sauber an der Oberkante aufgeschnitten. Sie schob die Finger hinein und zog den Brief vorsichtig heraus, um ihn nicht zu zerknittern. Die Unterschrift stammte von Ina, Maggies Schwester, mit Datum vom Mai 1985. Sie zog einen anderen heraus, auch von Ina. Dann noch mehr. Sie kontrollierte die Unterschriften und steckte die Briefe in den Karton zurück. Beim Durchblättern der Umschläge sah sie, dass sie alle in derselben Handschrift waren, die Briefmarken alle aus Neuseeland. Alice verschloss den Karton und zog ein Klebeetikett von der Rolle. Sie drückte es auf den Karton, schrieb BRIEFE: INA darauf und wandte sich einem anderen zu.

Der nächste Karton enthielt ebenfalls Briefe. Die meisten waren ebenfalls von Maggies Schwester, aber einige Umschläge zeigten eine andere Handschrift. Lynette, lautete die Unterschrift, ebenfalls mit Marken aus Neuseeland. Die Nichte, nahm sie an. Sie würde David danach fragen müssen. Sie beschriftete ein weiteres Etikett.

Die nächsten beiden Kartons enthielten Notizbücher: Tagebücher, wie es aussah. Vorwiegend glänzend schwarze und rote mit festem Einband. Bei einigen stand auf dem Rücken eine Jahreszahl in blauer Tinte, andere zeigten keine Hinweise auf ihren Inhalt. Die Seiten selbst waren bedeckt mit breiten Krakeln, die nicht leicht zu entziffern waren. Alice überflog nur einige Seiten, ohne sie wirklich zu lesen, klappte sie wieder zu und wandte sich anderem zu. Die Tagebücher enthielten wahrscheinlich mehr Interessantes als die Briefe, aber sie wollte alle Kartons durchsehen, bevor sie ins Detail ging. Sie wollte es richtig machen.

In den nächsten Stunden öffnete Alice drei weitere Kartons mit Tagebüchern und noch zwei mit Briefen – die meisten von Ina, doch es gab auch andere, nicht vertraute Namen – und einen Karton mit diversen Papieren und offiziell aussehenden Briefen in Ordnern. Auf jeden der Kartons klebte sie ein Etikett.

Als sie alle Kartons durchgesehen hatte, war es fast zwölf, und obwohl der Tag feucht und nebelverhangen war, beschloss sie, einen Spaziergang zu machen. Was sie da tat, hatte etwas Voyeuristisches, dachte sie. Da sie Maggie kaum gekannt hatte, kam es ihr merkwürdig vor, Zugriff zu diesen ganzen persönlichen Informationen zu haben. Eigentlich hätte David dieses Material durchsehen müssen, und wenn nur, um sich zu nehmen, was er wollte. Aber er schien nichts davon haben zu wollen, und wie er gesagt hatte, würde Maggies Familie ihm nicht danken, wenn er zehn Kartons mit Papieren um den Globus schickte, damit sie sie aussortierten, vor allem, da die Hälfte davon sowieso aus Neuseeland gekommen war. Es war besser, das hier zu tun, näher dran.

Als Alice durch den Nieselregen stapfte, schaute sie zu dem Haus am Ende der Straße. Sie konnte es noch nicht sehen – der Nebel verdeckte einen Großteil des Tals –, aber genau dorthin wollte sie. Sie dachte an Maggie, die Frau, die sie kaum gekannt hatte, die Frau, die sie manchmal auf Spaziergängen wie diesen sah, draußen beim Füttern der Hühner oder bei der Gartenarbeit, manchmal einfach auf ihren Spazierstock gestützt und über die Felder oder zum Strand schauend. Alice wünschte sich, sie hätte sich mehr Mühe gegeben, mit ihr ins Gespräch zu kommen, sie besser kennenzulernen. Dieser alte, hoffnungslose Wunsch.

Sie erreichte den Wendekreis und lehnte sich dort kurz ans Tor. Eine Erinnerung meldete sich. Ein Tag, ganz anders als der heutige, warm und strahlend, im ersten Sommer, nachdem sie ins Tal gekommen war. Sie hatte genau hier gestanden, an dieses Metalltor gelehnt, als Maggie von ihrem Garten herübergerufen hatte: »Hast du dich verirrt?« Die alte Frau stand am Zaun, die Hände über den Augen, um sie vor der Sonne zu schützen. Sie trug ein langes Kleid, dunkelgrün mit weißen Blumen darauf, und über den Schultern etwas, das aussah wie ein Morgenmantel.

»Nein, ich habe mich nicht verirrt, Maggie, ich genieße einfach nur die Sonne auf dem Gesicht.« Sie lächelte breit.

»Ach, du bist das«, sagte Maggie. »Von weiter oben an der Straße. Tut mir leid, meine Augen sind nicht mehr die besten.« Sie redete auf eine merkwürdige, gestelzte Art, als hätte sie ihre Worte anglisiert, damit Maggie sie verstand. Es klang, als hätte sie einen Sprechtechnikkurs belegt, wäre aber nur in der ersten Woche hingegangen.

»Ist schon okay. Ich habe ja auch kein sehr einprägsames Gesicht«, witzelte Alice.

»Nein, schätze nicht«, sagte Maggie und schaute auf ihre Füße hinunter. Sie schien mit ihrem Stock herumzustochern, plötzlich vertieft in etwas, das sie sehen konnte, Alice aber nicht. Einige Augenblicke herrschte Schweigen, dann hob Maggie wieder den Kopf und schien fast überrascht zu sein, dass Alice noch da war.

»Na ja, ist wirklich kein schlechter Tag«, sagte sie. »Das ist eine Wohltat.«

»Ja, es ist wunderschön. Noch ein paar solche Tage wären großartig. Dann könnten wir sagen, wir hatten einen Sommer.«

»Ja, aber wir dürfen nicht gierig werden, Mädel«, erwiderte Maggie. »Wir nehmen, was wir geschenkt bekommen, und sind dankbar dafür. Das hat der Alte immer gesagt, nicht?« Sie schwenkte den Stock himmelwärts, den Mund jetzt zu einem Grinsen verzogen. »Typisch Mann«, fügte sie hinzu, lachte dann und wandte sich ab. »Na, wir sehen uns wieder, bestimmt.«

»Ja, und noch einen schönen Tag«, rief Alice. »Bis bald.«

Bei der Erinnerung lachte sie jetzt wieder, während sie die Straße zurück nach Bayview ging und ihre Gummistiefel in der stillen, feuchten Luft quietschten.

Schon komisch, dachte Alice ein paar Stunden später, als sie bäuchlings auf dem Schaffell in ihrem Arbeitszimmer lag, vor sich ein Bündel geöffneter Briefe. Es ist komisch, was Leute aufzuzeichnen beschließen, welche Informationen sie mit anderen teilen wollen. Allein die Tatsache, dass Inas Briefe aufbewahrt worden waren – einige Hundert, die Jahrzehnte zurückreichten –, vermittelten ihnen ein Gewicht, eine Bedeutung, die mit dem Inhalt nicht zu vereinbaren war.

Die meisten begannen mit nichtssagenden Dankesworten – *Danke für deinen Brief, Danke für die Karte, Danke für deine freundlichen Worte* –, eine Begrüßung, die bei der Regelmäßigkeit ihres Briefwechsels völlig unnötig wirkte. Diese Eröffnungen waren auch merkwürdig formell, und ihnen folgte unweigerlich ein Bericht über gegenwärtige Wetterbedingungen, oft beträchtlich detailliert. *Dieser Monat war heiß,* schrieb Ina in einem, *meistens zu heiß, du hättest es gehasst. Manchmal regnet es abends, was eine Erlösung ist, der Garten gedeiht also prächtig. Du würdest nicht glauben, welche Farben wir zu dieser Jahreszeit haben. Ist ganz anders als zu Hause.*

Zu Hause, dachte Alice. Das Zuhause ist noch immer der Ort, den Ina verlassen hatte.

Heute Morgen gab's ein paar Wolken am Himmel, also ändert sich vielleicht was. Schon komisch, wie schnell einem die Sonne zu viel wird. Man sehnt sich den ganzen Winter nach ihr, und dann jammert man über die Hitze, wenn sie kommt. Tut mir leid, ich weiß, du hast im Augenblick sicher den ganzen Tag ein Feuer brennen. Man kann sich nur schwer vorstellen, wie es bei dir jetzt sein muss. Wenn wir nur die gleichen Jahreszeiten hätten.

Alice nahm den nächsten Brief zur Hand, zwei Wochen später geschrieben. Noch mal dasselbe. Mehr Regen, ein bisschen weniger Hitze.

Nach dem Wetter wurden Fragen beantwortet – oft Monat um Monat die immer gleichen. Ina berichtete, wie es Lynette in der Schule ging, dann an der Uni. Alice vermutete, dass irgendwann Enkel auftauchen würden, aber so weit war sie noch nicht gekommen. Manchmal wurde Inas Gesundheit erwähnt, und auch die ihres Gatten Graham. Hin und wieder schrieb Ina über etwas, an das sie sich aus der Kindheit erinnerte, oder bat Maggie, ihr bei bestimmten Ereignissen zu helfen, mehr über gewisse Details zu berichten, die ihr wieder eingefallen waren, ihre Erinnerungen aufzufrischen. Dann fragte sie oft, wie sich der Garten entwickle, oder sie erkundigte sich nach dem Haus, den Feldern, den Nachbarn. Das waren für Alice die interessantesten Teile.

Beim Lesen der Briefe bekam sie den Eindruck, dass die beiden Frauen, trotz der größtenteils merkwürdig förmlichen Brieferöffnungen, einander so schrieben, wie sie vermutlich miteinander geredet hatten. Die banalen Details waren genau die Dinge, die das Hirn im Verlauf eines Tages beschäftigen, vor allem hier: das Wetter, der Zustand des Bodens und des Gartens, die alltäglichen Aktivitäten, die den unspektakulären Großteil eines Lebens ausmachen. Die Gedanken der beiden Frauen, ihre

Erinnerungen, waren so miteinander verwoben, dass die geografische Trennung sich falsch anfühlte. Sie waren eine halbe Welt voneinander entfernt, und doch waren sie in diesen Briefen kaum getrennt. Sie unterhielten sich über den Zaun miteinander, Schwester zu Schwester. Hätten sie versucht, ihrer Korrespondenz mehr Bedeutung zu verleihen, wäre die Entfernung vielleicht noch vergrößert worden. Die Banalität brachte sie näher zueinander.

Den Rest des Nachmittags las Alice Briefe. Sie las Unmengen von Ina, dann einige von Lynette, die noch unverbindlicher waren: die höflichen Worte einer Nichte, die ihre Tante nie wirklich kennengelernt hatte und die es vermutlich als Pflicht empfand, den Kontakt aufrechtzuerhalten. Es gab auch noch andere Schreiber. Einen William etwa, in Aberdeenshire, und einige Frauen in anderen Orten auf Shetland. Einige dieser Briefe waren in Dialekt geschrieben, was Alice bremste.

Während des Lesens sortierte sie die Umschläge, obwohl die meisten bereits nach Datum geordnet waren. Sie bewahrte Inas Briefe getrennt auf, steckte die anderen in eine eigene Schachtel mit einem neuen Etikett. Sie schrieb sich die Namen in ihr Notizbuch, erstellte eine Liste, über die sie später mit David sprechen wollte.

Am späten Nachmittag hatte sie genug von den Briefen. Wie es aussah, war in diesen Korrespondenzen nur wenig, was für jemanden außer der Empfängerin von Interesse hätte sein können. Und da war auch wenig, was ihr das Gefühl vermittelte, sie lerne die Person, an die sie adressiert waren, besser kennen – was schließlich ihre ursprüngliche Absicht gewesen war. Sie legte die Briefe beiseite und nahm sich eine Schachtel mit Tagebüchern vor. Aufs Geratewohl zog sie eins heraus.

Sonntag, 1. Mai

Sandy stand am Zaun und schaute einfach nur. Die trächtige Aue drehte sich im Kreis, als wollte sie ihr Hinterteil untersuchen, um zu begreifen, woher der Schmerz kam und warum. Sie fühlte sich nicht wohl, das war offensichtlich, aber noch war sie nicht in Schwierigkeiten. Sandy hatte gelernt, nicht zu früh Hilfe zu suchen. Schon zweimal hatte er David voller Panik angerufen, weil er fürchtete, dass ein trächtiges Tier Hilfe brauchte, und zweimal hatte er sich geirrt.

»Hier muss man nichts tun«, hatte David gesagt. »Die kommt schon allein zurecht. Lass sie einfach in Ruhe.«

Die einzige Aue, die bisher unterstützt werden musste, hatte Sandy gar nicht bemerkt. Er war in der Arbeit gewesen, und David hatte sie an einem Zaun liegen sehen, nicht in der Lage zu gebären. Er war zu ihr gegangen und hatte ihr geholfen, hatte die Hand in die Mutter geschoben und das erste Lamm so gedreht, dass er es an den Vorderbeinen heraus aufs Gras zerren konnte. Das zweite war dann ohne Probleme gefolgt. Beim Nachhausekommen hatte Sandy eine Notiz auf dem Küchentisch gefunden: *Bin dir zur Hand gegangen. Jetzt ist alles in Ordnung.*

Ein Teil von ihm hoffte auf Probleme. Natürlich nicht, weil er den Tieren Schlechtes wünschte, sondern weil er sich im Augenblick noch so nutzlos vorkam. Und ohne selber Schwierigkeiten erlebt zu haben, ohne zuzuschauen und zu lernen, würde er nutzlos bleiben. Das war nicht gut für ihn, und langfristig war es auch nicht gut für David. Oder für die Schafe.

Er beobachtete diese Aue also mit gemischten Gefühlen. Die letzten Wochen waren anstrengend und aufregend gewesen, angefüllt mit einem merkwürdigen, beinahe unangemessenen Gefühl des Stolzes. »Es ist die beste Zeit des Jahres«, hatte David ihm Mitte April gesagt, als die Zeit der ersten Lämmer näherrückte. »Denn jetzt wirst du viele Male Vater.« Damals hatte Sandy über die Vorstellung gelacht. Doch als dann die ersten kamen, verstand er sofort. Die eigenen Gefühle unter Kontrolle zu haben und jede Sentimentalität zu unterdrücken war grundlegend für den Betrieb einer Landwirtschaft. Leben und Tod gehörten zum Job, und man durfte sich von ihnen nicht hinreißen, sich nicht jeden Tag aufs Neue niederdrücken oder in Hochstimmung versetzen lassen. So zu leben war nicht möglich. Doch im Augenblick, in diesen wenigen Wochen des Ablammens, war persönliches Engagement entschuldbar. Es war unvermeidlich.

»Wenn der Anblick dich nicht glücklich macht, dann lass es sofort sein«, sagte David eines Morgens, als sie miteinander in seinem Schuppen standen und zusahen, wie eine neue Mutter die Nachgeburt von ihren Zwillingen leckte, damit die raue Zärtlichkeit ihrer Zunge das Leben in den beiden weckte. Die Lämmer rappelten sich zitternd und schwankend auf die Beine hoch, die Knie noch steif und unsicher, die Glieder schräg ausgestellt. Langsam, wie angezogen von einem schwachen Magneten, einer Kraft, die sie weder verstehen noch missachten konnten, tapsten sie zu den Zitzen ihrer Mutter, suchten sie zum ersten Mal in ihrem Leben. Und sie hob, sich noch die Lippen leckend, den Kopf, nicht weniger gerührt als ihre Zwillinge von etwas Mysteriösem, etwas, das größer war als sie alle, größer als alles.

Die Kolostralmilch, die jetzt die Bäuche der Lämmer füllte, schien sie vor den Augen der Männer wachsen zu lassen. Die erste Mahlzeit, die sie in sich hatten, richtete die Tiere auf und kräftigte sie. Lange standen Sandy und David nur da und schauten. Beide waren, nach Tagen immer wieder unterbrochenen Schlafes, müde, aber sie konnten sich nicht abwenden von dem, was da vor ihnen passierte, dem Ritual, das so äußerst normal und doch auch äußerst ungewöhnlich war.

»Na ja«, sagte David und stieß sich schließlich vom Metalltor des Geheges ab, »schätze, ich werd mich jetzt mal wieder ein paar Stunden flachlegen. Solltest du auch machen.«

Sandy nickte. »Ja, das klingt nach einem vernünftigen Plan.«

Die beiden traten hinaus in einen Morgen, der gerade erst zum Leben erwachte, aber bereits davon überquoll.

Sandys Gedanken wanderten von den Tieren vor ihm zu denen der letzten paar Wochen. Ihm schwirrte der Kopf, er konzentrierte und entspannte sich wieder. Er sah dem Muttertier zu, das jetzt ungeschickt auf der Seite lag und wartete, wie die Geburt weitergehen würde. Über ihm flatterte ein Kiebitz durch den grauen Himmel, jagte sich selbst von einem Ende des Tals zum anderen. Ein Vogel, ein schwarzer Umriss, eine Abwesenheit.

»Ist sie okay?«

Er hatte nickt bemerkt, dass Jo neben ihn getreten war, deshalb erschrak er. Als er sich zu ihr umdrehte, spürte er tief in sich eine Art Krampf. Es war ein komisches Gefühl, wie wenn man eine falsche Bewegung macht, etwas nachgeben spürt, spürt, dass etwas nicht stimmt.

»Sie ist okay«, sagte er und drehte sich wieder zum Gehege und der wartenden Mutter um. »Ich will nur sicher sein, dass das auch so bleibt. Ich mache mir zu viele Sorgen. Ich werde zum ersten Mal Vater«, sagte er. »Im Gegensatz zu ihr.«

Jo lächelte. »Ich verstehe das. Ich glaub nicht, dass ich das könnte, weißt du. Ich würde vor Sorge um sie keinen Schlaf finden.«

»Wer sagt, dass ich schlafen kann?«

Beide schwiegen einen Augenblick, standen nur da und schauten.

»Wie viele hast du noch?«, fragte Jo.

»Die Hälfte habe ich ungefähr hinter mir. In ein paar Wochen sollten sie fertig sein, außer es gibt ein paar Nachzügler, was sein könnte. Es war Davids Cheviot-Bock, und ich glaube, er war ziemlich müde, als er hier fertig war. Auch er wird alt.«

Beide lachten und verstummten dann wieder.

Im letzten Monat hatte Sandy immer wieder vergeblich versucht, Jo aus dem Kopf zu bekommen, vergeblich versucht, sein peinliches Hingezogensein zu unterdrücken. Es war im Grunde bedeutungslos. Er wusste das oder glaubte, es zu wissen. Es war ein Ausdruck seiner Einsamkeit. Jo war ein Ersatz für Emma, oder etwas in dieser Richtung. Er hatte es analysiert, sich selbst erklärt. Aber dadurch ging es nicht weg. Tatsächlich wirkten seine Gefühle, seit er sie als falsch erkannt hatte, irgendwie beherrschender. Und je mehr er versuchte, sie zu unterdrücken, desto schwieriger wurde es, an irgendetwas anderes zu denken.

In den zwei Wochen nach ihrer ersten Begegnung im Red House hatte er Jo kaum gesehen, und er hatte kein einziges Mal mit ihr gesprochen. Einmal, als er die Straße hochgefahren war, hatte sie draußen gestanden, und sie hatten sich zugewunken; und einmal, als er bei David gewesen war, war sie aufgetaucht und hatte nach Mary gesucht. Sandy hatte sich umgedreht und war auf den Schuppen zugegangen, hatte versucht, Distanz zu wahren. Er wusste, dass Distanz seine größte Chance war. Wenn er abends in seinem Wohnzimmer saß, konnte er in seinem alten Haus die Lichter brennen sehen. Sie waren ein Leuchtfeuer, eine Warnung, sich fernzuhalten, und er befolgte diesen Rat. Doch als David und Mary ihn eines Abends Anfang April zum Essen einluden, stellte er zu seinem Entsetzen und seiner Freude fest, dass Jo und Ryan ebenfalls eingeladen waren.

Der Abend war gut. Alle hatten ihn genossen. Ryan hatte Sandy ein bisschen geärgert, doch seine Aufmerksamkeit war vorwiegend woanders gewesen. Ein paarmal fragte er sich, ob Ryan absichtlich versuchte, David aufzustacheln, weil er über Geld und über Kleinlandwirtschaft auf eine Art redete, die zu nahe am Sticheln lag. Doch als Sandy David später danach fragte, schien er es gar nicht bemerkt zu haben. Er mochte Ryan. »Er ist ein Städter«, sagte er, »aber er ist okay. Er meint es gut.« Sandy war alles andere als sicher, dass Ryan es gut meinte, aber so wie er merkte, dass seine Einsamkeit mit seinem Verlangen nach Jo zu tun hatte, merkte er auch, dass dieses Verlangen mit seiner Abneigung gegenüber Ryan zu tun haben könnte. Er konnte die beiden Gefühle nicht trennen, und so versuchte er, so gut er konnte, die Abneigung für sich zu behalten, so wie er natürlich auch sein Verlangen verbergen musste.

Als sie zum ersten Mal allein miteinander waren, zwei Tage nach dem Essen in Kettlester, sprachen Jo und Sandy kaum miteinander. Seine Angst ließ ihn fast verstummen, und sie – vielleicht schüchtern oder verwirrt über sein Schweigen – hatte kaum mehr gesagt. Er war, mit einer Tasche in jeder Hand, aus Billys Laden in Treswick gekommen, als sie eintraf. Er blieb stehen und wartete. »Hallo, Sandy!«, hatte sie gerufen und war auf ihn zugegangen, während er bewegungslos auf dem Parkplatz stehen blieb. Er war wie gelähmt. So intensiv und verwickelt seine Gefühle zu der Zeit waren, schien es fast unmöglich, dass sie nichts bemerkte. Er hatte das Gefühl, sein Verlangen müsste direkt unter seiner Haut glühen. Vor zwei Jahren war Mary einmal ins Red House gekommen, als Sandy und Emma gerade Sex hatten. Sie hörten die Tür und sprangen in ihre Kleider, schlichen sich dann die Treppe hinunter in die Diele, Emma zuerst, Sandy hinterdrein. Falls Mary begriffen hatte, was los war, ließ sie es sich nicht anmerken, aber genau dieses Gefühl – das errötende Überschäumen, das Zutagetreten der Scham – hatte Sandy jetzt in Jos Gesellschaft, als wäre er für jeden absolut durchsichtig, und vor allem für sie.

Als er sich dann ins Auto setzte, beugte er sich vor und legte mit keuchendem Herzen die Stirn ans Steuer. Er schloss die Augen und zog Luft in die Lunge. Er versuchte, sich von dem Durcheinander in seinem Inneren zu lösen. Er atmete leise, bis ein Klopfen am Fenster ihn zurückholte und er sich, jetzt wieder bei klarem Bewusstsein, aufsetzte und die Scheibe herunterkurbelte.

»Alles okay?«, fragte Jo. »Funktioniert dein Auto nicht?«

Er lächelte und versuchte schwach, nicht schockiert oder derangiert zu wirken. »Nein, mir geht's gut«, sagte er. »Ich bin einfach nur müde, und ich musste telefonieren. Keine Sorge.«

»Ach, kriegst du hier ein Signal? Ich krieg gar nichts.« Jo zuckte die Achseln. »Okay, ich dachte mir schon, irgendwas stimmt nicht. Bin froh, dass es nicht so ist.« Sie wandte sich zum Gehen. »Na ja, ich hoffe, wir sehen uns bald mal wieder.« Sie ging zu ihrem Auto. Er wartete, bis sie losgefahren war, bevor er den Motor anließ und eine ganze Meile in die falsche Richtung zurücklegte, um ihr Zeit zu geben, im Red House zu verschwinden, bevor er wendete und nach Hause fuhr.

An diesem Abend gab er sich geschlagen und fügte Jo seinen

Freunden auf Facebook hinzu. Er fügte auch Ryan hinzu, schaute sich sein Profil aber nicht mal an. Als sie etwa eine Stunde später seine Anfrage akzeptiert hatte, schaute er sich Jos Fotos an und verfluchte sich dabei selber. Diese Aktion hatte etwas Selbstquälerisches und auch etwas Voyeuristisches. Schließlich wandte er sich Emmas Seite zu und las alle ihre Posts der letzten sechs Monate. Er hatte sie schon mehrmals gelesen, aber jetzt suchte er nach etwas, auch wenn er nicht genau wusste, was. Da er nur ein schwaches Glimmen von Bedauern spürte, überlegte er kurz, sie anzurufen. Aber er tat es nicht. Noch einmal, Distanz war die Lösung. Darauf hatten sie sich geeinigt.

»Worüber denkst du nach?«, fragte Jo nach einer langen Pause.

Er drehte sich zu ihr um und versuchte, es mit einem Lächeln zu erklären: »Über dieses Mutterschaf, schätze ich.«

»Nein, tust du nicht. Du schaust dir die Schafe an, du denkst nicht über sie nach. Was gibt's da auch viel zu denken? Du siehst doch, wie's ihr geht.«

»Na ja, vielleicht habe ich auch nicht gedacht. Vielleicht habe ich einfach nur geschaut. Manchmal ist es nicht einfach, den Unterschied zu erkennen. Meine Augen und mein Hirn sind ziemlich nah beieinander, weißt du.«

»Ja«, sagte Jo. »Du hast nur so ausgesehen, als würdest du über was Wichtiges nachdenken. Du hast die Stirn gerunzelt.«

»Tut mir leid, das ist mein Gesicht. Es legt sich sehr gern in Falten.«

»Machst du immer Witze, um nicht reden zu müssen?«

»Stellst du immer schwierige Fragen?«

»Manchmal. Nicht immer. Ich stelle schwierige Fragen, wenn ich die Antworten wissen will. Wenn ich nicht frage, werde ich es nie erfahren.«

»Und warum willst du es wissen?« Die Frage wirkte unfreundlicher, als Sandy beabsichtigt hatte. Er versuchte, jegliches Flirten zu vermeiden, aber er fand den richtigen Ton nicht.

»Na ja, wir sind Nachbarn. Du scheinst mir interessant zu sein, aber ich weiß nur sehr wenig von dir. Vielleicht bin ich zu neugierig, aber ich versuche einfach nur, direkt zu sein. Ich frage dich, anstatt jemand anders zu fragen. Ich hatte gehofft, das ist okay für dich. Tut mir leid.«

»Nein, ist schon okay. Braucht dir nicht leidzutun. Ich weiß nur nicht, ob ich wirklich so interessant bin. Ich denke wirklich viel über Schafe nach. Zumindest in diesem Jahr.«

»Das ist doch okay. Wenn du sie interessant findest, dann sind sie interessant.«

»Ich weiß nicht, ob ›interessant‹ das richtige Wort ist. Ich finde sie notwendig. Wenigstens im Augenblick. Ich muss über sie nachdenken. Ich bin verantwortlich für sie.«

»Aber das hast du dir doch freiwillig ausgesucht, nicht? Ist ja nicht so, dass du gegen deinen Willen hier wärst. Du hast über sie nachdenken *wollen.*«

»Ich weiß nicht, ob *wollen* irgendwas damit zu tun hat. Ich weiß nicht so genau, was ich will. Früher habe ich's gewusst, jetzt aber nicht mehr.«

»Was meinst du damit?«, fragte Jo. Sandy fragte sich, was er wirklich damit meinte.

»Schätze, manchmal hab ich das Gefühl, ich bin hier gelandet, als hätte irgendeine Strömung mich mitgeschleppt. Andere Leute haben die Entscheidungen getroffen; ich hab einfach nur mitgemacht.«

»Dann bist du hier nicht glücklich?«

»Nein, so würde ich das nicht sagen. Ich bin glücklich. Meistens jedenfalls. Es ist nicht ideal, dass ich dieses Land hier ganz allein übernommen habe, da ich noch so viel lernen und tun muss. Aber es ist okay. Ich wär immer auf mich allein gestellt, egal, was ich tue. Hier ist ein guter Ort, um allein zu sein.«

»Dann willst du also nicht unbedingt allein sein?«

»Ha! Nicht für immer, nein. Aber ich bin mir eine bessere Gesellschaft als einige andere.« Er lächelte. »Ich bin nicht verzweifelt. Noch nicht.« Ein Teil von ihm zuckte zusammen, doch er wusste nicht so recht, ob er wegen der Lüge selbst zusammenzuckte oder weil er Angst hatte, dass man ihm nicht glaubte. Der andere Teil wollte, dass man ihm nicht glaubte. »Und, bist du hier glücklich?«, fragte er, um die Stoßrichtung der Befragung zu ändern.

»Ja, ich glaube schon.« Sie zeigte ein zögerliches Lächeln. »Es sagt mir zu. Mehr als die Stadt. Denke ich. Ryan ist sich da nicht so sicher, aber ich schätze, das war zu erwarten. Er hat zuvor noch nie auf dem Land gelebt. Da muss man sich erst dran gewöhnen.«

»Hoffst du insgeheim, dass du nicht wieder in die Stadt zurückziehen musst?«

»Na ja, mal sehen. Wenn wir ein bisschen Geld sparen und das Stadthaus verkaufen, könnten wir eigentlich überall ein Haus kaufen. Wenn wir entscheiden, dass es uns hier draußen gefällt, könnten wir uns hier in der Nähe was suchen oder auch ein Grundstück, auf dem wir bauen können. Und wenn nicht, könnten wir uns irgendwo in der Stadt was suchen.«

»Und was, wenn einer von euch bleiben und der andere wegwill?« Es war eine dumme Frage, ein ungeschickter Versuch, einen Gedanken zwischen sie und Ryan zu zwängen. Er bereute sie, kaum dass sie seinen Mund verlassen hatte.

»Schätze, über diese Brücke werden wir gehen müssen, wenn wir vor ihr stehen. Ich bin wahrscheinlich weniger wählerisch als er. Ich komme so ziemlich überall zurecht, oder so gut wie. Glaube ich wenigstens. Ich hoffe es.«

Einen Augenblick sagte keiner der beiden etwas, und sie schwiegen auch weiter, als ein Auto auf der Straße herankam. Mary fuhr. Sie hielt neben Sandy und Jo an und kurbelte das Fenster herunter. Sandy beugte sich vor.

»David hat versucht, dich anzurufen«, sagte Mary.

»Oh, tut mir leid. Ich hab mein Handy im Haus gelassen. Was gibt's?«

»Er hat eine Aue, die Hilfe braucht, und er dachte, du willst vielleicht kommen und ihm zur Hand gehen. Ich dachte, du hättest Besseres zu tun, aber er bestand darauf, dass ich herkomme und nachschaue. Liegt ganz bei dir.«

»Natürlich komme ich und helfe ihm. Ich habe eben eine von meinen beobachtet«, sagte er, »aber sie scheint ganz okay zu sein.«

»Gut«, sagte Mary. »Du kannst bei mir mitfahren. Wenn du wartest, macht er es wahrscheinlich allein.«

»Ja, okay, ich komme mit dir.« Sandy wandte sich an Jo. »Tut mir leid, dass ich jetzt davonstürzen und dich stehen lassen muss«, sagte er. »Ich muss los und helfen. Na ja, ich muss los und lernen.«

»Ist schon okay«, sagte Jo. »Geh nur. Schön, dich zu sehen, Mary«, fügte sie hinzu.

»Dich auch«, sagte Mary, als Sandy sich auf den Beifahrersitz schwang. Er schloss die Tür und hob die Hand, um Jo zu winken. Sie winkte zurück, als Mary das Auto am Ende der Straße wendete und nach Kettlester zurückfuhr. Sandys Herz stampfte unterdessen wie ein Rettungsboot in einem Sturm.

*

Es war nicht nur die schiere Menge, die die Lektüre von Maggies Tagebüchern und Briefen so schwierig machte. Auch der Inhalt bremste Alice. Einige Wochen lang hatte sie täglich einige Stunden gelesen und sortiert und sich Notizen gemacht. Sie setzte auch ihre andere Arbeit fort – sie schrieb und redigierte vorwiegend an den Abenden –, aber nachdem sie mit dem Kartonstapel angefangen hatte, konnte sie nicht mehr aufhören. In keinem war jedoch viel, was ihr weiterhalf, was die Mühe lohnend machte.

Der erste Tagebucheintrag, den sie gelesen hatte, gab den Ton vor.

23. Mai 1989. Vorwiegend trocken. Bester Tag der ganzen Woche. Leichter Wind aus Südwest. 12° C. Vormittag im Garten, jäten, Grünkohl anpflanzen. Zu Mittag Suppe – Kartoffeln und Karotten. Fladenbrot. Heute Nachmittag wieder draußen, nach den Schafen schauen. Ein paar hinken. Strandweide sehr feucht, vor allem in der hinteren Ecke. Rhabarber geerntet. Eintopf gekocht – Lamm, Kartoffeln, Steckrüben. Hab abends Willie was vorbeigebracht. Eine Stunde bei ihm, Nachrichten geschaut, dann nach Hause. Kalter Abend, aber klar. Morgen wahrscheinlich wieder schön.

Und das war's: ein Tag im Leben. Die Handschrift war groß und ausladend und füllte deshalb die ganze Seite. Aber womit? Die Details, die sie notierte, waren sogar noch banaler als die in Inas Briefen. Wetter, Arbeit, Essen. Das war alles. Kurze Sätze, Englisch mit ein paar Shetlander Wörtern. Alles so gut wie bedeutungslos. An einigen Tagen schrieb Maggie über Dinge, die sie im Fernsehen gesehen hatte, hin und wieder zeichnete sie auch Gesprächsfetzen auf – mit Willie, mit David, mit Mary –, und manchmal beschrieb sie ihre Arbeit detaillierter. Doch das war so ziemlich alles, was sie sich gestattete: gut hundert Wörter, die ihren Tagesablauf beschrieben, ohne den geringsten Hinweis darauf, was sie dachte, was sie fühlte.

Im ersten Karton, den Alice öffnete, waren mehr als zwanzig Notizbücher, und insgesamt waren es fünf Kartons. Die meisten waren eigentlich gar keine Tagebücher. Dutzende von ihnen enthielten nichts als Einkaufslisten. *Milch, Brot, Hundefutter, Haferflocken, Honig, WD40 Korrosionsspray*. Seite um Seite häuslicher Bagatellen. Andere hatten mit der Landwirtschaft zu tun, mit Notizen zu Schafen, Lämmern, Futter und Pflanzzeiten. Einige enthielten nur Zahlen – Gewichte, Maße, Preise, Berechnungen –, doch kaum einen Hinweis darauf, worauf sich diese Zahlen beziehen könnten.

Es gab auch noch andere Bücher, mit Entwürfen für Briefe – die meisten natürlich an Ina. Alice konnte einige davon mit ihren Erwiderungsschreiben in Verbindung bringen und erhielt dadurch ein gewisses Gefühl für die Art der Unterhaltung. Das war sicherlich befriedigend, und sie gestand sich sogar ein gewisses Aufgeregtsein beim Zusammenfügen der Einzelteile zu. Aber die Unterhaltungen selbst waren kaum erhellender als der Inhalt der Tagebücher. Maggies Briefe waren sogar noch weniger persönlich, weniger aufschlussreich als die von Ina. Soweit Alice das beurteilen konnte, hatten die beiden Schwestern mehr als sechzig Jahre lang eine Unterhaltung geführt, die nie tiefer ging als Geplauder.

Gestern hatte sie endlich den Boden des letzten Kartons erreicht. Sie hatte zwar nicht jedes Wort auf jeder Seite gelesen, bei weitem nicht, aber sie hatte jeden Brief und jedes Notizbuch geöffnet. Sie hatte sich die Namen von Maggies Korrespondenten notiert; sie hatte die Tagebücher nach Inhalt sortiert und beschriftet.

Nur einmal in diesem ganzen Prozess hatte Alice das Gefühl gehabt, ins Privatleben einer Fremden einzudringen. Denn wenn man diese Tausende von Worten las, konnte man sich Maggies Leben kaum als privat vorstellen, so aller Intimität beraubt wirkten ihre Texte.

Dieser einmalige Vorstoß war Absicht gewesen, ein bewusstes Bemühen, etwas Verstecktes zu finden. Als Alice das Tagebuch für die zweite Hälfte von 1980 fand, der Zeit von Walters Tod, suchte sie bewusst nach Trauer und Schmerz. Sie wollte das menschliche Wesen hinter all diesen Worten ausfindig machen. Doch was sie fand, war nichts. Buchstäblich nichts. Am Tag von Walters Tod Ende November gab es keinen Eintrag. Und auch für den Rest dieses Monats und des ganzen Jahres nicht. Die verbliebenen Seiten waren leer.

Alice suchte in den Tagebüchern nach dem nächsten. Aber das Schweigen setzte sich fort. Wie es aussah, gab es für 1981 kein Tagebuch. Sie ordnete die Tagebücher nach Datum und ging sie ein zweites Mal durch. Aber da war nichts. Erst im Januar 1982 flossen die Worte wieder. Und alles war wieder normal. Die Einträge gingen, in Regelmäßigkeit und Thematik, genauso weiter wie zuvor, als Walter noch am Leben war. Es war, als hätte Maggie den Neujahrsentschluss gefasst, wieder zu schreiben, sich daran gehalten und so die Leerstellen verscheucht, die der einzige Hinweis auf ihren Verlust waren.

Alice hatte lange darüber nachgedacht. Anfangs war sie entsetzt gewesen. Es lag etwas Kaltes in Maggies Weigerung, sich zu öffnen, sogar ihrem Tagebuch gegenüber. Etwas daran war merkwürdig – vielleicht sogar pervers. Doch in den letzten Tagen waren ihr andere Gedanken gekommen. Sie selbst hatte nie Tagebuch geführt, nicht mehr seit ihrem dreizehnten Geburtstag, und auch davor hatte sie es nur ein paar Monate durchgehalten. Zwei Jahre später hatte sie es verbrannt, hatte die Seiten herausgerissen, zerknüllt und ins Feuer geworfen, schon damals beschämt von ihrem jugendlichen Gefasel.

Sie hatte immer geschrieben, von dieser Zeit bis jetzt, doch nie über sich selbst. Zumindest nicht direkt, nicht in der ersten Person. Es war natürlich schwierig, sich selbst zu vermeiden, wenn man Fiktion schrieb, auch wenn die Figuren Mörder und Polizisten waren. Sie war präsent in jedem ihrer Bücher, in jedem ihrer Charaktere; ein Gedanke hier, eine Formulierung dort, eine in der Fiktion ausgelebte Phantasie. Aber nie mehr als das. Nie hatte sie versucht, sich selbst auf der Seite neu zu erschaffen, sich selbst in Worten mitzuteilen.

Als sie einige von Maggies Tagebucheinträgen noch einmal las, dachte sie daran – an ihr eigenes Widerstreben –, und es tat ihr leid, dass sie so streng geurteilt hatte. Es tat ihr leid, dass sie etwas verlangte, was sie selbst nie gegeben hatte. Dennoch, wenn sie inmitten dieser detaillierten Berichte über Maggies Existenz saß, konnte sie nicht anders, als sich zu fragen, ob das wirklich alles sein konnte, was vom Leben blieb. War das alles, worauf es hinauslief: ein Stapel Papiere, wo früher eine Frau gewesen war?

Auch mit diesen Hunderttausenden von Worten um sie herum bekam sie kein Gefühl dafür, wer diese Frau wirklich gewesen war. Maggie war wie ein Geist, als hätte sie nie wirklich gelebt. Nur hier, in diesen fehlenden Tagen von 1980 und dem abwesenden Jahr 1981, lag ein Hinweis. Nur hier, in diesem Schweigen, war etwas Wiedererkennbares, etwas Vertrautes.

Nach Jacks Tod schrieb Alice nichts. Als sie ihr letztes Buch abgeschlossen hatte, in den letzten Wochen seiner Krankheit, legte sie den Stift weg und fuhr den Computer herunter. Nachdem diese Verpflichtung erfüllt war, schien es nichts mehr zu geben, wofür das Schreiben sich noch lohnte. Der ganze Prozess des Verfassens von Sätzen, des Füllens von Seiten erschien nicht kreativ, sondern sinnlos. Wie viele Jahre ihres gemeinsamen Lebens mit Jack hatte sie mit Schreiben vergeudet? Wie lange hatte sie sich abgewandt von der Welt, in der sie eigentlich hätte leben sollen?

Bis dahin hatte Alice nie einen Grund zum Schreiben gebraucht. Schon bevor es ihr Geld einbrachte, schrieb sie jeden Tag. Nicht gerade zum Vergnügen – davon gab es nicht immer genug –, sondern weil für sie das *Nichtschreiben* keine Alternative war. Schreiben gehörte einfach zu ihrem Leben, wie in der Früh aufzustehen, sich die Zähne zu putzen oder am Sonntagabend ihre Mutter anzurufen. Doch nun, da Jack nicht mehr da war, da die Zukunft und die Familie, über die sie gesprochen hatten, nicht mehr existierten, wurde aus dem mangelnden Grund fürs Schreiben ein Grund, es nicht zu tun. Vom Kummer abgetötet, verstummte sie. Sie schrieb nichts mehr bis zu einem Tag wenige Monate nach ihrer Ankunft auf den Shetlands.

An diesem Morgen las Alice noch einmal in den Tagebüchern. Sie las langsam, sorgfältig, über die Tage, die zu Walters Tod führten, sowie die ersten Einträge Anfang 1982 – als würde sie etwas suchen, von dem sie wusste, dass es nicht da war, irgendeinen Weg, um diese Frau zu verstehen, über die sie so viel zu wissen schien und doch gleichzeitig so wenig. Es schien, als könnte in diesen Seiten – in den Worten, die ungeschrieben geblieben waren – Maggie doch noch zu finden sein.

*

Das Klopfen kam kurz nach acht Uhr abends. Sandy wartete. Die meisten Besucher kamen herein, ohne auf eine Antwort zu warten, aber jetzt ging die Tür nicht auf. Er stand aus seinem Sessel im Wohnzimmer auf und ging in die Diele. Durchs Mattglas erkannte er Jo, und wieder wurde sein Kopf geflutet. Seit seiner Rückkehr von Davids Schuppen am Nachmittag hatte er sich weder umgezogen noch gewaschen, noch in den Spiegel geschaut. Er hatte ein großes Loch im Ärmel seines Pullovers und einen langen, unidentifizierbaren Fleck vorn auf der Hose, wahrscheinlich Schlamm, vielleicht aber Schlimmeres. In seinem Abendessen war Knoblauch gewesen, und zwar eine Menge. Er fühlte sich erschöpft und sah wahrscheinlich auch so aus.

»Hallo noch mal«, sagte er. »Komm rein. Wie geht's?«

Jo schob sich an ihm vorbei in die schmale Diele, und er hielt den Atem an. So nah war sie ihm noch nie gewesen. Wenn er sich gedreht hätte, hätte seine Schulter die ihre berührt.

»Geh einfach durch«, sagte er und schloss hinter ihr die Tür. »Willst du einen Tee oder irgendwas?«

»Nein, danke«, sagte Jo. »Ich halte dich nicht lange auf.«

Am Ende der Diele schaute sie nach links und nach rechts, wo Küche und Wohnzimmer lagen. Sie wandte sich nach rechts und setzte sich in die hintere Ecke des Zimmers neben das Fenster. Sie schaute zu Sandy hoch und grinste, oder zumindest war es etwas Ähnliches wie ein Grinsen. Sandy versuchte, es zu interpretieren, versuchte, die Motive zu entwirren, die zu dieser Anspannung der Muskeln führten. Aber nichts von dem, was er dachte, konnte abgetrennt werden von dem, was er fühlte. Seine Interpretation von Jos Handlungen wurde übersetzt und verzerrt durch die Linse seines Verlangens.

»Und«, sagte er, »wo waren wir, als Mary uns unterbrach?«

Jo lachte. »Hm, ich glaube, ich habe dir eben gesagt, wie glücklich wir hier sind. Was fast stimmt.« Sie lehnte sich zurück. »Uns geht's ganz gut, weißt du. Haben uns schon ziemlich gut eingelebt. Ich wenigstens. Ryan jammert viel. Aber so ist Ryan. Er ist nicht glücklich, wenn er nicht über irgendwas jammern kann.« Sie zog in gespielter Entrüstung die Augenbrauen hoch.

»Soll das heißen, dass er nie glücklich ist?«

»Na ja, vielleicht nicht«, erwiderte Jo betreten. »Kann manchmal schwierig sein.« Dann verstummte sie.

»Alles in Ordnung?«, fragte Sandy und schaute sie direkt an, während sie wegschaute.

»Alles okay, ja, mir geht's gut. Sorry, ich bin nicht hier, um zu jammern.«

»Du kannst jammern, so viel du willst«, sagte Sandy.

»Kleiner Masochist, was? Aber das will ich dir nicht antun. Wenn ich mal anfange, kann ich vielleicht nicht mehr aufhören.«

Sandy gierte danach, dass sie anfing, wusste aber, dass sie es nicht tun würde. »Na, aber wenn du nicht hier bist, um zu jammern, warum dann?« Die Frage hätte besser formuliert werden können.

»Ich bin hier, um dich einzuladen. Wir machen ein Einweihungsfest. Das wollte ich dir eigentlich schon vorher sagen, hatte aber keine Gelegenheit mehr dazu. Wie auch immer, jetzt, da wir einigermaßen eingerichtet sind, fänden wir es gut, mal alle bei uns zu haben. Sogar dich.« Sie zwinkerte. Eine merkwürdige Geste. Oder vielleicht auch nicht. Sandy konnte nicht sagen, was merkwürdig war und was nicht.

»Klingt hervorragend«, erwiderte er. »Wann habt ihr gedacht?«

»Nächsten Samstag. Würde dir das passen?«

Sandy nickte. »Spricht nichts dagegen. Welche Uhrzeit?«

»Vielleicht so halb acht, acht? Du kannst vorher was essen, aber ich richte auch ein paar Häppchen her.«

»Kann ich irgendwas mitbringen?«

»Nur dich selber und was du trinken willst.«

»Okay, das mache ich.«

Danach schwiegen beide, und zwar so lange, dass Sandy sich fast unbehaglich fühlte. Er seufzte, lauter als erwartet, und in seinem schweren Atem schwang Müdigkeit mit.

»Ha!«, lachte Jo. »Ich nehme das als Hinweis.« Sie stand auf und nahm ihre Jacke von der Stuhllehne.

»Nein, tut mir leid, ich wollte dich nicht verscheuchen«, sagte Sandy. »War nur ein langer Tag, das ist alles.«

»Ist schon okay. Ich muss sowieso los. Will heute Abend die ganze Runde machen.«

»Wen hast du schon?«

»Muss noch mit Terry nebenan sprechen. Wir haben ihn noch gar nicht so richtig kennengelernt.«

»Kann mir nicht vorstellen, dass er irgendwas vorhat. Im Augenblick verlässt er kaum das Haus. Aber vielleicht solltest du ihn besser morgen fragen. Wenn er heute Abend getrunken hat, vergisst er es wahrscheinlich. Die meiste Zeit ist er ja ganz in Ordnung. Nur ein bisschen einsam.«

»Also wie du?« Jo lachte noch einmal.

»Ja, wie ich.«

»Na, in dem Fall können wir euch einsamen alten Männern ja für einen Abend Gesellschaft bieten.«

»Das ist sehr gütig von euch.«

»Nicht gütig, Sandy.« Jo lächelte. »Es ist was anderes.«

»Ja, du hast recht. Es ist was anderes.«

Samstag, 7. Mai

»Na komm, Liebling, wir sollten langsam los. Wir wollen doch nicht zu spät kommen.« Mary stand, bereits in Schuhen und Jacke, neben der Haustür. Ihr Ehemann war noch im Schlafzimmer.

»Wir kommen nicht zu spät. Wir kommen nie zu spät. Wir werden die Ersten sein, wie immer. Hab ich noch die Zeit, ein Hemd zu bügeln?« Mary hörte, wie die Schranktür geöffnet wurde und das Klappern von Kleiderbügeln.

»Du musst doch kein Hemd bügeln. Zieh einfach einen Pullover drüber, dann sieht keiner, dass es zerknittert ist.«

»Ja, ja. Du willst einfach nicht, dass ich schick aussehe, damit ich bei den Damen keine Aufmerksamkeit errege.«

Mary lachte laut auf. »Den Damen? Welche Damen gibt es denn, über die ich mir den Kopf zerbrechen müsste? Jo? Oder Alice? Oder erwartest du, dass heute Abend sonst noch jemand da ist?«

»Na ja, man weiß ja nie, wer dort sein könnte. Und man weiß nie, was passiert. Ich bin ein ziemlich guter Fang, das kann ich dir sagen.«

David stand inzwischen mit einem Grinsen im Gesicht an der Schlafzimmertür. Er trug einen dunkelblauen und weißen Fair-Isle-Pullover, aus dem oben der Kragen eines grauen Hemds schief herausschaute. Seine dünnen Salz-und-Pfeffer-Haare waren noch feucht von der Dusche und lagen flach am Kopf, abgesehen von einer Strähne über seinem rechten Ohr, die, wie ein Büschel dickes Gras in einer gemähten Wiese, stur abstand.

»Tja, ich muss dir zustimmen. Du siehst ziemlich gut aus, mein Lieber«, sagte Mary. »Und, hast du jetzt alles, was du brauchst?«

»Weiß ich nicht. Was brauch ich denn?«

»Nichts. Ich habe alles hier. Eine Flasche Wein, Bier, Salat, Schokoladenkuchen.«

»Jo hat doch gesagt, kein Essen mitbringen, oder?«

»Ja, schon. Aber ich gehe da nicht mit leeren Händen hin.«

»Das denk ich mir.« Wieder grinste er seine Frau an. »Okay, dann sind wir also fertig. Wenn du mir aus dem Weg gehst, kann ich die Jacke anziehen.«

Mary ging zur Vordertür und öffnete sie. »Ich habe den Wein und den Salat. Du hebst das Bier und den Kuchen vom Boden auf. Pass auf, dass du nichts fallen lässt.«

Sam, der Hund, stand von seinem Lager in der Diele auf, als wollte er fragen, was los ist. »Du kannst weiterschlafen, Junge«, sagte David. »Fürchte, du bist nicht eingeladen. Ist nicht fair, ich weiß. Beim nächsten Mal vielleicht.« Sam ließ die Ohren wieder sinken und legte den Kopf auf die Vorderpfoten. Er sah David und Mary zu, wie sie nach draußen gingen und die Tür hinter sich schlossen.

Der Abend war kühl, aber trocken und still. Das Licht stockte an der Hügelflanke, wurde gelber, tiefer.

»Sollen wir das Auto nehmen?«, fragte David. »Dann brauchen wir das ganze Zeug nicht die Straße runtertragen.«

Mary schaute ihn an. »Wenn du mit einem Sechserpack Bier in den Händen nicht ein paar hundert Meter laufen kannst, dann bist du nicht der Mann, für den ich dich gehalten habe, David.«

»Ich hatte ja auch eher an dich gedacht«, entgegnete er lächelnd. »Ich will nicht, dass dir die Arme wehtun.«

»Meine Arme schaffen das noch sehr gut, vielen Dank.«

Es hatte eine Zeit gegeben, da hätten beide nicht im Traum daran gedacht, eine so kurze Strecke zu fahren. Wäre an diesem Tag das Wetter schlechter gewesen, hätte Mary sehr gern das Auto genommen. Die Welt war so viel kleiner geworden als früher – jetzt war alles leichter zugänglich. Aber manchmal schien es auch so, dass Nahes weiter weggerückt war. Was hier sein sollte, war jetzt entfernt.

Am Ende der Einfahrt wendeten sie sich nach rechts und gingen den Hügel hinunter, unter dem schnappenden, sprudelnden Ruf eines Brachvogels. Der Vogel schnitt durch die anderen Geräusche des Tals: das Zischen des Bachs, das stetige Rauschen der Wellen am Strand, das Klappern ihrer Schritte auf der Straße, die aufgeregten Lämmer und ihre besorgten Mütter.

Mary seufzte. Manchmal überfiel sie das Gefühl nicht unbedingt eines Déjà-vus, sondern eines Sichauftürmens der Zeit, Jetzt auf Jetzt auf Jetzt. Diese Geräusche, dieser Ort, der Weg von ihrer Haustür zu einer anderen Tür im Tal: So eng waren sie in ihr geschichtet, dass es schwer war, den gegenwärtigen Augenblick von jenen zu lösen, die vergangen waren. Ein Palimpsest von Abenden, von Schritten, von Vogelrufen. Wenn sie versuchte, einen vom Rest zu trennen, dann erschien der zu dünn, zu transparent, um wahr zu sein. Vor ein paar Monaten hatte sie mit David im Fernsehen eine Sendung über 3-D-Druck angeschaut. Anscheinend konnte man inzwischen fast alles auf diese Art herstellen. Es gab Hörgeräte, Werkzeuge, sogar Körperteile, alle scheibchenweise aufgebaut. Vielleicht ist das Gedächtnis so ähnlich aufgebaut, dachte sie damals, eine Form aus papierdünnen Schichten. Außer dass seine endgültige Gestalt nicht vorherbestimmt oder konzipiert ist. Sie ist willkürlich, beliebig und immer unvollständig.

Diesen Gang machte Mary zum ersten Mal an jenem Tag, als sie in Kettlester eingezogen waren und Maggie und Walter sie zum Essen eingeladen hatten. Sie waren Hand in Hand gegangen. Sie hatten kein Geschenk gehabt, nichts zum Mitbringen, da ihre Küche noch fast leer war. Das war der Grund, warum man sie eingeladen hatte, und sie wussten, es war okay. Sie wussten, dass mehr von ihnen nicht erwartet wurde, nur ihre Anwesenheit, dort in dem Haus, hier im Tal. Mary wusste noch sehr gut, wie unsicher sie bei allem gewesen war – bei allem außer dem Gefühl, willkommen zu sein. Zum einen hatte sie nicht recht gewusst, wie sie mit Maggie und Walter reden sollte. Das Paar war fast so alt wie ihre Eltern, aber sie behandelten sie nicht so wie die Freunde ihrer Eltern. Sie behandelten sie nicht wie einen erst halb geformten Menschen, der eben dabei war, zu einem anderen zu werden. Bei ihrer Ankunft im Tal, so schien es, hatte Mary aufgehört zu werden und war stattdessen geworden. Maggie und Walter akzeptierten sie so, wie sie war, und dadurch boten sie Mary ihr Vertrauen an. Anfangs war es nur eine Ausdehnung des Vertrauens, das sie in David hatten, doch mit der Zeit sollte es ihr selbst gelten. Dieses Vertrauen war eins der wenigen Dinge, die Mary für immer ganz allein gehören würden. Doch zu der Zeit hatte sie noch keine Möglichkeit, das zu wissen.

»Wird ein lustiger Abend werden«, sagte David, als sie durchs Tor auf die untere Weide gingen. Das Red House lag jetzt direkt vor ihnen, und die beiden wurden langsamer, damit der Weg ein bisschen länger dauerte. Dieser Tempowechsel war die einzige

Reaktion, die auf die Bemerkung ihres Gatten nötig war, und so gingen die beiden schweigend bis zur Tür des Hauses.

Mary lächelte David an und nahm den Wein und den Salat in eine Hand. Sie öffnete die Haustür, schaute sich kurz um und trat dann in die Diele.

»Hallo, hallo, kommt rein«, sagte Jo, die aus dem Wohnzimmer kam. Sie beugte sich vor, umarmte erst Mary, dann David und führte sie in die Küche. »Ihr hättet doch nichts mitbringen sollen«, sagte sie. »Das habe ich euch doch gesagt, oder?«

»Ja, hast du«, sagte Mary, stellte die Schüssel mit Salat neben das Spülbecken und nahm David dann den Kuchen ab. »Ja, das hast du gesagt.«

»Na ja, trotzdem danke. Sieht alles köstlich aus. Was wollt ihr trinken? Und braucht ihr jetzt gleich was zu essen? Ihr seid die Ersten, aber ich bin mir sicher, die anderen kommen auch bald. Ryan ist noch oben und zieht sich um. Er wird gleich da sein. Wir können uns ja ins Wohnzimmer setzen.«

Sie redete zu schnell. Mary sah, wie ängstlich Jo war, erkannte in ihrer Nervosität ihr eigenes jüngeres Ich. Sie beugte sich vor und legte dem Mädchen eine Hand auf die Schulter.

»Keine Umstände«, sagte sie. »Ein Glas Wein wäre perfekt. David nimmt sicher gern ein Bier. Komm, setzen wir uns.«

Jo lächelte dankbar. David versuchte bereits, zwischen dem Essen und den Getränken in jedem Fach des Kühlschranks einen Platz für sein Bier zu finden.

»Okay, setzen wir uns«, sagte Jo. »Ich denke, ich nehme auch einen Wein.«

Als dann alle eingetroffen waren, wirkte Jo bereits ein wenig beschwipst, von der Nervosität und dem Adrenalin vielleicht genauso wie vom Weißwein, dennoch angetrunken. Auch David trank schneller als gewöhnlich, und Terry hatte offensichtlich schon genug gehabt, bevor er sein Haus verließ. Mary machte der Alkohol nervös. Das war schon immer so gewesen, deshalb konsumierte sie selten genug, um mehr als eine leichte Entspannung zu spüren. Sie vertraute ihrem Ehemann, wenn er trank. Er wurde nur zu einer übersteigerten Version seiner selbst – lustiger, gesprächiger, ein bisschen nerviger, aber immer noch derselbe David. Anderen vertraute sie nicht, die tolerierte sie nur, und zu denen gehörte Terry.

Terrys Betrunkenheit schien Eigenheiten zu übertreiben, die er ansonsten unterdrückte. Alkohol gestattete diesen Wesenszügen, an die Oberfläche zu treten, so wie die Flut Unrat vom Meeresboden hebt. Eine gewisse Verbitterung, ein nagender Hohn waren das Erste, was Mary bemerkte. Er warf dann abfällige Bemerkungen ins Gespräch ein, einem Kind nicht unähnlich, das sich in eine Schar Tauben stürzt. Seine Motivation war nicht Wut, vermutete sie; es war eher das Bestreben, einen gewissen Einfluss auf eine Situation auszuüben, so zerstörerisch dieser auch sein mochte. Und wie das Kind enttäuscht ist, wenn die Tauben auffliegen und flüchten, wirkte Terry manchmal entsetzt über seine Eingriffe, schien sich für sie zu schämen.

Heute wirkte er beim Ankommen mehr wie er selbst, sanfter. Dennoch bereitete er Mary ein gewisses Unbehagen. Bei der Begrüßung roch sie den Alkohol, seine warme Schärfe, die ihn umgab wie eine faulige Aura. Sie spürte, wie der Makel seiner Trunkenheit auf sie abfärbte.

»Freut mich sehr, dich zu sehen, Terry«, sagte sie. »Wie geht's denn immer?«

»Ach, du weißt schon. Geb mir die größte Mühe, nicht über das Elend meiner Existenz nachzudenken«, erwiderte er grinsend.

»So schlimm kann das Leben doch gar nicht sein, oder?«

»Nein, nicht jeden Tag«, erwiderte er. »Manchmal ist's noch schlimmer. Aber ich versuche, diese Tage zu vergessen.«

Mary hatte keine Lust, Terrys Selbstmitleid zu hätscheln, auch wenn es in ein Grinsen gepackt war. »Wie geht's Jamie?«, fragte sie. »Ich habe ihn in letzter Zeit gar nicht mehr gesehen.«

»Ach, er ist jede zweite Woche hier. Hab nur Schwierigkeiten, ihn aus dem Haus zu bekommen. Ich hoffe, dass er in den Sommerferien länger bleibt. Wir sind da noch am Verhandeln. Er ist nicht so scharf drauf wie ich.«

»Er dürfte doch jetzt im Herbst in die Siebte kommen, oder?« Sie schüttelte den Kopf. »Die Zeit rast vorbei, nicht? Man sieht sie viel schneller vergehen, wenn Kinder dabei sind.«

»Doch für sie fühlt es sich viel langsamer an.«

»Ja, das stimmt. In diesem Alter war jeder Sommer wie eine Ewigkeit. Jetzt ist er wie ein Herzschlag.«

»Und ich dachte, ich bin der Depressive«, sagte Terry. »Also, ich hol mir jetzt was zu trinken. Willst du auch was?«

»Nein, ich habe noch, danke«, sagte Mary und hob dasselbe Glas Wein, das sie seit einer Stunde hielt und an dem sie hin und wieder nippte, die scharfe Flüssigkeit ihre Lippen berühren und ins Glas zurückgleiten ließ, so dass ihr kaum ein Tropfen über die Zunge kam.

Sie setzte sich aufs Sofa neben ihren Mann, der mit Jo über Schafe redete. Es war schwer zu sagen, ob Jo interessierte, was er sagte. Wenn nicht, dann war sie eine gute Schauspielerin. Auf Davids Schoß stand ein Teller mit ein paar Brocken Kartoffelsalat. Jo hatte ein Stück von Marys Schokoladenkuchen in der

Hand, hob es aber nicht zum Mund. Mary hatte noch gar nichts gegessen.

»Der Preis war letztes Jahr besser als schon eine ganze Weile«, sagte David. »Aber man weiß nie wirklich, wie er ist, bis zu dem Tag des Verkaufs. Das ist das Problem. Es ist wahrscheinlich die einzige Industrie, in der man das, was man braucht, zum Einzelhandelspreis kauft – Futter, Maschinen und so weiter – und dann das Produkt zum Großhandelspreis verkauft. Irgendwie läuft das verkehrt herum. Kein Wunder, dass dabei kaum was verdient ist.«

»Aber das ist nicht der Grund, warum du es machst, oder?«, fragte Jo lächelnd.

»Nein. Wenn es so wäre, wäre ich ein Trottel. Ich mach's, weil ich mir nicht vorstellen kann, es aufzugeben. Wenn ich ein bisschen was dran verdiene, ist das ein Bonus.«

»Und ihr kriegt davon euer eigenes Essen.«

»Ja, kriegen wir.«

»Wie viele Lämmer tötest du jedes Jahr?«

»Zu Hause? So viele, wie wir brauchen. Das ist alles.«

»Kannst du dein zu Hause geschlachtetes Lamm verkaufen? Können wir es von dir kaufen?«

»Nein. Das wäre illegal.«

»An einen Nachbarn zu verkaufen?«

»Theoretisch ja.«

»Und praktisch?«

»Praktisch wäre es immer noch illegal.« David grinste.

»Okay, gut. Ich will ja nicht, dass du gegen das Gesetz verstößt.«

»Es bricht mir das Herz, das Gesetz zu brechen, wie du dir vielleicht vorstellen kannst. Aber leider wissen die Gesetzgeber nicht immer, was richtig ist und was falsch.«

»Also verkaufst du vielleicht doch einem Nachbarn Lamm?« Jetzt lachte Jo.

»Theoretisch nein.«

»Okay, ich verstehe. Na ja, theoretisch würden wir ja gar kein Lamm von dir kaufen wollen, weil es illegal ist. Rein praktisch sehen wir einfach, wie hungrig wir am Ende des Jahres sind.«

»Genau so macht ihr das«, sagte David, schaufelte sich Kartoffelsalat in den Mund und spülte mit einem Schluck Bier nach. »Genau so.«

»Und, meine Liebe, wie geht's?« Er wandte sich Mary zu.

»Ganz wunderbar, David. Musste mich nur einen Augenblick hinsetzen.«

»Na ja, du weißt, dass ich immer gern einen Sitzplatz mit dir teile.«

»Danke, das ist sehr freundlich von dir. Und, Jo, es war auch sehr freundlich von dir, uns einzuladen.«

»Schon recht. Wir wollten euch alle eigentlich schon früher hierhaben, aber ihr wisst ja, wie das ist. Eine Woche vergeht, dann noch eine, und man hat noch immer nicht alles getan, was man tun wollte.«

»Ich kenne das Gefühl sehr gut.«

»Aber es ist wunderbar, euch alle hierzuhaben. Oder zumindest ist es inzwischen wunderbar, weil meine Panik ein wenig nachgelassen hat.«

»Da ist doch nichts, worüber du in Panik geraten musst. Es ist eine wunderbare Party.«

»Danke«, sagte Jo und schaute dann hoch. »Hi, Alice, setz dich doch zu uns.«

Alice stand neben dem Sofa, zog sich aber einen Stuhl heran und setzte sich. Sie zeigte ein Lächeln, das, in Marys Augen, zu viel für diesen Anlass war. Wie ein Schmuck oder ein Schutz. Aber vielleicht war auch sie nervös. Sie trug ein langes, gemustertes Kleid und die Haare offen. Mary hatte sie selten so gesehen. Normalerweise hatte sie ihre Haare in einem straffen Pferdeschwanz zurückgekämmt. So sah sie jünger aus. Es stand ihr gut.

»Wie geht's, Alice? Wie läuft's?«

»Ach, mir geht's super, danke. Viel zu tun, wie immer. Aber da bin ich selber schuld.«

»Das ist das Problem, wenn man sein eigener Chef ist«, sagte Mary. »Wenn man ein strenger Zuchtmeister ist, dann kommt man sich selber nicht aus.«

»Genau«, sagte Alice. »Genau. Na ja, ich bin auf jeden Fall so. Meistens ist es ja okay. Mir gefällt, was ich tue. Aber ab und zu könnte ich mal eine Pause gebrauchen.«

»Ich glaube, wir alle könnten ab und zu eine Pause von uns selber gebrauchen.«

»Ja, das stimmt.«

»Und wie kommst du mit Maggies Sachen voran? Bringen sie dir was? Ich vermute mal, nein.« David hatte sich zum Sprechen vorgebeugt.

»Das meiste bringt mir wahrscheinlich wenig, schätze ich. Sie hat viel übers Wetter geschrieben, was nur bis zu einem gewissen Grad interessant ist. Aber ein bisschen was gibt's, womit ich vielleicht was anfangen kann. Ich weiß nur noch nicht so recht, was genau.«

»Dann bist du schon alles durchgegangen, was?«

»So ziemlich, ja.«

»O Mann. Das nenne ich Hingabe. Ich hab ein paar Seiten gelesen, und die haben mir gereicht.«

Alice lachte. »Ja, einiges war schon ein bisschen langweilig.«

»Das kannst du laut sagen.«

»Aber war sie persönlich wirklich so?«, fragte Alice. »Ich meine nicht dumm, aber, du weißt schon … Ich würde sehr gern herausfinden, wie sie war.«

David zögerte. »Na ja, ich weiß gar nicht so recht, was ich sagen soll. Dumm war sie nicht, nein. Meistens war sie eine recht angenehme Gesellschaft. Sie war lustig. Sie hat viele Geschichten erzählt.«

»Was für Geschichten?«

»Na ja, du weißt schon, Geschichten über Leute. Über das Tal. Meine Eltern, ihre Eltern, andere Leute, die hier mal gelebt haben.«

»Was kannst du mir sonst noch über sie sagen?«

»Ich weiß nicht so recht. Sie war einfach … normal.«

Nun mischte sich Mary ein, sie klopfte ihrem Mann auf den Arm. »Maggie war David ziemlich ähnlich, in gewisser Hinsicht. Ihre Interessen endeten mehr oder weniger am Ende der Straße.«

»Ja, das kommt ungefähr hin«, sagte David und hob die Augenbrauen.

»Dann muss es für sie doch komisch gewesen sein, ihre Familie auf der anderen Seite der Erde zu haben.«

»Ich kann mir gar nicht vorstellen, was sie drüber gedacht hat«, sagte Mary. »Über Ina und Graham redete sie so, als wären sie einfach nur in Lerwick. Sie erzählte einem, was sie vorhatten, wie es ihnen ging. Aber sie hat sie kaum gesehen. Ungefähr alle fünf Jahre kamen sie mal rüber, als Lynette noch klein war, und Maggie ist sogar ein paarmal hingeflogen, aber ich kann mich nicht erinnern, was sie davon gehalten hat.«

»Ganz in Ordnung«, sagte David. »Das hat sie mir immer über

Neuseeland erzählt. Dass es ganz in Ordnung ist!« Er lachte und schüttelte den Kopf.

»Wenn man hier lebt«, sagte Ryan und rückte näher, »fühlt man sich da nicht manchmal *eingeschränkt* oder so?«

Sandy roch das Bier in seinem Atem, spürte die feuchte Wärme in seinem Gesicht. Er machte einen Schritt, um ein bisschen Abstand zu schaffen.

»Inwiefern?«

»Ach, du weißt schon. Es ist, als müsste man hier strengeren Regeln entsprechen, um reinzupassen. Als müsste man sich anpassen.«

Sandy zuckte die Achseln. »Ich fühl mich nicht, als müsste ich mich anpassen. Ich bin einfach nur …« Er zuckte noch einmal die Achseln. »So einfach ist das nicht.«

»Fühlst du dich hier dann so frei wie davor? In der Stadt?«

»Wie meinst du das?«

»Na ja … frei, man selber zu sein. Und zu tun, was man will.«

Sandy zuckte ein drittes Mal die Achseln. Er versuchte nicht mit Absicht, Ryan zu ärgern, aber die Fragen schienen irgendwie sinnlos. Er seufzte und gab sich mehr Mühe mit der Antwort.

»Ich glaube nicht, dass ich mich in der Stadt so frei gefühlt habe«, sagte er. »Nicht wirklich. Und außerdem fühle ich mich jetzt wie ein anderer Mensch. Ich konnte dieser Mensch nicht sein, weil ich nicht *hier* war. Und mir ist dieser Mensch lieber als der andere. Wenigstens im Augenblick.«

»Das ist doch Quatsch.«

»Vielleicht«, fuhr Sandy fort. »Aber ich schätze, was ich meine, ist, dass ich mich als dieser andere Mensch dort ziemlich wohlgefühlt habe. Und jetzt fühle ich mich als dieser Mensch hier ziemlich wohl. Meistens. Das ist alles.«

»Und fühlst du dich je mehr als wohl? Glücklich, zum Beispiel?«

»Das ist doch dasselbe, oder?«

»Ich denke nicht.«

Nun wandte sich Ryan an Terry, der während der ganzen Unterhaltung noch nichts gesagt hatte. »Und, was ist mit dir?«

»Was ist mit mir?«

»Bist du … glücklich?«

»Schau mich an. Was glaubst du?« Er trank einen Schluck aus seiner Dose. »Aber ich glaube nicht, dass ich Glück so hoch einschätze wie du.«

»Du bist ein komischer Kerl, Terry.«

»Ich gebe mir die größte Mühe.«

Nun lachten sie alle erleichtert, weil Terry ihnen diese Möglichkeit gegeben hatte.

»Und was ist mit *frei?*«, fuhr Ryan fort. »Fühlst du dich hier frei?«

Terry wandte sich ab und trank noch einmal. Sich eine Antwort überlegen zu müssen schien ihm unangenehm zu sein. »Na ja, meine Eltern haben geheiratet, als sie achtzehn waren. Das ist ziemlich jung, denke ich. Sie wuchsen miteinander auf, dann lebten sie zusammen. Sie waren kaum einmal getrennt. Ich glaube nicht, dass sie je *frei* waren. Nicht auf die Art, wie du es meinst. Aber ich glaube auch nicht, dass einer von beiden sich je *unfrei* gefühlt hätte. Ich glaube, sie haben ihre Freiheit innerhalb der Grenzen gefunden, die sie sich selbst gesetzt haben. Einige Leute schaffen das. Sie müssen die Grenzen ihrer Freiheit sehen, um sich frei zu fühlen. Aber …« Terry hielt inne, als hätte er einen Knoten in seinem Gedankengang. »Vielleicht geht's um Wahlmöglichkeiten. Man sucht sich seine Grenzen aus, und man lebt in ihnen. Du suchst dir deinen Käfig aus, und du lebst darin. Nach einer Weile siehst du die Stangen nicht mehr.«

»Klingt großartig«, sagte Ryan. »Ist aber eindeutig Quatsch.«

»Ja, kann schon sein«, stimmte Terry ihm zu. »Und ich fühle mich auf jeden Fall nicht frei … ach, was weiß denn ich?«

»Nein, ich glaube, du könntest recht haben«, sagte Sandy, um die Unterhaltung im Verhältnis zu Ryan wieder ins Gleichgewicht zu bringen, und auch, um sie fortzuführen. »Schau dir David an.« Er senkte die Stimme und nickte durchs Zimmer. »Er verlässt das Tal kaum mal, aber auf mich wirkt er nicht eingeschränkt. Und ich glaube nicht, dass ich einen glücklicheren Menschen kenne als David.«

»Ich habe ja gar nichts von Glück gesagt«, warf Terry dazwischen. »Die beiden Sachen sind nicht das Gleiche. Man kann sich frei und elend fühlen, oder man kann ein glücklicher Sklave sein.«

»Warum sollte man frei sein wollen, wenn es einen nicht glücklich macht?«

»Man muss doch ein Ziel haben.«

Sandy schüttelte den Kopf. Die Unterhaltung führte nirgendwohin. Terry war nicht gewillt zu verhindern, dass sie zu Gewäsch verkam, und Sandy war zu abgelenkt von seiner Abneigung gegen Ryan. Er wollte weggehen und mit jemand anders reden. Und doch zog ihn diese Abneigung irgendwie an, hielt ihn fest, so wie man von etwas Ekligem angezogen wird, von einem Operationstisch oder jemandem, der einen toten Zehennagel abreißt.

»Sandy, du warst doch auf der Uni, nicht?« Ryan redete wieder.

»Ja, in Edinburgh. Hab sie aber nicht abgeschlossen. Hab nur drei Jahre durchgehalten.«

»Was hast du studiert?«

»Geografie.«

»Und jetzt bist du Taxifahrer?«

»Ja.«

»Aus irgendeinem besonderen Grund?«

»Nicht wirklich. Ich hatte davor schon ein paar andere Jobs, aber mir gefällt das Fahren, es nimmt mir die Unruhe. Also funktioniert das für mich.«

»Planst du, so weiterzumachen, oder hast du für die Zukunft was anderes vor?«

»Ich plane nicht, ich *tue* einfach, und im Augenblick bin ich immer noch am Tun. Nächste Woche, wer weiß? Nächstes Jahr …« Sandy zuckte wieder die Achseln. Er hasste diese Frage, aber er musste sich ihr kaum mehr stellen. Sein Vater hatte schon lange aufgegeben, ihn das zu fragen. Er hatte überhaupt erst damit angefangen, vermutete Sandy, weil er glaubte, dass Väter so etwas fragen müssen.

Terry schwankte inzwischen, verlagerte das Gewicht von einem Fuß auf den anderen. Er sah immer noch aus, als versuchte er, sich auf das Gespräch zu konzentrieren, aber sein Fokus hatte sich verändert, war mehr nach innen gerichtet, weil es ihm immer schwerer fiel, sich aufrecht zu halten. Sandy wollte ihn beschützen, ihm die Peinlichkeit ersparen, in der zu versinken er offensichtlich entschlossen war.

»Lust auf was zu essen, Terry?«, fragte Sandy. »Ich hab schon wieder Hunger.« Ein Stück Kuchen, dachte er, wäre jetzt genau das Richtige, um Terry bei Bewusstsein zu halten.

»Ja«, sagte Terry. »Vielleicht ein paar von diesen Cocktailwürstchen.«

»Ich weiß nicht, ob noch welche da sind«, warf Ryan dazwischen. »Du hast sie schon alle verdrückt.«

»Na ja, ich schau mal, was ich finde. Bin gleich wieder da«, sagte Sandy.

Er ging von den beiden Männern weg, in die Diele und von dort weiter in die Küche. Die Tür war nur angelehnt, und als er sie aufstieß, sah er Jo in der Ecke neben dem Herd stehen. Als er eintrat, zog sie sich den Ärmel über die Faust, wischte sich die Augen und schniefte. Er hielt kurz inne und schloss dann hinter sich die Tür.

»Tut mir leid«, sagte Jo.

»Was?«, erwiderte Sandy.

»Dass ich eine so erbärmliche Gastgeberin bin, die in die Küche geht, um zu flennen.« Sie versuchte ein Lächeln.

»Bis jetzt warst du eine ausgezeichnete Gastgeberin. Außerdem ist es deine Party, du kannst also weinen, wann du willst.« Sandy zeigte Jo ein Grinsen, um ihr einen Ausweg aus der Situation zu bieten. Aber sie reagierte nicht.

»Bist du okay?«, fragte er. »Na ja, ich sehe ja, dass du nicht okay bist. Aber kann ich irgendwas tun, außer hier rumzustehen und Fragen zu stellen?«

»Nein, nicht wirklich. Ich weiß nicht so genau, warum ich weine, um ehrlich zu sein. Das klingt lächerlich, ist aber wahr. Es geht mir gut. Eigentlich bin ich glücklich, alle hierzuhaben. Ich bin sehr glücklich. Es ist erstaunlich. Ich denke, es erinnert mich vielleicht einfach daran, dass ich nicht immer so glücklich bin. Es erinnert mich daran, was bleibt, wenn ihr alle wieder weg seid.« Sie schaute zu ihm hoch und straffte die Lippen.

»Du meinst Ryan?« Sandy senkte die Stimme.

»Ja, Ryan. Oder nein, das sollte ich nicht sagen. Ich will nicht … Ach, ich weiß auch nicht. Das Leben ist kompliziert, das ist alles. Die Leute sind kompliziert.«

»Na ja, das stimmt mal auf jeden Fall.« Sandy sehnte sich danach, diese Unterhaltung irgendwo sonst zu führen außer hier, zu irgendeinem anderen Zeitpunkt außer jetzt. An irgendeinem Ort, der nicht nur ein paar Meter von Ryan und allen Nachbarn entfernt war, zu irgendeiner Zeit, in der sie nicht betrunken war und später wahrscheinlich vergaß oder bedauerte, was sie gesagt hatte.

»Wir sind einfach sehr verschieden, weißt du? Na ja, das war natürlich schon immer so. Das war von Anfang an Teil der Anziehung. Was ich an mir als unzureichend empfand, fehlte ihm komplett.«

»Du hast nichts Unzureichendes an dir«, sagte Sandy.

Jo schaute ihn beinahe spöttisch an. Sie war noch betrunkener, als er gedacht hatte, und ihre Erwiderung klang sowohl grausam wie verwaschen. »Du kennst mich doch überhaupt nicht, Sandy«, sagte sie. »Du bildest es dir vielleicht ein, aber das ist nur Wunschdenken. Ich bin wahrscheinlich vollkommen anders, als du denkst.«

Er erwiderte nichts, wartete, dass sie weiterredete, während er sich innerlich krümmte.

»Wie auch immer, er ist nicht gerade … er ist nicht, was ich … ach, ich weiß nicht. Ich sollte dir das alles gar nicht sagen.«

»Na, denk dir nichts, bis jetzt hast du mir ja noch nichts gesagt.«

Jo seufzte, schüttelte dann den Kopf. »Tut mir leid, Sandy.«

»Was?«

»Was ich eben über dich gesagt habe.«

»Du musst dich nicht entschuldigen. Du hast recht. Ich kenne dich nicht. Ich möchte es nur gern.«

»Du bist nett.«

»Warum? Weil ich dich kennenlernen will? Das ist ein sehr egoistischer Wunsch. Er hat nichts mit Nettigkeit zu tun.«

»Na ja, auf mich macht es aber diesen Eindruck. Dass du nett bist. Danke, Sandy.«

»Brauchst dich nicht zu bedanken. Ich wollte nur ein Stück Kuchen, und du warst im Weg.«

Jetzt lachte Jo. »Nein, ehrlich. Danke.« Als sie nun wieder zu ihm hochsah, waren ihre Lippen gespannt, als würde sie gleich wieder loslachen. Aber sie lachte nicht.

Sandy spürte eine Enge in der Brust, als wären seine Organe zu groß geworden für den Raum, der sie enthielt. Er spürte einen Druck in der Lunge, der fast bis zur Kehle reichte, und sein Herz pochte wie eine Axt, die einen Stamm trifft, immer und immer wieder. Er bewegte sich auf Jo zu, hoffte, dass sie noch etwas sagen, das Schweigen füllen würde, das sich zwischen ihnen geöffnet hatte.

»Wir sollten wieder zurückgehen, Jo«, sagte er, fast gegen seinen Willen. »Terry wird schon ungeduldig sein. Ich habe ihm was zu essen versprochen. Er ist nicht in allerbestem Zustand.«

»Nein? Na, ich auch nicht. Wir können gleich zurückgehen. Ich will nur, dass du mich schnell in den Arm nimmst, wenn das okay für dich ist. Danach geht's mir bestimmt wieder besser. Wenn du es schaffst.«

Sandy nickte. »Ja, das schaffe ich«, sagte er und beugte sich vor.

Als Jo die Arme um seine Schultern legte, spürte er, wie seine Haut bis hinunter zum Bauch sich straffte und erzitterte. Jo zog ihn an sich, drehte den Kopf und legte ihn auf seine Schulter. Er drückte ihren Körper an seinen und neigte seinen Kopf ein wenig, so dass sein Kinn auf ihrem Kopf lag. Er seufzte. Seine Finger bewegten sich über ihr Kleid, strichen ihr über den Rücken.

So standen sie einige Minuten lang dicht beisammen und rührten sich kaum. Keiner sagte etwas. Sandy fragte sich, ob Jo eingeschlafen war – ihr Atem flüsterte sanft wie Wollgras an seinem Hals. Unter der Erleichterung und dem Verlangen in sich spürte er auch Schrecken. Keiner von ihnen würde sich bewegen, das erkannte er. Keiner würde den anderen loslassen, bis etwas sie dazu brachte. Also wartete er, dass etwas passierte, und in ihm wallten Angst und Hochgefühl in einem toxischen, berauschenden Gebräu.

Als die Tür schließlich aufging, war es Jo, die als Erste hochschreckte, ihren Kopf von seiner Schulter hob und die Hände von seinem Rücken nahm. Aber nicht schnell genug. Sandy bewegte sich langsam, er hatte sich bereits damit abgefunden, bei etwas ertappt zu werden, das so gut wie gar nichts war, aber sehr viel schlimmer aussah.

Er sah Mary überhaupt nicht. Er drehte sich nicht um. Er hörte nur ihre Stimme: »Oh, Entschuldigung«, sagte sie verlegen. Dann schloss die Tür sich wieder, und er hörte sie davongehen. Jo und Sandy standen jetzt voneinander getrennt und schauten einander an.

»Na ja, hätte schlimmer kommen können«, sagte er.

»Ja, Scheiße, ja, das stimmt allerdings. Ist aber immer noch schlimm. Scheiße, tut mir leid. Du musst jetzt wieder zurück. Sie wird es doch niemandem sagen, oder?«

»Na ja, Ryan auf jeden Fall nicht. Mach dir darüber keine Gedanken.«

Jo schien beinahe zu schrumpfen. Sie senkte den Kopf, schlang die Arme eng um den Körper. »Scheiße! Scheiße! Das war so blöd. Ich bin so betrunken. Tut mir leid. Geh jetzt, *bitte.*«

Sandy streckte die Hand aus, um Jos Schulter zu berühren, aber sie wich ihm aus.

»Geh!«, zischte sie.

Er drehte sich um, nahm zwei Teller und stellte zwei große Stücke Kuchen darauf. Er fand noch ein einzelnes Cocktailwürstchen und legte es auf einen der Teller, ging dann hinaus in die Diele und schloss die Küchentür hinter sich. Sein Atem raste.

Sonntag, 8. Mai

»Ich bin mir noch immer nicht sicher, ob es eine gute Idee ist, beide Häuser zu behalten«, sagte Mary beim Frühstück. »Irgendwie scheint das falsch. Ich fühle mich nicht wohl dabei, das halbe Tal zu besitzen.«

»Ich weiß. Mir geht's auch so. Bin nicht zum Vermieter gemacht, denk ich.« David schwenkte seinen Tee. »Vielleicht will Sandy das Haus irgendwann mal kaufen, wenn er dort glücklich wird. Ich denke, es wäre das Beste. Mal sehen, wie er zurechtkommt.«

»Na ja, dafür ist es noch ein bisschen zu früh. Und um ehrlich zu sein, ich weiß nicht, ob es gut für ihn ist, überhaupt hier zu sein.«

»Warum denn nicht?«

»Ach, ich glaube einfach nicht, dass er sich schon so gut eingelebt hat, wie er tut. Im Grunde genommen hat er niemanden zum Reden außer Terry und uns. Und Terry ist ein elender Jammerlappen.«

»Er hat noch andere Kumpel. Und Jo und Ryan sind jetzt auch da. Sie scheinen gut miteinander auszukommen.«

»Ja, schon. Ach, ich weiß nicht. Ich mache mir einfach Sorgen um ihn.«

»Ach, ihm geht's gut, Liebling. Im Augenblick hat er einfach viel um die Ohren. Ist eine große Veränderung, mit der Landwirtschaft. Wenn er damit erst mal zurechtkommt, dann ist er wieder ganz der Alte. Dann hat er noch genug Zeit, sich nach einer Freundin umzuschauen.«

»Ich rede jetzt nicht von Freundinnen. Und darüber will ich im Augenblick auch gar nicht nachdenken. Emma ist noch kaum aus der Tür.« Mary wischte unwirsch mit der Hand über den Tisch. »Ich mache mir einfach Sorgen um ihn, das ist alles. Er braucht ein Leben jenseits des Tals.«

»Warum? Ich nicht.«

Mary lachte. »Nein, das stimmt, aber Sandy ist nicht du, und wir sollten ihm helfen, dass es auch so bleibt.«

»Und was soll das heißen?«, fragte David in gespielter Entrüstung. »Es gibt schlimmere Vorbilder als mich, meinst du nicht auch?«

»Die gibt es mit Sicherheit. Aber nicht jeder kann glücklich sein auf die Art, wie du es bist.«

»Hm, vielleicht. Die Leute müssen erst lernen, wie man glücklich ist, denk ich. Meistens schaffen sie sich ihr eigenes Unglück.«

»Ich weiß nicht, ob das alles so einfach ist. Die Leute können nichts dafür, wie sie sich fühlen, wenn es erst einmal passiert ist. Du hast großes Glück. Das solltest du nicht für selbstverständlich halten.«

»Ich weiß. Aber du bist doch auch glücklich, nicht?«

Mary zögerte länger als nötig und gab David damit die Möglichkeit zu überlegen, ob sie es nicht sein könnte. Seine Unverblümtheit frustrierte sie manchmal.

»Ja, bin ich. Meistens. Aber nicht immer. Manchmal bin ich unglücklich.«

»Warum?«, fragte David und reagierte damit genau auf die Art, wie Mary es erwartet hatte.

»Ich weiß nicht. Manchmal wache ich einfach morgens auf

und bin traurig. Du kennst das. Ich denke über traurige Dinge nach. Ich denke an Dinge, die ich gern anders hätte, Leute, bei denen ich mir wünsche, dass sie noch am Leben wären, Leute, die ich gern näher bei mir hätte, als sie es sind. Ich denke an Dinge, die ich mit meinem Leben hätte machen können, aber nicht getan habe und auch nie tun werde.«

»Wie was zum Beispiel?«

»Ich weiß nicht. Alles Mögliche. Ich hätte alles tun können. Ich hätte ein komplett anderes Leben führen können, und manchmal denke ich darüber nach. Und wundere mich.«

»Aber du bedauerst doch nicht, dass du hier bist, oder? Du bedauerst die Entscheidungen nicht, die du getroffen hast?«

»Nein, natürlich nicht. Es geht nicht um Bedauern. Es geht darum, nur ein Leben zu haben und dass man darin nur soundso viel unterbringen kann. Jetzt, da ich älter werde, weiß ich, dass ich immer weniger unterbringen kann. Das ist nicht unbedingt Bedauern, es ist einfach … ich weiß nicht, *Phantasie*?« Mary wusste, dass David damit zu kämpfen hatte. »Die meisten Leute sind sich nicht in allem so sicher, wie du es bist«, sagte sie.

»Woher weißt du, dass ich mir immer sicher bin?«

»Ich kenne dich jetzt seit fast vierzig Jahren, und das Einzige, bei dem du je unsicher bist, ist die Frage, wann du im Frühling die Kartoffeln pflanzen sollst.«

Sie beugte sich vor, legte ihm die Hand an die Wange und spürte die steifen Stoppeln an ihrer Haut. Dann küsste sie ihn sanft auf die Stirn.

Er schaute nicht hoch, sondern biss sich auf die Lippen und starrte durch sie hindurch.

»Das ist keine Kritik«, sagte sie. »Das ist eins der vielen Dinge, die ich an dir liebe. Zweifel können für einige Leute giftig sein, aber du lässt sie nie von dir Besitz ergreifen. Du bist noch derselbe Mann wie damals, als wir uns vor so vielen Jahren kennenlernten. Du denkst noch genauso und fühlst noch genauso. Du bist wie dieser Bach da draußen«, sagte sie und deutete zum Fenster hinaus. »Immer in Bewegung, aber immer derselbe. Das macht mich sehr dankbar und sehr glücklich. Aber es hält mich nicht davon ab, mir meine eigenen Gedanken zu machen.«

David schwieg. Er sah verletzt aus, und Mary wusste, warum. Sie wusste, wenn sie von den Unterschieden zwischen ihnen sprach, erinnerte sie ihn an die Seiten von ihr, die er nicht ganz verstand, die er nicht erreichen konnte. Sie wusste auch, dass David in Unterhaltungen wie dieser mit einem Gefühl seines eigenen Versagens konfrontiert wurde. Er war niemand, der sich an anderen Leuten maß – das war etwas, was sie an ihm zutiefst bewunderte –, aber er maß sich an den Standards, die er sich selbst gesetzt hatte. Und bei diesen Standards rangierte ziemlich weit oben das etwas altmodische Gefühl der Verantwortlichkeit für das Glück seiner Familie. Die Erkenntnis, dass er keine Kontrolle über Marys Glück hatte und auch nicht über das Glück seiner Töchter, war für ihn natürlich nicht neu, aber er wurde nicht gern daran erinnert. Mary wusste, dass ihre gelegentlichen Zweifel und ihre Traurigkeit ein persönlicher Schlag für ihn waren. Bei einem anderen mochte eine solche Haltung erbärmlich wirken. Bei David war das etwas ganz anderes.

Sie lächelte ihn an. »Ich habe das Leben, das ich gewählt habe, keinen Augenblick lang bedauert«, sagte sie. »Ich würde es wieder wählen, wenn ich mein Leben noch einmal zu leben hätte. Jetzt trink deinen Tee, bevor er kalt wird.«

Sie stand auf, kippte den Rest ihres Tees ins Becken und spülte den Becher aus. Sie ließ David am Tisch sitzen und ging durch die Diele ins Wohnzimmer. Es war kurz nach neun, und sie hatten beide keine Pläne für den Tag. Es würde nicht lange dauern, bis David wieder normal war, so als hätten sie diese Unterhaltung nie geführt, als wäre überhaupt nichts gesagt worden. Manchmal war er so komisch wie jetzt, konnte von einem Augenblick auf den anderen in mürrischstes Schweigen verfallen. Aber das war immer nur kurzfristig. Wenn sie, nach ein paar freundlichen Worten, davonging, dann blieb er sitzen, als müsste er diese Worte erst gründlich verdauen, bis er bereit war, sie zu akzeptieren. Was immer ihn bekümmert hatte, würde einfach verrauchen, und dann war er wieder ganz der Alte.

Mary hatte Jahre gebraucht, um zu verstehen, wie sie mit ihrem Mann umgehen musste, wenn er so war, wenn er auf diese Art in sich selber verschwand, wie eine sich schließende Muschel, wenn er die Welt aussperrte. Das war so anders als die Offenheit, die sie an ihm liebte, so anders als der David, den alle anderen kannten. Als sie es zum ersten Mal erlebte, wenige Monate vor ihrer Hochzeit, war sie in Panik geraten. Bis dahin hatte sie ihn nur gekannt, wie er normalerweise war – solide und unerschütterlich –, doch dann verwandelte er sich ohne Vorwarnung. Sie redeten über die Hochzeit, schmiedeten Pläne, und sie sah, wie er zusammenzuckte, als hätte er Bauchschmerzen. Seine Hände waren verkrampft, und er rieb sich mit dem rechten Zeigefinger immer wieder über die Knöchel der linken Hand. Dann hörte er auf zu reden. Sie stellte ihm eine Frage, und er antwortete einfach nicht. Nichts. Es war keine schwierige Frage; in ihrer Stimme hatte keine Schärfe gelegen, keine Anschuldigung. Aber er war nicht mehr da. Sie rief seinen Namen, aber er reagierte nicht. Es war fast, als hätte ihn eine Trance befallen, nur dass seine Augen nicht glasig oder stumpf waren; in ihnen brannte heiß das Leben.

Er schien versunken in dem, was in seinem Kopf vorging, was in ihm wühlte, eine Maschine ohne Funktion.

Bei dieser ersten Gelegenheit und auch noch Jahre danach gab sich Mary, wann immer das passierte, die größte Mühe, ihn zurückzuholen, die Schale aufzubrechen, die er um sich schloss. Sie flehte ihn an, streichelte ihm das Gesicht, sagte ihm, wie sehr sie ihn liebte. Sie übernahm die Verantwortung für sein Verschwinden. Doch wenn er dann zurückkehrte – was er immer tat, normalerweise noch in der ersten Stunde –, schien das mit ihren Bemühungen überhaupt nichts zu tun zu haben. Es passierte einfach. In einem Augenblick war er abwesend, im nächsten wieder voll da. Der Schatten verflog, ohne dass irgendetwas sich änderte.

David entschuldigte sich nie für dieses Verstummen. Und Mary verlangte nie eine Entschuldigung. Aber sie erwartete eine Art von Eingeständnis. Es war so untypisch für ihn, so scheinbar ohne jeden Bezug zu der Person, die er sonst war. Aber da kam nichts. Meistens seufzte er nach einer gewissen Zeit, stand einfach auf und ging davon. Wenn er zurückkehrte, war es, als wäre nichts passiert. Er lächelte dann oder summte leise, und auch wenn er manchmal Mary die Hand auf die Schulter legte oder sich über sie beugte, um sie aufs Haar zu küssen, missverstand sie das nie als eine Entschuldigung. Das waren ganz normale Gesten. Sie bedeuteten nie »Tut mir leid«.

Mary lernte, dass es am besten war, gar nichts zu tun, einfach wegzugehen und sich nicht getroffen zu fühlen. Bald wäre er ja wieder zurück, und dann konnten sie weitermachen wie zuvor. Es war zwar gegen ihre Instinkte, ihn so allein zu lassen, wenn er am verletzlichsten schien, aber es war genau das Richtige. In diesen Augenblicken, das zeigte sich, brauchte er sie am allerwenigsten.

Also wartete Mary im Wohnzimmer. Sie war zu abgelenkt,

um zu lesen, aber sie schloss die Augen und versuchte, an etwas anderes zu denken. Etwas widerstrebend kehrte sie zurück zum vergangenen Abend. Zum Red House. Zu Jo und Sandy.

Mary hatte David nicht erzählt, was sie bei der Party in der Küche gesehen hatte. Sie war sich selbst nicht sicher, was sie wirklich gesehen hatte. Gut vorstellbar, dass es bedeutungslos war. Aber so sah es nicht aus. Sie hatte David nichts gesagt, weil sie nicht so recht wusste, was sie davon halten sollte, und eine Unterhaltung mit ihrem Gatten würde eher nicht dazu beitragen, diese Gefühle zu klären. *Ach, das sind einfach junge Leute, die junge Leute sind,* würde er sagen. *Das war nur eine beschwipste Umarmung.* Oder etwas in dieser Richtung. Aber sie war sich nicht sicher, ob er es wirklich so meinte, und sie war sich nicht sicher, ob sie anderer Meinung war. Eigentlich war sie sich bei dieser Sache über gar nichts sicher. Ein Teil von ihr hoffte in diesem Augenblick, dass sie es einfach vergessen würde, dass ihr die Begegnung entfallen würde, damit sie nicht mehr darüber nachdenken musste. Sie wollte nicht darüber nachdenken. Es ging sie schließlich nichts an. Aber es machte ihr schon ein wenig Sorgen, im Moment.

Aus der Küche kam Bewegung. Ein Stuhl wurde zurückgeschoben. Mary öffnete die Augen und wartete. Sie hörte David über die Diele ins Bad gehen, hörte ihn pinkeln und spülen, dann die Hände waschen, dann ins Schlafzimmer gehen und die Tür einen Spalt offen lassen. Sie stand auf und kehrte in die Küche zurück, um den Kessel aufzusetzen. David würde jetzt gleich wieder da sein, mit einem Lächeln auf dem Gesicht und Durst in den Eingeweiden.

*

Es war nicht klar, ob er schon wach war, bevor das Hämmern anfing, oder ob das Hämmern ihn geweckt hatte. Anfangs war es schwer zu sagen, ob der Lärm wirklich trennbar war von dem Pochen in seinem Schädel, so eng verwoben waren Lärm und Schmerz. Die Nacht hatte lange gedauert. Sandy hatte das Trinken nach der Begegnung mit Jo in der Küche beschleunigt – eine Begegnung, die sich beim Aufwachen noch einmal abspielte, als wäre sie ein längst vergessenes Ereignis, das einem plötzlich wieder ins Gedächtnis kam. Was danach passierte, war bei weitem nicht so klar. Es war verschwommen und bruchstückhaft. Aber die Küche, die Unterhaltung, die … Was war nur dieses verdammte Hämmern?

Sandy setzte sich im Bett auf und blies mit einer starren Grimasse die Luft aus der Lunge. Der Lärm hörte auf. Er nahm ein T-Shirt aus dem Wäschekorb und Boxershorts und Pantoffeln. Er schlurfte über den Treppenabsatz, schaute nach unten. Das Hämmern setzte wieder ein. Scheiße! Scheiße!

Das Hämmern war ein Klopfen. Eine Tür. Seine Haustür. Und im Augenblick dieser Synapse – das Bild einer Faust auf Glas – spulte der vergangene Abend sich noch einmal ab. Die Umarmung. Jo. Mary. Ryan. Scheiße!

Jeder Schritt nach unten dröhnte durch seinen Kopf wie das Krachen einer Basstrommel. Er spürte seine Knochen reiben und erzittern, das Hirn in seinem Käfig schwappen. Sandy ging zur Tür und erwartete Ryan. Er ging mit der nervösen Ahnung eines Schuldigen auf dem Weg zur Anklagebank. Er versuchte, sich mit dem Gedanken zu beruhigen, dass eine Umarmung nichts war, worüber man sich groß aufregen musste. Und das stimmte auch. Aber vorbereitet und verschönert durch diese Wochen des Sehnens schien sie ihm genug. Genug, damit man ihn anschrie, vielleicht sogar schubste. Oder, wenn er großes Pech hatte, verprügelte. Sandy kam der Gedanke, dass Letzteres, so wie er gekleidet war, eher unwahrscheinlich war. Die schmutzige Unterwäsche könnte genügen, um Ryan von Handgreiflichkeiten abzuhalten.

Doch als er die unterste Stufe erreichte und die Tür ins Wohnzimmer öffnete, bereitete er sich auf das Schlimmste vor. Und ehrlich gesagt, die Schmerzen in seinem Kopf waren inzwischen so schlimm, dass der Gedanke an Prügel bei weitem nicht so schrecklich war, wie er vermutet hätte. Er schaute durch die Diele zur Glasfüllung der Haustür und sah auf der anderen Seite eine Gestalt stehen.

Er erwartete Ryan. Seine Mutter erwartete er nicht.

»Na, du weißt aber, wie man eine Frau warten lässt.«

Sandy hielt die Tür auf und schaute sie an. Er hatte sie seit fast vier Jahren nicht gesehen, und sie war gealtert. Die Haare waren kurz geschnitten und dunkelbraun gefärbt, und ihre Jeans wirkten weiter, bequemer, als sie sie früher trug. Ihre Stirn war faltig. Ihre Wangen ebenfalls.

»Willst du mich nicht reinlassen?«

»Bin mir noch nicht ganz sicher. Wie hast du mich gefunden?«

»Du hast mir deine Adresse gegeben, als du vor ein paar Jahren umgezogen bist, weißt du nicht mehr? Na ja, eigentlich hast du mir die Adresse von diesem roten Haus weiter oben gegeben. Dort war ich zuerst, und ein Mädchen hat mich hierhergeschickt. Sie sah auch nicht sehr gut aus. Geht bei euch was um?«

Sandy schüttelte den Kopf. Er schaute seine Mutter an, als wäre sie eine Fata Morgana – eine Katerhalluzination, die jeden Augenblick wieder verschwinden konnte, zurück in diesen

Winkel seines Bewusstseins, aus dem sie gekrochen war. Aber sie verschwand nicht. Sie stand da und schaute ihn an, die Brauen erwartungsvoll hochgezogen.

Er öffnete die Tür ganz, drehte sich um und ging durchs Haus in die Küche. Er bat sie nicht herein, aber sie folgte ihm.

»Also, schön, dich zu sehen, Mam«, sagte Sandy und setzte sich auf den Hocker in der Küche. Seine Stimme war ausdruckslos. Keine Spur Sarkasmus, keine Spur Ernsthaftigkeit.

Sie schaute ihn an. »Schön, *dich* zu sehen«, sagte sie. »Das ist es wirklich. Tut mir leid, dass es so lange gedauert hat.«

»Ja, es war lange. Und ja, eine Entschuldigung ist nötig. Aber ich akzeptiere sie nicht.«

»Na ja, meine Entschuldigung ist ernst gemeint. Tut mir wirklich leid. Ich könnte versuchen zu erklären, aber ich …«

»Jetzt ist nicht der richtige Zeitpunkt, Mam. Mir zerreißt's den Schädel. Willst du Kaffee?«

»Ja, bitte.«

Sandy füllte den Kessel und schaltete die Flamme ein. Er nahm zwei Becher aus dem Oberschrank und holte einen Karton Milch aus dem Kühlschrank. Er schaufelte Kaffee in den Bereiter.

»Oh, richtiger Kaffee«, sagte seine Mutter.

»Du kannst auch Instant haben, wenn dir der lieber ist.«

»Nein, das war keine Beschwerde. Eindeutig keine Beschwerde.«

Als der Kessel kochte, überlegte Sandy, ob er seiner Mutter überhaupt schon einmal Kaffee gekocht hatte. Vermutlich nicht. Und wenn doch, dann war das so lange her, dass er keine Ahnung hatte, wie sie ihn trank.

»Milch, einen Löffel Zucker«, sagte sie in Erwartung der

Frage. Sandy goss kochendes Wasser in den Kaffeebereiter, griff dann noch einmal in den Oberschrank nach dem Zucker und verschüttete Körnchen auf der Arbeitsfläche, als er die Tüte von der Ablage hob. Er wartete schweigend, bis der Kaffee gezogen hatte, drückte den Stempel nach unten, goss den Kaffee ein, zuerst in die eine, dann in die andere Tasse.

Sandy ging voraus ins Wohnzimmer und setzte sich in den Lehnsessel. Er versuchte gar nicht, etwas zu sagen, hielt einfach seinen Becher in der Hand und ließ ihn etwas abkühlen.

»Das ist ein wunderbares Haus«, sagte sie nach ein paar Minuten. »Und ein schöner Ort. Gehört es dir?«

»Nein, ich habe den Hof von Emmas Vater gemietet.«

»Den Hof!«, prustete seine Mutter. »Bist du jetzt Bauer?«

Sandy ging nicht weiter auf die Frage ein, nickte nur. »Ja. Ich habe einen Hof.«

»Und Emma? Wie geht es ihr?« Seine Mutter hatte Emma nur einmal getroffen, als die drei sich in einem Café in der Nähe des Trafalgar Square trafen. Emma hatte das Treffen vorgeschlagen. Sandy hatte eingewilligt.

»Eigentlich habe ich keine Ahnung. Ich glaube, sie ist okay, aber sie ist Ende letzten Jahres in den Süden gezogen, und seitdem habe ich sie nicht gesehen. Wir haben nicht mehr viel Kontakt.«

»Oh, tut mir leid.«

»Ist schon okay. Beruhte auf Gegenseitigkeit. Ziemlich.«

»Na, tut mir trotzdem leid.«

Dann tranken sie ihren Kaffee, in kleinen Schlucken und schweigend. Sandy schloss die Augen und drückte sich hin und wieder die Finger auf die Lider, um den Druck in seinem Kopf zu lindern. Als das Schweigen mehr als fünf Minuten anhielt, mehr als zehn, mehr als fünfzehn und die leeren Becher kalt und fleckig immer noch neben ihnen standen, gab Sandy schließlich auf.

»Mam, warum bist du hier?«

Seine Mutter schaute ihn an. »Muss es einen Grund geben?«

»Wir haben einander seit vier Jahren nicht gesehen. Ich habe, abgesehen von einer Weihnachtskarte, in den vergangenen zwei Jahren nicht mal was von dir gehört. Also, ja, es muss einen Grund geben.«

»Nun ja«, sagte sie und zögerte. »Trevor hat mich letzten Monat rausgeworfen.«

»Trevor? Wer ist Trevor?«

»Er war mein Freund.«

»Dein *Freund?*« Sandy lachte.

»Hör auf zu wiederholen, was ich sage. Ja, er war mein Freund. Und ich glaube nicht, dass es sehr lustig ist, was ich eben gesagt habe.«

»Na ja, ich schon.« Sandy schloss noch einmal die Augen. Nach dem Kaffee fühlte er sich ein bisschen besser, aber das Lachen tat weh.

»Und warum hat Trevor dich verlassen?«

»Er hat mich nicht verlassen. Er hat mich rausgeworfen.«

»Und warum hat er das getan?«

»Ich will da lieber keine Einzelheiten nennen.«

»Warum nicht?«

»Ich will es einfach nicht.«

»Hast du ihn betrogen oder so was?«

»Sandy, ich habe gesagt, keine Einzelheiten.«

»Na ja, aber irgendwas musst du getan haben, weswegen er dich rausgeworfen hat.«

»Na, vielen Dank für deine Unterstützung, mein Sohn.«

»Ist das der Grund, warum du hier bist? Weil du Unterstützung brauchst?«, fragte Sandy spöttisch.

»Nein, natürlich nicht.«

»Na, warum denn dann?«

»Ich bin mir nicht sicher. Ich hatte einfach das Gefühl, ich müsste eine Weile in den Norden. Ich kam mir ein bisschen verloren vor. Ich will mein Leben neu auf die Reihe kriegen, entscheiden, was ich wirklich damit anfangen will.«

»Du klingst wie eine Neunzehnjährige. Du bist fünfzig.«

»Neunundvierzig, um genau zu sein. Und die Menschen verändern sich nicht so sehr, Sandy, weißt du das? Egal, wie alt man wird, verwirrt kann man immer sein.«

Sie war jetzt wütend, am Rand der Tränen. Sandy schaute teilnahmslos, auch wenn er es nicht war.

»Und, was willst du jetzt tun?«, fragte er. »Jetzt, da du zurück bist.«

»Ich weiß es noch nicht. Das will ich ja gerade herausfinden. Vielleicht suche ich mir einen Teilzeitjob. Mal sehen, was passiert. Aber ich habe mich gefragt, ob ich eine Weile bei dir bleiben könnte. Bis ich mir über alles klar geworden bin.«

»Meinst du das ernst?«

»Ja, ich meine es ernst. Nicht für lange. Wenn ich beschließe, wieder in den Süden zu gehen, bin ich bald wieder weg, und wenn ich beschließe zu bleiben, suche ich mir was Eigenes.«

Sandy starrte seine Mutter an, die Frau, die vor zweiundzwanzig Jahren seinen Vater und ihn sitzengelassen hatte, die Frau, deren Abwesenheit ihn geformt hatte, bis ins kleinste Detail, deren Gleichgültigkeit ihn immer und immer wieder verletzt hatte und nach deren Liebe er sich widerwillig immer noch sehnte.

Sandy schaute sie an, und am liebsten hätte er geschrien: *Nein, verschwinde einfach und komm nie mehr zurück.*

Aber das sagte er nicht.

Sandy stand auf. »Sicher«, sagte er. »Fühl dich hier wie zu Hause. Ich gehe wieder ins Bett.«

Freitag, 13. Mai

Die letzte Woche hatte Alice in den Archiven von Lerwick gearbeitet, hatte im Café im Obergeschoss zu Mittag gegessen und hinausgeschaut auf den kleinen Hafen und den Bressay Sound dahinter. Es war schwer, dort einen Fixpunkt zu finden, einen festen Ort, den sie anvisieren konnte. Alles war in Bewegung. Nicht nur die Boote im Hafen, sondern auch die Silbermöwen, die durch die Luft wirbelten, und die Wellen, die Leute unter und die unsteten Wolken über ihr. Alles. Wenn sie durch die Scheibe hinausschaute, fühlte sie sich manchmal von dieser Bewegung erfasst und auf unberechenbaren Strömungen fortgetragen, und ihre Gedanken trieben dahin wie eine über Bord geworfene Flasche. Wenn sie dann, wieder in die Gegenwart gespült, zurückkehrte, war ihr Essen kalt, die Fischsuppe gestockt. Einmal hatte eine Kellnerin ihr besorgt auf die Schulter geklopft und sie gefragt, ob alles in Ordnung sei.

Dabei war alles wirklich sehr in Ordnung. Beim Essen schweiften Alices Gedanken, weil sie sie stundenlang nicht schweifen ließ. Sie verankerte sie in den Seiten auf ihrem Tisch. In der Stille des Archivs las sie, machte Gegenproben und folgte Hinweisen in Fußnoten zurück auf die Regale. Sie schrieb mit Bleistift auf einen A4-Notizblock. Sie durchsuchte Mikrofiche-Kopien der *Shetland Times*, starrte durch ihre Brillengläser auf die winzige Schrift, kontrollierte Daten, fügte Details zusammen.

Vom Personal hatte sie niemand gefragt, was sie hier eigentlich machte. Wenn sie bei der Suche nach irgendetwas Hilfe brauchte, schlugen sie es für sie nach und machten gelegentlich höfliche, geflüsterte Vorschläge – »Wenn Sie *darüber* mehr wissen wollen, könnten sie auch *hier* nachschauen« –, aber sie fragten nie, *warum* sie etwas wissen wollte. Und auch wenn sie gefragt hätten, hätte sie ihnen nicht sonderlich viel sagen können. Sie versuchte, das Leben einer Frau zusammenzusetzen, die, soweit Alice es wusste, Shetland kaum einmal verlassen hatte – einer Frau, die genaugenommen kaum das Tal verlassen hatte, in dem sie geboren und achtundachtzig Jahre später auch gestorben war.

Maggie war, würden die meisten Leute denken, für eine Schriftstellerin ein alles andere als vielversprechendes Thema. Wenn man ihren Tagebüchern glauben konnte, war ihr Leben eins der Wiederholungen und unspektakulären Belange, mit wenig Dramatik und so gut wie nichts, was man als *Handlungsstruktur* bezeichnen konnte. Aber Alice glaubte oder spürte, dass Maggie wichtig war. Etwas in ihrem Leben, ihrer Geschichte machte sie zu einem Teil der Geschichte, die Alice erzählen wollte. Sie hatte nur noch nicht herausgefunden, was dieses Etwas war.

Nachdem Alice sich durch die Tausende von Seiten von Briefen und Notizbüchern gewühlt hatte, war es vielleicht gerade Maggies Flüchtigkeit, die sie faszinierte. Obwohl sie diesen Schatz an Worten hinterlassen hatte, war es der alten Frau gelungen, fast unsichtbar zu bleiben. Es war die Neugier, die Alice tiefer hineinzog. All diese Worte hatten irgendwie mehr Leerstellen geschaffen als gefüllt, und je mehr Alice darüber nachdachte, desto mehr redete sie sich ein, dass die Inhaltsleere dieser Tagebücher eine ganz außerordentliche Wahrheit verstecken musste.

Dort in den Archiven versuchte Alice, einen Rahmen zu konstruieren, in dem die Frau gefunden werden konnte, eine Schale, die sie enthalten könnte. Wie bei ihren Romanen fing sie mit den Details an, den grundlegenden Tatsachen von Maggies Leben: die Daten ihrer Geburt, ihres Todes und ihrer Hochzeit, ihre Familie, ihre Arbeit. Dann fing sie an, um diese Tatsachen herum ein Bild zu zeichnen, indem sie Informationen sammelte, die später nützlich sein könnten. Sie hatte historische Notizen, soziale Notizen, kulturelle Notizen. Sie wollte wissen, wie das Leben im Tal in den 1930ern gewesen war, Maggies erstem vollen Jahrzehnt. Was für ein Ort war es damals? Sie recherchierte in den Zeitungen anhand der Schlüsseldaten in Maggies Leben. Was passierte in diesen Tagen auf Shetland? Dann schaute sie darüber hinaus. Was passierte sonst wo in Großbritannien, in der Welt? Irgendwo in alledem, so hoffte sie, war die Frau, nach der sie suchte, versteckt in den Details. Irgendwo würde sich ein Narrativ herausschälen.

Heute, zurück an ihrem eigenen Schreibtisch, versuchte sie, die Bedeutung dieser Details zu verstehen, herauszufinden, was sie mit ihnen machen sollte.

Alice dachte an Maggie, wie sie sie kennengelernt hatte, im Wohnzimmer des Hauses am Ende der Straße. Auf Marys Vorschlag hin war Alice zu ihr gegangen, um sich vorzustellen, kurz nach ihrer Ankunft im Tal. Maggie hatte die Tür geöffnet und sie hereingebeten. Sie hatten zwanzig Minuten lang gesprochen, vielleicht ein bisschen länger, und dabei hatte Maggie einfach weitergestrickt, zwischen ihren Händen und ihrem Gast hin- und hergeschaut, und das Klappern der Nadeln hatte dem Gespräch einen Rhythmus gegeben. Sie strickte einen Handschuh in einem Fair-Isle-Muster aus Marineblau, Weiß und Schwarz.

»Ich schicke die meiner Nichte in Neuseeland«, sagte Maggie. »Dort drüben steht ja der Winter bevor.«

»Ja, so ist es wohl«, entgegnete Alice.

Einen Augenblick sagte keine von beiden etwas. Alice schaute nur dem Tanz der Nadeln zu, wie Maggies Hände die Wolle anlockten und in etwas Wunderbares verwandelten.

»Ihre Nichte kann sich sehr glücklich schätzen«, sagte Alice.

»Warum denn das?«

»Weil sie so wunderschöne Handschuhe bekommt.«

Maggie lächelte. »Irgendwann stricke ich Ihnen auch ein Paar, wenn sie Ihnen gefallen. Macht mir keine Mühe.«

»Das wäre wunderbar. Vielen Dank!« Alice lächelte erfreut. »Ich kann sie natürlich bezahlen.«

Maggie sagte darauf gar nichts, schüttelte nur den Kopf, als wäre so etwas undenkbar. Alice bedauerte, Geld erwähnt zu haben, aber sie hatte nicht annehmen wollen, dass die Handschuhe ein Geschenk wären. Das schien nicht richtig, so kurz nach dem Kennenlernen.

Wie auch immer, die Handschuhe kamen nie an, und wenn die beiden Frauen sich trafen, wurde das Thema nie mehr angesprochen. Alice wollte nicht aufdringlich oder lästig sein, indem sie nach ihnen fragte, aber wenn sie jetzt darüber nachdachte, fragte sie sich, ob Maggie einfach nur darauf gewartet hatte, dass sie ihr Interesse bestätigte. Vielleicht hatte sie Alices Kompliment auch nur für eine Höflichkeitsfloskel gehalten. Oder womöglich hatte die Erwähnung von Geld sie so verletzt, dass sie das Angebot nicht wiederholen wollte. Es war merkwürdig, wie zwei Menschen so wenig sagen und einander trotzdem missverstehen konnten.

Dieser Gedanke bekümmerte Alice sehr. Sie zerbrach sich darüber den Kopf. Nachdem sie es nicht geschafft hatte, Maggie im Leben zu verstehen, ja nicht einmal, auf eine sinnvolle Art mit ihr zu kommunizieren, wie konnte sie da hoffen, sie jetzt zu verstehen, da sie nicht mehr da war?

Alice lehnte sich auf ihrem Stuhl zurück und schaute zur Decke. Sie versuchte noch einmal, sich diese Frau vorzustellen, sie zu beleben, aber ihr Gedächtnis verweigerte den Dienst. Sie konnte Maggies Gesicht heraufbeschwören, seinen Umriss, die Falten und Runzeln, aber es war nicht richtig. Es war verschwommen und leblos, wie ein unscharfes Polaroid. Sie merkte, dass sie die Augen zusammenkniff, als könnte sie damit Klarheit in etwas bringen, was sie nicht sehen konnte. Es war zwecklos.

Sie stand auf, nahm eine CD vom Regal, öffnete den Player und legte die Scheibe ein. Der CD-Schacht fuhr zurück, und das Gerät fing an zu surren.

Die Musik platzte laut herein. Kontrabass und akustische Gitarre stolperten ins Zimmer, als wollten sie der Stille entfliehen, die hinter ihnen lag. Eine Rassel stanzte einen Rhythmus, schlicht und eindringlich. Und dann die Stimme, die wilde, bellende Stimme. Alice schloss die Augen, lehnte den Kopf in die Musik, ruhte auf ihr, während die Saiten zum Leben erwachten.

Als sie noch auf der Universität waren, spielte Jack dieses Album, *Astral Weeks,* auf Dauerschleife. Alice hatte es zuvor noch nie gehört – sie wurde erst ein paar Jahre nach Veröffentlichung geboren –, aber bald war sie so süchtig danach wie er. Manchmal bekifften sich die beiden und hörten es dann in seinem Schlafzimmer, aber die Droge wäre gar nicht nötig gewesen. Die Musik schien sie von allein anzuheben und zu halten, zu verzaubern, ohne sie wieder loszulassen. Sie hatte etwas an sich, etwas, das auf ihrer Aufmerksamkeit, ihrer Teilnahme beharrte. Die Band schien sich durch die Musik zu tasten, als wüssten die Musiker nicht so recht, was als Nächstes kam oder von ihnen erwartet wurde. Auch nach hundertfachem Hören schien es immer möglich, dass beim nächsten Mal alles in Stücke ging, in unvollkommene Teile zerbröselte. Und dann war da Van Morrisons Stimme, die alles umfasste. Sie schien in die Höhe zu steigen, nicht von der Melodie eingeschränkt, nicht der Musik verhaftet, sondern irgendwo in ihrem ganz eigenen Raum schwebend. Die Stimme klang untrainiert und zügellos und doch auch äußerst präzise.

Manchmal, wenn sie beide ohne zu schlafen im Bett lagen, klopfte Jack mit den Fingern auf die Bettdecke. Seine Lippen zitterten, und sie wusste, im Kopf hörte er eins dieser Lieder. So tief verwurzelt waren sie in ihm, dass er die Musik kaum noch spielen musste – er schloss nur die Augen, und sie war da.

Dass sie jetzt die CD aufgelegt hatte, brachte Alice nicht näher an ihr jüngeres Ich. Es ließ sie nicht für eine Sekunde vergessen, was alles passiert war. Sie hatte sie nicht aus diesem Grund aufgelegt. Sie spielte diese CD jetzt, wie damals, um sich daran zu erinnern, dass mehr Schönheit in der Welt war, als eigentlich nötig wäre, und dass manchmal, was schön war, auch schmerzhaft traurig war. Wenn sie dieses Album hörte, konnte sie weinen und dankbar sein für jede Träne.

Heutzutage weinte Alice nicht mehr oft. Ihr Kummer hatte seine Dringlichkeit verloren. Manchmal überraschte er sie, erfasste sie, wenn sie es nicht erwartete, wie eine alte Verletzung, vergessen, aber neu entfacht. Normalerweise war sie taub für ihn, so gewöhnt an Jacks Abwesenheit, dass sie nicht mehr spürte, dass irgendetwas fehlte. Stattdessen fühlte sie sich alt. Wenn sie ehrlich war, betrachtete sie sich seit Jacks Tod so. Einige ihrer Freunde zu Hause hatten das Gegenteil behauptet: dass sie sich seit ihrem vierzigsten Geburtstag jünger fühlten. Alice fragte sich, ob das Selbsttäuschung war. Konnten sie sich wirklich so fühlen? Schließlich ist der Punkt, an dem man alt wird, mit Sicherheit der Punkt, an dem die Erwartung von der Rückschau übermannt wird. Worauf freuten sich ihre Freunde denn noch, fragte sie sich. Dass die Kinder älter wurden, das Haus verließen? Beförderungen? Die Rente? Vielleicht reichte das ja. Vielleicht brauchten sie nicht mehr.

Jacks Tod hatte alle Erwartungen zunichtegemacht, die Alice einmal gehabt hatte, die freudige Aufregung in Bezug auf ihre persönliche und ihre gemeinsame Zukunft. Es war nicht nur so, dass alle Pläne, die sie geschmiedet hatten, zerstört wurden, dass die Kinder, die sie hätten haben können, ungeboren blieben. Da war auch die merkwürdige, schlichte Tatsache, dass ihr Leben nun nicht länger ein geteiltes Ereignis war. Erwartung war, wie sich zeigte, alleine schwieriger aufrechtzuerhalten. Jedes Gefühl der Zielorientierung, der Richtung war alleine schwieriger aufrechtzuerhalten. Sie hatte fast völlig das Gefühl der Weiterentwicklung, des Fortschritts verloren. Sie hatte das Gefühl für ihr eigenes Narrativ verloren.

Zurückgelehnt und lauschend tanzte sie. Nicht so, wie sie mit Jack durchs Zimmer getanzt war, beschwipst und taumelig. Sie schwankte nur, mit geschlossenen Augen, nicht ihre Füße folgten dem Rhythmus, sondern sie fühlte ihn in sich, fühlte die Worte, die Instrumente, die Art, wie sie zusammenhielten.

Seit sie in das Tal gekommen war, spürte Alice, dass sie sich veränderte. Jahrzehntelang hatte sie gedacht, sie verstehe, wer sie war. Sie wusste, was sie mochte und was sie wollte; sie wusste, wie sie auf Stress reagierte und wie auf Freude. Nur selten war sie von sich selbst überrascht. Aber nach Jacks Tod fingen die Überraschungen an. Nach Jacks Tod war es, als müsste sie sich selbst neu gestalten. Das Ausgangsmaterial war dasselbe, aber die Form passte nicht mehr in die Welt, in der sie existierte. Sie war gezwungen, sich zu ändern, sich neu zu formen. Das war der Grund, warum sie meinte, umziehen zu müssen, an einen Ort, wo niemand sie kannte, einen Raum finden zu müssen, in dem sie wieder sie selber sein konnte.

Mehr als einmal kam Alice der Gedanke, dass ihre gegenwärtige Arbeit, dieses Buch voller Stille, ein Teil dieses Prozesses war, ein Teil des Bemühens, sich neu zu erschaffen. Schließlich war es eine Art Rechenschaftsbericht: eine Aufzeichnung von allem, was hier war, versichert gegen Verlust. Es ging darum, die Insel, das Tal so klar zu sehen, wie sie konnte, und aus diesem Bild heraus zu verstehen, wer sie sein musste. Denn jetzt konnte sie jede Beliebige sein. Sie musste nicht mehr die Alice sein, die ihre Freunde oder ihre Familie gekannt hatten. Diese Alice war eine andere Person. Die hier war sie selbst.

Das Buch handelte ebenso sehr von ihr wie von dem Ort, und irgendwie hatte sie in Maggie einen Gegenstand gefunden, der zu ihr auf neue Art sprach. Diese Frau – diese alte, tote, kinderlose Frau – hatte von ihr Besitz ergriffen. Oft wünschte sie sich, sie hätte sich mehr um sie bemüht, als sie noch am Leben war. Sie hätte sie ohne weiteres besuchen, mit ihr reden können. Maggie war mit Sicherheit einsam gewesen, genau wie Alice. Wenn sie eine bessere Nachbarin gewesen wäre, hätte sie öfter bei ihr vorbeigeschaut. Aber dafür war es jetzt zu spät, und es brachte nichts, zu bedauern, was man nicht getan hatte. Das Buch würde ihre Sühne sein. Ein Tribut an die Freundin, die sie nie gehabt hatte.

Noch immer schwankend ging Alice zum Schrank in einer Ecke des Büros und holte die Flasche Whisky heraus. Sie goss sich zwei Finger in ein Glas, konzentrierte sich wieder auf die Musik, warf den Kopf zurück und schloss die Augen.

*

Seit Sandys Mutter gekommen war, hatten die beiden, Mutter und Sohn, außer zu den Essenszeiten kaum kommuniziert. Er fuhr morgens zur Arbeit und kam abends zurück. Er verrichtete die Arbeiten auf dem Hof, rief David an, um ihn wegen eines Lamms um Rat zu fragen, das immer wieder auf die Straße flüchtete – »Zaun richten oder Lamm schlachten«, sagte David. In den ersten Tagen kochte Sandy, dann übernahm Liz. Sie redeten nicht groß darüber; sie machte es sich einfach zur Aufgabe, etwas auf dem Herd zu haben, wenn er nach Hause kam, und das war ihm ganz recht. Er fragte sie nie, was sie den Tag über getan hatte. Er war nicht interessiert. Oder zumindest wollte er nicht interessiert sein. Er nahm an, dass die Anwesenheit seiner Mutter nur von kurzer Dauer wäre, dass sie so plötzlich wieder verschwinden würde, wie sie aufgetaucht war, und er weigerte sich, sich an ihr Hiersein zu gewöhnen. Jeden Abend erwartete er, die Tür zu einem stillen Haus zu öffnen, und jeden Tag begrüßten ihn beim Eintreten die Geräusche eines anderen Menschen.

»Bist du das, Sandy?«, rief Liz, als er in der Diele die Jacke aufhängte und seine Schuhe auszog.

»Erwartest du wen anders?«

»Nein, aber du sagst mir nie, wann du nach Hause kommst, deshalb weiß ich nie so genau, wann ich dich erwarten soll.«

»Na ja, ich weiß ja nicht immer, wann ich zurück sein werde.«

»Außerdem war vorher jemand da. Ist auch einfach so reingekommen, deshalb dachte ich, du bist es. Wir sind beide ziemlich erschrocken.«

»Okay. Willst du mir vielleicht sagen, wer es war?«

»Ich versuche ja gerade, mich zu erinnern. Er war älter als ich. Sechzig. Vielleicht mehr. Deine Größe. Graue Haare. Vielleicht John. Oder Dennis. Sagte, er sei dein Nachbar.«

»David?«

»Ja, David, genau. Sagte, er hätte gedacht, heute wäre dein freier Tag.«

»Okay. Das ist Emmas Dad. Mein Vermieter. Wollte er irgendwas Besonderes?«

»Hat er nicht gesagt. Ich habe ihm gesagt, wer ich bin, und er meinte nur, er ruft dich an.«

»Gut, okay. Danke.«

Sandy ging nach oben, um sich umzuziehen. Jeans und ein zerschlissener grauer Pullover ersetzten die Stoffhose und das Hemd, die er den ganzen Tag getragen hatte. Beim Ausziehen hatte er das Gefühl, mehr abzulegen als nur Gewebe. Die Welt außerhalb des Tals schien ebenfalls von ihm abzufallen. Er warf die Sachen in den Wäschekorb und ging wieder nach unten.

»Wann willst du essen?«, fragte Liz. »Im Topf ist ein Curry, wir können es jederzeit essen. Ich muss nur den Reis aufstellen.«

»Vielleicht in einer halben Stunde. Ich geh nur kurz die Straße hoch und schau, was David will. Bin nicht lange weg.«

»Okay, das passt gut. Eine halbe Stunde ist perfekt.«

Sandy wusste, dass er länger ausbleiben würde. Nicht weil der Besuch so lange dauerte – vielleicht rief er ja David nur von draußen an –, sondern weil der Gedanke, seiner Mutter Unannehmlichkeiten zu bereiten, unwiderstehlich war. Er würde sich verspäten, um sie zu ärgern.

Liz' Ankunft hatte Sohn und Mutter in einen Käfig gezwungen, dessen Stangen aus Verletzungen und Verpflichtungen bestanden. Sie traten einander in diesem beengten Raum gegenüber, vollführten einen stummen Balanceakt, ein verschlungenes Manöver, gesteuert von Enttäuschung und dem Drang nach Liebe. Sandy stichelte, wann immer er konnte, erinnerte sie an ihre Versäumnisse und hatte jedes Mal ein schlechtes Gewissen dabei. Aber kein so schlechtes, dass er damit aufhörte.

Liz dagegen gab sich größte Mühe, diese Seitenhiebe zu ignorieren. Wenigstens hatte es den Anschein. Manchmal zuckte sie zusammen, wenn er sie anblaffte, aber sie verteidigte sich nicht. Er nahm an, dass sie wirklich verzweifelt sein musste, um zu ihm zu kommen und um Hilfe zu bitten, aber seit dieser ersten kurzen Unterhaltung am Vormittag ihrer Ankunft hatte er sie nie nach weiteren Details gefragt. Er wollte sie glauben machen, dass es ihm egal war, ob sie blieb oder wieder ging. Er wollte sie mit Gleichgültigkeit strafen, ob die nun echt war oder gespielt. Vor allem jedoch wollte er vor seiner Mutter die unendliche Erleichterung verbergen, die er jeden Abend empfand, wenn er sah, dass sie noch nicht gegangen war.

Sandy überquerte die Einfahrt und betrat den Schuppen. Es war nur ein kleines Gebäude, kaum größer als eine Garage, und früher hatten Maggie und Walter ihren Traktor dort untergebracht. Jetzt enthielt er Holzreste, die noch zersägt werden mussten, und die wenigen landwirtschaftlichen Werkzeuge und Geräte, die Sandy bis jetzt gekauft oder geliehen hatte. Es gab mehrere Schafscheren, alle etwas rostfleckig, es gab Farbmarker und Desinfektionssprays, es gab Kupplungsmanschetten aus Gummi, einige wie orange Süßigkeiten auf der Werkbank verstreut; es gab Schaufeln und Hacken und Heugabeln; es gab Drahtbiegezangen und einen schweren Vorschlaghammer.

An der Rückwand standen unter dem Fenster vier offene

Schachteln, zerrissen und rostfleckig, und alle enthielten ein Gewirr von Werkzeugen in verschiedenen Stadien des Verfalls. Sie hatten früher Maggie gehört. Die meisten hatte man aus dem undichten Anbau hinter dem Schuppen gerettet. Andere stammten aus dem Haus. Seit seinem Einzug hatte Sandy schon vorgehabt, sie zu sortieren, herauszufinden, was wegzuwerfen war und was zu behalten und zu reparieren. Er wollte sie ordentlich an ein Brett an der Wand hängen, so wie David es getan hatte, damit sie immer bei der Hand waren, wenn er sie brauchte – falls er sie brauchte. Aber er wusste nicht einmal so recht, was er eigentlich brauchte.

Er kippte die erste der Schachteln auf den Betonboden, legte dann den Karton weg. Diese stammten aus dem Haus, wie es aussah, denn die meisten waren sauber und ohne Rost. Da war die übliche Ansammlung von Schraubenziehern und Inbusschlüsseln, zusammen mit Hämmern, Schraubenschlüsseln und Zangen. Es gab auch mehrere Gläser mit Nägeln und Schrauben und Beilagscheiben und Muttern, alle ungeordnet. Sandy legte die Werkzeuge ordentlich nebeneinander und machte dann weiter.

Die nächste Schachtel bot ein größeres Durcheinander. Es gab weitere Schraubenschlüssel, doch bis auf einen waren alle rostig und verdreckt. Eine Drahtschere war in einem noch schlimmeren Zustand, die Blätter orange vor Rost und nicht mehr zu trennen. Sandy kniete sich auf den Boden, untersuchte jedes Teil und sortierte sie in drei Haufen: solche, die man behalten konnte, solche, die man wegwerfen musste, und einige, bei denen er sich noch nicht entscheiden konnte. Der dritte Haufen wuchs am schnellsten. Dabei waren Werkzeuge, die er gar nicht kannte, und andere, die verrostet und beschädigt waren, aber vielleicht noch repariert werden konnten. Sachen wegzuwerfen war schwierig.

Er war von Natur alles andere als ein Sammler, aber für diese Aufgabe war er nicht skrupellos genug.

Als dann die vierte und letzte Schachtel auf den Boden gekippt und grob sortiert war, sah der Schuppen noch beträchtlich unordentlicher aus als zuvor. Sandy legte die Werkzeuge, die er behalten wollte, wieder in eine Schachtel und stellte sie auf die Werkbank, die fast die ganze nordwestliche Wand einnahm, dann legte er die zum Wegwerfen in eine andere Schachtel und stellte sie an die Tür. Den Rest ließ er, wo er war, damit David ihn sich irgendwann anschauen konnte. Mit einem Fetzen, der, wie es aussah, früher ein Pyjama gewesen war, wischte er sich Ruß und Schmiere von den Händen, dann ging er nach draußen und schloss die Tür.

Der Stall schaute nach Nordosten, das Tal hinauf, und Sandy blieb einen Augenblick stehen und sah zu den Schafen auf der angrenzenden Weide. Er versuchte, einen Blick für die Tiere zu bekommen, aber er war sich nicht immer sicher, worauf er achten sollte. David ließ oft Bemerkungen über seine eigenen Schafe fallen, entdeckte meistens schon ein Problem, ohne offensichtlich danach gesucht zu haben. Er nickte dann und sagte: »Die Aue da drüben hinkt schon wieder. Ich muss ihr die Klauen machen.« Oder auch: »Dem Lamm da geht's nicht gut. Seine Mutter taugt nichts.« Sandy hatte unterdessen Schwierigkeiten herauszufinden, welche Tiere David überhaupt meinte.

An diesem Abend wirkte alles normal. Dunst kroch das Tal hoch – nicht sehr dick, aber genug, um die Hügelkuppe zu verdecken. Alles, die Tiere eingeschlossen, wirkte gedämpft, wie beschwert vom Wetter. Sandy stand da und schaute, und in diesem Augenblick war er sprachlos, wie schön das alles war, wie still. Er fühlte sich ganz in der Mitte, als wäre der Rest der Welt, und der Rest seines eigenen Lebens, nur ein Satellit dieses Ortes und dieses Augenblicks. Nichts war in Erwartung. Alles war jetzt. Es war eine merkwürdige Empfindung, nicht unbedingt überwältigend, aber irgendwie verwirrend. Sandy lehnte sich an die Kante des Schuppens, er dachte nicht, schaute nur, lauschte, lehnte da, spürte das Gewicht seines Körpers gestützt vom Gerüst des Gebäudes und von der Erde darunter. Er seufzte, ballte die Fäuste in den Taschen und wartete auf nichts, bis etwas passierte.

»Sandy!«

Er hatte die Tür aufgehen gehört, sich aber nicht bewegt. Er rührte sich noch immer nicht, senkte nur ein bisschen die Lider und atmete tief ein.

»Sandy! Abendessen ist fertig.« Eine Pause. »Alles okay? Du stehst schon eine ganze Weile da. Ich habe dich durchs Fenster gesehen.«

»Ja, alles in Ordnung. Mir geht's gut. Bin gleich bei dir.«

Er öffnete die Augen wieder, schaute in die eine und die andere Richtung, nahm das Tal ein letztes Mal in sich auf, drehte sich dann zum Haus. Drinnen war der Tisch gedeckt, in der Mitte dampfte ein Topf mit Curry.

»Tut mir leid, der Reis ist verkocht«, sagte Liz, ohne einen Hauch von Verärgerung – als wäre es eigentlich ihre Schuld. »Aber er geht noch. Greif zu! Ich hoffe, du hast Hunger.«

Sandy setzte sich, lud sich den Teller voll und trank einen Schluck Wasser.

»Und, was wollte er?«, fragte seine Mutter.

»Wer?«

»David.«

»Ach, ich weiß es nicht. Bin gar nicht so weit gekommen. Ich ruf ihn später an.«

Samstag, 14. Mai

David stand mit den Händen in den Taschen seines Overalls da und schaute zu den schlammigen Tümpeln auf der Strandweide hinter Gardie. Er drehte sich nicht um, als er das Tor auf- und wieder zugehen hörte, er schaute einfach weiter, bis Sandy neben ihm stand. Die beiden Männer waren fast identisch gekleidet, in marineblauen Overalls, PVC-Handschuhen und schlammverspritzten gelben Gummistiefeln. Keiner trug eine Kopfbedeckung, obwohl der Morgen kühl war.

»Aye, aye, Junge.« David nickte zur Seite und grinste. »Bist du bereit, dich heute mal dreckig zu machen?«

Sandy lachte. »Ich freu mich drauf. Taxifahren ist für meinen Geschmack ein bisschen zu sauber.«

»Ja, kann ich mir vorstellen«, sagte David und nickte zustimmend.

»Und, wie ist der Plan?«

David hatte ihm das Problem am Abend zuvor am Telefon erklärt. Das Wasser, das seit sechs Monaten auf dieser Weide stand, war nicht, wie er gedacht hatte, ein einfaches Entwässerungsproblem. Es war zwar schon ein richtig nasser Winter gewesen – im Februar hatte es fast jeden Tag geregnet –, und der Frühlingsanfang hatte nicht viel Abwechslung gebracht. Aber seit drei Wochen war es vorwiegend trocken, und der Tümpel war nicht kleiner geworden. Er wuchs sogar eher noch. »Er füllt sich von irgendwoher, und wir müssen herausfinden, woher«, hatte

David gesagt. »Wenn wir uns jetzt nicht darum kümmern, wirst du über kurz oder lang davonschwimmen.«

Das war also wirklich ein Problem. Aber ein Plan musste erst noch entwickelt werden. David machte sich selten mit einem festen Plan im Kopf an eine Arbeit. Der Plan war fast immer flexibel, abhängig von den Umständen des Tages und abhängig von Gesprächen, die der Arbeit vorangingen. Als er heranwuchs, war es für ihn ein großes Vergnügen gewesen, mit seinem Vater und mit Nachbarn zu arbeiten und ihnen zuzuhören, wie sie ein Problem besprachen und zu einer Lösung kamen. Auch wenn die Aufgabe mehrere Tage Arbeit in Anspruch nahm, war es notwendig, dass man jeden Morgen und oft auch nach dem Mittagessen zusammenkam, um zu besprechen, wie die Dinge vorangingen, und zu entscheiden, ob irgendetwas anders gemacht werden musste. Als er älter wurde, versuchte er sich zu beteiligen, und sie hörten ihm auch zu, taten seine Gedanken nie ab, sondern nickten schweigend, als würden sie ernsthaft erwägen, was er zu sagen hatte.

Diese Diskussionen von Verfahrensweisen, Rollenverteilung und Techniken lehrten David viel von dem, was er über die Arbeit wusste. Sie lehrten ihn auch, dass es in der Landwirtschaft selten eine fertige Lösung gibt, die gelehrt oder vermittelt werden kann. Jedes Problem ist ein wenig anders als vorherige Probleme, und jede Lösung muss erarbeitet werden. Als er erwachsen wurde und seine eigene Landwirtschaft übernahm, musste er vieles allein erledigen, doch er zog es immer vor, mit anderen zu arbeiten. Auch als sein Vater und seine Nachbarn zu alt waren, um noch mitzumachen, beriet er sich oft mit ihnen, bevor er anfing, besprach, was zu tun war, beteiligte sie daran. Es machte sie glücklicher, und es machte die Arbeit angenehmer. Als Willie noch lebte und im Red House wohnte, kam David oft am Sonntagvormittag vorbei, um seinen Rat zu suchen, ob er ihn nun brauchte oder nicht. Auch Maggie ließ sich immer gern fragen. Sandy war zwar bis jetzt nicht geschickter, als David es mit neun oder zehn Jahren gewesen war, und seine Beiträge waren auch nicht hilfreicher. Aber die Diskussion war dennoch notwendig. Dadurch wurde ihnen beiden klar, was getan werden musste.

»Zuerst müssen wir so viel von diesem Wasser ablassen, wie wir können, oder was meinst du?«, fragte David.

»Ja, das klingt einleuchtend.«

»Vielleicht sollte einer von uns diesen Graben am Rand der Weide ausräumen, und der andere kann einen Kanal vom Tümpel zu dem Graben schaufeln. Nicht zu tief, nur so, dass es ablaufen kann.«

»Okay. Und was meinst du, woher kommt das Wasser?«

»Na ja, wenn wir Glück haben, ist es was ganz Einfaches. Da ist ein Rohr, das vom Ende des Grabens neben der Straße abgeht. Wenn ich mich recht erinnere, verläuft es unter dem Wendekreis hindurch und stößt dann an diesen anderen Graben drüben am Zaun. Könnte sein, dass das Rohr kaputt ist, in dem Fall müssen wir einfach das Leck finden und es reparieren. Ich habe ein Stück Abwasserrohr auf dem Pick-up, das wir benutzen können.«

»Und wenn's das nicht ist?«

»Wenn's das nicht ist, könnte es die Hauptwasserleitung sein.«

»Wo verläuft die?«

»Ich hab keine Ahnung.«

»Und wie finden wir sie?«

»Das überlegen wir uns, wenn es so weit ist.«

Sandy nickte. »Und was glaubst *du*, was es ist?«

David grinste, nur ein wenig. »Als ich runterkam, hab ich mir diesen Graben an der Straße angeschaut. Da scheint alles normal zu sein. Ich glaub nicht, dass das Rohr blockiert ist.«

»Okay. Dann ist es wahrscheinlich die Hauptwasserleitung.«

»Aye, wahrscheinlich.«

»Okay, also wenn wir es schaffen, die Weide ein bisschen zu entwässern, dann sehen wir vielleicht deutlicher, wo das Wasser steigt?«

»Genau.«

David schickte Sandy zum Ende des Grabens, wo er in den Bach mündete. »Arbeit dich von dort hoch«, sagte er. »Stich von beiden Seiten rein und heb den Schlamm heraus. Sehen wir zu, dass es wieder richtig abfließt.« David selbst stand neben dem Tümpel, senkte den Kopf und schaute, wo er den Kanal zum Graben am besten anstach. Er musste nicht lange überlegen. Das Wasser suchte sich schon seinen eigenen Weg durch die Weide. David markierte den Verlauf mit seinem Spaten, zog eine flache Rinne durch die Erde, und als er am Graben ankam, begann er zu buddeln.

Der Hund, Sam, war auf halber Höhe des Hügels und spähte in Hasenlöcher. Die Schafe, die auf der anderen Seite der Weide grasten, hatte er kaum eines Blickes gewürdigt. Er schien zu wissen, ohne dass man es ihm sagte, dachte David, wann seine Dienste erforderlich waren und wann nicht. Heute hatte er einen freien Tag, und er machte das Beste daraus.

Das Ausheben des Kanals dauerte nicht lange. Vom Tümpel zum Graben waren es nur etwa zwanzig Meter, die letzten Meter vor dem Tümpel ließ David allerdings geschlossen, bis der Graben ausgeräumt war. Es brachte nichts, das Wasser ablaufen zu lassen, wenn es dann nicht mehr weiterkonnte. Sandy kam langsamer voran, also ging David ihm zur Hand und fing ein paar Meter weiter oben an. Im Verlauf der Arbeit würden sie einander überspringen.

Gräben ausheben war früher eine von Davids Lieblingsbeschäftigungen gewesen. Es war sehr befriedigend, wenn man es richtig machte und das Wasser wieder laufen sah, wo es eben noch gestanden hatte. Nur wenige Aufgaben waren so unkompliziert und so effektiv. Doch mit dem Älterwerden wurden die Freuden des Grabens begleitet von zunehmenden Schmerzen, und alle zehn Minuten musste er sich aufrichten und das Kreuz durchdrücken, um die Muskeln zu dehnen. Das brachte Linderung, kurzfristig, doch er wusste, dass er am Abend Schmerzen haben würde. Und wahrscheinlich einige Tage lang.

»Du hättest es Sandy überlassen sollen«, würde Mary ihn später tadeln.

»Ich kann nicht dabeistehen und einem anderen bei der Arbeit zusehen«, würde er erwidern. Und er konnte es wirklich nicht, das stimmte. Lieber fühlte er sich wund als faul.

»An Tagen wie heute merke ich erst, wie unfit ich bin«, sagte Sandy. »Es ist erst elf, und ich bin schon fix und fertig. Vielleicht bin ich für diesen Bauern-Blödsinn nicht gemacht.«

»Es wird einfacher.« David schüttelte den Kopf. »Das war der schlimmste Teil, und wir sind schon fast fertig damit.«

»Mal sehen. Vielleicht lege ich mich heute Nachmittag ein bisschen hin.« Sandy schaute zum Tor, und sein Lächeln verschwand schnell wieder.

David drehte sich um und sah Liz über die Weide kommen, mit zwei Tassen Kaffee und einem Päckchen Kekse in den Händen. Sie trug einen schwarzen Regenmantel, und ihre Haare waren hinten zu einem Pferdeschwanz zusammengefasst. Sie sah jünger aus als am Tag zuvor.

»Kaffeepause?«, rief sie und hob die Tassen ein wenig.

»Perfekt«, sagte David. »Du kannst Gedanken lesen.«

Liz gab ihnen die Tassen und zog dann eine Plastiktüte vom Handgelenk. »Ich habe Milch und Zucker dabei, David, weil ich nicht wusste, wie du deinen Kaffee trinkst.«

»Ach, ein kleiner Spritzer Milch ist perfekt, danke.« Er öffnete den Karton und goss einen Schluck ein, der die schwarze Flüssigkeit umwölkte, wischte sich dann einen schlammigen Finger am Overall ab und tauchte ihn kurz zum Umrühren ein.

»Ihr Jungs habt schwer gearbeitet.« Liz schaute sich den Graben an. »Und schon fast fertig, wie's aussieht.«

»Dieser Teil ist fast fertig, ja.« David drehte sich und deutete zu dem Tümpel hinter ihnen. »Jetzt müssen wir uns darum kümmern.«

»Aha, verstehe. Na ja. Lieber ihr als ich. Ich glaube, ich lass euch damit allein.«

Sandy schnaubte. »Das könnte eigentlich dein Motto sein«, sagte er. »›Ich lass euch damit allein.‹«

David hatte Sandy an diesem Morgen nicht nach seiner Mutter gefragt, obwohl Mary darauf bestanden hatte, dass er versuchen musste, Genaueres herauszufinden. Gestern war es für ihn ein Schock gewesen, Liz in Gardie anzutreffen, da er ein bisschen über Sandys Vergangenheit wusste. Jetzt fühlte er sich zwischen den beiden gefangen, und am liebsten wäre er geflohen. Aber Liz löste das Problem für ihn. Sie reagierte mit keiner Miene auf die Bemerkung ihres Sohns.

»Nun gut«, sagte sie. »Ich lass euch mal weitermachen. Lunch dann so gegen eins? David, du kannst mit uns essen, okay?«

David wollte nein sagen, nach Hause gehen und mit Mary essen, aber er hatte das Gefühl, nicht ablehnen zu können. »Aye, das wär großartig. Aber denk dran, ich bin Vegetarier.«

»Ah, okay.« Liz nickte ernsthaft, bis erst David, dann Sandy laut auflachten.

»Ich nehm dich auf den Arm«, sagte er. »Ich esse alles. Ich nehme sogar Sandys Kocherei in Kauf, und das will was heißen.«

Nach dem Kaffee schaufelten die beiden Männer weiter, bis der Graben bis zum Kanal ausgeräumt war. Dann gingen sie zum Tümpel zurück und hoben die letzten Meter des Kanals aus, bis nur noch eine Sode übrig war, die das Wasser blockierte. »Willst du die Ehre?«, fragte David.

»Ja, das mache ich«, erwiderte Sandy und stach den Spaten in die Erde, zuerst auf der einen Seite, dann auf der anderen. Dann stemmte er sich dagegen, spürte das schmatzende Saugen der feuchten Erde, die sich an die Umgebung klammerte, bis die Sode mit einem Reißen nach oben kippte und das Wasser lief.

Das waren die Augenblicke, auf die man hinarbeitete. Wie bei den komplizierten Sanddämmen, die David früher am Strand hinter dem Haus seiner Großmutter gebaut hatte, nur um sie dann wieder einzureißen und das Wasser quellen zu sehen, war dies ein Augenblick der Bewunderung. Die Schwerkraft und harte Arbeit vereinten sich, um ein Wunder zu bewirken. Ein Schwall suppig brauner Flüssigkeit schob sich den Kanal entlang wie ein Wurm durch ein Loch. Es strömte in Laufgeschwindigkeit dahin, und die beiden Männer folgten ihm, sahen, wie das Wasser in den frisch ausgeräumten Graben quoll und dann weiterfloss zum Bach und zum Meer. Als sie sich umdrehten, hatte der Tümpel bereits seine Form verändert. Er war noch nicht geschrumpft, aber er war zum Leben erwacht. Das Wasser stand nicht mehr unbewegt in der Senke, sondern wirkte wie auf dem Sprung, bereit, zum Meer zu fließen. Es war geweckt worden.

»Und jetzt warten wir.« David rammte seinen Spaten in die Erde, stützte sich darauf und schaute dem Wasser nach. »Zeit fürs Mittagessen?«

Als sie zurückkehrten, nach einer kurzen Pause, in der die Perioden des Schweigens die am wenigsten peinlichen Augenblicke gewesen waren, stand in der tiefsten Senke des Landes nur noch eine große Pfütze. Als sie über die Fläche gingen, wo das Wasser gewesen war, schmatzten ihre Stiefel im Schlamm. Die Erde war vollgesogen.

»Wo fangen wir an?«, fragte Sandy.

»Hm, na ja, wenn wir die nasseste Stelle finden, hilft uns das vielleicht weiter.«

»Das fühlt sich alles ziemlich nass an.«

»Ja, ich weiß.«

Die Männer gingen mehr oder weniger aufs Geratewohl durch die Wiese, hoben bei jedem Schritt die Füße hoch, um nicht steckenzubleiben und zu stolpern. Sie starrten den Boden an. Aus der Entfernung mussten sie lächerlich ausgesehen haben, wie riesige blaue Vögel auf der Jagd. Aber keiner von beiden wusste so genau, was sie eigentlich jagten. Irgendein Zeichen, einen Hinweis auf die Ursache dieses Morastes.

»Okay, hier oben ist es trockener«, sagte David an einer etwas erhöhten Stelle, die näher am Haus lag, »und die Nässe fängt direkt unterhalb an. Ich bin mir ziemlich sicher, dass das Wasser eher bergab als bergauf fließt, wenn wir also ungefähr an dieser Kontur entlanggraben, finden wir hoffentlich was.«

»Was zum Beispiel?«

»Ein Rohr zum Beispiel.«

Und so fingen sie wieder an zu graben, diesmal am anderen Ende der Weide, eine Strecke von etwa zehn Metern knapp oberhalb der Matschfläche. Sie gruben ungefähr dreißig Zentimeter tief und hoben die Soden heraus. Doch sie fanden nichts.

Mitten am Nachmittag waren sie der Lösung noch kein bisschen näher. Beide Männer waren schlammverspritzt, von den Stiefeln bis zu den Haaren, und die flotten Sprüche, die sie sich den Tag über gegenseitig zugeworfen hatten, waren verstummt. Auch David spürte, wie Ärger in ihm aufstieg.

»Früher hätt es jemand gegeben, der so ein Rohr mit einer Wünschelrute hätte finden können«, sagte David. »Maggies Vater hat das immer gemacht, wenn ich mich recht erinnere.«

»Na ja, ich kann dir ja ein paar alte Kleiderbügel holen, falls du es mal probieren willst. Oder ich kann nachschauen, ob sein Geist noch irgendwo rumhängt.«

»Pff.« David rammte einen Stiefel in die Erde.

Nun schauten sich beide Männer um, als würde eine Lösung irgendwie durchs Tal schweben oder oben auf dem Hügel auf der anderen Bachseite thronen. Sam hatte längst genug von den Hasen, die alle sehr vernünftig unter der Erde blieben. Nach dem Mittagessen hatte er sich ein paar Meter entfernt zusammengerollt, aber seit einer halben Stunde ging er David auf die Nerven, strich um seine Beine herum, als suchte er eine Beschäftigung. Auch er war schlammverspritzt.

»Oh, verdammt, Sam, geh doch endlich nach Hause!« David deutete zur Straße hoch, und der Collie trollte sich, drehte nur einmal den Kopf, um nachzuschauen, ob er auch richtig verstanden hatte, und trottete dann stumm die Weide hoch, kroch unter dem Tor hindurch und lief aufs Haus zu.

Als es fünf Uhr wurde, war die Wiese kreuz und quer von Gräben und Kanälen unterschiedlicher Tiefe durchzogen, einige trocken, andere durchtränkt, und sowohl David wie Sandy lehnten auf ihren Spaten, erschöpft, frustriert, aber noch nicht bereit aufzugeben.

»Es sollte nicht so verdammt schwierig sein«, sagte Sandy.

»Nein, sollt es nicht. Aber ich bin mir nicht sicher, ob mein Rücken mich noch weitermachen lässt. Vielleicht sollten wir morgen schauen, ob wir mehr Hilfe bekommen. Oder nächstes Wochenende.«

»Mehr Hilfe? Von wem denn?«

»Na, Terry zum Beispiel. Oder Ryan.«

»Ryan?«, sagte Sandy. »Na, der wäre genau der Richtige.«

»Was? Der scheint doch ganz in Ordnung zu sein. Vielleicht nicht der Geschickteste, aber der warst du auch nicht, als du hierherkamst.«

»Ganz in Ordnung? Ryan? Na, der hat dir ganz schön was vorgemacht.«

»Was meinst du damit?«

»Ach, nichts.«

»Na, irgendwas hast du doch gemeint.«

Sandy zögerte.

»Er zieht dich über den Tisch. Hast du das gewusst? In gewisser Weise wenigstens. Tut so, als wären sie bedürftig, damit sie das Haus billig von dir bekommen. Er hat in der Stadt ein großes Haus, das er vermietet. Er verdient an dir ein Vermögen.«

David schaute Sandy direkt an. »Stimmt das?«

»Ja, das hat er mir selber erzählt.«

»Hm.« David machte sich wieder ans Graben. Er spürte Wut in sich aufsteigen, als wäre er eben gedemütigt worden, von Sandy wie auch von Ryan.

Sandy rammte seinen Spaten in den Graben, den er eben ausgehoben hatte, als hätte ihn die gleiche Wut gepackt. Dann hielt er inne. Er zog das Blatt heraus uns stieß es wieder hinein, doch diesmal sanfter. Er kniete sich hin. David schaute zu ihm und bemerkte die Veränderung, als Sandy mit den Fingern im Schlamm zu wühlen begann und den Boden vor seinen Füßen anstarrte.

»Scheiße, ja!«, rief er und schaute zu David hoch. »Ich hab ein blaues Rohr gefunden!«

*

»Hilfst du mir, diese Kommode aus dem Auto ins Haus zu schaffen?«, rief Jo und streckte den Kopf durch die Vordertür in die Diele. Sie wartete ein paar Sekunden, kehrte dann zum offenen Kofferraum zurück und versuchte, die Kommode herauszuwuchten. Wenn sie es schaffte, die Beine nach oben zu drehen und dann die Platte über die Kante des Kofferraums zu ziehen, würde sie glatt auf die Einfahrt rutschen. Aber sie hatte Schwierigkeiten. Das Ding war schwerer, als es aussah, und hatte gerade hinten ins Auto gepasst, bei umgeklappten Rücksitzen, so dass sie nicht viel Spielraum hatte. Sie brauchte ein zweites Paar Hände.

»Na, komm schon, Ryan!«, rief sie.

In Shorts und einem T-Shirt, einen halb gegessenen Apfel in der Hand, tauchte er im Türrahmen auf. Seine Haare standen seitlich ab. Er sah nicht aus, als hätte er geduscht. Er sah nicht aus, als wäre er seit mehr als zehn Minuten aus dem Bett, obwohl es fünf Uhr nachmittags war.

»Warum brauchen wir eine Kommode?«, fragte er, ohne sich zu rühren. »Wir haben doch schon eine.«

»Ja, wir haben eine. Und wir brauchen noch eine. Außerdem gefällt mir die. Ich hab sie im Gebrauchtwarenladen gesehen, und sie hat mir gefallen. Ich wollte sie zu Hause haben. Ist das okay?«

»Na ja, wahrscheinlich.«

»Und der Mann im Laden war so freundlich, mir zu helfen, sie ins Auto zu schaffen. Und wärst du jetzt so freundlich, mir zu helfen, sie wieder rauszuholen?«

»Ja, aber du hast ihn dafür bezahlt, nicht?«

Jo mühte sich weiter mit der Kommode ab. Sie hatte die Beine jetzt auf der Kofferraumkante und nahm eins in jede Hand, um sie herauszuziehen. Sie war sich nicht sicher, ob sie es schaffte, ohne entweder die Platte zu zerkratzen oder die Kommode auf den Boden fallen zu lassen, aber sie weigerte sich aufzuhören. Sie wollte Ryan nicht das Gefühl geben, dass er notwendig war, auch wenn es im Augenblick wahrscheinlich stimmte. Zumindest war irgendjemand notwendig. Er fühlt sich sehr gern gebraucht, dachte sie und stemmte sich gegen das Gewicht. Und nicht nur auf die Art, wie jemand es genießt, geschätzt zu werden. Es war eher so, dass er es liebte, wenn sie etwas nicht ohne ihn schaffte. Er liebte es, ihre Schwäche zu sehen. Sie zog noch einmal. Die Kommode bewegte sich ein Stück und verkantete sich dann. Es war merkwürdig – am Anfang ihrer Beziehung hatte er anerkennend davon gesprochen, wie geschickt sie war, wie zupackend. Aber jetzt stand er da und sah zu, wie sie mit etwas zu kämpfen hatte, als wäre das eine Form der Unterhaltung. Jo fragte sich, ob die Dinge, die man anfangs an einem Menschen schätzt, irgendwann zu genau den Dingen werden, die einen an diesem Menschen abstoßen.

»Verdammt noch mal!« Sie zerrte noch fester. Nichts.

Ryan kam in Strumpfsocken herausgestapft. »Vorsicht«, sagte er, »sonst beschädigst du sie.« Er bugsierte die Kommode wieder in den Kofferraum und korrigierte den Winkel. Mit vereinten Kräften brachten sie sie problemlos heraus. Sie stellten sie auf die Einfahrt, und Ryan untersuchte sie, zog Schubladen auf, strich mit den Fingern über den Lack, als würde er die Qualität prüfen. »Schönes Ding«, sagte er. »Wo soll sie hin?«

»Oben auf den Treppenabsatz.«

»Hm, ich hatte gehofft, dass du das nicht sagst.«

»Tut mir leid, aber genau dort kommt sie hin.«

»Ja, okay.« Ryan packte das eine Ende und schlurfte rückwärts, den Kopf so weit gedreht, wie er konnte, während Jo das andere Ende nahm. Er zwängte sich durch die Tür, wobei seine Ellbogen den Türstock streiften, und sie folgte ihm und versuchte, nicht zu stolpern. Im Haus trat sie die Tür hinter sich zu, und dann stiegen sie langsam die Treppe hoch, Ryan zuerst, Jo dahinter.

Auf halber Höhe grinste er und blieb stehen. Er stellte sein Ende ab, ließ es los und ging dann wortlos weiter die Treppe hoch.

»Hey! Wohin willst du? Ryan, komm zurück. Ich falle gleich.«

Sie würde nicht fallen, und das wusste sie auch. Die Kommode war schwer, aber sie konnte sie ohne Schwierigkeiten halten. Da das obere Ende auf der Trittfläche einer Stufe stand, kostete es Jo nicht viel Anstrengung. Aber sie konnte sich nicht bewegen. Sie spürte das Gewicht in ihren Händen. Wenn sie ihr Ende losließ, würde das Möbel fallen oder über sie rutschen. So steckte sie bewegungslos auf der Treppe fest.

Ryan ging auf die Toilette. Er schloss die Tür nicht, sondern machte viel Wind um das, was er tat, machte so viel Lärm wie möglich, zog den Reißverschluss auf, pisste, spülte. Er wusch sich nicht die Hände, sondern kam gemächlich zur Truhe zurück und packte sie wieder.

»Du bist ein verdammtes Arschloch!« Das war alles, was sie sagte. Dann stiegen sie weiter, die sieben Stufen hoch bis zum Absatz.

»Sieht gut aus«, sagte er, als sie an ihrem Platz stand. »Ich hätte keine so breite genommen, aber es ist deine Entscheidung. Es sind deine Möbel.«

»*Unsere* Möbel.«

Er lachte. »Okay, *unsere* Möbel.«

In Wahrheit brauchten sie eigentlich keine zweite Kommode. Die erste, die im Schlafzimmer neben dem Fenster stand, war noch nicht ganz voll. Sie erfüllte ihren Zweck so gut, dass Jo nie auf den Gedanken gekommen war, sie bräuchten eine zweite, bis sie diese sah. Schon während des Kaufs wusste sie – während sie sie im Laden bewunderte, sich vor dem Assistenten darüber ausließ, was für eine gute Qualität sie habe und wie nützlich sie sein werde und wie froh sie sei, dass sie an diesem Nachmittag in den Laden gekommen sei, obwohl sie es gar nicht beabsichtigt habe –, dass es nicht wirklich darum ging, Platz für ihre Pullover und Jeans zu schaffen. Sie kaufte diese Kommode nicht, weil sie Platz für überzählige Habseligkeiten brauchte.

Als Jo sechzehn war, entwickelte ihre Mutter die Angewohnheit, jeden Freitagabend Blumen zu kaufen. Nach der Arbeit ging sie zum Floristen, suchte sich Rosen oder Nelken aus, etwas Farbenfrohes, etwas Leuchtendes, etwas Schönes, und brachte sie dann nach Hause. Sie beschnitt die Enden im Spülbecken, warf die Handvoll Abschnitte auf den Kompost und arrangierte die Blumen in einer hohen Kristallvase, die im Wohnzimmer neben dem Fernseher stand. Dort blieben sie bis zum nächsten Freitag, dann wurden sie ausgetauscht. Obwohl diese Angewohnheit ohne Vorwarnung einsetzte – Jo konnte sich an Blumen im Haus vor dieser Zeit nicht erinnern, außer bei besonderen Anlässen –, sorgte das plötzliche Auftauchen der Sträuße nicht für Diskussionen in der Familie. Doch Jo erkannte ihre zunehmende Bedeutung, nicht nur als wöchentliches Ritual, sondern auch durch ihr Vorhandensein. Wenn sie manchmal abends zu ihrer Mutter schaute, sah sie, dass sie gar nicht in den Fernseher starrte, sondern die Vase auf dem Sideboard betrachtete, als wäre sie verzaubert von ihrem Inhalt.

Die Blumenkaufphase dauerte ungefähr ein Jahr. Kurz nach Jos siebzehntem Geburtstag lief sie aus. Das erste Stadium begann, als ihr Vater an einem Donnerstag einen Strauß mitbrachte und ihn in die Vase stellte. Er machte keine große Sache daraus – es gab keine Ankündigung und keinen Witz darüber –, sondern arrangierte sie einfach und wartete darauf, dass seine Frau sie bemerkte. Als sie später an diesem Abend ins Wohnzimmer kam, nachdem das Abendessen vorüber und das Geschirr abgewaschen war, blieb sie stehen, schaute sich die Blumen an, ging dann zu ihnen und beugte sich über sie, um daran zu riechen.

»Hast du die gekauft?«, fragte sie Jo, die im Lehnsessel lümmelte und *EastEnders* schaute.

»Nein!«, schnaubte Jo, als wäre der Gedanke absurd, was er auch war.

Ihre Mutter verließ das Zimmer, sichtlich nicht überzeugt, dass ihr Mann derjenige sein konnte, der für eine solche Tat verantwortlich war. Aber so war es. Und in den Monaten, die folgten, kaufte er noch mehr. Natürlich nicht jede Woche und nicht immer an einem Donnerstag. Einmal kauften sie an einem Freitag beide einen Strauß, und in dieser Woche standen zwei Vasen mit Blumen im Wohnzimmer, zu beiden Seiten des Fernsehers. Danach hörte ihre Mutter auf, sich selbst regelmäßig Blumen zu kaufen. Sie schien erfreut über die gelegentliche, unvorhersagbare Aufmerksamkeit ihres Gatten, und manchmal stand ein Strauß fast vierzehn Tage da, bis einer der beiden ihn ersetzte. Und manchmal verwelkten die Blüten und ließen die Köpfe hängen, bevor einer von ihnen Gelegenheit hatte, zum Floristen zu gehen. Wenn die ersten Blütenblätter fielen, nahm sie den ganzen Strauß und warf ihn weg, und dann stand die Vase einige Tage lang leer, als wartete sie auf die nächste Lieferung.

Schließlich, eines Freitags, fast sechs Wochen nachdem die letzten Blütenblätter verwelkt und abgefallen waren, stellte Jos Mutter die Vase in den Schrank zurück und schloss die Tür. Sechs Monate später verließ Jo ihr Zuhause. Es dauerte Jahre, bis sie wieder an die Blumen dachte. Eines Samstags, nachdem sie und Ryan zusammengezogen waren, brachte er einen Bund Tulpen aus dem Supermarkt mit. Und obwohl sie Tulpen hasste und schon immer gehasst hatte, steckte sie sie in ein hohes Glas und stellte sie auf den Tisch im Esszimmer. Doch sie hatte noch immer keinen Grund, eine Vase zu kaufen.

Als sie jetzt vor dieser leeren Truhe stand, hatte Jo einen unerwarteten Gedanken: Mit Blumen obendrauf würde sie gut aussehen. Nichts Protziges oder Pompöses, nur ein paar Glockenblumen oder Primeln, so etwas in der Richtung. Sie würden perfekt aussehen, wenn man die Treppe hochkam, wie sie so leuchtend und einladend dastanden. Sie würden das ganze Haus heimeliger machen. Vielleicht würde sie morgen zu Mary gehen und fragen, ob sie in ihrem Garten ein paar pflücken dürfe.

Und dann fiel es ihr wieder ein, und sie spürte, wie sich ihr Magen vor Schuldbewusstsein verkrampfte.

Die ganze letzte Woche hatte Jo die Erinnerung an die Party verdrängt. Sie hatte sich Mühe gegeben, sie zu vergessen. Schließlich war da nicht viel, was einem leidtun konnte. Nur ein Augenblick einer gedankenlosen Umarmung. Und trotzdem tat es ihr leid. Nicht was sie getan hatte – das war nichts, wirklich nichts –, sondern weil es sich, nachdem man sie ertappt hatte, nicht nach nichts anfühlte. Allein die Tatsache, dass sie sich schuldig fühlte, war ein Beweis für ihre Schuld. Und die Tatsache, dass gerade Mary sie ertappt hatte, machte es noch schlimmer.

Sie fragte sich danach, ob sie zu ihr gehen und alles erklären sollte. Der Gedanke, dass Mary sie vielleicht verurteilte, dass sie vielleicht dachte, Jo hätte genau das getan, wonach es aussah, war schmerzhaft. Fast so schlimm wie die Angst, dass Mary jemand anders davon erzählen konnte. Es wäre nicht schwer zu erklären, wenn sie sich nur dazu überwinden könnte. Die Wahrheit wäre überzeugend genug: dass sie betrunken, traurig und verwirrt gewesen war, *es war ja nur eine Umarmung, du meine Güte!* Aber irgendwie konnte sie sich nicht vorstellen, dass diese Unterhaltung tatsächlich stattfand. Sie konnte sich nicht vorstellen, dass sie sich jemandem anvertraute.

Jo setzte sich oben auf den Treppenabsatz. Ryan war schon längst ins Wohnzimmer gegangen, und sie konnte das Murmeln des Fernsehers durch die geschlossene Tür hören. Wie es klang, schaute er Nachrichten, schaute zu, wie die Welt passierte, weit weg. Im Augenblick konnte sie ihm noch nicht gegenübertreten, nicht mit diesem Schuldbewusstsein, das so laut in ihr tönte, deshalb ging sie wieder nach draußen, in die Stille des frühen Abends. Sie bog links ab und ging die Straße hoch, vorbei an

Kettlester, dann an Bayview. Sie ging weiter bis zum Ende der Straße, drehte sich an der Kreuzung um und schaute über das Tal hinweg.

Lange stand sie so da, ließ den Blick einfach schweifen, eine Weile an einen Zaunpfosten gelehnt. Keine Autos kamen vorbei. Auch keine Menschen. Nur die Schafe, die Vögel und der Bach bewegten sich zwischen ihr und dem Meer. Ganz hinten lag ein flacher Schleier aus Nebel über dem Wasser, als würde er auf der Lauer liegen, und die Luft wurde kalt.

Sie zog ihre Jacke eng um sich und ging zum Red House zurück. Auf der Wiese gegenüber Kettlester sprangen und rannten Lämmer in Gruppen umher. In diesen Abendstunden verließen sie ihre Mütter und tollten über die Weide, euphorisch, ekstatisch, ungezügelt. Jo blieb kurz stehen, um zuzuschauen, lächelte fast gegen ihren Willen und ging dann weiter zum Haus zurück.

»Was gibt's zum Abendessen, Liebling?«, rief Ryan, als sie das Haus betrat und die Tür schloss. Der Fernseher plärrte noch immer, und Jo antwortete nicht. Stattdessen ging sie halb die Treppe hoch und setzte sich wieder, auf dieselbe Stufe wie vor zwanzig Minuten. »Hallo?« Er versuchte es noch einmal, und wieder reagierte sie nicht. Sie schlang die Arme um die Knie und legte das Kinn darauf, wie sie es als Teenager getan hatte.

Schließlich kam Ryan aus dem Wohnzimmer, stieg die Treppe hoch und setzte sich neben sie. Er legte den Arm um sie und drückte sie leicht. »Tut mir leid«, sagte er. »Manchmal bin ich ein Arschloch. Auch wenn ich es gar nicht sein will.«

Jo legte ihm den Kopf auf die Schulter. »Ja. Das bist du.«

»Ich koche heut Abend«, sagte er. »Worauf hast du Lust?«

Mittwoch, 25. Mai

Es war der erste wirklich warme Sommermorgen. Terry saß draußen, auf der grünen, halb verfaulten Bank neben der Haustür. Der Himmel war klar, und die Sonne hing träge über dem Tal. Er spürte sie auf dem Gesicht, auf seinen Wangen und Lidern. Er spürte sie in den Haaren und zwischen seinen Fingern. Er konzentrierte sich auf diese Stellen, an den Rändern seines Körpers, wo die Wärme ihn so sanft hielt, als wollte sie ihn in den Schlaf wiegen. Er nahm einen Zug von seiner Zigarette und trat sie dann auf der Steinplatte vor seinen Füßen aus.

Eine Brise leckte an seinen Knöcheln, kam aber nicht höher. So geschützt vom Haus, wie er hier saß, wirkte die Luft um ihn herum fast vollkommen still. Tage wie diesen gab es selten im Jahr, nie genug. Er hatte vorgehabt, am Nachmittag in die Stadt zu fahren, um einige Besorgungen zu machen, entschied aber, es sein zu lassen. Warum irgendwo anders sein, an einem Tag wie diesem?

Mit geschlossenen Augen konzentrierte Terry sich auf die Geräusche des Tals. Die Namen der meisten Vögel kannte er nicht, konnte sie sich nicht einprägen, wie andere es konnten. Aber wenn er sich konzentrierte, erkannte er einige. Das Pfeifen, das hinter ihm aufstieg, vom Strand her, kam von Austernfischern. Und das süße, flötende Lied, das von der Straße her tönte, musste eine Amsel sein. Irgendwo über dem Tal schwebte eine Lerche, aber die hätte er auch mit offenen Augen nicht gesehen. Und das war eine Art Möwe, vielleicht eine Große Raubmöwe, dieses gutturale Krächzen vom Hügel über dem Haus. Von den übrigen hatte er keine Ahnung. Die Luft war erfüllt von Gesängen und Rufen, die er nicht entwirren konnte.

Von weiter oben im Tal kamen das Kreischen einer Säge – wahrscheinlich von David – und eine Stimme, doch er konnte nicht sagen, wessen. Es gab auch noch ein weiteres beharrliches Geräusch, und da er auf anderes konzentriert war, brauchte er eine Weile, bis er dieses Geräusch als Schritte identifizierte, die die Straße hochkamen. Er wartete, bis die Schritte dicht vor dem Tor waren, und öffnete dann die Augen. Es überraschte ihn, dass er die Besitzerin dieser Füße nicht kannte. Eine Frau von etwa fünfzig Jahren: kurze Haare, schlank, lächelnd. Er hatte sie schon irgendwo einmal gesehen, aber er wusste nicht, wann.

»Hallo«, sagte er und blinzelte in die Sonne.

»Hi«, sagte die Frau. »Du musst Terry sein.«

»Ja, das bin ich. Aber ich weiß nicht so recht, wer du bist.«

»Ich bin Liz. Sandys Mam. Ich wohne im Augenblick bei ihm.«

»Ah, okay. Das erklärt es. Ich dachte, ich hätte dich schon mal gesehen. Vor ein paar Tagen, beim Spazierengehen.« Er lehnte sich zurück. »Ein wunderschöner Tag.«

»Ja, ganz erstaunlich. Ich glaube nicht, dass es solche Tage irgendwo anders gibt. Zumindest fühlen sie sich woanders nicht so an.«

»Ja, da könntest du recht haben. Vielleicht ist es nur so, dass man an anderen Orten nicht so dankbar für die Sonne ist. Man nimmt sie für selbstverständlich. Aber hier kann man sie auf jeden Fall nicht für selbstverständlich nehmen.«

»Nein, das kann man nicht.« Liz lachte und schüttelte den

Kopf. »Dankbar sein. Ja, da könntest du recht haben. Daraus könnte man eine Lehre ziehen.«

Terry gähnte, streckte die Arme nach oben und bedeckte dann, zu spät, den Mund. »Willst du irgendwohin«, fragte er, »oder gehst du einfach nur spazieren?«

»Ach, nur spazieren. Ich dachte, ich geh vielleicht mal zu Mary und sage hallo. Ich bin schon mehr als zwei Wochen da, und der Einzige, den ich bisher kennengelernt habe, ist David.«

»Na ja, mich kennst du auch noch nicht, und ich wollte eben Kaffee machen. Wenn du Zeit hast, bist du herzlich eingeladen.«

»Danke. Kaffee brauche ich im Augenblick nicht. Aber wenn du ein Glas Saft oder so was hast, das wäre toll.«

»Wasser kann ich dir bringen. Ist das okay. Oder Bier?«

Liz lachte noch einmal, eine Art kurzes Schnauben mit straffen Lippen. »Ich denke, für Bier ist es noch ein bisschen früh. Aber Wasser wäre perfekt.«

»Ah, du hast wahrscheinlich recht. Wasser ist das Richtige.« Er stand auf und ging ins Haus, brachte den Kessel zum Kochen und brühte Kaffee auf. Er suchte nach Keksen, fand aber keine. Nach der Helligkeit draußen wirkte das Haus dunkel und kalt. Er ging wieder in den Garten.

»Und?«, fragte Terry, als er sich wieder auf die Bank setzte, auf der Liz bereits Platz genommen hatte. »Wie lange bleibst du zu Besuch?« Er gab ihr ein hohes Glas Wasser und stellte seine Tasse auf den Boden neben seinen Füßen.

»Ach, ich weiß noch nicht so recht. Ich habe ein paar unruhige Zeiten hinter mir, und ich brauchte eine Pause. Doch ich denke, wenn ich einen Job finde, gehe ich wieder nach Hause. Ich war schon zu lange weg.«

»Nach Hause?«

»Ja, na ja, wir sind hier heraufgezogen, als ich dreizehn war. Mein Dad arbeitete in Sullom Voe, und ich war danach noch etwa fünfzehn Jahre hier. Also ist das eine Art Zuhause, aber es ist irgendwie kompliziert. Meine Eltern sind schon vor Jahren weggezogen, und ich war schon sehr lange nicht mehr hier.«

Terry nickte. In den drei Jahren, die er Sandy kannte, war dies das erste Mal, dass er von Liz erfuhr. Das kam ihm merkwürdig vor. Er hatte Sandy nie direkt nach seiner Familie gefragt. Eine so enge Freundschaft hatten sie nicht. Aber Mütter sind etwas, das in Unterhaltungen immer zur Sprache kommt, wie Jobs, Politik, Musik. Ohne wirklich darüber nachzudenken, hatte Terry angenommen, dass Sandys Mutter tot war. Und jetzt saß sie hier quicklebendig neben ihm.

»Wie lange lebst du schon hier, in dem Tal, meine ich?«

Terry trank einen Schluck Kaffee. »Ach, ich habe dieses Haus schon eine ganze Weile«, sagte er. »Zwölf Jahre vielleicht. Aber bis vor kurzem bin ich zwischen hier und der Stadt hin- und hergependelt. Jetzt lebe ich vorwiegend hier.«

Liz nickte. »Dann gefällt dir das Tal?«

»Heute schon.«

»Das kann ich verstehen. Es ist wunderschön hier.«

»Sandy gefällt es auch, glaube ich. Na ja, weiß ich.«

»Er hat mir noch nicht wirklich gesagt, was er davon hält.« Liz seufzte. »Er hat überhaupt noch nicht viel gesagt.«

»Hm, ja, ein Sprücheklopfer ist er nicht.«

»Auf jeden Fall nicht bei mir. Ich kriege kaum ein Wort aus ihm raus.«

Terry fiel ein, dass es fast einen Monat her war, seit er mit seiner eigenen Mutter zum letzten Mal gesprochen hatte, und drei Monate, seit er sie zum letzten Mal gesehen hatte. Vielleicht sogar länger. Als Jamie noch jünger war, redeten sie dauernd miteinander und besuchten sich häufig. Seine Eltern lebten nur wenige Straßen entfernt und liebten es, Zeit mit dem Jungen zu verbringen, miteinbezogen zu werden. Aber in letzter Zeit brachte er den Willen dazu einfach nicht auf. Er hatte ihnen nichts Neues zu erzählen, und er wollte nicht hören, wie enttäuscht sie waren, dass seine Ehe in die Brüche gegangen war. Das musste er sich nicht anhören.

Die Enttäuschung seiner Eltern war eine Last, die Terry nicht einfach abschütteln konnte. Vor allem nicht, weil sie eher unterstellt als ausgesprochen war. Seine eigene Enttäuschung nahm ihre vorweg, war geformt vom Wissen über ihre Erwartungen und ihre Hoffnungen. Wenn er unglücklich war, vergrößerte der Gedanke, dass sie ihn sich glücklich wünschten, noch seine Melancholie. Wenn er schlechte Entscheidungen traf, verfluchte er sich in ihrem Namen. Als er verlor, was er eigentlich hätte festhalten sollen, schien die ganze Welt unter ihrer Anleitung über ihn den Kopf zu schütteln. Die unerschütterliche Fürsorglichkeit seiner Eltern erschien ihm, in den Zeiten, in denen er sie am meisten brauchte, ungeheuerlich und ungerecht. Und so gab er sich größte Mühe, ihr aus dem Weg zu gehen.

Wenn er die Nummer seiner Mutter auf dem Telefondisplay sah, ging er nicht dran. Meistens schrieb er ihr ein paar Minuten später eine E-Mail, dass es ihm gut gehe, er aber viel zu tun habe, weil er wusste, dass sie mit dem Antworten Schwierigkeiten hatte. Ihre Finger konnten das Tastaturfeld einfach nicht flüssig bedienen, wenn sie deshalb schrieb, dann selten mehr als wenige Worte. *Ok, alles Liebe. Bis bald.* Er las sie und löschte sie. Es war nicht nur ein Akt der Sabotage, dieses Schweigen, das er ihr aufzwang. Es war ein Akt der Selbstverteidigung.

»Gut, dass du hier bist«, sagte er zu Liz. »Denke ich zumindest.«

»Danke, Terry.« Sie drehte sich und lächelte ihn an. »Ich hoffe, Sandy sieht das irgendwann auch so.«

Terry nickte. »Da bin ich mir ganz sicher.« Was für eine dumme Bemerkung. Er hatte keine Ahnung von ihrer Situation, keine Ahnung, ob er recht damit hatte. Aber es klang tröstend, und Liz sah aus, als bräuchte sie etwas Trost.

Stille senkte sich zwischen sie, dann füllte sie sich wieder mit Klängen. Das Tal summte vor Leben.

»Die Vögel sind wunderschön, nicht?«, sagte Liz. »Wenn ich im Süden bin, fallen sie mir kaum auf, aber hier sind sie wie eine Schicht, die man nicht abschälen kann.«

»Ja, das habe ich mir vorhin auch gedacht. Um ehrlich zu sein, meistens bemerke ich sie gar nicht. Vielleicht sollte ich anfangen, mir ihre Namen zu merken, damit ich sie erkennen kann.«

»Ach, aber das könnte das Vergnügen verderben. Vielleicht ist es besser, sie nicht zu kennen, um sich das Geheimnis zu bewahren.«

»Inwiefern?«

»Na ja, manchmal verlieren die Dinge ihren Zauber, wenn man sie auseinandernehmen kann.« Sie lachte, trank dann einen Schluck Wasser.

Liz erinnerte Terry an irgendjemanden. Anfangs war er nicht darauf gekommen, an wen, aber dann wurde es ihm klar. An Christine, ein Mädchen, das er vor Jahren gekannt hatte, kurz nachdem er die Schule verlassen hatte. Sie waren nicht gerade Freunde gewesen. Sie war befreundet mit Leuten, die er kannte, aber er war kein einziges Mal allein mit ihr. Er erinnerte sich, dass sie manchmal so redete, in Rätseln, mit einer Art unbestimmten Gewissheit, als hätten die Vieldeutigkeiten der Welt etwas Absolutes ergeben, das sie kannte, aber aus Schüchternheit nicht verraten wollte.

Terry hatte Christine immer gemocht. Er mochte das Selbstvertrauen, mit dem sie redete und ihre Überzeugungen bekundete, und er mochte die Art ihres Auftretens. Sie kannte Bands, von denen noch keiner je gehört hatte, las Bücher, die niemand kannte. Sie zog sich anders an, trug weitere, buntere Sachen, als es zu der Zeit Mode war. Manchmal setzte sie sogar ein Barett auf, das sie, wenn er sich recht erinnerte, bei einem Urlaub in Paris gekauft hatte. Hier in Shetland sah es lächerlich aus, und sie wurde oft gehänselt, aber sie trug es trotzdem. Auch dafür bewunderte er sie. Sie war mutiger als er. Er fühlte sich immer gehemmt von den Erwartungen anderer. Nicht nur denen seiner Eltern, sondern auch von Freunden und Kollegen. Er wollte die Person sein, die andere in ihm sehen wollten, weil er letztendlich eine Heidenangst davor hatte, ein anderer zu sein.

Terry hatte damals meist Distanz gehalten zu Christine, da ihre Unabhängigkeit ihn ebenso nervös machte, wie sie ihn faszinierte. In den Jahren seither hatte er sich manchmal gefragt, was sie wohl aus ihrem Leben gemacht hatte. Er dachte an sie öfter als an die meisten seiner Schulfreunde. Vor ein paar Jahren hatte er sie auf Facebook gesucht, aber dort war sie nicht zu finden. Irgendwie hatte er das auch nicht erwartet, aber es enttäuschte ihn trotzdem.

Liz erinnerte ihn an Christine nicht nur in ihrer Redeweise. Da war noch etwas anderes, etwas Ungefestigtes, als wüsste sie noch immer nicht genau, wer sie sein wollte. In gewisser Weise fand er das charmant, damals wie heute. Aber bei einer Mutter war das ungewöhnlich. Es ließ Liz jünger wirken, als sie war. Jünger, als *er* es war.

Terry schloss die Augen und konzentrierte sich wieder auf die Sonne auf seiner Haut. »Das ist wunderbar«, sagte er. »Ich glaube, ich bleib den ganzen Tag hier sitzen, hol mir einen Sonnenbrand, und am Abend leg ich mich dann auf die Couch und schaue die Nachrichten. Mein vollkommener Tag.«

»Die Nachrichten?« Liz verzog das Gesicht. »Klingt nicht nach viel Spaß.«

»Doch, und ob! Ich liebe es, das Chaos draußen im Rest der Welt zu sehen, während ich hier bin, weit weg von diesem ganzen Blödsinn. Ich hab dann das Gefühl, dass ich viel Glück habe oder so. Ansonsten hab ich nicht so viel Grund, glücklich zu sein.«

»Meinst du das ernst?«

»Nein. Na ja, doch. Irgendwie.« Er grinste. »Ich weiß nicht. Ich weiß eigentlich nicht so genau, wovon ich rede. Ich rede halt nur.«

»Ich glaube, ich weiß, was du meinst«, sagte Liz nach einer Pause. »Auch wenn du es nicht ernst meinst. Ich glaube, ich verstehe.«

»Dankbar sein. Das meine ich. Wie ich zuvor gesagt habe. Meine Lektion für den Tag.«

»Ja, das stimmt. Ich glaube nicht, dass du gemeint hast, sich über das Pech anderer zu freuen, aber … du weißt schon … Schätze, man muss es sich holen, wo man es kriegt, oder?«

»Genau.« Terry lachte. Dann sagte er mit ernstem Gesicht: »Ich bin kein Scheusal, weißt du. Nicht wirklich.«

»Na gut, dann nehme ich dich mal beim Wort.«

»Das ist nett. Viele Leute geben gar nichts auf mein Wort.«

»Das kann ich mir gut vorstellen.«

Terry bekam allmählich Spaß an der Sache. Es war nicht unbedingt flirten, was sie da taten. Aber es fühlte sich gut an.

»Danke fürs Wasser«, sagte Liz und stand auf. »Ich gehe jetzt weiter. Aber es war schön, dich endlich kennenzulernen.« Sie lächelte noch einmal, ein merkwürdiges, dünnlippiges Lächeln.

»Na, dann schau mal wieder vorbei, wenn du Lust hast«, sagte er. »Ich bin selten im Stress.«

Sie lachte. »Das mache ich wirklich. Bis bald dann. Genieße den Sonnenbrand und das Chaos.«

Er hob die Hand und winkte.

Mary schaute durch das kleine Fenster neben dem Herd. Sie hatte Liz schon ein paarmal gesehen, wie sie die Straße entlangging, wenn Sandy bei der Arbeit war. Sie hatte sofort gewusst, wer sie war. Die Art, wie sie ging, wie sie ihren Körper hielt, erinnerte Mary an ihn. Wie ihre Schultern hingen und die Arme schwangen. Und jetzt kam sie die Auffahrt zu ihrem Haus hoch. Mary wusch sich die Hände, trocknete sie am Geschirrtuch und nahm die Schürze ab. Dann machte sie sich auf die Begegnung gefasst.

»Hallo«, sagte sie, als die Tür sich öffnete. »Komm rein, komm rein.«

»Tut mir leid, dass ich mit leeren Händen komme, aber ich war einfach nur in der Nähe und dachte mir, ich schau mal vorbei und stelle mich vor.«

»Ach, Unsinn, du musst doch nichts mitbringen. Schön, dass du kommst. David hat mir gesagt, dass du hier bist, also habe ich gehofft, dich bald mal kennenzulernen.«

»In den letzten Wochen habe ich mich ein bisschen versteckt. Musste mich erst mal eingewöhnen.«

»Das ist verständlich. Lange her, dass du das letzte Mal auf Shetland warst, nicht?«

»Ja, Jahre. Um ehrlich zu sein, ich weiß gar nicht mehr, wie viele. Wenn ich es mir recht überlege, ich kann mich wirklich nicht mehr erinnern. Zwanzig vielleicht.«

»Seitdem hat sich viel verändert, nicht?«, sagte Mary. Sie bemerkte keinerlei Verlegenheit an Liz, die diese Bemerkung durchaus hätte auslösen können.

»Bin auf jeden Fall froh, zurück zu sein. Und es ist wunderbar, Sandy wiederzusehen.«

»Ja, bestimmt. Kann ich mir vorstellen.«

Tatsächlich konnte Mary es sich nicht vorstellen. Sie konnte sich überhaupt nicht vorstellen, wie es für Liz sein musste, jetzt wieder bei ihrem Sohn zu sein, den sie verlassen hatte, dem Sohn, für den sie, laut Emma, seitdem absolut kein Interesse gezeigt hatte. Mary wollte Sandy in Schutz nehmen, und sie verspürte auch eine gewisse Empörung über die Frau, die jetzt lächelnd in ihrer Küche saß. Sie versuchte, dieses Gefühl mit Großzügigkeit zu überdecken, aber das war nicht einfach. Dann dachte sie an ihre eigenen Töchter, und sie war erleichtert. Keine der beiden würde je ihre Liebe in Zweifel ziehen, das wusste sie. Keine hätte sie je in Frage gestellt. Dann dachte sie wieder an Sandy.

Die Frauen plauderten etwa fünfzehn Minuten, über das Tal, über die Insel. Mary war höflich, Liz enthusiastisch. Dann klopfte Mary leicht auf den Tisch. Sie stand auf. »Tut mir wirklich leid. Ich habe David versprochen, heute Brot zu backen, und wenn ich jetzt nicht anfange, werde ich nie fertig.«

»Du bäckst dein eigenes Brot, das ist ja wunderbar!«

»Nicht immer, nein. Meistens kaufen wir es im Laden, aber ab und zu versuche ich, ein paar Laibe zu backen. David mag es lieber. Und ich auch. Und jetzt, da ich nicht mehr arbeite, habe ich genug Zeit, deshalb …« Sie zuckte die Achseln.

Sie hatte erwartet, dass Liz sich verabschiedete. Das Brot war keine Lüge gewesen, aber eine Ausrede. Sie hätte leicht nebenbei arbeiten können, aber indem sie es inszenierte, es groß ankündigte, hoffte sie, dass Liz den Wink verstand: Die eine muss arbeiten, die andere muss gehen. Aber so war es nicht.

»Ach, hättest du was dagegen, Mary«, fragte Liz voller Begeisterung, »wenn ich bleibe und dir zusehe? Ich könnte auch mithelfen. Ich habe noch nie Brot selber gebacken, und ich würde es sehr gern lernen. Jetzt, da ich wieder zu Hause bin, habe ich das Gefühl, ich sollte ein paar von diesen Fähigkeiten erwerben, die ich hätte lernen sollen, als ich noch jünger war. Meine Mutter war keine sehr gute Lehrerin. Zumindest kam mir das damals so vor. Aber zum Lernen ist man ja nie zu alt, nicht?«

Liz wartete nicht auf eine Antwort, ging stattdessen zum Spülbecken und wusch sich die Hände.

»Und, womit fangen wir an?«, fragte sie. »Tut mir leid, ich habe absolut keine Ahnung. Kochen kann ich einigermaßen, aber Backen, na ja, da schien ich immer was anderes zu tun zu haben.«

»Sie war wie ein kleines Kind«, sagte Mary später, als David zum Mittagessen nach Hause kam. »So übereifrig, so albern, dass ich gar nicht wusste, was ich zu ihr sagen sollte.« David nickte, zeigte aber kein großes Interesse. Er schaute von seiner Zeitung hoch, wenn Mary sprach, aber sein Blick wirkte abgelenkt. Dennoch musste sie es ihm erzählen.

»Ich dachte, vielleicht schaut sie einfach nur zu, aber nein, sie musste es selber machen. Sie bestand darauf. ›Lass es mich versuchen‹, sagte sie. Na ja, was sollte ich tun? Ich ließ sie den Teig mischen, dann versuchte sie, ihn zu kneten, und sie hatte wirklich absolut keine Ahnung. Sie hatte es noch nie in ihrem Leben gemacht.«

»Hm, ich denke, da kann sie nichts dafür«, murmelte David auf seinem Stuhl.

»Nein, ich weiß, dass sie nichts dafür kann. Das will ich ja gar nicht sagen. Sie stellte sich einfach nur so … so komisch an. Ich hatte den Eindruck, sie wollte, dass ich ihr den Kopf tätschele und sie lobe, als sie es dann endlich geschafft hat. Sie klatschte in die Hände vor Aufregung, als wir den Teig dann endlich in der Schüssel hatten, damit er geht. Und sie wollte bleiben, bis alles fertig war, aber ich musste ihr erklären, dass das Stunden dauert. Sie hat mich gebeten, ihr später einen Laib zu bringen.«

»Sandy kommt auf jeden Fall nicht nach ihr. Ich kann mir nicht vorstellen, dass er vor Aufregung in die Hände klatscht.«

»Na ja, ich denke, dafür sollten wir dankbar sein.«

Jetzt schaute David richtig von seiner Zeitung hoch. »Mary, vielleicht sollten wir ihr eine Chance geben. Ich weiß, warum du sie nicht magst, und ich kann nicht sagen, dass ich von jemand begeistert bin, der einfach so sein Kind verlässt. Aber du weißt, sie ist jetzt hier und versucht, diese Scharte wieder auszuwetzen. Und ich denk nicht, dass wir ihr da Steine in den Weg legen sollten. Sie ist jetzt bei Sandy, und mit ein bisschen Glück raufen sie sich wieder zusammen.«

»Aber sie kann nicht einfach so daherkommen, nach der ganzen Zeit, und erwarten, dass er sie mit offenen Armen empfängt. Das ist nicht richtig! Man kann nicht so tun, als wäre das alles nie passiert.«

»Ich weiß. Aber manchmal kriegt man die Chance, Dinge wiedergutzumachen, und die muss man ergreifen. Sandy muss sehr viel verzeihen. Aber wir müssen nicht für ihn verzeihen. Wir sollten ihr eine Chance geben.«

»Ich komme mir schon so vor, als müsste ich ihr verzeihen.«

»Na ja, vielleicht ist das so, und vielleicht solltest du es tun.«

»Ich will einfach nicht, dass sie ihn ausnutzt.«

»Wie denn ausnutzen? Wenn er nicht will, dass sie bleibt, wird er sie nicht bleiben lassen.«

»So einfach ist das nicht.«

»Warum nicht?«

»Na ja, sie ist seine Mutter. Das wird bestimmt nicht einfach. Sie sitzt am längeren Hebel, wenn sie ohne Vorwarnung einfach so daherkommt.«

»Ich glaub nicht, dass Sandy jemand ist, der irgendjemand am längeren Hebel sitzen lässt. Er wird entscheiden, was er tun muss. Ich vertraue ihm. Das solltest du auch.«

»Ihm vertraue ich ja. Aber ihr nicht.«

»Du musst ihr nicht vertrauen. Noch nicht. Du musst nur höflich sein, freundlich. Lass Sandy mit der Situation umgehen, und respektier seine Entscheidungen.«

Da hörte Mary auf zu argumentieren. Sie wusste, dass David recht hatte, oder zumindest fast, aber sie hatte das Gefühl gehabt, ihren Widerstand aussprechen zu müssen. Sie musste erklären, warum sie Liz nicht mochte, warum sie sie nicht mögen *wollte*. Da sie das jetzt getan hatte, sollte sie vielleicht in der Lage sein, zu vergeben oder zumindest die Situation zu akzeptieren. Doch am liebsten wäre sie jetzt zu Sandy gegangen, um ihn in den Arm zu nehmen, ihn daran zu erinnern, dass ihnen etwas an ihm lag, dass sie an ihn dachten. Aber sie würde es nicht tun. Zu viele Gründe sprachen dagegen.

»Übrigens«, sagte David. »Ich habe noch immer nicht entschieden, was ich mit Ryan und Jo machen soll.«

»Wie meinst du das?«

»Na, du weißt schon. Wegen dem Haus.«

»Hast du schon rausgefunden, ob es stimmt, was Sandy gesagt hat?«

»Nein, ich wollte erst mit dir drüber reden.«

»Na, das scheint mir ein bisschen von hinten aufgezogen. Aber okay.«

»Das ist überhaupt nicht von hinten aufgezogen. Ich will nicht mit Ryan sprechen und dann nicht wissen, wie ich reagieren soll, wenn er sagt, dass es stimmt. Und wenn ich nichts unternehmen will, bringt es nichts, ihn überhaupt zu fragen, oder?«

»Wahrscheinlich nicht.« Mary lächelte. Manchmal konnte die Logik ihres Mannes zugleich komisch und perfekt sein.

»Ich fühl mich allerdings nicht wohl dabei.«

»Ja, das weiß ich. Und du hast recht, es wirkt schon ein bisschen dreist.«

»Und wie dreist das ist. Ich verlange so gut wie nichts für das Haus. Und er verdient mit seinem ein Vermögen. Die machen einen Narren aus mir.«

»Also, das tun sie nicht. Großzügig zu sein macht einen nicht zum Narren.«

»Aber sie nutzen meine Großzügigkeit aus. Wenn ich das gewusst hätte, hätt ich nie so wenig verlangt.«

»Na, dann schmeiß sie raus, wenn dir das so wichtig ist, aber erst, wenn du es sicher weißt.«

»Was sicher wissen?«

»Dass es das Richtige ist.«

»Ach, ich weiß gar nichts sicher, das ist ja das Problem.«

Auch Mary war sich unsicher. Sie war schockiert gewesen, als David ihr von dem Haus in der Stadt erzählt hatte. Es wirkte so unverschämt und falsch. Und doch war es das vielleicht gar nicht. Vielleicht war es ihre Haltung – Marys und Davids –, die altmodisch und unangebracht war. Sie waren naiv gewesen, Ryan dagegen schlau. Es war ihr Fehler, nicht seiner.

Was sie allerdings am meisten schockierte, war die Tatsache, dass Sandy es ihnen verraten hatte. Irgendwie schien er nicht der richtige Bote zu sein. Wieder dachte sie daran, was sie auf der Party gesehen hatte und was es bedeutet haben könnte. Sie dachte an die Umarmung. Im Augenblick war alles etwas kompliziert, mehr wusste sie nicht. Und ihr war es lieber, wenn alles einfach war.

»Ich denke, du solltest ihn einfach fragen. Ruf ihn an und frag ihn direkt. Wenn er ja sagt, kannst du das Gespräch beenden oder was auch immer, und wir können dann noch mal drüber reden. Wenn er nein sagt, musst du gar nicht mehr drüber nachdenken.«

»Außer er lügt.«

»Ich glaube nicht, dass er lügen würde, mein Lieber. Er ist nicht dumm. Für dich wäre es ja einfach, es von jemand anders herauszufinden.«

»Ja, vielleicht.«

»Und es gibt auch noch andere Möglichkeiten. Wenn er ja sagt, könntest du ihm einfach sagen, dass du die Miete erhöhst, auf den Betrag, den er in der Stadt erhält. Dann ziehen sie sowieso mit Sicherheit weg.«

»Ich glaube nicht, dass ich die Miete einfach so erhöhen kann. Das ist nicht erlaubt.«

»Stimmt. Aber sie rausschmeißen auch nicht. Noch nicht. Du kannst ihnen ja sagen, dass sie nach den ersten sechs Monaten steigt, wenn du willst. Dagegen kann er nichts sagen.«

Davids Schweigen deutete darauf hin, dass er ihr zustimmte, wie sie es vermutet hatte.

»Du kannst ihn ja später anrufen, wenn du willst«, sagte Mary.

»Aber ich werde zuerst Emma anrufen, aus dem anderen Zimmer. Willst du auch mit ihr reden, wenn ich fertig bin?«

David schaute wieder hoch, und sein Gesichtsausdruck änderte sich völlig. »Ja, natürlich.«

Als Mary Emmas Stimme hörte, gestattete sie sich, die Komplikationen mit Ryan, Jo, Liz und Sandy beiseitezuschieben. Dadurch wirkte der Tag sofort fröhlicher. Nachdem der Teig zum zweiten Mal gegangen war, schob sie das Brot in den Ofen und ging hinaus in die Sonne. Ein paar Minuten saß sie auf der Bank unter dem Wohnzimmerfenster, bis das Unkraut sie ablenkte.

Der Garten war jetzt wunderschön. Die Lupinen standen in voller Blüte – rosa und blaue Trauben, die sich ans Haus drückten – und auch die purpurnen Pfingstrosen. Nach dem Aufblühen hatten sie die Köpfe gesenkt, weil sie zu schwer waren, um sich aufrecht zu halten, und sie hatte Holzstäbe in die Erde gesteckt und sie daran festgebunden. Jetzt räkelten sie sich wie Hochzeitsgäste, betrunken und prächtig. Doch überall unter den Blumen und zwischen den Steinplatten des Pfads wucherte Unkraut. Es schien fast über Nacht zu wachsen. Immer wieder riss sie es heraus, doch es kam frisch und kräftig wieder. Aber sie jätete weiter, es ging ja nicht anders. Das Unkraut eine Woche, einen Monat wachsen zu lassen würde bedeuten, den Garten aufzugeben, und das brachte sie nicht übers Herz. Nicht, solange sie zum Jäten noch in der Lage war.

Mary kniete sich hin und zupfte an Löwenzahn und Gänsefingerkraut, an Weidenröschen und Frauenmantel. Zwischen den Blumen hörte sie Hummeln, in ihrem Nacken spürte sie die Sonne. Sie riss Unkraut heraus und stopfte es in einen Eimer, bis ein breiter Streifen Erde vor ihr von den Eindringlingen befreit war. Sie setzte sich auf und bewunderte ihr Werk einen Augenblick, dann ging sie wieder ins Haus und öffnete den Herd. In der Küche breitete sich der heiße, trockene Geruch des Brotes aus.

»Allmählich wünsche ich mir, ich hätte Alice diese Sachen nie gegeben«, sagte David, der mit dem Telefon in der Hand ins Zimmer gestürmt kam.

»Was für Sachen, mein Lieber?«, fragte Mary.

»Maggies Sachen. Sie scheint jetzt ganz besessen zu sein. Sie hat mich schon damit gepiesackt, als ich sie vorgestern gesehen hab, und jetzt will sie mich treffen und mir noch mehr Fragen stellen.«

»Na ja, warum hast du sie ihr dann gegeben, wenn du nicht willst, dass sie was fragt?«

»Ich weiß auch nicht. Hab nicht geglaubt, dass sie ihr viel nützen werden. Ich hab mal reingeschaut, und mir kam das alles staubtrocken vor.«

»Also hast du sie ihr gegeben, weil du nicht geglaubt hast, dass sie von Interesse für sie sind?«

»So ziemlich, ja.« Er grinste. »Ich wollte sie einfach loswerden.«

»Na, dann würde ich sagen, es geschieht dir recht.«

Mary lächelte in sich hinein und arbeitete weiter. Die Gedankenwindungen ihres Mannes brachten sie immer zum Lachen. Manchmal konnten sie ziemlich vertrackt sein. Aber lustig, immer lustig.

»Na ja, solange sie nichts zu Persönliches fragt. Wenn diese Tagebücher persönlich gewesen wären, dann hätt ich sie ihr nicht gegeben. Das versteht sie bestimmt.«

»Da bin ich mir sicher, Liebling. Sie ist einfach nur neugierig. Das ist doch verständlich.«

»Na ja, ich kann mir nicht vorstellen, wie sie irgendwas über Maggie schreibt. Was gibt es da zu sagen?«

»Ich habe keine Ahnung. Hat sie dir nicht gesagt, was sie vorhat?«

»Nicht wirklich. Nur, dass sie Maggies Geschichte erzählen will. Aber ich hab keine Ahnung, was das bedeutet.«

»Na, wenn du sie triffst, bitte sie, dass sie es dir erklärt. Dann kannst du entscheiden, wie viel du ihr sagen willst. Klingt das vernünftig?«

»Ja, vielleicht schon.«

»Und, wann triffst du dich dann mit ihr?«

»Wahrscheinlich irgendwann nächste Woche. Ich hab gesagt, ich geb ihr Bescheid. Ich lass ein paar Tage verstreichen, dann hat sie es vielleicht vergessen.«

Mary antwortete nicht.

»Okay. Ich geh jetzt wieder raus. Muss ich heut Nachmittag irgendwas für dich tun, oder kann ich meine Zeit vernünftig verwenden?«

»Nein, ich brauche dich nicht. Schätze, wir essen heute spät, also mach dir keine Gedanken deswegen. Geh raus und treib dich rum.«

Er stellte sich hinter Mary, legte ihr die Hände auf die Schultern und küsste sie oben auf den Kopf.

»Hast du Ryan angerufen?«, fragte sie, als er zur Tür ging.

»Nein, noch nicht. Ich bin noch am Überlegen.«

Freitag, 3. Juni

»Komm rein, komm rein.« Mary trat beiseite, um Alice hereinzulassen. »David ist eben zur Hintertür raus, aber er erwartet dich, also wird er gleich wieder hier sein. Willst du eine Tasse Tee?«

»Ja, das wäre wunderbar, danke.« Alice bückte sich, um den Hund zu kraulen, folgte dann Mary in die Küche, und während der Tee zubereitet wurde, unterhielten sie sich, gingen dann über die Diele ins Wohnzimmer und setzten sich in die breiten blauen Sessel zu beiden Seiten des Kamins. Das Zimmer war gemütlich, mit Teppich und Bildern an den Wänden. Kate und Emma waren überall.

Dann kam David herein, das Hemd zerknittert und halb aus der Hose gerutscht. Er nickte zur Begrüßung und schaute von Alice zu Mary.

»Dein Tee steht neben dem Spülbecken«, sagte sie. Er nickte noch einmal, ging hinaus und kehrte Augenblicke später mit einer Tasse und einer Schachtel Kekse zurück.

»Okay, ich bin so weit. Was willst du wissen?«

Alice dachte sich, dass sie vielleicht eine Liste mit Fragen hätte zusammenstellen sollen oder zumindest irgendetwas Solides für den Anfang, und sie war froh, als Mary sich entschuldigte und wieder in die Küche ging. »Na ja, eigentlich sind es eher allgemeine Sachen, die ich von dir hören will. Ich habe die ganzen Tagebücher und so weiter gelesen, aber ich würde mir gern ein besseres Bild davon machen, was für ein Mensch Maggie war. Ich meine, wie *war* sie so?«

»Wie sie war?« David hob die Augenbrauen, als hätte man ihm eine besonders kniffelige Frage gestellt, »Na ja, ich weiß auch nicht. Sie war einfach Maggie. Schwierig, es irgendwie anders zu sagen.«

»Kannst du es versuchen?«

Er zögerte, redete langsam. »Schätze, man könnte sagen, sie war freundlich, großzügig – zumindest mir gegenüber war sie das immer. Und wenn ich ehrlich bin, würd ich sagen, sie konnte auch stur sein, wie wir alle, nicht?« Er lächelte kurz. »Eigentlich eine starke Persönlichkeit. Man wusste immer, wie man mit Maggie dran war.«

»Wie meinst du das?«

»Na ja, sie war …« Er schien nach der richtigen Formulierung zu suchen. »*Beständig,* schätze ich. Sie war an einem Tag genau so wie am nächsten.«

Alice schrieb, was er gesagt hatte, in ihr Notizbuch, auch wenn es bis jetzt kaum notierenswert erschien. »Sonst noch was?«

»Sie hatte ein verdammt gutes Gedächtnis, das ist mal sicher. Erzählte Geschichten, die sehr weit zurücklagen. Sachen, die passiert sind, noch bevor sie geboren wurde. Über Leute, die mal hier waren, sie konnte dir alles über ihre Beziehungen sagen. Sie hatte über jeden was zu erzählen. Erstaunlich.« Er schüttelte den Kopf. »Manchmal dachte ich mir, ich hab alle ihre Geschichten schon gehört, zu der einen oder anderen Zeit – es war ihr auf jeden Fall nicht zu blöd, sich zu wiederholen –, doch dann kam sie hin und wieder mit etwas, was ich noch nie gehört hatte, sogar über meinen Vater und meine Mutter. Erstaunlich. Aber das ist jetzt natürlich alles verschwunden. Ich kann mich nicht einmal an ein Zehntel dessen erinnern, was sie alles wusste.«

»Das ist schade. Aber hat denn nie irgendjemand ein paar ihrer Geschichten aufgeschrieben? Es klingt, als hätte man es tun sollen.«

»Sie aufschreiben? Ich glaube nicht, dass da irgendjemand außer mir Interesse hätte. Sie wüssten sicher nicht mal, wovon du redest. Nur eine Liste mit Namen. Die auch erfunden sein könnte. Mary kannte die Hälfte von ihnen nicht, obwohl sie seit über dreißig Jahren hier lebt.«

»Ich hätte diese Geschichten sehr gern gehört.«

David zuckte die Achseln. »Hättest du haben können. Sie war nicht schüchtern.«

Alice schaute auf ihr Notizbuch hinunter. Der Sessel hing in der Mitte tief durch, und sie rutschte zur Seite, um etwas höher zu sitzen.

»Also, was genau willst du über sie wissen? Ich meine, was genau schreibst du? Wenn ich das wüsste, könnt ich dir vielleicht besser helfen.«

»Um ehrlich zu sein, das weiß ich selber nicht so ganz genau. Mein Buch ist schon fast fertig – über das Tal, meine ich –, aber ich dachte mir, irgendwas fehlt noch darin. Und ich glaube, Maggie könnte das sein. Ich will eine richtige menschliche Seite darin.«

»Na ja, ein richtiger Mensch war sie mit Sicherheit.« Er grinste, aber Alice tat so, als würde sie es nicht bemerken.

»Ich meine, ich habe über die Geschichte geschrieben, über Pflanzen und Tiere und Vögel und so weiter. Aber ich dachte mir, wenn ich Maggies Geschichte erzähle, könnte ich die menschliche Seite des Tals im Buch zum Leben erwecken.«

»Obwohl sie tot ist?«

»Ja.« Alice war frustriert, sowohl über die eigene Unfähigkeit zu erklären, was sie sich vorstellte, wie auch über Davids Weigerung, sie zu verstehen. Als sie weitersprach, gab sie sich große Mühe. »Also, ich meine, indem ich über Maggie schreibe, glaube ich, etwas über die Gemeinschaft im Tal aussagen zu können.«

»Was ist mit der Gemeinschaft?«

»Das weiß ich noch nicht.«

»Okay.« David nickte und hielt einen Augenblick inne. »Ja, vielleicht. Aber wäre das nicht so, als würdest du über das Ei einer Henne schreiben, um etwas über einen Kuchen zu sagen?«

»Nein, ich glaube ganz und gar nicht, dass es so wäre. Maggie war für die Gemeinschaft doch viel wichtiger, nicht?«

»Na ja, sie ist nicht mehr, und wir sind immer noch da.«

»Ich weiß, ich weiß, aber das ist es nicht, was ich … Ich meine, ich halte das einfach nicht für einen treffenden Vergleich.«

»Gut.« David lehnte sich zurück und trank den letzten Schluck seines Tees. »Aber wenn du ihre Briefe und das alles gelesen hast«, sagte er, »dann kannst du aus denen doch sicher was herausholen, oder?«

Alice wühlte in der Tasche, die sie mitgebracht hatte, und zog zwei der Tagebücher heraus. Sie schlug sie wahllos auf, las laut einen Tageseintrag aus jedem vor und schaute dann wieder zu David.

»Das ist alles«, sagte sie.

»Das ist was?«

»Genau. Das ist alles. Das ist alles, worüber sie schreibt. Arbeit, Essen, Wetter. Aber das kann doch nicht alles gewesen sein, was sie in ihrem Leben hatte.«

David zuckte die Achseln. »Vielleicht schon. Das war ihr wichtig.«

»Das kann ich nicht akzeptieren. Es muss mehr über sie geben.«

»In welchem Sinn?«

»Sie muss doch Gedanken, Gefühle gehabt haben. Sie war doch kein Roboter.«

»Nein, war sie nicht. Aber was gehen dich Maggies Gefühle an?«

Alice hielt inne und schaute David wieder an. Sein Gesicht war ernst, aber nicht wütend.

»Ich suche nicht nach tiefen Geheimnissen oder so. Ich suche nur nach was Menschlichem.«

Er zuckte wieder die Achseln. »Ich weiß nicht, was ich sagen soll. Das alles erscheint mir ziemlich menschlich.«

»Stört es dich nicht, dass Maggie nach achtundachtzig Jahren nichts anderes als das hinterlassen hat: Stapel um Stapel von nicht viel?«

»Nein, überhaupt nicht. Das ist mehr als die meisten Leute. Wenn ich nicht mehr bin, werde ich nichts dergleichen hinterlassen haben, da kannst du sicher sein.«

»Nein, okay. Aber du hast zwei Töchter, zwei Enkel. Die hinterlässt du. Sie sind real. Sie bedeuten etwas.«

David nickte langsam. »Aye, das tun sie. Das stimmt.«

Alice wartete kurz und fragte dann: »Warum hatten Maggie und Walter eigentlich keine Kinder?«

»Ich habe keine Ahnung«, sagte er und dehnte die Wörter, als wären sie Gummibänder, die zurückschnappen könnten. »Darüber hat sie nie geredet. Wenigstens nicht mit mir. Und ich hab sie nie gefragt.«

In diesem Augenblick steckte Mary den Kopf durch die Tür. »Wollt ihr vielleicht noch Tee?«

»Nein, ich habe genug, danke.« Alice lächelte höflich.

»Ich auch. Danke.« David schaute zu seiner Frau hoch. »Hat Maggie mit dir je über Kinder gesprochen?«, fragte er. »Warum sie keine hatte?«

»Nein«, sagte Mary leise. »Hat sie nicht. Ich habe immer angenommen, es ist was Medizinisches. Damals gab es ja kaum Hilfe bei so was. Wenn kein Baby kam, dann kam keins. Und das war's.« Sie überlegte kurz und fuhr dann fort: »Sie hat immer sehr gern auf unsere aufgepasst, als sie noch klein waren, und deshalb, weißt du, kann ich mir nicht vorstellen, dass das ihre freie Entscheidung gewesen ist. Aber ich weiß es nicht.«

»Ja, das war es wahrscheinlich«, pflichtete David ihr bei. »Ich hab bis jetzt eigentlich kaum darüber nachgedacht.«

Alice spürte, wie sich etwas in ihr leicht anspannte, wie eine Hand, die ihr Herz umfasste. Sie sah, dass Mary sich umdrehte und wieder ging, hörte dann ihre Schritte in der Diele und in der Küche. Sie schaute zur offenen Tür.

Nun beugte David sich vor und schaute Alice direkt an. Er wartete, bis sie sich ihm wieder zugedreht hatte, und sagte dann: »Schau, es ist nicht meine Absicht, es dir besonders schwer zu machen. Na ja, in gewisser Weise tue ich das, aber …« Er schaute kurz zu Boden und veränderte dann seinen Blick. »Ich weiß nicht so recht, wie ich das sagen soll. Ich will dich nicht beleidigen. Aber es kommt mir so vor … Ich bin mir nicht sicher, ob du verstehst, worüber du schreibst.«

Alice klappte das Kinn herunter, als hätten seine Worte sich daran geheftet. Sie wusste nicht, wie sie reagieren sollte. Sein Urteil war wie ein Schlag ins Gesicht, und sie spürte Empörung in sich aufsteigen. Aber sie sprang nicht auf und ging. Sie saß nur stumm da.

Letztendlich war es David, der wieder etwas sagte. »Tut mir leid, Alice. Das hätt ich nicht sagen sollen. Vielleicht liegt's an mir. Ich muss zugeben, ich weiß nicht so recht, wonach du suchst.« Er zuckte die Achseln. »Maggie war einfach Maggie, und wenn du über sie schreiben willst, dann glaub ich, du findest alles, was du brauchst, in den Tagebüchern. Ich weiß, für dich klingen sie nach nicht viel, aber sie klingen wie die Maggie, die ich kannte. Arbeit und Wetter: Das war sie.«

Dann stand er auf und nahm seine Tasse vom Kaminsims. »Und wenn du über die Gemeinschaft schreiben willst, na ja …« Er lächelte. »Mary weiß mehr über Kuchen als ich.«

Er führte Alice durch die Diele zur Tür. »Danke fürs Kommen«, sagte er. »Und tut mir leid, Alice, dass ich dir nicht mehr helfen konnte. Ehrlich.«

»Ist schon okay«, sagte sie lächelnd. »Du hast mir sehr geholfen, wirklich. Und du könntest recht haben mit dem, was du gesagt hast.«

»Mit welchem Teil davon?«

»Dass ich es nicht verstehe. Schätze, ich tu's nicht. Aber ich würde gern verstehen. Ich versuche es.«

»Ich weiß das, ich weiß.« Er legte ihr die Hand auf die Schulter. Keine Umarmung, nichts dergleichen. Aber es reichte, um ihr die Last dessen, was er gesagt hatte, von den Schultern zu nehmen, sie loszusprechen. Es war eine sehr intime Ermutigung.

»Ach, Alice, würdest du dir das vielleicht ansehen wollen, bevor du gehst? Du kannst sie dir auch ausleihen, wenn du willst.« Mary kam die Diele entlang, eine Mappe und ein gerahmtes Foto in der Hand. »Ich habe vorher vergessen, sie dir zu zeigen.

Es sind nur ein paar Fotografien. Einige aus Maggies Haus, einige, die wir bereits hatten. Ich dachte mir, vielleicht willst du sie gern sehen.«

»Ja, das will ich wirklich. Vielen Dank.«

Alice nahm den dicken, dunkelfleckigen Bilderrahmen in die Hand. Sie drehte ihn auf die Bildseite. Ein Mann und eine Frau in ihren Vierzigern, gut gekleidet – er in einem weiten Anzug, sie in einem langen, gemusterten Kleid. Sie schauten direkt in die Kamera, dicht beieinander, doch ohne sich zu berühren. Der Mann lächelte, die Frau gab sich große Mühe, es zu tun. Ihr Ausdruck wirkte gezwungen, als wäre sie ungeduldig, als wollte sie der Aufmerksamkeit des Fotografen entkommen.

»Das war unser Hochzeitstag«, sagte Mary. »Auf dem Foto sieht man das nicht, aber sie hat mir später gesagt, dass es einer der glücklichsten Tage ihres Lebens war.« Sie schaute zu ihrem Mann hoch. »Maggie hatte David immer sehr gern.«

»Und dich, meine Liebe.«

»Ja, zum Glück auch mich. Nachdem sie mich erst einmal einer Prüfung unterzogen hatte.« Mary grinste und gab Alice die Mappe. »Du kannst sie dir ausleihen«, sagte sie. »Aber pass gut auf sie auf. Wir vermissen Maggie.«

»Das werde ich. Versprochen. Noch mal vielen Dank.« Alice schaute Mary an, dann David. Sie fühlte sich irgendwie von diesem Augenblick umfasst. Von ihm gehalten, von den beiden gehalten. Dann drehte sie sich zur Tür um.

»Irgendwann möchte ich einmal ein paar von diesen Geschichten hören, David«, sagte sie beim Gehen. »Wenn sie dir wieder einfallen.«

Er nickte. »Ja, sicher. Geschichten gibt es immer.«

*

Sandy parkte und schaltete den Motor aus, lauschte dann, wie das Auto verstummte. Das Klicken des abkühlenden Metalls verklang, und hinter ihm verlosch der Tag. Er öffnete die Tür.

Für die Weide war er nicht richtig angezogen, aber fürs Haus war er noch nicht bereit. Das Leben auf Gardie war für Sandy inzwischen eine Vollzeitübung in Selbstkontrolle. Es kostete ihn beträchtliche Anstrengung, Streits und Konfrontationen zu vermeiden, und oft gelang es ihm nicht. Was allerdings alles noch schlimmer machte, war, dass seine Mutter diese Anstrengung offensichtlich gar nicht nötig hatte. Sie war so gut wie immer fröhlich und entspannt, als wäre an ihrer gegenwärtigen Situation überhaupt nichts Merkwürdiges, als wäre sie nur eine normale Mutter, die ihren Sohn besuchte, wie sie es jeden Sommer tat, wie sie es immer getan hatte.

Es war nicht einfach, auf Liz' Fröhlichkeit einzuwirken. Für den Zorn und die Irritation, die regelmäßig in ihm aufstiegen, schien sie völlig unempfänglich zu sein. Wenn er sie anging, was in diesen ersten Wochen oft passierte, reagierte sie kaum darauf. Sie lächelte nur nachsichtig und wartete, bis seine Wut verraucht war. Es machte ihn krank, sich so zu fühlen, als wäre er der Böse, der Irrationale. Sandy war in diesen Wochen wie ein Teenager, bedrängte seine Mutter, probierte seine Grenzen aus, wartete auf den Augenblick, da sie explodierte, schrie, kreischte, *irgendetwas* tat, damit sich sein Zorn gerechtfertigt anfühlte und nicht kleinlich. Er hatte nie wirklich die Chance bekommen, diese Grenzen auszuloten.

Sein halbes Leben lang hatte er sich danach gesehnt, dass seine Mutter sich für ihn interessierte. Er hatte sich nach ihrer Aufmerksamkeit gesehnt, nach ihrer Liebe, und sie hatte ihm nie gegeben, was er wollte. Jetzt war sie hier, und er bekam noch immer nicht die gewünschte Reaktion. Sein Zorn prallte von ihr ab, so wie vor Jahren seine Zuneigung. Sie schien immun gegen die Welt zu sein, immun gegen das, was andere taten, was sie sagten, was sie wollten. Sandy wünschte sich, dass seine Mutter wieder verschwand. Mit ihrer Abwesenheit wusste er umzugehen. Er wollte, dass sie ging, aber noch konnte er nicht darauf bestehen. Der Teil von ihm, der sich noch immer nach ihrer Liebe sehnte, ließ es nicht zu.

Er stieg aus, lehnte sich an die Tür und sah den Lämmern und Mutterschafen auf der Strandweide zu. Ein Schaf stand da und graste und merkte gar nicht, dass vier Stare sich auf seinem Rücken niederließen. Eine andere Aue wurde fast in die Höhe gehoben vom Enthusiasmus ihrer Zwillinge, die herbeigerannt kamen und hungrig nach ihren Zitzen schnappten. Die Lämmer tranken nur wenige Sekunden, dann machte sie ein paar Schritte und ließ sie auf ihren Knien hinter sich. Die beiden trotteten ungerührt davon, offensichtlich zufrieden. Manchmal war Sandy in Versuchung, die Tiere mit ihrem kurzen, zufriedenen Leben zu beneiden. Ihnen fehlte nie irgendetwas, außer vielleicht etwas Wärme im Winter, und diese Lämmer würden den Winter sowieso nicht erleben.

Er schaute auf sein Handy – er hatte zwei verpasste Anrufe von David – und ging dann hinein, um sich umzuziehen. Es sah fast so aus, als würde es regnen.

»Meinst du das ernst?« Sandy umklammerte die Stuhllehne und starrte seine Mutter an. Sie stand am Herd und rührte mit einem Holzlöffel. »Meinst du das *wirklich* ernst?«

»Ja, natürlich meine ich das ernst. Warum nicht? Als du jung warst, hattest du uns beide nicht bei dir, also scheint es nur fair, wenn wir jetzt versuchen, das wiedergutzumachen. Ich habe mit Jim gesprochen, und er würde sehr gern mal zum Abendessen vorbeikommen. Es ist nur noch die Frage, wann es dir passt.«

»Dad würde *sehr gern* vorbeikommen? Hat er das gesagt?«

»Na ja, er hat gesagt, er ist bereit, es zu versuchen. Mehr konnte ich mir im Augenblick nicht erhoffen. Gib uns ein paar Monate, und ich schätze, wir können alle Freunde sein. Ich habe vor, erst einmal zu bleiben, deshalb denke ich, es wäre gut, wenn wir ein bisschen Zeit miteinander verbringen könnten. Nachzuholen, was wir früher versäumt haben.«

Sandy wusste nicht, womit er anfangen sollte. Er wusste nicht, welchen Teil des Gesagten er zuerst anzweifeln sollte.

»Ich weiß, dass mein Weggang euch beiden wehgetan hat«, sagte Liz. »Ich weiß das, und es tut mir leid, dass es so sein musste, aber es ging nicht anders. Ich habe schon mal versucht, es zu erklären. Und wie auch immer, das ist jetzt schon sehr lange her. Ich glaube, wir sind alle fähig, uns wie Erwachsene zu verhalten und zu lernen, nach vorn zu schauen.«

Sandy wandte sich von seiner Mutter ab und zum Küchenfenster. Als Teenager hatte er oft von Augenblicken wie diesem geträumt – eine Aussöhnung, ein Waffenstillstand, eine Wiedervereinigung –, aber dieser Traum war zu alt, um ihn wiederauferstehen zu lassen. Er hatte zwanzig Jahre lang als Unmöglichkeit in ihm geschwärt. Und jetzt befahl sie ihm, ihn wieder zum Leben zu erwecken. Er konnte es nicht tun, er konnte es aber auch nicht ablehnen.

»Wenn Dad zu Besuch kommen will, ist er willkommen.« Sandy drehte sich nicht wieder, um seine Mutter anzuschauen. Er hielt den Blick aufs Fenster gerichtet. »Er ist jederzeit willkommen. Er weiß das. Du kannst ihn einladen, und du kannst für ihn kochen. Ich werde hier sein. Aber mehr kann ich nicht sagen. Und es ist noch nicht einmal ein Versprechen. Ich lasse es dich wissen, wenn ich meine Meinung ändere. Was ich tun könnte.«

»Danke, Sandy. Ich weiß, das ist ein ziemlicher Schock für dich, aber ich glaube, es wäre der Mühe wert.«

»Ich werde mir keine Mühe geben, das kannst du mir glauben. Ich werde einfach das Essen genießen. Die Mühe musst du dir machen.«

Liz lächelte schwach, oder versuchte zu lächeln. »Es könnte sogar lustig werden«, sagte sie. »Wir werden es alle genießen, das verspreche ich.«

Sandy schüttelte den Kopf und ging ins Wohnzimmer. Er legte sich aufs Sofa und schloss die Augen. Tränen sammelten sich hinter seinen Lidern, und er kniff die Augen noch fester zu, mit bebender Brust drängte er seine Hoffnung, seine Angst, seinen Kummer zurück. Er holte sein Handy heraus und schrieb einen Text. *Was soll ich nur mit ihr machen?* Er schickte ihn Emma. Sie war der einzige Mensch, der vielleicht wusste, was darauf zu sagen war.

Liz sah ihren Sohn weggehen und wandte sich wieder dem Stew auf dem Herd zu. Sie hörte ihn nicht weinen. Sie glaubte nicht, dass er zu Tränen fähig war. Seine Gereiztheit, dachte sie, sei eine Art von Härte. Keine Schale oder Narbe, sondern ein vor langer Zeit entstandener Kern. Er ähnelte ihr viel mehr, als er sich vorstellte.

Sie war keine gute Mutter gewesen, das wusste sie. Um genau zu sein, war sie eine schlechte Mutter gewesen, und es brachte nichts, sich das schönzureden. Sie war vor ihrer Verantwortung davongelaufen und hatte ihren Sohn im Stich gelassen. (»Im

Stich gelassen« war nicht die Formulierung, die sie verwenden würde. Sie hatte Sandy bei seinem Vater gelassen, nicht auf einer Klosterschwelle abgelegt. Aber eigentlich war es nicht wichtig, wie man es nannte.) Liz hatte sich wegen dieser Entscheidung nie schuldig gefühlt. Nicht wirklich. Schuld war zerstörerisch, wie Bedauern. Sie brachte einen dazu, in die falsche Richtung zu schauen. »Ich bedaure nichts außer das Bedauern«, hatte sie eines Samstagabends vor einem Raum voller Freunde verkündet, nach eineinhalb Flaschen Wein. »Ich bedaure nichts außer das Bedauern.« Sie hatte es noch einmal gesagt, weil die Worte so perfekt geklungen hatten.

»Daran solltest du immer denken«, hatte Trevor bemerkt. »Schreib's dir auf. Es ist gut.«

»Das werde ich. Verdammt noch mal, das werde ich.«

Und sie hatte es getan, auch wenn die Worte am nächsten Morgen nicht mehr ganz so perfekt klangen, als sie sie auf einen Post-it-Zettel gekritzelt fand, auf dem Teppich, zwischen Flaschen, Dosen und zertrampelten Chips. An einem solchen Morgen war es schwer, das Bedauern beiseitezuschieben.

Man kann nicht in allem gut sein. Es ist einfach nicht möglich. Die Leute sind gut in einigen Dingen und schlecht in anderen. Das ist die nackte Wahrheit. Liz war eine ziemlich gute Köchin. Sie war auch eine gute Zuhörerin. Das sagten alle ihre Freunde. Und anfangs auch Trevor. Sie war auch gut darin, Lösungen für Probleme zu finden. Sie dachte klar, logisch, in sich stimmig.

Andererseits war sie eine schlechte Mutter. Und sie war schlecht im Sport, immer schon, auch als sie noch jung und fit war. Ihre Glieder schienen einfach nicht im Einklang zu sein. Jedes für sich war okay, aber zusammen produzierten sie nur Chaos. Sie war auch schlecht in Musik. Sie hatte als Erwachsene versucht, Gitarre zu lernen, und schaffte doch nie mehr als vier mühsam gezupfte, schnarrende Akkorde. Mit zehn hatte sie Klavier gespielt oder es zumindest versucht, ihr Vater spielte gut, und er wollte es ihr beibringen. Aber ihre Finger waren nicht koordinierter als ihre Beine. Sie tapsten und stolperten über die Tasten, linkisch und langsam, bis er ihr, vor Frustration zitternd, den Deckel auf die Hände knallte und davonging. Klavier spielte sie nie mehr.

Es war schwer, jetzt zu sehen, wie Sandy sein konnte, und sich zu fragen, ob sie daher kam, diese schwelende Wut – von ihrem Vater. Liz wäre es lieber, es wäre ihre Schuld. Es wäre ihr lieber, es wäre erlernt und nicht vererbt. Aber wenn die Schuld hinter ihr lag, bei dem Mann, der jahrelang seine Wut an ihr ausgelassen hatte und dessen Wut sie manchmal noch in sich selbst spürte, wie einen fremden Körper, dann konnte sie das nicht hinnehmen.

Sie hatte nie Kinder gewollt. Ihre eigene Kindheit war nicht sehr glücklich gewesen, war sie doch von Angst beherrscht. Die Kinderlosigkeit schien eine Möglichkeit, dieser Zeit zu entkommen, sich selbst davon zu befreien. Aber so lief es nicht.

Es war natürlich ein Unfall. Ein Fehler. Ohne nachzudenken, ohne auf Nummer sicher zu gehen. Das war alles. Es passierte. Sie hatte nie einen Verdacht. Und dann schon. Sie war sich sicher. Liz war zwanzig, und als sie es herausfand, bestand sie darauf, das Baby loszuwerden. Sie besprach es mit Jim, und sie bestand darauf. Sie würde weggehen, es wegmachen lassen. Es war ihr Körper, ihre Entscheidung. Doch er nahm ihr die Entscheidung ab.

Jim erzählte ihren beiden Eltern, dass sie schwanger war. Er erzählte es auch allen ihren Freunden, ließ es klingen wie eine freudige Mitteilung, und sofort kamen die Glückwünsche. Es war die perfekte Falle. Sie konnte nicht anders, als ihn für seinen

Einfallsreichtum zu respektieren und dafür, dass er sie so gut kannte. Er begriff, dass sie die Abtreibung durchgezogen hätte. Ohne Bedauern. Aber er begriff auch, die Schande, dass alle es wussten, auch ihre Eltern, hätte sie nicht ertragen. Er verstand sie, und er missbrauchte dieses Verständnis. Sie respektierte ihn dafür, und sie hasste ihn dafür. Das Ende ihrer Ehe wurde durch Sandys Anfang unvermeidlich.

Das Stew war fertig. Es war schon seit mehr als einer Stunde fertig, aber Liz rührte weiter, ließ den Eintopf auf dem Herd simmern. Sie war noch nicht bereit, ihrem Sohn wieder gegenüberzutreten, ihn an den Tisch zu holen. Es war auch für sie nicht einfach.

Es war ja nicht so, dass sie sich freute, Jim wiederzusehen. Sie hatte ihn nur wegen Sandy eingeladen. Sie wusste, dass er sich anfangs wehren würde, aber sie war überzeugt, dass es das Richtige war. Ihr Hass auf Jim war längst verraucht. Jetzt bedauerte sie ihn, wegen des Lebens, das er seit ihrem Weggang geführt hatte, was nicht viel von einem Leben war. Anscheinend hatte er sie mehr geliebt, als sie sich je vorgestellt hätte. Dass er ohne sie so zu Boden ging, hatte sie nicht erwartet. Sie hatte gedacht, er würde binnen eines Jahres eine Neue kennenlernen – eine bessere Mutter für Sandy. Ehrlich gesagt, hatte sie das erwartet und auch für das Beste gehalten. Schließlich war er ja noch kein alter Mann. Er war erst Anfang dreißig. Doch dass er so zusammenbrach, sich aufgab, war unheimlich. Es gab Augenblicke, in denen sie dachte, sie müsste zurückkehren und ihm ihren Sohn wegnehmen, und es gab Augenblicke, in denen sie fast in Versuchung war. Dennoch, der mittelmäßige Vater, als der Jim sich erwies, war immer noch ein besserer Vater, als sie je hätte Mutter sein können. Bis jetzt jedenfalls.

Und wenn sie ehrlich mit sich selber war, genau darum ging's bei diesem Ausflug hierher. Nicht darum, verpasste Zeiten nachzuholen. Sie wusste, sie konnte nichts tun, um die Jahre ihrer Abwesenheit je wiedergutzumachen, es war nicht einmal einen Versuch wert. Aber jetzt, da sie älter, vielleicht weiser war, glaubte sie, dass sie vielleicht doch eine Mutter sein könnte. Eine Art Mutter. Dass Trevor sie vor die Tür gesetzt hatte, war genau der Ansporn, den sie brauchte, um in dieser Richtung etwas zu unternehmen.

»Sandy, komm essen«, rief sie und überraschte sich fast selbst damit.

Schweigen.

Sie rief noch einmal. »Essen ist fertig, Sandy. Ich stelle es eben auf den Tisch.«

Aus dem Wohnzimmer kam kein einziges Geräusch. Sie wartete noch einen Augenblick, dann ging sie nachschauen. Sandy lag auf dem Sofa auf der Seite, eine Hand unter dem Kopf, die andere an seiner Brust. Die Beine hatte er angewinkelt. Sein Mund stand offen, und er atmete schwer. Er schlief tief und fest.

»Sandy, Schätzchen.« Liz kniete sich neben seinem Kopf auf den Boden und flüsterte ihm ins Ohr. Sie schaute ihn an, den Mann, der ihr Sohn war, und sie dachte an etwas, woran sie seit Jahren nicht gedacht hatte. Sie erinnerte sich, als er noch klein war, fünf oder sechs Jahre, kam er, eine Stunde nachdem man ihn ins Bett gebracht hatte, wieder herunter ins Wohnzimmer. »Ich kann nicht schlafen«, sagte er und rieb sich die Augen, wie ein schlechter Schauspieler, der so tat, als wäre er müde.

»Warum kannst du nicht schlafen, Sandy?«, fragte Liz dann.

»Ich weiß nicht. Ich will hier bei dir schlafen.«

Und so legte er sich aufs Sofa und lehnte seinen Kopf an sie. Manchmal legten sie ihm eine Decke über, manchmal lag er einfach so in seinem Pyjama da. Sie wandten sich wieder dem zu, was sie im Fernsehen geschaut hatten, bevor er gekommen war. Zwischen ihnen fiel kein Wort mehr. Das passierte sowieso kaum. Sandy war still, denn er wusste, wenn er zu viel Lärm machte, würde man ihn gleich wieder hoch in sein Zimmer schicken. Manchmal lag er mit weit offenen Augen da, schaute aber nicht zum Fernseher, sondern immer wieder seine Eltern an, als hätte er Angst, dass sie ihn allein lassen könnten. Aber normalerweise drehte er sich um und schlief ein, so fest zusammengerollt, wie er konnte, und so blieb er auch, bis seine Eltern ins Bett gingen. Sein Vater trug ihn dann in seinen Armen und legte ihn, fest schlafend, auf die Matratze. Wenn er am nächsten Morgen aufwachte, fragte er nie, wie er dorthin gekommen war.

Daran dachte Liz jetzt. Es schien so lange her, wie aus einem anderen Leben, und es erschien ihr merkwürdig, dass sie sich gerade jetzt daran erinnerte. Es schien auch merkwürdig, dass dieser schlafende Mann dieser schlafende kleine Junge gewesen war, mit seinem braunen Haarschopf und dem karierten Pyjama. Es schien unmöglich. Das alles schien unmöglich.

»Na, komm, Sandy.« Sie legte ihm die Hand auf den Kopf und strich ihm über die Wange, wobei ihre Finger den Rand seines Ohrs berührten. »Komm schon, Sohn. Zeit fürs Abendessen.«

Samstag, 4. Juni

Sie hatte jedes der Fotos eingescannt und darauf geachtet, keinen Fingerabdruck zu hinterlassen. Sie hielt sie nur an den Kanten, legte sie mit dem Gesicht nach unten auf das Gerät und sah zu, wie die Bilder auf dem Monitor vor ihr auftauchten. Einige waren schwarz-weiß. Die ältesten waren auf dickes Papier gedruckt und hatte einen elfenbeinfarbenen Rand von einem halben Zentimeter. Eins zeigte Maggie mit Anfang zwanzig – 1949, nach einer Notiz auf der Rückseite. Die ein paar Jahre jüngere Ina stand neben ihr. Ihr Bruder Gilbert musste zu der Zeit schon fünf Jahre tot gewesen sein. Von ihm hatten keine Fotos überlebt, ob in Uniform oder ohne.

Ina war kleiner als Maggie – vielleicht stand sie aber auch nur ein bisschen weniger gerade –, ansonsten sahen die beiden vollkommen gleich aus. Die Art, wie sie in die Kamera schauten, als wollten sie der Linse trotzen; die Art, wie sie die Köpfe geneigt hielten, nur ein wenig; die Art, wie sie eine Hand in die Hüfte stemmten und die andere seitlich an den Körper drückten. Sie hätten Zwillinge sein können.

Doch trotz des Aussehens mussten die beiden sehr verschieden gewesen sein. Nicht lange nach diesem Foto hatte Ina das Tal verlassen und war nach Neuseeland gegangen. Sie hatte sich von dem Ort entfernt, an dem ihre Schwester leben und sterben würde. Alice fragte sich, ob auch Maggie in Versuchung war, wegzugehen. Ein besseres Leben musste ihnen beiden versprochen worden sein. Ein einfacheres Leben, zusammen, weit weg von den Härten, die ihre Eltern erlebt hatten.

Aber Maggie ging nicht. Sie stellte sich stur und blieb.

Es gab noch ein weiteres Foto, das die beiden zusammen zeigte, in Farbe. Es musste in Neuseeland aufgenommen worden sein, wahrscheinlich in den Achtzigern. Der Garten, in dem sie posierten, war von einem üppigen, fast leuchtenden Grün. Die beiden standen Arm in Arm, eine jüngere Frau neben sich. Vermutlich Lynette, und Inas Ehemann stand wohl hinter der Kamera. Hier waren die Unterschiede offensichtlicher. Ina wirkte viel jünger als ihre Schwester, entspannter und in sich ruhender. Maggie lächelte steif. Sie schien für ein anderes Wetter angezogen zu sein als die beiden anderen Frauen, und Alice meinte, einen Anflug von Unbehagen in ihrem Gesicht zu erkennen. Eine leichte Rötung. Ihr war heiß, aber sie war auch zu stur, um sich umzuziehen.

Als Alice die anderen Bilder durchblätterte – insgesamt zwei Dutzend –, sah sie Maggie alt werden. Ihre Züge wurden weicher, die Haare verfärbten sich von Braun zu Grau, die Schultern wurden schlaffer, der Rücken krümmte sich langsam. Sie sah ein Leben, das von einem eingefangenen Augenblick zum nächsten sprang und das doch nur in den Lücken dazwischen wirklich existierte.

Zwei der Fotos stachen besonders hervor. Das eine war das jüngste Bild, wie es aussah, nur wenige Jahre zuvor aufgenommen. Maggie saß vor Gardie auf der Bank, Emma neben ihr. Diesmal lächelte sie, auch wenn ihr Ausdruck irgendwie so trotzig war wie eh und je. Eine Hand ruhte auf einem Stock, den sie vor sich hatte. Die andere lag auf Emmas Knie.

Auch Emma lächelte auf diesem Bild, und etwas von Maggies

Ausdruck war auch auf ihrem Gesicht. Dieselbe unerbittliche Zuversicht, die Maggie hatte. Dieselbe Sicherheit. Außerdem war sie sehr schön, und Alice fragte sich, warum ihr das zuvor noch nicht aufgefallen war. Es war, als würde sie angestrahlt – ihre sommersprossige Haut, die haselnussbraunen Augen – von der Frau neben ihr auf der Bank.

Das andere Foto war älter. Aufgenommen in den späten Siebzigern, als Walter noch am Leben war. Hier schauten sie beide nicht in die Kamera. Sie standen in dem Pferch auf der Strandweide, umringt von Schafen. David – damals noch jung und bärtig – lehnte an dem Mäuerchen und schaute ihnen zu oder redete, es war schwer zu sagen. Alle drei schauten die Tiere an, nicht einander.

Das Foto war schlecht arrangiert. Am linken Rand war Walter nur halb im Bild, während die Straße nach Gardie rechts viel Platz einnahm. Es war auch nicht besonders scharf. Alles wirkte leicht verschwommen, und Maggies linker Arm war durch eine Bewegung verwischt. Aber ihr Gesicht war deutlich zu erkennen. Obwohl sie nicht zur Kamera schaute, war ihr Ausdruck gut eingefangen. Sie lachte – ein breites, unbefangenes Lachen mit offenem Mund.

Alle Fotos waren jetzt in Alices Computer gespeichert, und die Originale steckten wieder in Mappe und Rahmen. Sie wollte sie so schnell wie möglich zurückgeben und Mary noch einmal danken. Eigentlich hatte sie vorgehabt, heute Morgen gleich nach dem Frühstück nach Kettlester zu gehen, doch dann hatte sie Marys Auto wegfahren und das Tal verlassen sehen und deshalb beschlossen zu warten. Noch war sie nicht bereit, David wieder allein gegenüberzutreten. Seine Worte vom Tag zuvor kratzten immer noch in ihr. Sein Vorwurf – das Herausstreichen ihrer

Unwissenheit – traf sie immer noch. Vor allem, da sie wusste, dass er recht hatte.

Alice kam es komisch vor, dass es von Maggie und Walter so wenige Fotos gab, so wenige Hinweise auf ihr gemeinsames Leben. Ihre eigene Ehe war von Anfang bis Ende aufgezeichnet worden. Dutzende Fotos, vielleicht sogar Hunderte, in Alben, auf CDs, in digitalen Verzeichnissen. Sie hatte alles aufgehoben. Im Haus hatte sie zwei gerahmte Fotos von ihrer Hochzeit – eins auf dem Kaminsims im Wohnzimmer, eins neben ihrem Bett. Und auf dem Schreibtisch in ihrem Arbeitszimmer stand ein Foto, das wenige Monate vor Jacks Tod aufgenommen wurde. Darauf steht er in der Tür ihres Hauses in York, in einem warmen Mantel, obwohl die Sonne scheint. Sein Gesicht ist schmal, aber noch nicht ausgezehrt, wie es später werden sollte. Alice steht neben ihm, die Arme um seine Taille, sie drückt ihn so fest, wie sie kann, was nie fest genug war.

Plötzlich fiel ihr auf, dass sie seit seinem Tod nicht mehr fotografiert worden war. Kein einziges Mal. Es war fast, als hätte sie an diesem Tag aufgehört zu existieren oder als wäre sie einfach aus dem Blickfeld verschwunden. Und in gewisser Weise hatte sie, indem sie hierherkam, genau das getan. Sie hatte das Leben verlassen, das sie einmal geführt hatte, löschte sich aus, nachdem Jack ausgelöscht worden war. Ihr Leben hier im Tal, das sie noch immer zu erschaffen suchte, war unaufgezeichnet geblieben.

*

David lächelte nicht, als er vor der Haustür stand. Er trug Overall und Gummistiefel und schaute ungeduldig drein. Er hatte eine Schaufel in der Hand.

»Bist du fertig?«, fragte er.

»Ja. Zieh mir grad noch die Stiefel an.«

David drehte sich um und ging zum Tor, so dass Sandy ihn einholen musste.

»Was ist der Plan für heute? Nicht wieder graben, hoffe ich.«

»Na ja, ein bisschen graben müssen wir noch, aber nicht so wie beim letzten Mal. Dauert hoffentlich nicht lang.«

»Was für eine Erleichterung.«

Sie gingen vom Tor am Wendekreis die Strandweide hinunter zum Bach. Die kleine Brücke querte knapp hinter einem Tümpel, in dem bei ihrem Näherkommen Forellensetzlinge auseinanderstoben und unter den Ufern Deckung suchten. Von dort marschierten sie zur großen Weide bei Burganess. Das Gras war von den Schafen abgenagt. Es sah glänzend und gesund aus. Die Luft war feucht, aber es war nicht kalt. Tiefhängende Wolken drückten aufs Land. Direkt vor ihnen schoss eine Schnepfe aus einem Graben wie eine defekte Rakete und torkelte in die eine, dann in die andere Richtung, bevor sie das Tal nach Osten entlangflog.

»Wohin genau gehen wir?«, fragte Sandy.

»Hoch zu diesem Graben, der am Rand der großen Weide verläuft.« David hob den Kopf und nickte in die ungefähre Richtung.

»Okay, muss der ausgeräumt werden? Ich hätte meine eigene Schaufel mitnehmen sollen. Dann wären wir schneller.«

»Nein. Ich glaub, dass einer allein das schafft.«

David ging schneller, als es auf der steilen Seite des Tals angenehm war. Er wusste genau, wohin er wollte, und Sandy kam sich komisch dabei vor. Normalerweise hatte ihre gemeinsame Arbeit einen entspannten, geselligen Charakter. Jetzt war es anders. Es fühlte sich nicht an, als würden sie gemeinsam irgendwo hingehen. Es fühlte sich an, als würde er geführt.

Sie überquerten die Grenze zwischen Strandweide und großer Weide und gingen dann am Zaun entlang das Tal in Richtung Nordosten hoch. Vor ihnen lungerte eine Schar Nebelkrähen herum, die Köpfe gesenkt, wie Strolche an der Straßenecke. David blieb stehen, und Sandy sah, warum.

In dem flachen Graben in einer Ecke der Wiese lag ein Lamm. Die Augen waren nur dunkelrote Löcher, die von den Krähen ausgehackt waren, ansonsten aber war es intakt. Intakt und tot. Das Tier lag auf dem Bauch, als wäre es einfach hineingeplumpst, aber der Kopf hatte sich im Drahtgewirr eines Lochs im Zaun verfangen. Ein Ende des Drahts steckte im Nacken, aber es war nicht viel Blut zu sehen, er hatte also nichts Lebenswichtiges durchstochen. Das Gras in der Umgebung war schlammverspritzt, vom Todeskampf, und auch seine Hinterläufe waren schmutzig. Das Lamm war gestorben bei dem Versuch zu entkommen. Nachdem seine Kräfte erschöpft waren, hatte es sich verängstigt und voller Schmerzen hingelegt und war von dem Zaun erdrosselt worden.

»Scheiße!«, sagte Sandy.

»Ja. Scheiße.«

»Woher hast du gewusst, dass es hier ist?«

»Ich konnte es von der Straße aus sehen. Du hättest es auch sehen müssen. Ein großer weißer Fleck im Park, der sich nicht bewegt. Du hättest es sehen müssen!«

Sandy kam sich vor wie ein gescholtenes Kind. Er wollte diskutieren und sich verteidigen, aber er hatte keine Argumente, keine Rechtfertigung.

»Na, wenigstens hast du mit ihm jetzt keine Probleme mehr.« David hob ein Bein an, um nachzuschauen, und korrigierte sich dann. »Mit ihr, sollte ich sagen.«

»Wie meinst du das?«

»Das ist das Lamm, das zuvor schon mal auf die Straße gelaufen ist. Dasjenige, nach dem du gefragt hast. Manchmal setzen sie sich was in den Kopf, und dann tun sie es immer wieder. Egal, welcher Zaun es ist.« Er schüttelte den Kopf. »Hat sich allerdings 'nen schlechten ausgesucht. Kam durch, aber konnte nicht mehr zurück. Sie liegt wahrscheinlich schon eine ganze Weile hier. Hat eine Menge Lärm gemacht. Kann ich mir denken. Ihre Mutter auch.« Er nickte zu einer Aue in der Nähe. Sie graste, mit einem weiteren Lamm an ihrer Seite, aber abseits der anderen Schafe. Wartete immer noch darauf, dass dieses hier zurückkehrte.

»Wie lang ist sie schon tot?«

»Einen Tag vielleicht. Wahrscheinlich weniger. Die Krähen haben ihr die Augen ausgehackt, noch bevor sie tot war.«

Sandy zuckte zusammen. Zwei Krähen lungerten noch immer auf der Weide herum und putzten sich.

»Okay, schätze, wir müssen sie begraben. Dafür ist die Schaufel da, nicht?«

»Nee, *wir* müssen sie nicht begraben. *Du* musst sie begraben.« David gab ihm die Schaufel.

»Wo?«

»Irgendwo, wo du ein Loch graben kannst, das groß genug ist. Nicht zu nah am Graben und nicht zu nah am Bach. Ein Stückchen in Richtung Klippe vielleicht. Grab mindestens einen Meter tief. Das sind die Vorschriften.«

David drehte den Kopf und drückte einen Finger auf ein Nasenloch. Er schnäuzte sich auf den Boden und wischte sich die Nase mit seinem Ärmel. Er drehte sich um und ging davon, wieder hinunter und über den Zaun. Sandy sah ihm nach, wie er auf den Bach zuging, mit den Bewegungen eines viel jüngeren Mannes. Während er ihm nachschaute, spürte er eine Beklemmung in den Eingeweiden. Es war ein Gefühl des Verlassenseins und des Schuldbewusstseins. Ein vertrautes Gefühl. Er bückte sich, nahm die Hinterläufe des Tiers in eine Hand und die Vorderläufe in die andere und hob es hoch. Für diese Jahreszeit war es ein großes Lamm, dennoch wog es noch nicht sonderlich viel. Es war steif und schlecht zu handhaben. Er ließ mit der linken Hand los, und es baumelte mit dem Kopf knapp über dem Boden. Er griff wieder zur Schaufel, ging ein Stück die Landzunge hoch und legte das Lamm aufs Gras.

Das Graben war nicht einfach. Das Loch musste nicht breit sein, aber es musste tief sein, und bei jedem Stich traf die Schaufel auf Steine knapp unter der Oberfläche. Nach ein paar Augenblicken knallte die Spitze auf einen Stein, der so groß war, dass Sandys ganzer Körper vibrierte. Er brach ab, schob zurück, was er bereits ausgehoben hatte, und suchte sich eine andere Stelle. Hier würde er nie tief genug kommen.

Weiter oben auf dem Hügel schien das Erdreich noch weniger tief zu sein, Steine lugten aus dem Gras hervor. Nirgendwo sah der Boden aus, als wäre er weich genug zum Graben. Schließlich stand Sandy schon fast am Klippenrand, die Schaufel in der einen Hand und das Schaf in der anderen. Er kroch auf die Kante zu und spähte hinunter in die brodelnde See. Von hier aus könnte er ohne Probleme das Tier ins Wasser werfen, und niemand würde etwas mitbekommen. Bis auf David. Er würde fragen, und Sandy würde ihn nicht anlügen können.

Er setzte sich. Der Vormittag war nicht warm, aber in seinem Overall fühlte er sich recht wohl. Die Feuchtigkeit hatte sich aufgelöst, und es sah aus, als würde es am Nachmittag trocken bleiben. Eissturmvögel und Klippenmöwen patrouillierten über den Ufern in seiner Umgebung. Er beobachtete sie, und sie beobachteten ihn.

Ihm fiel eine Geschichte ein, die Emma einmal über ihren Vater erzählt hatte. David war nicht religiös, auch wenn er keine große Sache daraus machte. In jüngeren Jahren war er in die Kirche gegangen, doch irgendwann hatte er es aufgegeben, wie die meisten Leute hier. Eines Abends hatte es nach dem gemeinsamen Abendessen der Familie an der Tür geklopft. Emma war sich nicht sicher, ob ihr Vater die beiden Zeugen Jehovas in ihren schwarzen Anzügen auf der Einfahrt gesehen hatte oder ob er an der Art des Klopfens irgendwie feststellen konnte, wer es war, aber er stand, mit einem zufriedenen Lächeln auf dem Gesicht, auf und ging zur Tür.

Emma achtete nicht sonderlich auf den Beginn der Unterhaltung – mit siebzehn konnte sie sich etwas weniger Interessantes kaum vorstellen –, doch als sie eine halbe Stunde später zur Toilette ging und sah, dass die drei immer noch in der Tür standen, war ihr Interesse geweckt. Und als sie weitere zehn Minuten später sah, dass ihr Vater mit den beiden Männern zur Weide hinter dem Haus ging, um ihnen seinen Widder zu zeigen, fing sie an zu lachen.

»Jesus war Schäfer?«, hörte sie ihn durch das offene Fenster fragen. »Komisch, uns hat man immer gesagt, er wäre Schreiner gewesen. Schätze, es ist schwer, sich nach so langer Zeit noch ganz sicher zu sein.«

David konnte sehr gut den Dummkopf spielen, wenn es seinen Zwecken diente, und bei dieser Gelegenheit war der einzige Zweck sein eigenes Vergnügen. Er sprach auch kaum Dialekt, was er so gut wie nie tat. »Nun, wenn er Schäfer war, dann habe ich ganz offensichtlich die richtige Berufswahl getroffen«, sagte er. »Jesus war ein Mann, der wusste, was er tat, nicht?«

Die Männer sahen nicht so aus, als wären sie besorgt über den Empfang, den man ihnen bereitete. Vielleicht waren sie einfach nur froh, dass irgendjemand sich für sie interessierte. Meistens wurde ihnen die Tür vor der Nase zugeknallt. Aber nach fast einer Stunde wollten sie eindeutig wieder weg. David hatte sich mit ihnen unterhalten, hatte sich wohlwollend gezeigt, aber ohne den geringsten Hinweis auf eine mögliche Bekehrung. Also gingen sie schließlich wieder, während David ihnen seine besten Wünsche hinterherbrüllte.

Sandy schüttelte den Kopf. Es war eine Geschichte über David, aber im Augenblick dachte er an Emma. Sie fehlte ihm. Gestern Abend hatte sie auf seine Textnachricht geantwortet. Nicht sofort, aber einige Stunden später. Anscheinend hatte Mary ihr von der Situation erzählt, wie er es vermutet hatte. Emma hatte sich also sicher schon gewundert. *Ich weiß auch nicht,* hatte sie geschrieben. *Tut mir leid, ist sicher schwierig. Wir können darüber reden, wenn es dir ein Bedürfnis ist. Ist okay. Ruf mich an.* Er hatte das Bedürfnis, jetzt zu reden. Er hatte das Bedürfnis, zu hören, was sie dachte, ihre Bestärkung, ihre Stimme zu hören. Aber er hatte kein Signal auf seinem Handy.

Wenn in diesem Augenblick jemand hinter ihm aufgetaucht wäre, hätte derjenige sich vielleicht über dieses merkwürdige Paar gewundert: ein Mann und sein toter Begleiter, die aufs Meer hinausschauen. Am liebsten hätte er sich jetzt vorgebeugt und das Lamm gestreichelt, ihm die dichte, fettige Wolle gekrault und mit dem Daumen über die Schnauze gerieben, als könnte er es wiederbeleben, einen Tag zu spät. Aber er hielt sich zurück. Bei einem Kadaver war nicht viel Trost zu finden.

Salzgeruch stieg auf und füllte seine Nase, als er sich wieder aufrichtete, den Kadaver und die Schaufel aufhob und sich umschaute. Er ging den Hügel hinunter und versuchte, nicht daran zu denken, wie sichtbar er hier oben war. Er dachte an Jo und fragte sich, ob sie ihn beobachtete. Er kam sich lächerlich vor. Als hätte man ihm einen makabren Streich gespielt, und er müsste jetzt vor aller Augen gedemütigt werden. Er ärgerte sich über David, weil er ihm das antat. Er hatte doch sicher gewusst, dass der Boden hier fürs Graben ungeeignet war.

An einer Stelle mit etwas dunklerem Grün am Rand der großen Weide blieb Sandy stehen und stieß seine Schaufel wieder in die Erde. Der Boden fühlte sich weicher an, und er legte das Tier neben sich und fing an zu graben. Er hatte fast genug Zeit, sich erleichtert zu fühlen, als die Schaufel in gut dreißig Zentimeter Tiefe auf einen Stein stieß, der sich als großer Felsbrocken erwies.

»Scheiße!«

Er warf die Schaufel weg. Ihr Blatt traf das Gesicht des Lamms und prallte von dort ab. Sandy legte sich hin und schaute zum Himmel hoch, ein Flickenteppich aus Grautönen, von Weiß verziert. Eine kalte Bö peitschte über seine linke Gesichtshälfte und riss an seinen Wimpern, bis ihm das Wasser in die Augen stieg. Beim Graben hatte er geschwitzt, jetzt juckte ihn die Feuchtigkeit am Rücken und an den Innenseiten seiner Beine. Er streckte sich auf dem Gras aus, ließ sich vom Tag umfassen und umhüllen. Als er den Kopf auf die Seite drehte, sah er, dass das Lamm ihn anschaute, aus leeren roten Augenhöhlen zu ihm herüberstarrte.

»Tut mir leid, dass ich die Schaufel nach dir geworfen habe. Ich wollte dich nicht treffen.« Sandy verzog den Mund zu einem entschuldigenden Grinsen. »Und es tut mir leid, dass ich dich habe sterben lassen. Ich hätte dich früher sehen und dir helfen müssen.«

Sandy streckte den Arm aus und strich dem Tier über den Kopf, umfasste seine Schnauze, als wäre es ein Hund. »Tut mir leid.« Er schloss die Augen, nahm das Lamm in die Arme und lauschte den Geräuschen des Tals und des Meers.

Als er wieder aufwachte, wusste er nicht so recht, wie viel Zeit vergangen war. Lang konnte es nicht sein – es fühlte sich an, als wäre es kurz vor Mittag, und ein Leuchten hinter den Wolken deutete darauf hin, dass die Sonne fast ihren höchsten Punkt erreicht hatte –, aber er fühlte sich groggy und steif. Seine Hand steckte noch unter dem Lamm, und vor seinen Füßen war immer noch ein halb gegrabenes Loch. So wie Sandy hier lag, war er von der Straße aus gut sichtbar, vor allem für jemanden mit einem Fernglas. Er stand nicht auf. Wenn er entdeckt worden wäre, dachte er, wäre jemand den Hügel hochgekommen, weil er dachte, irgendetwas stimme nicht. Aber da war niemand. Im Tal war es merkwürdig still, als wäre da unten überhaupt niemand. Sandy lag auf der Seite, schaute einfach und wartete darauf, dass etwas passierte. Er wartete darauf, dass eine Tür aufging und jemand heraustrat, dass irgendein Geräusch durch die Luft hallte. Aber da war nichts. Das Tal wirkte so tot wie das Lamm.

Kurz stellte Sandy sich vor, es wäre so. Er stellte sich vor, dass, während er schlief, alle im Tal gestorben waren. Er stellte sich vor, er wäre eine Art Rip Van Winkle, der jahrzehntelang geschlafen hatte und in einem menschenleeren Tal aufgewacht war. Wie lange würde es dauern, fragte er sich, bis hier niemand mehr lebte? David sprach manchmal von seiner Angst, dass das Tal sich leerte. Es war sein wiederkehrender Alptraum, und manchmal dachte sich Sandy, dass es vielleicht gar nicht so weit hergeholt oder unwahrscheinlich war. Jetzt war außer David niemand mehr da, dessen Verbindung zu der Insel anders als beiläufig war. Nur Kate und Emma teilten diese Verbindung noch, und sie waren bereits gegangen.

Was aber, wenn das Tal sich wirklich leerte? Was, wenn alle diese Häuser an Leute verkauft wurden, die nur ein paar Wochen im Jahr darin wohnen wollten? Oder wenn sie verlassen wurden und langsam zerbröselten, wie die beiden Häuser am anderen Ende der großen Weide? Was würde es ausmachen, wenn noch ein Tal verlassen wurde? Sandy dachte, dass es irgendwie schon etwas ausmachte, aber er konnte nicht erklären, warum.

Er setzte sich auf, verfüllte das Loch wieder, stampfte die Erde mit den Stiefeln fest und ging dann ein paar Meter den Hügel hinunter. Wieder fing er an zu graben, und wirklich ließ sich hier die Erde mühelos ausheben. Nach kurzer Zeit hatte er ein Loch, das einen Meter tief war und breit genug, um das Lamm darin unterzubringen. Er warf es nicht hinein, sondern legte das Tier behutsam auf den Grund und arrangierte es so bequem, wie es in dem beengten Raum möglich war. Er stand auf und schaute zu dem Tier hinunter, das zusammengerollt dalag, nickte kurz und bedeckte das Loch wieder mit Erde. Er trat sie mit seinen Stiefeln fest, drehte sich um und ging aufs Haus zu.

Als Sandy das Tor am Wendekreis schloss, hörte er ein Auto die Straße entlangkommen. Es war Davids Pick-up. Er wollte nicht mit David sprechen, wusste nicht, in welcher Laune er jetzt war. Aber er blieb stehen und wartete.

»Aye, aye«, sagte David, der sich aus dem Seitenfenster lehnte, ohne den Motor abzustellen. »Hast du sie begraben?«

»Aye.« Sandy nickte.

»Und hast du Gräber für die ganzen restlichen Tiere auch gegraben, weil du so lange gebraucht hast?«

Sandy lächelte nicht. Er sagte nichts und drehte sich dann um, als wollte er nach Hause gehen, doch David redete weiter.

»Nur damit du Bescheid weißt, Jo und Ryan ziehen aus dem Red House wieder aus.«

Sandy blieb stehen. »Warum denn?«

»Sie haben mich verarscht, mich nach Strich und Faden ausgenutzt. Es war richtig, dass du mir Bescheid gesagt hast. Ich habe ihnen einen Monat Kündigungsfrist gegeben.«

»Das scheint mir ein bisschen extrem zu sein.«

»Aye, vielleicht. Aber ich war bei ihnen, um es zu besprechen, und Ryan wollte einfach nicht akzeptieren, dass es falsch ist, was er getan hat. Ich dachte, wir könnten das unter uns bereinigen, aber er war nicht interessiert. Also hab ich es selber bereinigt.«

Sandy schaute ihn einen Augenblick an. Er schüttelte den Kopf, aber nicht so, dass David es bemerkte, und ging dann zum Haus. Er zog sein Handy aus der Tasche, suchte Emmas Nummer und wählte.

*

Mary lächelte in sich hinein. Sie stand von dem Holzstuhl in der Diele auf und ging in die Küche. Alles war sauber, alles war erledigt. Es gab nichts, was ihre Aufmerksamkeit verlangte. Doch ihre Aufmerksamkeit musste sich auf irgendetwas richten. Der Gedanke, sich wieder hinzusetzen und zu lesen oder fernzusehen, machte sie sofort nervös. Sie musste mit diesem Nachmittag irgendetwas anfangen. Sie spürte dieses vertraute, beharrliche Drängeln.

Vielleicht Haferkekse. David würde sich freuen. Er arbeitete draußen mit den Schafen, deshalb hatte er Emmas Anruf verpasst, aber er würde bald zurück sein. Und zwar mit Hunger. Sie holte Haferflocken und Rosinen aus dem Schrank und die Waage aus der untersten Schublade. Sie brauchte kein Rezept. Sie kannte es auswendig.

Mary hatte den Vormittag in Lerwick verbracht, war ihren großmütterlichen Pflichten nachgekommen. Kate hatte gestern Abend angerufen. Sie hatte irgendeinen Termin – eine Massage oder so etwas –, und Callum, ihr Mann, musste arbeiten, also hätte Mary etwas dagegen, für ein paar Stunden vorbeizukommen? Natürlich hatte sie nichts dagegen. Nicht im Geringsten, eine etwas längerfristige Vorwarnung wäre allerdings nett gewesen. Ihr war es lieber, ihre Enkel hierzuhaben, wenn es möglich war. Im Haus war es einfacher, die Kinder zu unterhalten, als in der Stadt. Auch billiger. Aber sie waren sowieso kein Problem. Charlie war still. Ein bisschen verkrampft für einen Sechsjährigen vielleicht. Aber meistens fröhlich. Und mit Beth machte es großen Spaß. Sie war redselig, an allem interessiert, einfach perfekt. Genau wie Emma und Kate in diesem Alter gewesen waren.

Zuerst tranken die drei heiße Schokolade in einem Café, dann machten sie einen Schaufensterbummel in der Commercial Street. Charlie trottete voraus, Beth deutete auf dies und das. Dann spazierten sie an der Küste entlang, um The Knab herum und auf dem Fußweg zu den Sletts, um die Robben zu beobachten. Die beiden Kleinen plapperten den ganzen Weg und stritten sich so gut wie nicht. Es tat ihr fast leid, dass sie sie zurückgeben musste.

Doch so brav die Kinder auch waren, sie kosteten sie viel Energie. Als sie gegen Mittag nach Hause gekommen war, hatte sie sich ins Wohnzimmer gesetzt und die Augen geschlossen, nur für eine halbe Stunde. Mehr Nickerchen schaffte sie einfach nicht. Danach fühlte sie sich besser.

Normalerweise nahmen sie und David Beth einmal im Monat, manchmal zweimal, während Charlie in der Schule war. An diesen Tagen konnte sie sich ihre Kräfte besser einteilen. David nahm sie mit nach draußen, um die Tiere zu besuchen, dann kam sie rein und half Mary. Oft buken sie Kekse oder manchmal einen Kuchen. Das kleine Mädchen stand dann auf einem Hocker und siebte Mehl, wog Zucker ab, zählte Eier und rührte. Kate war eine gute Bäckerin gewesen, als sie noch jünger war, wie auch Emma, aber jetzt hatte sie nicht mehr die Energie dazu, wie sie sagte. Nicht mehr, nachdem die Arbeit erledigt war. Sie kaufte Kekse, kaufte Kuchen, kaufte Brot.

Mary hatte damit kein Problem. Sie wusste, wie es war, nach einem Arbeitstag nach Hause zu kommen und sich herumschlagen zu müssen mit hungrigen Kindern, schmutzigem Geschirr und einem vollen Wäschekorb. Dennoch hatte Mary, was Beth betraf – und auch Charlie, wenn er hier war –, das Bedürfnis, etwas von dem weiterzugeben, was sie mit sich herumtrug, dieses Wissen. Backen, Nähen, Gärtnern: Das alles fühlte sich an wie eine Art Vermächtnis. Und wenn sie sah, wie dieses kleine Mädchen auf dem Hocker stand, sich streckte und versuchte, ihre Oma zu kopieren, ging ihr das Herz auf. Sie sah ihre eigenen Töchter, wie sie in dem Alter gewesen waren: gescheit, neugierig, beflissen, es jedem recht zu machen. Und sie sah auch sich selbst, wie sie zu ihrer Mutter hochschaute und auf Anweisungen wartete.

Schon komisch, dachte sie, wie diese Dinge sich ändern können. Etwas so Einfaches wie Keksebacken war erst ein Spaß, dann wurde es zu einer lästigen Arbeit und schließlich zu etwas ganz anderem, einem Geschenk, das man an die nächste Generation weitergab. In zwanzig oder dreißig Jahren würde Beth sich schuldig fühlen, weil sie nicht genug Zeit hatte, für ihre eigenen Kinder zu backen, und dann würde Kate die Rolle der Lehrerin übernehmen. Vielleicht, vielleicht. Wer wusste das schon?

Die Haferkekse waren fast fertig, als David zurückkehrte, und als er aus der Dusche kam, kühlten sie bereits auf dem Gestell neben dem Fenster ab.

»Dein Timing ist wie immer perfekt.«

»Ich geb mir die größte Mühe«, sagte er und setzte sich mit einer Tasse Tee an den Tisch. Mary stellte einen Teller mit Keksen hin und setzte sich lächelnd ihm gegenüber. Eigentlich hatte sie in der ganzen vergangenen Stunde kaum zu lächeln aufgehört.

»Was ist denn los mit dir?«, fragte er. »Du siehst aus, als hättest du im Lotto gewonnen. Oder meinen Whisky gestohlen.«

»Nein, das nicht«, sagte sie. »Aber ich habe gute Nachrichten.«

»Okay, und wirst du sie mir verraten?«

»Emma kommt nach Hause.«

»Kommt nach Hause? Für immer jetzt?«

»Nein, David! Um Himmels willen! Nur für einen Urlaub, später im Sommer. Sie hat heute Nachmittag angerufen, um mir zu sagen, dass sie einen Flug gebucht hat.«

»Na, das ist wirklich eine gute Nachricht.« Er biss in einen Keks, nickte und grinste. »Aber vielleicht lass ich sie wissen, dass das Red House wieder frei ist, für alle Fälle.«

Mary lachte. »Ja, lass es sie wissen. Mal sehen, was sie sagt.«

Sonntag, 26. Juni

Sandy lehnte sich an der Straßenseite des Geheges an die Mauer und seufzte. In gewisser Weise war das eine der angenehmeren Aufgaben bei der Schafzucht. Das Winterfell scheren, die Wolle des letzten Jahres wegschneiden, das fühlte sich an wie ein Erfolg. Es verschaffte den Tieren Erleichterung, denn inzwischen merkte man ihnen das Unbehagen deutlich an. Aber die Schur brachte auch ein greifbares Einkommen, denn am Ende des Tages blieb ein großer Haufen fettiger Wolle übrig. Nicht, dass die Wolle viel wert war – die Zeit, die es dauerte, sie zu sammeln, war damit nicht zu bezahlen –, aber sie hatte eine Verwendung, und das war gut.

Die wenigen Dutzend Vliese wurden gefaltet, zusammengerollt, in Rupfensäcke verpackt und schließlich zu den Händlern in der Stadt gebracht. Dann verschwanden sie in diesem mysteriösen System, das schließlich etwas ganz anderes aus ihnen machte. Einmal hatte Sandy laut seinen Wunsch geäußert, dass der ganze Prozess näher an die Schafhalter gerückt werde, damit die Profite greifbarer würden. Der Ausdruck in Davids Gesicht sagte ihm, wie naiv und romantisch diese Vorstellung war. Einige Tage danach fand er ein Paar Stricknadeln auf dem Küchentisch. »Dad hat sie gekauft«, erklärte Emma. »Ein Geschenk für dich, hat er gesagt.« Im Tal war niemand mehr übrig, der noch strickte.

Sandy lächelte in sich hinein, als er an Emma dachte. In den vergangenen Wochen hatten sie ein paarmal miteinander gesprochen. Natürlich vorwiegend über Liz, aber sie hatte sich auch nach dem Hof erkundigt und ob er sein Leben genieße, das sie miteinander hätten führen können. Manchmal beschwerte Sandy sich auch über David, darüber, dass er immer da war und ihm über die Schulter schaute.

»Dann weißt du jetzt also, wie es war, bei ihm aufzuwachsen«, lachte sie dann.

»Ja, jetzt weiß ich es.«

Beim Reden spürte er, wie sich etwas in ihm öffnete, wie das körperliche Echo des Raums, den sie früher eingenommen hatte. Er vermisste sie, hatte es ihr aber nicht gesagt.

David war heute gleich in der Früh mit Sam zu ihm gekommen, um die Schafe zusammenzutreiben. Es hatte nicht lange gedauert. Der Hund war an diese Weide gewöhnt, und die Schafe waren den Hund gewöhnt. Wie es aussah, trödelten sie nur aus Sturheit. Kaum sprang der Hund über den Zaun, die Männer dicht hinter ihm, verstanden die Tiere, was verlangt war. Ihre anfängliche Verweigerung war nur ein Teil des Spiels, in dem jeder Mitspieler seine Rolle kannte. Der Hund ging geduckt, gespannt wie eine Flinte, und wartete auf Anweisungen, die er eigentlich gar nicht brauchte. David rief die Anweisungen – *Los! Platz! Bei Fuß!* –, und der Hund befolgte die meisten. Die Schafe liefen dorthin, wo man sie haben wollte, drängten sich zusammen und trennten sich erst im letzten Augenblick. Sandy fing die ein, die entkommen waren, und David und Sam hielten die anderen so ruhig wie möglich. Mit ein bisschen Glück machten die Flüchtlinge wieder kehrt und wählten die Sicherheit der Herde anstelle der Freiheit der Weide. Und dann waren alle im Gehege.

Sie nahmen sich zuerst die Lämmer vor, spritzten ihnen milchig weißes Entwurmungsmittel in die Mäuler und tupften ihnen dann rote Punkte auf die Köpfe als Zeichen, dass sie behandelt worden waren. Dann wurden die Lämmer herausgehoben und der Pferch verengt, um die Schafe zusammenzuhalten. David ging nach Hause und überließ Sandy das Scheren.

Die Mutterschafe standen dicht gedrängt im Gehege, drückten und schoben sich aber gegenseitig, als David eins nach dem anderen herausholte, um es zu scheren. Auf der Weide hoben die Lämmer hin und wieder die Köpfe und blökten sehnsüchtig nach ihren Müttern, die ihre Rufe erwiderten, sie beruhigten, dass alles mehr oder weniger okay sei. Keine schien sonderlich beunruhigt wegen der Einkerkerung. Sie alle wussten, dass es nur vorläufig war.

Sandy scherte, wie man es ihm beigebracht hatte, mit manueller Schere, nicht mit einer elektrischen. »Die elektrischen machen einfach zu viel Krach«, hatte David ihm gesagt, und Sandy begriff, dass er meinte, es sei zu einfach damit. David hatte stets eine genaue Vorstellung, wie man etwas richtig machte, und das hieß nicht immer auf die einfachste Art. Doch Sandy musste zugeben, dass es, auch wenn es länger dauerte, mehr Spaß machte, mit der Hand zu scheren, sich die Zeit zu nehmen, die es brauchte, und den Vormittag sich entwickeln zu hören ohne das Sirren eines Elektromotors.

Wenn er ein Schaf erwischt und herausgehoben hatte, drehte er es um, setzte es auf den Hintern, stellte sich dann hinter das Tier und klemmte sich den Körper zwischen die Beine. »Geh streng mit ihnen um, dann wehren sie sich nicht. Zeig ihnen, dass du sie im Griff hast«, hatte David ihm gesagt. Was sich manchmal auch als wahr erwies.

Dann beugte er sich vor und fing am Hals an, zog das Vlies von der Haut weg und suchte nach der dünnen Schicht neuen

Wuchses unter der Wolle des vergangenen Jahres. Wenn man durch diese Schicht schnitt, blieb das Vlies theoretisch intakt und ging in einem Stück ab. Bei einigen Tieren war das einfach. Die Wolle löste sich bereits, wie eine alte Tapete, und die Schere brauchte man kaum. Doch bei anderen dauerte es länger. Man musste die Wolle hoch- und auseinanderziehen, um den neuen Wuchs zu finden, und dann so dicht an der Haut schneiden, dass das Vlies intakt blieb, jedoch nicht so dicht, dass man sie verletzte. Für den Fall, dass das passierte, stand eine Dose mit dunkelrotem antiseptischem Spray neben seinen Füßen. Wenn die scharfe Klinge abrutschte und ein rosa Fleischdreieck freilegte, spürte er das Schaf zusammenzucken, und er zuckte ebenfalls. Ein Sprühstoß bügelte seinen Fehler wieder aus.

Das Tier, das er jetzt hielt, war ein Zappler. Bisher hatte er es noch nicht geschnitten, aber es riskierte, sich selbst zu verletzen, so wie es sich unter ihm wand, als wäre es beleidigt über seine unwürdige Position. Sandy richtete sich auf und streckte sich. Morgen würde er dafür büßen, so wie immer. Natürlich gab es auch andere Methoden – er hätte das Schaf auf den Rücken legen und ihm die Füße fesseln können, so dass er wenigstens hätte knien können. Aber David schien solche Taktiken als Betrug zu betrachten, oder zumindest auf eine vage und unklare Art höchst unerwünscht. Und deshalb machte Sandy so weiter, bückte sich und richtete sich wieder auf, bückte sich und richtete sich wieder auf und gab sich insgesamt größte Mühe, die zappelige Aue zu beruhigen, während er, Schnitt um Schnitt, den enganliegenden Wintermantel entfernte.

»Hey, Sandy!«

Er hob überrascht den Kopf. Er hatte niemanden kommen hören, deshalb war es im ersten Augenblick so, als wäre der Ruf von dem Tier zwischen seinen Beinen gekommen. Er drehte sich um und bemühte sich, eine normale Miene zu bewahren. Jo stand direkt hinter ihm am Tor.

»Hi«, sagte er und hob zum Gruß die Schere. »Wie geht's dir denn so? Hab dich schon eine ganze Weile nicht gesehen.«

»Nein, ich habe mich ziemlich bedeckt gehalten. Oder vielleicht auch versteckt.«

Sandy wusste nicht, wie er reagieren sollte. Er öffnete den Mund, aber sie schnitt ihm das Wort ab.

»Um ehrlich zu sein, eigentlich bin ich hier, um mich zu verabschieden. David hat dir sicher gesagt, dass er uns rausgeworfen hat.«

»Na ja, so hat er es nicht formuliert, aber erwähnt hat er es, ja.«

»Ich glaube, ich kann's ihm nicht verdenken. Wir hätten von Anfang an ehrlich sein sollen. Aber es tut mir leid. Mir hat es hier gefallen. Eigentlich will ich nicht weg.« Sie wandte den Blick ab und presste die Kiefer zusammen.

»Ich weiß«, sagte Sandy. Er schaute wieder zu dem Schaf hinunter, das sich seit Jos Ankunft nicht gerührt hatte. »Und, wo geht ihr jetzt hin?«

»Vorerst einmal ins Haus meiner Mutter. Ryans Haus ist mit halbjährlicher Kündigungsfrist vermietet, dort können wir also nicht hin. Theoretisch hatten wir hier die gleiche Vereinbarung, aber … Na ja, Ryan wollte streiten, zur Rechtsberatung gehen und Ähnliches. Aber ich habe ihn überredet, es zu lassen. Es würde nichts bringen. Wir könnten hier nicht leben, wenn David uns nicht will.«

»Nein, das stimmt. Das könnte keiner von uns.« Sandy hob seine Augenbrauen und lächelte sie mitfühlend an.

»Was allerdings langfristig geplant ist, weiß ich nicht. Na ja, es gibt keinen Plan. Wahrscheinlich warten wir einfach, bis Ryans Haus frei ist, und ziehen dann in die Stadt zurück. Aber wer weiß? Im Augenblick habe ich keine Ahnung, was ich tun will. Ein Teil von mir würde am liebsten den Job hinschmeißen und wegziehen.«

»Und Ryan?«

»Ja, den würde ich auch am liebsten hinschmeißen«, lachte sie und hielt dann kurz inne. »Aber ich wollte mich entschuldigen. Wegen der Party. Ich weiß, es ist schon eine Weile her, aber ich hatte noch keine Gelegenheit. Ich war sehr betrunken. Ich weiß nicht, was ich sonst drüber sagen soll. Tut mir leid, wenn ich dich verwirrt habe.«

»Na ja, verwirrend warst du schon. Aber ich bin auch leicht zu verwirren. Um ehrlich zu sein, du bist das geringste Problem.«

»Alkohol ist gefährlich«, lächelte sie.

»Ja, er kann einen dazu bringen, Fremden die Wahrheit zu sagen.«

»Du bist kein Fremder, Sandy.«

»Nein, schätze nicht.«

Sandys Schaf, das einen Augenblick der Schwäche spürte, erwachte plötzlich zum Leben, wand sich zwischen seinen Beinen heraus und lief zu den anderen zurück, ein Cape aus weißer Wolle auf dem schlammigen Boden hinter sich herziehend.

»Scheiße!« Er legte die Schere weg und jagte hinter dem Tier her.

»Tut mir leid«, sagte Jo. »War mein Fehler, weil ich dich abgelenkt habe.« Sie zögerte kurz. »Soll ich dir vielleicht helfen, wenn ich schon mal da bin? Ich habe zwar noch nie ein Schaf geschoren, aber ich bin bereit, es zu versuchen.«

Sandy packte das halb geschorene Schaf. Das Vlies war zerfleddert und mit Schlamm und Scheiße bedeckt. Er schaute hoch. »Na ja, eigentlich bist du dafür nicht angezogen, aber wenn du dir aus dem Schuppen einen Overall und eine Schere holen willst, werde ich dich nicht abhalten.«

Jo nickte. »Okay, Chef.«

Ein paar Minuten später kam sie in einem Overall zurück, der ihr ein paar Nummern zu groß war. Die Ärmel waren hochgekrempelt, und die Hosenbeine hingen ihr über die Stiefel und schleiften über den Boden. »Okay«, sagte sie, »was muss ich tun?«

»Steig rein«, sagte Sandy. »Ich zeig's dir.«

In der nächsten Stunde standen die beiden nebeneinander und wechselten kaum ein Wort. Bei ihrem ersten Schaf fesselte Sandy die Beine und wies Jo an, sich daneben hinzuknien. Doch danach machte sie es wie er, vornübergebeugt im Stehen, das Tier zwischen den Beinen. Hin und wieder schaute er zu ihr hinüber, sah, wie ihre Hände sich bewegten, wie vorsichtig sie war, wie umsichtig mit den Klingen. Sie war gut. Sie lernte schnell, wusste mit den Tieren umzugehen und ließ sich nicht entmutigen, wenn sie zu entkommen versuchten.

»Du bist ein Naturtalent.«

»Ich weiß«, lachte sie. »Ich sollte mir selber welche zulegen. Vielleicht ist das ja mein Leben.«

»Vielleicht. Dann ist es allerdings eine Schande, dass du gehst.«

»Ja, allerdings«, sagte sie. Sie zeigte ein Lächeln, das eine schwere Bürde des Bedauerns zu tragen schien. Hätte er nur den Mund gehalten.

Als alle Schafe fertig waren, öffnete Sandy das Tor, um sie laufen zu lassen. Die Mutterschafe sprangen und rannten die ersten Meter auf die Weide, dann senkten sie die Köpfe wieder zum Gras, als wäre nichts passiert. Er sah die Haut auf ihrem

Rücken zittern, während sie sich an die Temperatur gewöhnten. Die Lämmer folgten den Rufen ihrer Mütter, hoppelten zu ihnen und stießen mit den Schnauzen fest gegen ihre Bäuche, weil sie saugen wollten. Alles war wieder genauso wie zuvor.

»Danke für deine Hilfe«, sagte Sandy. »Dank dir ging die Arbeit viel schneller.«

»Danke, dass du mich hast mitmachen lassen«, sagte Jo. »Ich habe es genossen.« Sie zog den Reißverschluss des Overalls auf, schälte die Arme aus den Ärmeln und ließ ihn von den Schultern zu Boden gleiten. Dann zog sie die schlammigen Stiefel aus und stieg aus der Montur. Sie schauten einander an.

»Es tut mir wirklich leid«, sagte er. »Mir wär's lieber, wenn du bleiben würdest.«

»Ich weiß. Und es ist okay.«

Sandy fragte sich, ob Jo wusste, dass er es war, der David die Sache mit dem Haus erzählt hatte. Sie und Ryan mussten es geahnt, sie mussten es vermutet haben. Aber sie waren hier in Shetland. Es hätte jeder sein können. Ryan hatte nicht gerade ein Geheimnis daraus gemacht. Er hatte fast damit geprahlt. Vielleicht hatte sie keine Ahnung.

»Na, dann pass auf dich auf«, sagte er.

»Ja, du auch. Und du hast ja meine Nummer, also schreib mir eine SMS, wenn du dich mit mir in der Stadt treffen willst. Es wäre schön, dich zu sehen. Wirklich.«

Er nickte. »Mach ich«, sagte er, obwohl er wusste, dass er es nicht tun würde. Es gab sicher noch etwas anderes, was er ihr sagen sollte, aber ihm fiel nichts ein.

Jo beugte sich vor und legte die Arme um ihn. Zwei Sekunden lang, vielleicht drei. Das war alles. »Man sieht sich, Sandy«, sagte sie, drehte sich um und ging davon.

Sandy stopfte alle Vliese in einen Rupfensack, bis auf das zerrissene, schmutzige, das er zusammenrollte und unter den Arm klemmte. Den Sack warf er sich über die Schulter und stellte ihn an die Rückwand des Schuppens, und die Scheren, die Farbe und den Spray stellte er auf die Werkbank. Das schmutzige Vlies warf er in eine Ecke, um es später zu entsorgen. Im Schuppen war es kühl und voller Schatten, und er stand einen Augenblick in der Tür und schaute das Tal hoch, bevor er ins Haus ging. Jos Overall nahm er mit, um ihn zu waschen.

*

Liz hörte die Haustür zufallen und dann Schritte auf der Treppe. Sie hörte den Riegel der Badezimmertür klicken, die Dusche anspringen. Jim sollte in einer halben Stunde kommen, und alles war so gut wie fertig. Der Tisch war gedeckt, das Lamm im Ofen brauchte nur noch ein paar Minuten, das Gemüse war aufgesetzt. Es war kaum noch etwas zu tun. Und trotzdem geriet sie in Panik. Zum Teil war es die Panik der erwartungsvollen Gastgeberin. Aber es steckte mehr dahinter.

Seit ihrer Rückkehr hatte sie zweimal mit Jim gesprochen. Es waren kurze, angespannte Telefonate gewesen, und alles andere als angenehm. Davor hatte sie viele Jahre lang absolut keinen Kontakt zu ihm gehabt. Sie waren einander völlig entfremdet. Damals war ihr das ganz recht gewesen. Jetzt musste sich das ändern, und sie war nervös.

In der letzten Woche hatte sie ein paarmal überlegt, ob sie das Mittagessen absagen sollte. Einmal hatte sie sogar den Hörer abgehoben und angefangen, seine Nummer zu wählen. Aber sie konnte es nicht tun. Zu viel hing davon ab. Sie stellte sich vor, dass Jim jetzt dasselbe machte, dass er zu Hause saß, über altem

Unmut brütete, die Autoschlüssel in die Hand nahm und sie wieder weglegte, hin- und herüberlegte. Allein bei dem Gedanken daran wurde sie wütend.

An dem Tag, als sie Jim kennenlernte, war sie achtzehn und hatte die Schule gerade einmal ein Jahr hinter sich. Sie arbeitete auf Sullom Voe, als Bedienung in der Kantine. Es waren lange Arbeitstage, aber der Job war ziemlich gut bezahlt. Zumindest so gut, dass sie die Pfiffe und Grapscher und blöden Sprüche ertrug. Eines Mittags trug sie schmutziges Geschirr vom Speisesaal durch den Gang zur Küche, als zwei Männer – eigentlich noch Jungs – in der Doppeltür auftauchten und Ware von einem Transporter vor der Tür hereinbrachten. Die beiden blieben stehen und ließen sie vorbeigehen, marschierten erst dann weiter zum Lagerraum. Als sie aus der Küche zurückkehrte, diesmal mit Hackfleisch und Burgern, kamen sie aus der anderen Richtung, nun mit leeren Händen. Sie lächelte ihnen zu, und beide lächelten zurück.

»Na, hallo!« Jim nickte ihr im Vorbeigehen zu, und dann drehte er sich, wie sie vermutet hatte, um und lächelte noch einmal. »Ich bin Jim«, sagte er. »Freut mich, dich kennenzulernen.«

»Du hast mich doch noch gar nicht kennengelernt.«

»Da hast du recht. Aber hast du am Freitag Zeit? Dann könnten wir uns richtig kennenlernen.«

Sie zögerte kurz, traf dann eine Entscheidung. Er sah gut aus, und er hatte sie zum Lachen gebracht. »Klar, okay.«

Er winkte und wandte sich zum Gehen.

»Ich bin Lizzie«, rief sie ihm nach.

»Ich weiß, wer du bist.«

Ihr Date, wenn man das so nennen konnte, lief nicht besonders gut. Sie hatten ein paar Drinks, und er hatte nicht viel zu sagen. Dann kamen seine Freunde dazu, und sie waren laut und misstrauisch. Sie mochte sie alle nicht sonderlich, aber er war recht süß. Er hörte zu, wenn sie etwas sagte. Er ließ nicht zu, dass die anderen sie ausschlossen. Spät am Abend begleitete er sie nach Hause, obwohl er der Betrunkene war, aber sie wandte sich ab, bevor er die Gelegenheit hatte, sie zu küssen. Sie schloss hinter sich die Tür und erwartete, dass es das war. Aber tags darauf war er wieder in der Arbeit, mit demselben spitzbübischen Grinsen, derselben Keckheit. Sie gewährte ihm noch einen Versuch.

Liz bestand von Anfang an darauf, dass es keine Heirat geben würde. Alles, was sich anfühlte wie eine Einschränkung, eine Anbindung, konnte sie nicht hinnehmen. Ich werde dich nicht betrügen, sagte sie, aber wenn du mir sagst, dass ich dich nicht betrügen darf, werde ich es tun. Ich muss rennen können, wenn ich muss. Ich muss die Freiheit haben zu gehen.

Wahrscheinlich glaubte er ihr nie so recht. Jeder sagt solche Sachen, wenn man jung ist, nicht? Wahrscheinlich glaubte er, dass irgendwann einmal, früher oder später, eine Art »biologische Uhr« oder ein »häuslicher Instinkt« anspringen würde, und dann würde sie ihn anflehen, sie zu heiraten und eine gute Frau aus ihr zu machen. Doch sie wusste immer, dass das nicht passieren würde. Sie hatte diese Instinkte nicht, und falls doch, kamen sie nicht an gegen ihren Instinkt, sich eine Tür offen zu lassen, um jederzeit fliehen zu können.

Aus diesem Grund betrachtete sie ihre Beziehung immer nur als vorläufig. Sie dauerte einen Monat, dann sechs Monate, dann ein Jahr, so dass es angebracht war, sie langfristig zu nennen. Aber sie wusste, sie würde nur halten, bis sie etwas anderes wollte, jemand anders, woanders. Vielleicht dachte sie, dass er ihre Flatterhaftigkeit, ihre Unberechenbarkeit mochte. Das machte sie, solange sie blieb, zu einem besseren Fang. So konnte er ihre Anwesenheit wertschätzen. Männer langweilen sich, wenn sie wissen, dass Frauen vorhaben zu bleiben, das dachte sie zumindest. Sie sollte eigentlich die perfekte Partnerin sein.

Obwohl diese Eigenschaft dabei half, Jims Aufmerksamkeit – sogar seine Vernarrtheit – zu bewahren, schuf sie natürlich auch Probleme. Sie erzeugte bei ihm Angst, das Gefühl, immer am Rand der Panik zu sein. Wenn sie in Gesellschaft waren, beobachtete er sie. Sie sah ihn, obwohl sie versuchte, seinem Blick nicht zu begegnen, sein Starren nicht zu registrieren. Sie spürte seine Augen auf sich wie die Hitze einer Lampe, und es freute sie und stieß sie zugleich ab. Er beobachtete sie, dachte sie, nicht weil er ihr misstraute oder eifersüchtig war, sondern weil er so viel von ihr haben wollte, wie er konnte. Er beobachtete sie, vermutete sie, weil er jedes Mal, wenn sie den Raum verließ, um zur Toilette zu gehen, Angst hatte, dass sie nicht zurückkehrte. Sie war von seinem Starren sowohl geschmeichelt wie angewidert.

So erschien Sandy, als er in ihr entstand, Jim offensichtlich wie der Anker, den Liz brauchte, der Anker, der sie dort festhielt, wo er sie haben wollte, immer in seiner Nähe. Und für Liz, die sofort erkannte, was es bedeutete, war Sandy ein Anker, den sie unweigerlich lichten musste.

Sie schaffte sieben Jahre. Das war mehr, als sie sich je vorgestellt hätte. Tatsächlich war es mehr, als Jim sich hätte erhoffen sollen. Im Rückblick war es schwer, mit Sicherheit zu sagen, ob sie immer *vorgehabt* hatte zu gehen, ob sie die ganze Zeit gewusst hatte, dass sie ihren Partner und ihren Sohn verlassen würde. So einfach war es nicht. Mit Sicherheit hatte sie nur gewusst, dass die Situation, die Jim arrangiert hatte, die kuschelige Familiensituation, die er geschaffen hatte, nicht ewig Bestand haben konnte. Den genauen Ausgang sah sie nicht voraus, aber sie wusste immer, dass etwas passieren würde.

»Du weißt, nichts hält ewig«, sagte sie zu Jim am Telefon ein paar Wochen nach ihrem Weggang. »Ich könnte morgen sterben. Dann wärst du nicht wütend auf mich, aber das Ergebnis wäre dasselbe.«

»Wenn du dich umgebracht hättest, wäre ich wütend«, erwiderte Jim.

»Ich werde mich nicht umbringen, und vielleicht solltest du dafür dankbar sein.« Sie verwirrte ihn absichtlich, fesselte ihn mit endlosen Schlingen des Widersinns.

Seit sie auf die Shetlands zurückgekehrt war, war ihr nie der Gedanke gekommen, dass Jim sie vielleicht gar nicht wiedersehen wollte. Hass war, wie alles andere auch, sicherlich nur vorübergehend. Und auch wenn er sie noch immer hasste, musste er doch zumindest neugierig sein. Wenn jemand einfach so aus dem eigenen Leben verschwindet, fragt man sich bestimmt, wer derjenige tatsächlich ist, welche Seite dieses Menschen ihn zum Gehen veranlasst hat. Jim, so schien es, hatte sich mehr als zwanzig Jahre lang gefragt, wer sie war, deshalb konnte er zu einem Sonntagsmahl kaum nein sagen.

»Brauchst du Hilfe?« Sandy stand mit nassen Haaren am Fuß der Treppe.

»Nein, ich glaube, ich habe alles unter Kontrolle. Wenn du willst, kannst du dich an den Tisch setzen und dir ein Glas Wein einschenken. Schenk uns beiden eins ein.«

»Im Augenblick will ich nichts, danke. Ich nehme mir eins, wenn Dad da ist.« Er schaute zur Uhr an der Küchenwand. »Sollte schon vor fünf Minuten gekommen sein.«

»Ich bin mir sicher, er kommt jeden Augenblick. Bist du nervös?«

Sandy zog eine Augenbraue hoch und verzog das Gesicht. Er antwortete nicht, ging einfach wieder nach oben, bis ein Klopfen an der Haustür ihn wieder herunterholte.

»Hallo, Dad, wie geht's?«

Jim stand vor der Tür, angezogen wie ein Mann, der nicht recht wusste, was von ihm erwartet wurde. Ein gepflegtes graues Hemd steckte in einer ausgewaschenen Jeans, darunter ein paar Arbeitsstiefel. Insgesamt vermittelte dieser Aufzug eher das Bild eines Cowboys nach Feierabend als eines einsamen städtischen Angestellten mittleren Alters.

»Ganz okay, Sohn. Ruhiges Wochenende, ruhige Woche. Ich bin okay.«

Sandy nickte. »Du hättest heute nicht kommen müssen. Ich wäre nicht beleidigt gewesen.«

»Ich weiß, ich weiß. Ist okay. Alles bestens.«

Liz stand hinter ihnen und hörte zu, bis nach Abschluss der Höflichkeiten Jim sich ihr zuwandte.

»Hallo, Lizzie.« Er streckte zögernd die Hand aus. Sie sah in seinem Gesicht, dass er es bedauerte. Händeschütteln war absolut nicht in Ordnung. Aber sie nahm sie lächelnd, drückte sie mit beiden Händen und ließ dann wieder los.

»Danke, dass du gekommen bist, Jim«, sagte sie. »Ich meine das ernst. Danke. Es bedeutet mir sehr viel, dass wir alle zusammen sein können. Und Sandy auch.«

»Lass mich da aus dem Spiel.«

Jim nickte und grinste dann ganz leicht. Er schaute in die Küche. »Ich lechze nach einem Drink, wenn du was hast.«

»Wein oder Bier?«

»Was trinkst du, Sandy?«

»Ich nehm einen Wein, denk ich.«

»Okay. Dann nehm ich zur Abwechslung auch mal einen. Ein Glas Wein wäre gut.« Er klatschte in die Hände und schaute sich dann um.

Beim Anblick dieses schlaffen Mannes wusste Liz nicht so recht, was sie fühlte. Auf jeden Fall keine Schuld. Jim war immer ein guter Mann gewesen, und sie glaubte, dass er es auch noch war. Nicht auf irgendeine besonders bewundernswerte Art. Er hatte einfach nicht viel Schlechtigkeit in sich. Er wollte niemandem etwas Böses, außer vielleicht sich selbst. Liz erkannte, dass jede Wut, die sie vielleicht einmal auf ihn gehabt hatte, längst verflogen war. Die Wut über ihre Schwangerschaft verging, sobald Sandy geboren wurde. Denn trotz allem wäre es nicht fair zu sagen, dass sie ihren Sohn nicht liebte. Das tat sie. Nur nicht auf die Art, die von ihr verlangt wurde.

Nein, sie empfand keine Wut und keine Schuld. Es war eher eine Art Mitleid. Dieser Mann, der mehr oder weniger ein guter Mann war, hatte nicht das Leben geführt, das er verdient hätte. Er war nicht so glücklich gewesen, wie er hätte sein sollen, nicht so glücklich, wie er zu werden gedacht hatte, als er Liz kennenlernte.

Die drei setzten sich an den kleinen Tisch in der Küche, dessen seitliche Verlängerungen ausgezogen waren, um das Essen aufzunehmen. Liz schnitt das Lamm und verteilte es, zusammen mit Bratkartoffeln, Erbsen und Karotten. Sie schenkte Wein ein und goss Soße auf die Teller und sagte »Prost« und war die perfekte Gastgeberin, und die beiden Männer spielten mit, ohne viel zum Gespräch beizutragen.

»Wie geht's deiner Mutter, Jim?«, fragte Liz auf der Suche nach einem angemessenen Thema.

»Na ja, sie lebt noch, gerade so. Gott sei Dank ist sie jetzt in einem Heim. Ihr Körper funktioniert noch recht gut, aber im Kopf ist sie nicht mehr ganz richtig. Weiß die halbe Zeit nicht, wer ich bin. Ist ihr vielleicht auch egal. Ich besuche sie, aber das ist harte Arbeit, weißt du.«

»Ich möchte nie und nimmer so enden. Da läuft es mir kalt den Rücken runter.«

»Na ja, schätze, es ist schlimmer, wenn man niemanden hat, der sich um einen kümmert.«

Sie nahm den Seitenhieb schweigend hin. Dann sagte sie nach einer Pause: »Hättest du je gedacht, dass Sandy mal Bauer wird? Ich hätte mir das nie gedacht. Ich war schon überrascht genug, als er nach Shetland zurückkehrte, aber Bauer! Mit Schafen!« Sie lachte.

Jim nickte und kaute an seinem Lamm. »Na ja, jeder kann einen überraschen, wenn er will. Und wenn er glücklich ist, dann soll's mir recht sein. Ich hab nichts gegen Schafe.«

»Na ja, ich meine, ich wollte ja nicht sagen, dass daran irgendwas verkehrt ist. Ich habe es nur nicht erwartet, das ist alles.«

Jim zuckte die Achseln und meldete sich wieder zu Wort: »Und, wie lange hast du vor zu bleiben?«, fragte er und trank seinen letzten Schluck Wein.

Liz hob eine Augenbraue und schaute dann auf ihren Teller, auf dem eine halbe Kartoffel in einer Pfütze Soße lag. Sie sah, dass Sandy den Kopf zu ihr drehte und auf eine Antwort wartete.

»Tja, ich habe darüber nachgedacht. Als ich zurückkam, war ich nicht sicher, ob ich mehr als ein oder zwei Monate zu Hause sein möchte. Es ist so lang her, weißt du, ich war mir einfach nicht sicher. Aber ich genieße es. Auf jeden Fall mehr, als ich dachte. Ich habe schon angefangen, Jobs zu suchen.«

»Dann verlässt du dich drauf, dass Sandys Gastfreundschaft unbegrenzt ist?«

»Nein, überhaupt nicht. Ich denke, ich gehe schon bald von hier weg.«

»Aha?«, sagte Sandy. Er hatte den Mund voll, aber das Fragezeichen war unüberhörbar.

»Nein, wenn alles gut geht, dann denke ich, lasse ich dich schon in ein oder zwei Wochen wieder in Frieden. Ich habe mit David gesprochen. Das Red House ist ab nächstem Wochenende wieder frei, und ich habe ihn gefragt, ob ich einziehen könnte, wenigstens mal versuchsweise. Er war hocherfreut, meinte, das erspart ihm die Anzeige und die Bewerbungsgespräche und das alles. Scheint uns beiden zu passen. Und dir auch, Sandy.«

Sandys Kauen war langsamer geworden, während sie sprach, und jetzt hörte es ganz auf. »Wie genau soll mir das passen?«

»Na ja, du wirst doch nicht noch viel länger das Haus mit mir teilen wollen. Ich komme dir doch ins Gehege.«

»Ja, das tust du schon.«

»Deshalb dachte ich, wenn ich ein paar Häuser weiterziehe, ist das gut für uns beide.«

»Nein, es wäre gut für dich. Nicht für mich.«

»Ich verstehe nicht. Du willst nicht, dass ich gehe, aber du willst auch nicht, dass ich bleibe.«

»Nein, ich will, dass du gehst. Und mir ist es ziemlich egal, wohin du gehst. Ich will nur nicht, dass du *hierbleibst,* hier im Tal. Das ist mein Zuhause, nicht deins.«

»Und, was soll ich dann tun?«

Sandy zuckte die Achseln und stand auf. »Such dir woanders was. Finde dein eigenes Zuhause. In Shetland gibt's viele

Orte, an denen man leben kann. Such dir einfach einen aus und bleib dort.«

Er verließ den Tisch und ging zur Haustür. Draußen fuhr er die Straße hoch nach Kettlester, parkte neben dem Haus und ging ohne zu klopfen hinein. David und Mary saßen in der Küche, zu beiden Seiten des Tischs, mit Tassen vor sich. David nickte, als Sandy hereinkam.

»Aye, aye, Junge. Willst du dich zu uns setzen? Der Kessel hat eben gekocht.«

»Du kannst es nicht lassen, was?«, fragte Sandy. »Sich in das Leben anderer Leute einzumischen. Du kannst es nicht lassen, alles und jeden in diesem Tal kontrollieren zu wollen.«

David sagte nichts, wartete einfach, dass Sandy weiterredete.

»Ich habe die Schnauze voll davon. Ich habe die Schnauze voll davon, dass du versuchst, über mein Leben zu entscheiden. Diese Entscheidung steht dir nicht zu. Ich habe die Schnauze voll davon.« Seine Stimme verklang, und er stand neben der Tür, hatte nichts mehr, was er noch ausspucken konnte, seine Wut war verraucht.

Es war Mary, die aufstand und auf ihn zukam. Sie streckte die Arme aus, und er ließ sich von ihr umfassen, an sich drücken, während er den Kopf auf ihre Schulter legte.

»Komm und setz dich«, sagte sie. »Komm und setz dich.«

Samstag, 16. Juli

Es war seit Maggies Tod das erste Mal, dass Alice wieder in Gardie war. Genaugenommen war sie zum ersten Mal seit fast drei Jahren wieder hier, und erst zum dritten oder vierten Mal überhaupt. Das Haus war ihr nicht so vertraut wie Davids und Marys Haus oder auch das Red House. Sie stand an der Vordertür und versuchte sich vor Augen zu führen, wie es früher drinnen ausgesehen hatte, bevor sie eintrat und es so sah, wie es jetzt war. Sie hatte Schwierigkeiten, es sich vorzustellen. Eine vage, unvollständige Erinnerung an das Wohnzimmer – seine Form, die Farbe der Wände. Maggies Sessel in einer Ecke. Mehr brachte sie nicht zusammen.

Alice zögerte kurz, klopfte und öffnete dann die Tür.

Sandy erwartete sie. Sie hatte ihm gesagt, sie werde mittags hier sein, und ihre Uhr zeigte 12:01. »Kaffee?«, rief er aus der Küche, als sie ihre Jacke in die Diele hängte.

»Im Augenblick nicht, danke.« Alice zog die Schuhe aus, zuerst den einen, dann den anderen, wobei sie die Zehen des einen gegen die Ferse des anderen drückte.

»Okay, komm einfach rein. Ich mache mir gerade selber einen Kaffee.«

Der Gang war schmaler, als sie in Erinnerung hatte. Die rechte Wand erstreckte sich in voller Höhe fast durchs ganze Haus, die linke nur ein paar Meter und öffnete sich dann zur Küche. Direkt vor ihr war eine weitere Tür, die zum Bad und zur Treppe führte, wie sie annahm, denn sie war noch nie hindurchgegangen. Die Wände waren auf allen Seiten weiß.

Sandy lehnte an der Anrichte in der Küche und wartete, dass der Kessel kochte. Er lächelte und nickte. Seine Haare waren verstrubbelt. Er sah müde aus.

»Wie geht's, Alice?«

»Gut, danke. Sehr gut. Es ist wirklich sehr freundlich von dir, dass du mich vorbeischauen lässt. Ich weiß, die Bitte muss ein wenig merkwürdig geklungen haben.«

»Na ja, schon ein bisschen, aber das ist okay. Du bist sehr willkommen. Ich bin froh, dass du mich gefragt hast und nicht einfach gekommen bist, als ich nicht da war.«

Sie lachte. »Ja, das wäre schon ein bisschen unhöflich gewesen, nicht? Kann nicht sagen, dass ich nicht in Versuchung war. Aber ich hatte Angst, dass deine Mutter mich erwischt.«

Sandy wandte den Blick ab. »Na ja, sie ist jetzt wieder weg«, sagte er. »Sie ging letzte Woche, also brauchst du dir wegen ihr keine Sorgen zu machen.«

»Ach ja, richtig … Hatte sie einen schönen Urlaub?« Alice wusste, dass Liz nicht auf Urlaub hier gewesen war. Mary hatte ihr das schon vor mehr als einem Monat gesagt. Aber sie wollte nicht verraten, dass sie getratscht hatte.

»Ich weiß es eigentlich nicht.« Sandy goss sich Kaffee aus dem Bereiter in die Tasse und wandte sich dann wieder Alice zu. »Und, wollen wir die Tour machen?«

Als ihr der Gedanke kam, hatte sie ihn für eine gute Idee gehalten. Maggies Biografie, die sie im Sinn hatte, kam nicht recht vom Fleck, vor allem seit ihrer Unterhaltung mit David. Sie hatte inzwischen einige tausend Wörter geschrieben, und sie waren eigentlich recht gut. Sie erzählten eine gewisse Geschichte. Aber noch war Maggie in ihnen nicht präsent. Sie war noch immer vage, flüchtig, fast wie ein Geist, als hätte Alice es nicht geschafft, sie einzufangen. Was stimmte. Sie hatte versagt. Bis jetzt hatte sie nur Punkte miteinander verbunden, Ereignis mit Ereignis, Datum mit Datum. Und das reichte nicht.

Eigentlich war das Haus ihre letzte Hoffnung. Es war ein Schuss ins Blaue, aber einen Versuch wert. Das war der Ort, an dem Maggie fast jeden Tag ihres Lebens verbracht hatte; der Ort, an dem sie jeden Morgen aufwachte und sich am Abend schlafen legte; wo sie aß und lachte und vor dem Fernseher saß und, vor dem Zubettgehen, in ihr Tagebuch schrieb. Nach dieser ganzen Zeit, nach diesem ganzen Leben war doch sicherlich noch ein Teil von ihr übrig, eine Erinnerung im Haus selbst, zu der Alice, indem sie hier war, irgendwie Zugang fand. Ja, das war ein Schuss ins Blaue.

»Eine Tour wäre großartig. Ich war schon mal hier, aber nur ein paarmal, und nur in der Küche und im Wohnzimmer.«

»Na ja, es wurde nach Maggies Tod umgestaltet, und viele von den Möbeln sind neu. Aber ansonsten …«

Alice folgte ihm ins Wohnzimmer. Wieder sah es nicht so aus wie in ihrer Erinnerung. Der Couchtisch war vertraut und das Bücherregal im Eck. Auch die Anordnung war noch ziemlich so wie bei Maggie, mit dem Sofa gegenüber dem Fenster und zwei Lehnsesseln, von denen einer vor dem Fernseher stand. Aber irgendwie war das Zimmer auch anders. Es wirkte größer, offener. Und auch weniger bewohnt. Was eigentlich offensichtlich war, nur hatte sie es nicht recht erwartet. Wie ein alter Mensch in einem sehr neuen Mantel.

»Soll ich dich vielleicht für ein paar Minuten allein lassen?« Ohne den Kopf zu drehen, spürte Alice, dass er grinste. Sie wusste, dass er das, was sie tat, lächerlich fand, aber das war okay. Wahrscheinlich hatte er recht. Sie lächelte.

»Nein, du störst nicht. Wie wär's, wenn du mir zeigst, wo alles ist, und mich dann ein bisschen allein herumgehen und ein paar Notizen machen lässt? Wenn das nicht zu zudringlich ist.«

»Das ist absolut okay. Ich zeig dir alles und geh dann hinaus und trink meinen Kaffee im Garten.«

»Du musst doch nicht gehen!« Sie lachte.

»Das passt schon. Im Garten Kaffee zu trinken ist eine der Annehmlichkeiten des Lebens. Zumindest, wenn man hier lebt.«

»Ja, das stimmt. Okay, machen wir es so, und dann lässt du mich allein. Ich brauche nicht lange, versprochen.«

»Du kannst so lange bleiben, wie du willst. Nur wühle nicht in meiner schmutzigen Wäsche.«

»Okay, abgemacht.«

Die Tour dauerte nur ein paar Minuten. Sandy führte sie durch die Tür, hinter der die Abstellkammer und das untere Bad lagen, dann die Treppe hoch zum ersten Schlafzimmer und zum zweiten und der kleinen Toilette am Ende des Gangs.

»Und das war's. Es ist ja kein großes Haus. Schöne große Zimmer, aber nicht sehr viele davon.«

»Danke, Sandy, super. Ich lass dich jetzt gehen und notiere mir ein paar Sachen.«

»Gut. Dann bis später.«

Dann stand sie einfach nur da und wartete, bis er vor der Tür war. Sie lauschte den Geräuschen des Hauses. Sie schloss die Augen. An diesem Tag ging kaum ein Wind, es war also still. Kein saugendes Geräusch an den Fenstern, kein Ächzen oder Schlagen. Nur das leise Summen des Kühlschranks und dahinter ein

Zischen, unregelmäßig, aber beharrlich. Wellen am Strand. Hier war das Meer immer präsent.

Alice schaute nicht ins Bad. Stattdessen ging sie zuerst ins kleinere Schlafzimmer im hinteren Teil des Hauses. Das war das Zimmer, sagte David, in dem Maggie ihre Tagebücher und Briefe aufbewahrt hatte. Da sie kaum Besucher gehabt hatte, die über Nacht blieben – Inas letzter Besuch aus Neuseeland lag über zehn Jahre zurück –, war es vorwiegend als Abstellraum genutzt worden. Jetzt sah es aus wie ein Schlafzimmer. Zwar karg, aber offensichtlich erst kürzlich benutzt. Die Bettwäsche war nicht frisch. Sandy hatte sie nicht gewechselt, als seine Mutter gegangen war, vermutete Alice. Und als sie genauer hinschaute, sah sie noch ein halb geleertes Glas Wasser auf dem Nachtkästchen stehen. Vielleicht war er noch gar nicht hier drin gewesen.

Sandys Mutter war Alice ziemlich merkwürdig vorgekommen. Eines Nachmittags hatte sie Alice besucht, unangekündigt, als Alice zu arbeiten versuchte. Sie hatte sie natürlich auf einen Tee hereingebeten, aber sie war nicht so gastfreundlich gewesen wie üblich. In Gedanken war sie noch beim Schreiben.

Liz hatte alle möglichen Fragen gestellt, persönliche Fragen, die zu beantworten Alice sich Mühe gegeben hatte. Zu der Zeit fand sie das fast aufdringlich. Und später, als Mary ihr mehr über Liz erzählte, fand sie diese Begegnung noch verstörender. Das Ganze hatte einen manipulativen Charakter gehabt. Als wollte Liz ihre Nachbarn besser kennen als ihr Sohn. Diese Frau bereitete ihr Unbehagen, das war es im Grunde, und es tat ihr nicht leid, dass sie wieder weg war.

Jetzt gab es in diesem Zimmer nichts zu sehen. Das ungemachte Einzelbett, der Schrank, das kleine Bücherregal und das Nachtkästchen. Das war alles. Nicht einmal ein Bild an der Wand. Es fühlte sich leer und anonym an. Fast traurig.

Alice drehte sich um und ging ins große Schlafzimmer auf der anderen Seite des Gangs. Es war früher Maggies gewesen, und jetzt war es Sandys. Aber hier drinnen war nicht viel mehr als im anderen. Ein identischer Schrank. Kleine Tischchen zu beiden Seiten des Betts – hier ein doppeltes. Eine Kommode in einer Ecke, mit einem Spiegel und ein paar anderen Gegenständen obendrauf. Ein Glas mit Kupfermünzen. Ein Deostick. Eine Brieftasche. Ein kleines Holzkästchen. Das Zimmer war ordentlicher, als sie erwartet hatte. Sie schaute sich um und bekam dann deswegen ein schlechtes Gewissen. Diese Dinge gehörten alle Sandy. Sie hatten mit Maggie nichts zu tun.

Sie wusste nicht recht, was sie eigentlich erwartet hatte. Irgendeine nachklingende Aura des Gewesenen. Eine Präsenz vielleicht. Nicht wie ein Geist, nur eine Ahnung der Vergangenheit. Wie wenn man über eine dunkle Wand eine weiße Farbschicht pinselt, die nicht ganz deckt. Das alte bleibt sichtbar, ein Schatten unter dem Neuen. Aber hier war nichts. Sogar die Teppiche waren ausgetauscht worden, so dass die Schlurfspuren von Maggies Pantoffeln verschwunden waren.

Die Kommode hatte ihr gehört, hatte Sandy gesagt, und sie schaute sie sich genauer an. Sie war aus dunklem Holz – sie konnte nicht bestimmen, welche Art –, und trotz einiger Kratzer an den Ecken sah sie für ihr Alter gut aus. Alice strich mit der Handfläche über die Flanken und zog dann an der oberen rechten Schublade. Das alte Holz wehrte sich, bewegte sich dann knarzend heraus. Ein Stapel farbiger Boxershorts lag drinnen, einfach hineingeworfen, und obendrauf eine einzelne Socke.

»Alles okay da oben?«

Alice erschrak. Sie hatte die Haustür überhaupt nicht gehört. Sie schob die Schublade so leise wie möglich zurück und durchquerte das Zimmer.

»Ja, alles in Ordnung. Bin gleich wieder unten. Tut mir leid, dass ich so lange gebraucht habe.«

»Kein Problem. Ich bin nur wieder rein, um mir den letzten Rest Kaffee zu holen. Ich seh dich dann draußen.«

Sie atmete durch. Was tat sie hier eigentlich, so herumzuschleichen wie ein Einbrecher? Sandys Unterwäsche durchsuchen, um Himmels willen! Was hatte sie nur geglaubt, hier zu finden?

Alice verließ das Zimmer, schaute ein letztes Mal hinein, schloss die Augen, um sich das Bild einzuprägen, und ging dann. Unten war die Haustür offen. Sie schaute sich noch einmal im Wohnzimmer um, hatte aber die Begeisterung für ihr Vorhaben verloren. Was immer sie hier zu finden gehofft hatte, sie würde es nicht finden. Maggie war schon lange fort. Sie war verschwunden.

Draußen bückte Sandy sich zu den Blumenbeeten am Rand des Rasens. Er hatte einen Becher in der einen Hand und neben sich einen Eimer für das Unkraut. Er schaute hoch.

»Kannst du gut jäten?«, fragte er.

»Nein. Ich bin ein hoffnungsloser Fall. Ist mir immer zu mühsam. Du solltest Mary herholen. Sie scheint es zu lieben.«

»Ja, das stimmt«, nickte er. »Na ja, ich hasse es. Im Gemüsegarten habe ich nichts dagegen, aber hier …« Er deutete mit der freien Hand in den Garten. »Kommt mir wie Zeitverschwendung vor. Ist ja nicht so, dass wir hier viel Gelegenheit haben, ihn zu genießen.«

»Ich weiß, was du meinst. Meine Mutter hat immer gesagt,

wenn ich älter werde, dann werde ich die Gartenarbeit schätzen. Jetzt bin ich älter, und es kommt mir immer noch vor wie Strafarbeit. Vielleicht wenn ich mal fünfzig bin. Oder sechzig.«

Sandy ging aufs Haus zu, wo eine Bank an der Wand stand. Zum Sitzen war es eigentlich nicht warm genug, aber beide hatten ihre Mäntel an.

»Hast du gefunden, was du brauchst?«, fragte er.

»Ich glaube nicht. Aber ich weiß eigentlich gar nicht so recht, was ich brauche, um ehrlich zu sein. Wie gesagt, es war nur so eine Idee. Ich versuche, über jemanden zu schreiben, den ich kaum kannte. Ich dachte mir, vielleicht hilft es, das Haus zu sehen, aber ich bin mir nicht sicher.«

Er nickte. »Na ja, vielleicht liegt's auch an ihr. Ich kannte Maggie drei Jahre, und ich bin mir nicht sicher, ob ich sie überhaupt kannte. Sie war einfach … Maggie.«

Alice lachte. »Das ist genau das, was David gesagt hat: ›Sie war einfach Maggie.‹ Aber Maggie muss doch jemand gewesen sein.«

»Ja, sie war *jemand.*« Sandy wandte sich ab. »Wir sind alle jemand. Auch wenn wir nicht wissen, wer.« Er schaute kurz zu Boden und sprach dann weiter: »Weißt du, dass ich ihr beigebracht habe, wie man E-Mails verschickt?«

»Nein, das habe ich nicht gewusst.«

»Na ja, Ina hat sie jahrelang gedrängt, endlich zu lernen, wie man einen Computer benutzt, also hab ich ihr meinen alten gegeben. Um ehrlich zu sein, sie hat sich ziemlich gut angestellt. Auf jeden Fall besser, als ich erwartet hatte. Sie war langsam, aber …« Er zuckte die Achseln. »Alte Leute sind bei so was immer langsam, nicht?«

»Schätze schon.« Alice nickte und zog dann scharf die Luft ein, als bei ihr das Begreifen einsetzte. »Das erklärt also, warum die Briefe von Ina vor ein paar Jahren einfach aufgehört haben«, sagte sie. »Ich habe angenommen, die jüngeren wurden wohl weggeworfen oder sonst was, aber offensichtlich habe ich mich geirrt. Es gab keine jüngeren.«

»Ja, so wird's sein. Als sie den Computer hatte, hat sie kaum noch Briefe geschrieben, schätze ich. Sie hat einen halben Tag gebraucht, um eine E-Mail zu schicken, aber sie ist drangeblieben.«

»Das ist lustig«, sagte Alice. »Irgendwie wäre es mir fast lieber, sie hätte es nicht getan.«

»Warum das?«

»Ach, ich weiß auch nicht. Eigentlich kein Grund. Ich bin nur sentimental, was Briefe angeht.«

»Ja.« Sandy nickte. »Das sind viele Leute. Ist lange her, dass ich einen handgeschriebenen Brief bekommen habe. Würde ihn inzwischen aufbewahren, wenn ich einen bekommen würde. Nur weil's so ungewöhnlich ist.« Er trank einen Schluck, obwohl der Kaffee sicher schon kalt war.

»Hast du noch irgendwas von ihren Sachen?«, fragte Alice nach einer weiteren Pause. »Ich meine, was anderes als die Möbel? Das klingt jetzt wahrscheinlich verzweifelt, aber vielleicht bin ich das ja auch.« Sie lachte.

»Ähm …« Sandy kniff die Augenbrauen zusammen. »Ich glaube, da sind noch ein paar Sachen oben im Speicher, weil wir uns nicht entscheiden konnten, was wir damit machen sollen. Wir haben die Figürchen da hochgestellt, und vielleicht auch noch ein paar Fotos, wenn ich mich recht erinnere.«

»Die Figürchen?«

»Ja, sie hatte eine Sammlung von kleinen Puppen. Ich weiß nicht, wie man die nennt. Aus Porzellan. Vorwiegend Tiere.

Schafe und Hunde und Bären und so. Die standen im Wohnzimmer in einer Vitrine.«

»Oh, ja, an die erinnere ich mich. Neben dem großen Fenster?«

»Ja. David hat die Vitrine mitgenommen. Meinte, er hätte sie noch in der Schule gebaut. Und ich habe die Tiere behalten. Er wollte sie wegwerfen, aber ich dachte mir, vielleicht will ja jemand anders sie noch. Und nach deinem Gesichtsausdruck könntest genau du diese Person sein.«

Sandy lachte wieder und stand auf. Er drehte seinen Becher um und schüttelte ihn über dem Gras aus. Ein paar letzte Tropfen Kaffee liefen heraus. »Ich suche sie später für dich raus«, sagte er. »Heute Nachmittag fahr ich in die Stadt, und dann kommt Terry auf einen Drink vorbei.« Er hob theatralisch die Augenbrauen, damit Alice verstand, was er meinte. »Ich versuche, noch auf den Speicher zu gehen, bevor er kommt, und bringe sie dir dann morgen Vormittag.«

»Ach, das ist nicht nötig. Ich kann ja irgendwann vorbeikommen und sie abholen.«

»Okay, dann mach es so.«

Nun stand Alice auf und folgte Sandy in den vorderen Garten und zum Tor. Sie drehte sich um. »Danke, Sandy. Tut mir wirklich leid, dass ich so aufdringlich war, aber es war sehr freundlich von dir, dass ich mir hier alles anschauen durfte.«

»Das ist doch kein Problem.« Er hob die Hand. »Tschüs. Und bis bald.«

Zurück in Bayview setzte sich Alice in ihr Büro und lehnte sich im Sessel zurück. Der Ausflug nach Gardie hatte ihr nicht sonderlich viel Material geliefert, aber vielleicht genug, um weiterzumachen. Viel war nicht mehr zu tun: einfach zusammenschreiben, was sie hatte, die Tatsache akzeptieren, dass um Maggie ein kleines Geheimnis blieb, und es damit bewenden lassen. Sie stand zu dicht vor Abschluss des Buches, um sich jetzt noch zu verzetteln. Zu nahe, um jetzt noch eine Pause zu machen. Wenn sie hart arbeitete, konnte sie in einem Monat fertig sein. Höchstens zwei. Der Gedanke erregte sie, fast wurde ihr schwindelig dabei. Es hatte so lange gedauert, um so weit zu kommen.

Sie zog ihr Handy aus der Tasche. Sie wollte mit jemandem reden, ihre Erregung teilen, und so suchte sie die Privatnummer ihres Bruders heraus. Wahrscheinlich war er nicht zu Hause – samstags war er sicher mit den Kindern unterwegs, unternahm etwas mit der Familie, Tennis, Picknick oder irgendeine andere bekömmliche Aktivität –, aber sie hatte seit Monaten nicht mit ihm gesprochen, und deshalb wählte sie.

Es war ihre Schwägerin, die antwortete, und sie klang merkwürdig formell, wie so oft. »Hallo, Jenny am Apparat.«

Alice hatte Jenny immer gemocht, wollte sie besser kennenlernen, freundschaftlich mit ihr umgehen, aber irgendwie hatte das nie so recht geklappt. Jenny war nett zu ihr, stellte ihr all die richtigen Fragen. Aber sie wirkte distanziert, als hielte sie es nicht für angebracht, mit der Schwester des Ehemanns befreundet zu sein.

»Hey, Jenny, Alice hier. Wie geht's?«

»Oh, hi, Alice. Mir geht's gut, danke. Dann nehme ich an, du hast es schon gehört?«

Vor der Frage hatte es eine Veränderung in Jennys Tonfall gegeben, und Alice versuchte, das jetzt zu interpretieren. Mitgefühl vielleicht? Verständnis? Irgendwas in der Richtung. Sie spürte leichte Panik in sich aufsteigen. »Nein. Was meinst du? Was gehört?«

»Ach, ich dachte, das ist der Grund, warum du anrufst.«

»Warum rufe ich an? Tut mir leid, aber ich verstehe nicht.«

»Nein, das ist schon okay. Mach dir keine Sorgen. Simon wollte es dir gar nicht sagen. Er ist jetzt bei eurer Mutter. Ihr geht's gut, sie ist nur ein wenig durcheinander.«

»Jenny, tut mir leid, aber du musst ein bisschen weiter ausholen. Simon wollte mir was nicht sagen? Warum ist Mum durcheinander?«

Jenny atmete hörbar ein, sie versuchte, die Situation, die sie unabsichtlich erzeugt hatte, zu klären.

»Deine Mum ist gestürzt. Vor ein paar Tagen. Aber mach dir keine Sorgen, es geht ihr gut. Sie hat sich den Arm gebrochen und ein paar Rippen geprellt. Am Anfang sah es schlimm aus, aber als sie sie dann gesäubert hatten, du weißt schon …« Sie schien noch etwas hinzufügen zu wollen, überlegte es sich dann aber anders.

»Aber, ich meine, wie ist das passiert? Wo?«

»Sie war im Supermarkt – dem in ihrer Nachbarschaft. Also waren viele Leute um sie herum, zum Glück. Irgendjemand sah sie stürzen und rief den Krankenwagen. Er sagte, sie ist über den Bordstein auf dem Parkplatz gestolpert und seitlich umgefallen. Was eben so passiert, wenn man ins Alter kommt.«

»Okay. Okay.« Alice spürte, wie aufkeimende Wut die Panik vertrieb. »Aber warum hat mir das niemand gesagt? Warum zum Teufel hat Simon mich nicht sofort angerufen?«

Eine Pause entstand, während Jenny sich ihre Worte zurechtlegte. Sie versuchte zu erklären, was Simon sich gedacht hatte, klang dabei aber selbst nicht sonderlich überzeugt. »Na ja, deine Mum wollte nicht, dass er dir Kummer bereitet. Du bist so … so weit weg, sie wollte einfach nicht, dass du überstürzt herkommst, wo du doch nichts machen kannst und es eigentlich nichts gibt, worüber man sich Sorgen zu machen braucht.«

Alice wusste nicht, was sie darauf sagen sollte. Sie wusste nicht einmal so recht, ob sie glauben konnte, dass es die Entscheidung ihrer Mutter war und nicht die ihres Bruders. Hatte er überhaupt versucht, es ihr auszureden?

»Na ja, er meinte auch, dass es nichts bringt, wenn du herkommst, und er wusste, wenn er es dir gesagt hätte, als es passiert ist, hättest du genau das getan.«

»Natürlich.«

»Ja, genau. Aber es geht ihr gut, verstehst du. Jetzt geht es ihr wieder gut. Es war also nicht nötig, dass du sofort herkommst. Heute Nachmittag ist sie im Krankenhaus, wird noch mal durchgecheckt. Aber es ist alles in Ordnung. Sie bleibt dann ein paar Tage bei uns, um sich an den Gips zu gewöhnen. Um zu sehen, wie sie damit zurechtkommt, das ist alles. Alles bestens. Wir wollten einfach nicht, dass du dir Sorgen machst, Alice. Wir wissen doch, wie es ist.«

»Was meinst du mit ›wie es ist‹?« Sie schrie die Frage fast, zu laut, zu wütend.

»Tut mir leid, wir wollten dich einfach nicht aufregen, meine Liebe.« So hatte Jenny sie noch nie genannt.

»Na ja, jetzt rege ich mich auf. Und es regt mich noch mehr auf, dass ihr es mir nicht gesagt habt. Habt ihr sonst noch was vor mir verborgen? Ist Dad noch am Leben? Sind die Kinder in Ordnung?« Sie klang jetzt irrational, aber sie konnte nichts dagegen tun.

»Alice, alles ist in Ordnung. Natürlich haben wir nichts vor dir verborgen. Nur dieses eine Mal, und wir wollten doch nicht …« Sie brach ab. »Hör mal, vielleicht ist es am besten, wenn Simon dich anruft, sobald er zurückkommt. Ich meine, ich bin nicht wirklich …« Sie beendete den Satz nicht.

»Ja, sag ihm, er soll mich anrufen. Und sag ihm, dass ich verdammt wütend bin.«

»Okay, ich sag's ihm. Aber Alice, mach dir keine Sorgen wegen deiner Mum. Es geht ihr wirklich gut.«

Alice schaltete ab und legte sich aufs Sofa.

Als Simon anrief, später an diesem Nachmittag, wiederholte er mehr oder weniger, was Jenny gesagt hatte. Mum gehe es gut. Es tue ihm leid, sagte er, dass sie es ihr nicht gleich gesagt hatten. Aber sie wollten sie nicht unnötig aufregen. Vor allem wollten sie nicht, dass sie sich für viel Geld in ein Flugzeug setzte, obwohl sie doch nichts hätte tun können.

»Ich bin kein Kind mehr, um Himmels willen«, sagte Alice. »Ich habe es nicht nötig, dass du mich vor schlechten Nachrichten beschützt.«

»Ich weiß, natürlich nicht. Und es geht nicht darum, dich zu *beschützen.* Nicht wirklich. Schau, es tut mir leid, dass du es so herausfinden musstest. Das war so nicht geplant. Mum und ich hatten vor, es nur für ein paar Tage auf sich beruhen zu lassen, dann wäre es keine so große Sache mehr gewesen. Und es ist ja wirklich keine große Sache. Mum ist fünfundsiebzig. Das ist heutzutage nicht wirklich alt. Sie ist gestolpert und hat sich am Arm wehgetan …«

»Sich den Arm gebrochen«, korrigierte ihn Alice.

»Ja, gebrochen, und jetzt heilt er wieder. Es gibt immer wieder Dinge, die schlimmer aussehen, als sie sind.«

»Dann gibt es also noch andere Dinge, die du mir nicht gesagt hast, andere Dinge, die du vor mir versteckst?«

»Nein, natürlich nicht. Wir, ich meine, hör zu, Alice, es tut mir wirklich leid. Aufrichtig. In diesem Augenblick schien es mir das Richtige zu sein, für dich, um dir Kummer zu ersparen. Aber ich verstehe, wenn du das anders siehst. Es ist nur, weißt du, wir sind *hier* und du bist *dort,* und es ist leicht, Dinge manchmal falsch einzuschätzen.«

»Was soll das heißen? Glaubst du, weil ich in Shetland lebe, ist mir nicht wichtig, was dir und Mum passiert?«

»Nein, das habe ich nicht gemeint. Natürlich nicht. Es ist nur … Alice … du bist so weit weg, das ist alles, was ich meine.«

Er hatte recht. Alice hatte sich noch nie so weit weg von ihrer Familie gefühlt. Sie hatte sich noch nie so ausgeschlossen aus ihrer Welt, ihrem Leben gefühlt.

»Ich bin nicht hier, weil ich von euch entfernt sein will.«

»Nein. Ich weiß. Aber um ehrlich zu sein, ich weiß gar nicht so recht, warum du noch länger dort bist. Ich meine, ich verstehe, dass du für eine Weile wegwolltest, nachdem … Ich meine, du weißt schon, nach Jack. Das ist schon klar. Aber jetzt … jetzt, vier Jahre später, verstehe ich es nicht mehr so recht.«

»Mir gefällt es hier. Was kann man da nicht verstehen?«

»Wirklich? Bist du dort wirklich *glücklich?*«

»Natürlich. Warum denn nicht?«

»Ich weiß nicht. Du klingst nur meistens nicht glücklich. Alle deine Freunde sind hier. Deine Familie ist hier. Alles ist hier. Was hast du dort … außer der Entfernung?«

»Ich habe hier Freunde.«

»Wirklich? Ich höre dich nie über jemanden reden außer über deine Nachbarn – Dave und Mary oder wer auch immer.«

»David. Und ja, sie sind meine Freunde. Was ist falsch daran?«

»Daran ist nichts falsch. Ich weiß nur nicht so recht, ob ich dir glauben kann. Ich kann nicht … Ich meine, ich habe das Gefühl, alles ist hier und du bist dort, und ich versteh's nicht. Das ist alles, was ich meine. Ich versteh's nicht.«

Alice beendete das Gespräch. Sie steckte sich das Handy wieder in die Tasche und ging zum Schreibtisch. Der Papierstapel vor ihr musste durchgesehen und bearbeitet werden. Alles, was sie bis jetzt über Maggie geschrieben hatte, war hier und wartete auf sie. Sie nahm einen roten Stift zur Hand, klemmte ihn sich zwischen die Finger und fing an zu schluchzen. Ohne jede Vorwarnung, ohne Wimmern oder Seufzen. Nur ein Aufwallen der Trauer, das aus ihren Eingeweiden, aus ihrer Lunge, aus ihrer Kehle stieg, als wollte es sie ertränken. Die Tränen flossen und hörten nicht mehr auf. Sie zitterte am ganzen Körper. Alles kam auf einmal – Jack, ihre Eltern, Maggie, Simon, die Mädchen –, alles, was sie vermisste oder verloren hatte, alles, was weit weg war. Sie weinte, bis sie keine Tränen mehr in sich hatte, bis das Papier in ihren Händen nass war, die Tinte verschmiert und verlaufen. Dann wurde sie still.

Als eine Stunde später das Telefon läutete, hatte Alice sich beruhigt. Ihr Kummer war versiegt, doch ein Knäuel aus Verletzungen hing noch in ihrem Hinterkopf.

Weil sie ihren Bruder erwartete, antwortete sie streng, »Ja, was ist?« Doch es war Sandys Stimme, die sie begrüßte.

»Alice?« Er klang verwirrt.

»Ja, Sandy, hi, tut mir leid, ich war ganz woanders. Das Telefon hat mich erschreckt.«

»Ach so, ich wollte dich nicht stören. Tut mir leid.«

»Nein, kein Problem. Denk dir nichts, ich bin nur komisch drauf.«

»Okay, na ja, ich werd dich auch nicht lang aufhalten. Ich

wollte dir nur sagen, ich war jetzt oben auf dem Speicher. Ich hab den Karton mit den kleinen Tieren gefunden, und ein paar gerahmte Fotos, die wir aufbewahren wollten. Eigentlich nicht viel.«

»Ach, das ist schon in Ordnung. Danke, Sandy, das ist sehr nett von dir.«

»Und dann war da oben noch ein weiteres Notizbuch. Ein Tagebuch, glaube ich. Es war in einer Ecke, aber ich habe es mit heruntergebracht, falls du das auch sehen willst.«

»Ein Tagebuch?«

»Na ja, ich glaub schon. Ich hab's noch nicht durchgeblättert. Soll ich es für dich machen?«

»Nein, ist schon okay. Ich lese es, was immer es ist. Noch mal danke. Danke, dass du mir Bescheid gesagt hast.«

»Ist doch kein Problem. Ich hab alles runtergebracht, liegt jetzt für dich hier, in einer Schachtel in der Küche. Du kannst morgen vorbeikommen und sie dir holen, wenn du willst. Aber bitte nicht zu früh«, lachte er. »Terry ist schon mit einer Flasche Whisky unterwegs, also, du weißt schon, ich würde dir raten, warte bis zum Nachmittag.«

Alice lachte. »Sicher. Das ist schon in Ordnung. Dann bis morgen. Und einen schönen Abend.«

Sonntag, 17. Juli

Irgendetwas spürte er. Einen Druck in den Augäpfeln. Eine Schwellung. Einen sich verbreiternden Raum, irgendwo hinter seiner Stirn. Terry zwang sich, die Augen aufzumachen, und spürte, wie der Druck nachließ und sich dann zu Schmerz verknotete. Er stöhnte auf.

Das Licht im Zimmer brannte noch. Die große Lampe in der hinteren Ecke und die kleine auf dem Tisch neben Sandys Sessel. Sandy selbst schlief, mit offenem Mund und einer halb leeren Flasche Bier neben sich. Ein Arm lag über dem Körper, der andere hing schlaff neben dem Sessel herunter.

Terry gab seinen Gedanken eine andere Richtung. Er erinnerte sich, wie er angekommen war, eine Tüte mit Flaschen in der Hand. Baumelnd und klickernd. Er war bereits betrunken gewesen. Dann wurde er noch betrunkener. Sandy machte es ihm nach, trank abwechselnd einen Schluck Whisky, dann einen Schluck Bier. Er wirkte sehr zielgerichtet. Irgendwie nicht ganz er selbst.

Danach wurde alles verschwommen. Er wusste rein gar nichts mehr. Alles war von Schlaf und Schnaps verschluckt. Nur ein paar helle Flecken blieben. Irgendein Witz über David – er erinnerte sich an das Lachen, nicht mehr an den Wortlaut. Dann ein Gespräch über Jamie. Das Übliche eben. Terry goss sein schlechtes Gewissen aus, sein Selbstmitleid, als wäre es Whisky, den man teilen und aufbrauchen konnte. Aber Sandy nickte nur, hörte zu und sagte nichts. Er konnte nicht tun, was von ihm erwartet wurde.

Der Junge hätte eigentlich übers Wochenende bei ihm sein sollen. Terry war an der Reihe. Aber sie hatten vereinbart, er und Jamie, es zu verschieben. Ein Anruf am Donnerstagabend. Es gebe eine Geburtstagsparty oder so was in der Richtung, hatte Jamie gesagt, und er wolle hingehen. Der Sohn schob eine Ausrede vor, und der Vater griff gierig danach – froh, sich seiner Pflichten entledigen zu können, und angewidert von der eigenen Erleichterung. Der Alkohol des letzten Abends war seine Strafe und seine Belohnung. Jetzt, frühmorgens, war nur noch die Strafe übrig.

Im Wohnzimmer war keine Uhr, und der fahle Himmel draußen gab keinen Hinweis auf die Zeit. Er stemmte sich mit beiden Händen von der Stuhlkante hoch und richtete sich auf. Er war unsicher auf den Beinen. Fertig. Betrunken und verkatert zugleich. Seine Muskeln funktionierten nicht. Seine Augen funktionierten nicht. Sein Hirn zappelte, zuckte, wand und duckte sich. Er brauchte eine Zigarette.

Das Päckchen war in seiner Jacke neben der Tür. Sich kurz an der Wand abstützend, stolperte er in diese Richtung. Er brauchte eine Zigarette. Er musste nach Hause. Er brauchte eine Zigarette. Vor allem musste er nach Hause, aber er brauchte eine Zigarette, um das zu schaffen. Er fand eine und steckte sie sich zwischen die Lippen. Sandy schlief noch. Er würde es nicht bemerken, wenn Terry diese eine im Haus rauchte, und wenn er irgendwann aufwachte, wäre Terry schon in seinem Bett, nur ein paar Meter die Straße hoch.

Terry dachte an sein Bett. Er sehnte sich sehr danach, dort zu sein, zu schlafen, zu träumen, ohne die Angst, kotzen zu müssen.

Er schloss die Augen und wünschte sich, es wäre so, wünschte sich, er würde in ein paar Stunden wieder aufwachen, mit seinem Sohn im Nebenzimmer, beide voller Vorfreude auf den gemeinsamen Tag, der vor ihnen lag. Terry konnte den Jungen vor sich sehen, eingekuschelt und schläfrig, etwas so Perfektes, wie es in dieser Welt nur möglich war. Lächelnd bückte er sich, um Jamie auf die Stirn zu küssen, ihm die Hände ums Gesicht zu legen und ihn fest in die Arme zu schließen. Terry beugte sich vor, kippte, bis er das Übergewicht bekam. Er zuckte. Richtete sich auf. Lehnte sich an die Wand.

»Scheiße!«

Zu laut. Zu laut. Er drehte sich um, schaute zu Sandy. Er schlief noch.

Terry griff in die Tasche nach seinem Feuerzeug, aber es war nicht da. Nur ein paar Münzen und ein Schlüsselbund. Auch kein Handy. Wo hatte er es gelassen? Egal. Das Handy war egal. Er konnte es morgen suchen. Anrufen würde ihn sowieso niemand.

Kein Handy. Okay. Kein Feuerzeug. Nicht okay. Wo war es? Er schaute sich um, entdeckte es aber nirgends. Draußen? Er hatte den ganzen Abend vor der Tür geraucht, vielleicht war es dort. Es musste dort sein. Er hatte keine Lust nachzusehen. Er würde es später suchen, wenn er nach Hause ging. Er würde es finden.

Er stieß sich von der Wand ab und taumelte über den Gang zur Küche. Er stolperte über einen Pappkarton neben dem Tisch. Seine Füße verhedderten sich, er schwankte, hielt sich aber an der Arbeitsplatte fest und blieb so aufrecht. Hier drinnen würde er ein Feuer finden. Streichhölzer. Oberste Schublade? Keine Streichhölzer. Zweite Schublade? Keine Streichhölzer. Er drehte sich um. Sandy hatte sich noch nicht gerührt. Er musste nach Hause. Keine Streichhölzer. Die Zigarette war inzwischen feucht, er sabberte. Er wischte sich mit dem Ärmel über den Mund und steckte sich die Zigarette wieder zwischen die Lippen.

Ein Nebel der Erschöpfung senkte sich über ihn. Terry musste gehen. Er musste sich hinlegen. Der Herd war seine letzte Rettung. Er stand da, die Hände auf der Arbeitsfläche, und starrte die Regler an der Front an. Kniff die Augen zusammen. Er drückte und drehte einen, gegen den Uhrzeigersinn, roch das Gas und drückte dann auf den Zündungsknopf. Ein Ring blauen Lichts. Er schaute ihn ein paar Sekunden an, halb hypnotisiert, und vergaß, warum er ihn hatte so tanzen lassen. Er spürte Wärme aufsteigen. Dann fiel es ihm wieder ein, er saugte, als die Flamme den Tabak berührte. Rauch stieg ihm in die Augen, drang in seine Lunge, und er schloss die Augen. Er spürte sich schwanken, seine Arme schlaff werden. Dann eine Wand aus Hitze an seinem Gesicht. Nur eine Sekunde lang war es angenehm. Behaglich. Dann nicht mehr.

Seine Wimpern wurden zuerst versengt. Er roch den beißenden Gestank und öffnete die Augen, als sein Gesicht in die Flamme fiel.

In diesem Augenblick prasselte alles auf ihn ein. Eine Faust aus schneidendem Schmerz. Ein Stechen. Ein Schaudern. Es war, als hätte sich in seinem Kopf ein Loch geöffnet und die Welt würde sich hineinzwängen.

»Mein Gott!« Er machte einen Satz rücklings in den Raum. Er sprang, trat, stolperte wieder über die Schachtel, fiel, und sein Schädel knallte auf den Boden.

»Mein Gott!« Er hielt sich die Hände vor die zusammengekniffenen Augen. Er wollte Sandy zu Hilfe rufen, wollte aber nicht, dass Sandy mitbekam, wie dumm er gewesen war. Er wollte nicht, dass irgendjemand erfuhr, wie dumm er gewesen war.

»Mein Gott!« Er versuchte, nach oben zu sehen, aber alles war dicht und scharf und heiß. Er sah etwas, ein Licht vielleicht, ein Flackern, einen Schatten. Dann nichts. Er schloss die Augen wieder, behielt die Hände vor dem Gesicht, hielt alles geschlossen, lag da und wartete, dass alles nachließ. Wartete.

Die Zeit war merkwürdig. Vielleicht hatte Terry geschlafen, aber er konnte eigentlich nicht geschlafen haben. Der Schmerz war zu heftig. Aber er fühlte sich schweben, schaukeln, gewiegt, als wäre es der Schmerz selbst, der ihn umhegte. Alle Gedanken waren vertrieben, sein Kopf leer.

Es konnten nicht mehr als ein paar Minuten vergangen sein, vielleicht aber doch mehr, als er wieder aufwachte. Diesmal war es der Rauch, der ihn zurückholte. Er spürte ihn in sich. Zuerst dachte er, es wäre die Zigarette in seinem Mund. Aber die Zigarette war nicht in seinem Mund. Sie war irgendwo anders. Und der Rauch war anders.

Er versuchte, sich aufzusetzen, aber seine Augen ließen sich noch immer nicht öffnen. Sie waren jetzt wund und geschwollen. »Scheiße! Sandy!« Er hustete. Seine Lunge ließ ihn nicht schreien. Er konnte sie nicht richtig füllen, konnte nicht fest genug Luft einziehen und ausstoßen. Er hatte die Kraft nicht.

Er versuchte zu kriechen, bewegte sich zuerst seitwärts, dann vorwärts, bis er mit dem Kopf gegen eine Schranktür stieß. Er streckte die Hand aus und tastete herum, konnte aber nicht genau sagen, wo er sich befand. Er versuchte noch einmal zu schreien. »Sandy! Hilfe!« Aber es kam keine Antwort.

Terry zog sich über den Boden, die linke Schulter immer am Schrank, bis etwas ihn stoppte. Er streckte wieder die Hände aus, tastete. Rechts stand etwas an der Wand. Kaltes Plastik. Der Kühlschrank. Scheiße. Er bewegte sich in die falsche Richtung.

Er drehte sich herum und kroch wieder zurück, jetzt die andere Schulter am Schrank, versuchte, sich an die Küche zu erinnern, sich ihre Anordnung vorzustellen. Er sah sie, wie sie vor Stunden gewesen war, als er ankam – die Oberflächen sauber, die Luft sauber. Hinter ihm war der Kühlschrank, rechts die Schränke, also würde er weiter vorn an eine Wand stoßen, hinter der der Gang und das Wohnzimmer waren.

Er hielt inne und hustete. Der Rauch war jetzt in ihm. Er bekam Panik. Er krabbelte weiter, bis er die Wand fand, zuerst sein Kopf, dann die Hände.

»Sandy! Sandy! Wach auf!« Er rief noch einmal, doch nun war es kaum mehr als ein Flüstern. Es war nicht laut genug.

Was immer brannte, war jetzt sehr nahe. Als er versuchte, nach links zu schwenken, sich an der Wand entlangzubewegen, spürte er die Hitze auf seinem Gesicht. Er bekam keine Luft mehr und wich zurück. Er kauerte sich in die Ecke, drückte die Wange an die Kühle der lackierten Holzverschalung und zog die Beine an.

Terry dachte an Sandy, nur ein paar Meter entfernt im Wohnzimmer. Er dachte an sein eigenes Haus, kalt und leer, nur ein Stück die Straße hoch. Er dachte an Jamie, noch schlafend in der Stadt, und fragte sich, was nun passieren würde. Er spürte, dass er kurz vor einem Punkt war, von dem man nicht mehr zurückkehren konnte.

Er könnte sterben. Der Gedanke kam ihm klar und schlicht. Er könnte sterben. Das hatte er sich von diesem Abend nicht erwartet. Sterben erschien ihm merkwürdig. Aufhören zu sein, wenn alles andere weiterbestand. Es hatte etwas Unfaires, etwas Lächerliches. Es war fast ein Witz.

Er drückte sich an die Wand, legte den Kopf in die Armbeuge und atmete durch den Stoff seines Ärmels. Er hustete noch einmal, spürte eine Schärfe in seiner Lunge, die sich immer tiefer grub.

*

Es war sinnlos. Seit Stunden lag sie wach, drehte und streckte sich und rollte sich dann wieder zusammen, ihr Körper war erschöpft, aber ihr Geist wollte keine Ruhe geben. Schon vor dem Zubettgehen hatte Alice gewusst, dass das passieren würde. Seit Sandy am Abend angerufen hatte, hatte sie an nichts anderes gedacht. Ein paarmal war sie schon fast so weit, zu gehen, den Karton in Gardie abzuholen und zu lesen, was sie seit Monaten lesen wollte. Doch jedes Mal war ihr eine Ausrede eingefallen. Jedes Mal stellte sie sich vor, wie sie dort ankam und Sandy und Terry bereits halb betrunken waren oder noch schlimmer. Sie käme sich dann vor wie eine Närrin. Ihre Ungeduld würde lächerlich wirken. Und trotz allem waren ihr solche Dinge immer noch wichtig. Es war ihr nicht egal, was die Leute dachten.

Und so ging Alice wie gewohnt zu Bett, mit einem Glas Wasser und einem Buch. Sie versuchte zu lesen, schaffte es aber nicht, versuchte dann zu schlafen und schaffte auch das nicht. Sie lag da, mit geschlossenen Augen, Fragen stürmten auf sie ein, und sie wünschte sich, dass ihre Gedanken verstummten, sie in Frieden ließen, wenigstens bis zum Morgen. Aber der Lärm ging weiter. Dieses Grübeln und Fragen ging weiter, bis sie kurz nach vier aufgab und aus dem Bett stieg. Sie zog sich Bademantel und Slipper an und ging zum Fenster.

Früh aufstehen konnte ein Vergnügen sein. Die Stunden, bevor alle anderen aufwachten, hatten etwas Süßes, Verbotenes, vor allem im Sommer. In Shetland streckte das Sonnenlicht seine Arme fast rund um die Uhr aus, und jetzt, so früh es auch war, war der Nacht schmaler Splitter Dunkelheit zu Zwielicht verblasst. Doch so benebelt und unausgeschlafen, wie sie war, fiel es ihr schwer, diesen Morgen als Vergnügen zu betrachten. Alice schaute hinaus in ein dämmriges Tal, in das bald Sonnenlicht quellen würde. Aber sie dachte nur an die Stunden, die sie noch von Maggies Sachen trennten. Die Bilder, die Figürchen, das Tagebuch.

Bis jetzt hatte Alice noch keine Ahnung, was tatsächlich in diesem Tagebuch stehen würde. Sie hatte sich gefragt, wenn auch mit wenig Hoffnung, ob es der fehlende Band sein könnte, der nach Walters Tod verfasste. Aber sie konnte es sich nur schwer vorstellen. Der Inhalt der anderen Tagebücher war so langweilig, so leblos gewesen, dass der Gedanke, Maggie hätte ihre Trauer aufgeschrieben, kaum möglich erschien. Vielleicht war es inzwischen auch gar nicht mehr erstrebenswert.

Von ihrem Schlafzimmerfenster aus konnte Alice Gardie sehen. So, wie sie es immer gekannt hatte, stand das Haus geduckt knapp oberhalb des Strandes, wie von einem längst zurückgewichenen Gletscher hinterlassen. Irgendwie sah es unvermeidlich aus, wie ein stehender Steinkreis. Ohne Gardie wäre das Tal unvollständig. Die weiß verputzten Mauern lagen noch im Schatten, nur im Küchenfenster glitzerte die Reflektion der Sonne.

Nur dass … nein. Wenn die Mauern im Schatten lagen, konnte es nicht die Sonne sein. Alice schaute genauer hin, versuchte zu begreifen, was ihre Augen sahen. Auf dem Glas waren ein Flackern und ein Schein. Das war sicher. Das konnte sie jetzt sehen. Aber es war keine Reflektion. Das Licht war nicht auf dem Glas. Es war dahinter.

Alice griff nach ihrem Handy, wählte aber nicht. Sie traute ihren müden Augen nicht genug. Was, wenn sie sie täuschten? Was, wenn sie sich irrte? Sie musste sichergehen. Schnell zog sie warme Sachen über, schnappte sich in der Diele eine Jacke und lief zum Auto. Die Entfernung zwischen ihrem Haus und Gardie wirkte größer als je zuvor.

Der Morgen war beinahe still, als sie vor dem Haus hielt und den Motor abstellte. Aber drinnen war alles Lärm. Sie hatte sich nicht geirrt, das Haus brannte. Sie sah die Flammen durchs Fenster, Rauch, der gegen das Glas drückte. Jetzt griff sie zum Telefon, musste aber erst die Nummer suchen. »Feuerwehr. Und Krankenwagen. Ich glaube, da ist jemand drin.« In ihrer Panik hatte sie Mühe, die Wörter und dann die Adresse herauszubekommen. »Ja, das ist es. Das Haus am Ende der Straße.«

Eine halbe Stunde würde die Feuerwehr brauchen. Mindestens. Dasselbe für den Krankenwagen. Sie rief David an. Am Handy meldete sich niemand. Sie rief den Hausanschluss an. Es läutete sechsmal, bevor sie ein Klicken hörte. Mary war dran. Ihre Stimme war leise, noch schlaftrunken. Alice hörte Besorgnis in dem einzigen Wort mitschwingen. »Hallo?« Ein Anruf so früh am Morgen bedeutete so gut wie nie etwas Gutes.

Sie redete schnell, ließ Mary nicht zu Wort kommen. Sie sagte es einfach: »Gardie brennt.«

Als Mary antwortete, tat sie es mit einer ruhigen, sachlichen Dringlichkeit. »Ist Sandy in Sicherheit?«

»Ich weiß es nicht. Bin eben erst angekommen. Ich habe es von meinem Haus aus gesehen.«

»Okay. Hast du die Feuerwehr gerufen?«

»Ja, ist unterwegs.«

»Gut. Ich wecke David. Wir sind gleich da.«

Alice schaute zur Straße, dann wieder zu den Flammen. Sie konnte nicht warten. Sie konnte nicht hilflos dastehen und nichts tun, während das Haus abbrannte, in dem sich Sandy noch befand. Das war nicht möglich. Das Feuer wirkte noch nicht so, als wäre es außer Kontrolle, zumindest nicht von ihrem Standpunkt aus. Es war nur durch ein Fenster zu sehen. Noch war Zeit.

Sie zog Jacke und Pullover aus und rannte zur Haustür. Die Luft biss kalt in ihre nackten Arme. Sie hielt sich den Pullover vor den Mund, drehte den Knauf und ging hinein, durch die Diele in den Gang. Rauch wogte dick und schmutzig an der Decke, und das ganze Innere war düster, nur halb sichtbar, als würde es eben ausgelöscht. Die Flammen beschränkten sich auf die Küche. Feuernester explodierten auf der Anrichte und sprangen über die Decke zur gegenüberliegenden Wand.

Alice spähte ins Wohnzimmer. Ihre Augen brannten, in der Düsternis konnte sie nur vage Umrisse erkennen. Sie wollte schon weiterlaufen, nach oben ins Schlafzimmer, als Sandy in der hinteren Ecke hustete. Sie rannte los, wäre beinahe über den Tisch gestolpert, kroch dann auf allen vieren weiter. Sandy hing schief aus dem Sessel. Sie wusste nicht, ob er vom Rauch ohnmächtig geworden war oder noch seinen Rausch ausschlief. Sie packte seinen herunterhängenden Arm. »Sandy! Sandy! Aufwachen!« Er zuckte und drehte sich im Sessel, zog den Arm weg und hustete dann noch einmal. Sie zerrte noch fester. Diesmal öffnete er die Augen, fuhr sich mit dem Handrücken über die Lippen und schaute Alice verwirrt an. Dann sah er hoch zum Feuer.

»Komm schon!«, rief Alice. »Wir müssen hier raus!«

Sandy beugte sich vor, versuchte aufzustehen und kippte um. Sie half ihm auf die Knie und drehte sich dann zur Tür um. Nun folgte er ihr kriechend und hustend.

»Terry?«, flüsterte er, als sie im Gang waren.

»Er ist nicht hier. Ist anscheinend bereits nach Hause gegangen.« Sie öffnete die Tür zur Diele, als David von draußen kam. Er packte Sandy am Kragen und zerrte ihn auf die Beine, doch Alice hielt ein Zweifel zurück. »Nimm ihn«, sagte sie zu David. »Ich muss noch mal nachsehen.« Sie gab ihm keine Gelegenheit, sie davon abzuhalten. Sie drehte sich um, noch immer den Pullover vor dem Gesicht, inzwischen mit tränenden Augen. Im Wohnzimmer war niemand mehr, das kontrollierte sie, schaute zu jeder Sitzgelegenheit, von einer zur anderen. Aber als sie sich wieder in Richtung Küche umdrehte, erstarrte sie.

Sie sah es.

Füße. Beine.

»Terry!«

Inzwischen war es sehr heiß, und Alice musste den Widerstand ihres Körpers überwinden. Sie kniete sich hin und zerrte an Terrys Kleidung, versuchte, ihn zu wecken. Er rührte sich nicht. Sie zerrte fest, die Finger um seinen Gürtel gekrallt. Er war schwer. Nichts rührte sich.

Alice hörte David nicht hinter sich, spürte nur seinen Griff an einer Schulter. »Wir müssen schnell sein«, sagte er. Das war alles.

Gemeinsam packten sie Terry bei den Achseln und drehten ihn mit vereinten Kräften um. Alice spürte die Hitze durch ihr T-Shirt auf ihrem Rücken brennen. Sie strauchelte einmal, dann noch einmal, das Gewicht ließ sie rutschen. Auch David stolperte, fluchte und machte weiter. Alice wollte schreien, den Körper anbrüllen, der da ausgestreckt vor ihr lag – *Wach auf! Wach auf!* –, aber sie konnte es nicht. Nur Atmen und Zerren und Denken erforderten ihre ganze Kraft.

Das Feuer wuchs jetzt sehr schnell. Ein Teil des Bodens stand schon in Flammen, auch die Schranktüren. Feuerzungen flackerten von der Anrichte bis hoch zur Decke.

Sie zerrten Terry noch ein Stück weiter und hielten dann inne. Alice griff mit einer Hand nach der Tür und öffnete sie. Sie schafften Terry in die Diele, wo die Luft besser war, und schleiften ihn dann weiter, zur Haustür hinaus, über die Stufen und auf den Pfad. Sie brachten ihn vor bis zum Tor und blieben dort stehen.

Alice legte ihm die Hand ans Gesicht. Die Haut um seine Augen war rot und geschwollen. Sie beugte sich über ihn und horchte nach seinem Atem, hörte aber nichts außer ihr eigenes heftiges Keuchen und das Hämmern ihres Herzens.

David stand auf. »Sandy okay?«

»Mit ein bisschen Glück hat er mehr am Alkohol zu leiden als am Rauch«, sagte Mary. »Doch sie müssen ihn mitnehmen, um sicherzugehen.« Sandy kniete neben dem Schuppen und würgte. Er schaute nicht hoch.

Der Boden war nass, und Alice spürte die Feuchtigkeit durch die Kleidung bis zur Haut kriechen. Nach der Hitze war das eine Erleichterung. Sie brachte den Kopf nah an Terrys Mund, legte ihm eine Hand auf die Brust. »Kannst du nach ihm sehen, Mary? Bitte! Ich kann nicht … Anscheinend kann ich nicht …« Sie schaute hoch.

»Er atmet«, sagte Mary. »Nicht sehr gut, wie's aussieht, aber ganz eindeutig atmet er.«

Alice lehnte sich gegen den Betonpfosten des Tors. Nun spürte sie, dass sie zitterte, als müsste ihr Körper erst daran erinnert werden, wie sich das anfühlte. »Ich glaube, mir ist kalt«, sagte sie. »Meine Jacke?« Alles war jetzt undeutlich. Ihre Konzentration war erschöpft.

Mary holte die Jacke aus dem Auto und legte sie ihr um die Schultern. Alice spürte die Arme der älteren Frau um sich, lehnte den Kopf dagegen und schloss die Augen.

*

Der Krankenwagen kam zuerst, er raste durchs Tal zu der Stelle, wo alle Anwohner versammelt waren. Mary stand auf, als er sich näherte, und sah zu, wie Terry mit einer Sauerstoffmaske vor dem Mund auf eine Bahre gelegt wurde. Sie drückte Sandy an sich, hielt ihn fest, führte ihn dann zur Hecktür des Krankenwagens.

»Ich komme nach«, sagte David, bevor die Tür geschlossen wurde. »Bis gleich dann, Junge.« Sandy nickte, ohne den Kopf zu heben.

Alice hatte sich nicht gerührt, sie saß noch immer am Torpfosten. Sie schaute auch kaum einmal hoch, bis ein paar Minuten später die Feuerwehr oben an der Straße auftauchte. Mary beugte sich über sie und sprach leise. »Wir müssen aus dem Weg gehen«, sagte sie. Alice stand mit wackeligen Beinen auf. Mary fragte sich, ob auch sie im Krankenwagen hätte mitfahren sollen. Sie sah aus, als würde sie unter Schock stehen. »Ich bringe dich nach Hause«, sagte sie.

»Nein«, sagte Alice. »Danke. Ich warte, bis sie fertig sind.«

Nun sah Mary den Rauch, der aus dem offenen Fenster über der Küche quoll. Sandys Schlafzimmer. Und sie hörte das Knistern und Zischen des Feuers, als das Löschfahrzeug heranfuhr. Sie ging mit Mary zum Schuppen und setzte sich mit ihr an den Betonsockel. David sprach mit den Feuerwehrleuten. Dann kam er zu ihnen.

Die Feuerwehr brauchte nicht lange. Mary hörte, wie die Pumpe ansprang und dann wieder ausging, sie hörte Stimmen und die Tür auf- und wieder zugehen. David stand auf und ging zu den Männern. Er blieb zehn Minuten dort, vielleicht länger. Dann kam er zurück. Die Feuerwehr fuhr davon.

»Okay«, sagte er und streckte die Hand aus. »Kommt. Gehen wir nach Hause und frühstücken, bevor wir ins Krankenhaus fahren. Habt ihr Hunger?«

Mary nickte, obwohl sie keinen hatte. Absolut keinen.

»Alice. Du musst mit uns kommen.«

»Danke«, sagte sie mit tränenverschmiertem Gesicht. »Gern.«

»Nein, Alice. Ich danke dir.« David nahm sie in die Arme. »Ich will mir gar nicht vorstellen, was passiert wäre, wenn du es nicht gesehen hättest. Wenn du nicht …« Seine Stimme wurde leiser, während er in ihre Schulter sprach, und verstummte dann ganz. Er hielt sie noch einen Augenblick länger und trat dann einen Schritt zurück, ließ die Hände aber noch an ihren Armen. Seine Augen waren rot. »Ich hab dir doch gesagt, dass es immer Geschichten gibt«, sagte David. »Diese gehört dir.«

Samstag, 20. August

Das war's also. Alice schaute den Stapel bedruckter Seiten vor sich an und lehnte sich in ihrem Sessel zurück. Sie hatte getan, was sie konnte. Vier Jahre recherchieren und schreiben, und hier war das Resultat: ein Stapel Papier auf einem Schreibtisch. Eineinhalb Kilo Zeilen, Sätze, Wörter, Buchstaben, Tinte. *Das Tal in der Mitte der Welt.*

Es war nicht das Buch, das sie eigentlich hatte schreiben wollen. Es war auch nicht das Buch, das sie sich vor einem Jahr vorgestellt hatte, nicht einmal vor einem Monat, als sie sich in dem Haus am Ende der Straße umschaute. Das Feuer in Gardie hatte alles verändert. Die Schachtel, die Sandy auf dem Dachboden gefunden hatte, war so ziemlich das Erste gewesen, was verbrannt war. Das Tagebuch und die Fotos waren vernichtet, die Porzellanfiguren in den Flammen schwarz geworden. Alles, was Alice über Maggie geschrieben hatte, verwarf sie ein paar Tage später. Das ganze letzte Kapitel, in dem die Lebensgeschichte der alten Frau die Geschichte der Gemeinschaft selbst hätte beleuchten sollen, löschte sie mit einem Zucken ihres Zeigefingers. Was sie geschrieben hatte, das erkannte sie, bedeutete nichts, beleuchtete nichts.

Nachdem Alice die Entscheidung getroffen hatte, befielen sie auch keine Zweifel, die Leerstelle, die sie in dem Buch geschaffen hatte, beruhigte sie eher. Sie hatte nichts anderes getan, als ein sicheres Fundament zu schaffen. Geologie, Geschichte, Naturgeschichte: Sie bildeten das Muttergestein, auf dem der Ort ruhte. Nachdem sie dies in Worte gefasst hatte, so gut sie konnte, war es vielleicht gar nicht nötig, noch mehr zu tun. Sie hatte die Details zusammengefügt, aus denen eine Geschichte entstehen konnte. Sie hatte die Möglichkeit eines Narrativs erzeugt. Aber dieses Narrativ konnte nicht Maggies sein. Es musste ihr eigenes sein.

An diesem Morgen war Alice in die Stadt gefahren und hatte ein paar Romane und Kekse für Terry gekauft. Sie machte diese Fahrt jetzt öfter, da Billys Laden in Treswick seit Juni geschlossen war. Terry wohnte bei seiner Frau Louise, zumindest im Augenblick, bis er sich erholt hatte. Er dankte ihr für die Kekse, lehnte aber die Bücher ab. Seine Augen taugten noch nicht zum Lesen, sagte er. Sie schmerzten, sobald er versuchte, sich auf irgendetwas zu konzentrieren. Sie nahm sie mit nach Hause. Sie würde sie selber lesen.

Als sie ankam, hatte er auf dem Sofa gelegen – Jamie öffnete ihr die Tür –, und auch wenn er sich zum Reden aufsetzte, wirkte Terry immer noch wie ein Patient. Er redete leise, flüsterte fast und hustete oft, wobei er sich krümmte. Er hatte noch immer Schmerzen und konnte nicht richtig durchatmen. Er hatte Glück gehabt – sie hatten ihn rechtzeitig herausgezogen –, aber der Rauch hatte Schäden angerichtet. Als Alice fragte, ob er in der Stadt bleibe oder ins Tal zurückkomme, zuckte er nur die Achseln. Das liege nicht an ihm, sagte er. Nichts lag je an ihm.

Terry tat ihr leid. Er wirkte so passiv, nicht nur heute, sondern immer, als wäre seine gesamte Bewegung durchs Leben geleitet von Entscheidungen, die nicht seine eigenen waren. Er wurde hierhin und dorthin geschubst, wie eine Romanfigur, die von einem böswilligen Autor kontrolliert wurde. Hätte sie ihn erfunden, dachte Alice, hätte sie ihn wahrscheinlich in dem Feuer sterben lassen. Wenigstens hätte er dann eher tragisch als armselig gewirkt. Es war ein schrecklicher Gedanke, und sie bedauerte ihn, kaum dass er ihr kam.

Im Augenblick wollte sie einfach nur eine Pause. In zwei Wochen kamen Simon und Jenny mit den Kindern zu Besuch, und Alice hatte vor, aus deren Urlaub auch ihren eigenen zu machen. Sie würde nicht schreiben, nicht übers Schreiben nachdenken. Sie hatte bereits Pläne gemacht, wollte ihnen Plätze zeigen, die sie noch nicht besucht hatten, und versuchen, ihnen begreiflich zu machen, warum sie blieb, warum sie auch weiterhin bleiben musste. Sie freute sich mindestens genauso auf den Urlaub wie ihre Familie. Sie würde Gastgeberin, Fremdenführerin, Gefährtin sein.

Bei dem Buch blieb ihr nur noch eins zu tun übrig: zu entscheiden, was mit dem Manuskript auf ihrem Schreibtisch passieren sollte. Alice wusste, für ihre eigene, einst treue Leserschaft wäre es nicht von Interesse. Alles, was diese Leser an ihren früheren Arbeiten geliebt hatten, fehlte in diesem Buch; alles, was sie wollten, war daraus verbannt. Um ehrlich zu sein, es war nur schwer vorstellbar, dass sich irgendjemand hindurchkämpfte, außer vielleicht die wenigen, denen dieser Ort am Herzen lag.

Vielleicht würde sie es David und Mary zeigen, um zu sehen, ob es ihren Beifall fand. Vielleicht auch Sandy. Vielleicht würde sie das Manuskript letztendlich nur in eine Schachtel stecken und auf den Speicher stellen.

Alice blätterte in dem Stapel vor sich, den Zehntausenden von Wörtern, die sie in den letzten vier Jahren produziert hatte. Sie war stolz darauf, stolz, etwas geschrieben zu haben, das etwas bedeutete. Auch wenn kein Mensch es je las, war das in Ordnung. Alles war so, wie es sein sollte.

Sie drehte die Titelseite um und schaute hinunter auf die letzten wenigen Worte, die sie geschrieben hatte – die Widmung. Sie lautete: *Für Maggie, die einmal hier gelebt hat.*

Maggie, dachte sie, hätte dieses Buch gefallen.

*

David saß im Pick-up vor dem Red House und wartete. Er hatte gehupt, damit Sandy herauskam. Er schaute das Tal hinunter, sah die Sonne die Bucht und das Meer in unzählige helle Splitter zerteilen, die alle auf der Dunkelheit darunter tanzten. Dorthin wollten sie jetzt, raus aufs Wasser.

Seit Jahren besaß er schon kein Boot mehr. Um genau zu sein, seit dem Tod seines Vaters. Die beiden waren zusammen zum Fischen rausgefahren, bis sein Vater nicht mehr sicher ein- und aussteigen konnte. Für den alten Mann war es schwer gewesen, es so einfach aufzugeben. Letztendlich aber musste er es tun. Danach verlor David die Lust dazu. Nach dem Begräbnis wartete er ein paar Monate, dann verkaufte er das Boot. Er wollte es nicht verfaulen sehen.

Aber in diesem Jahr hatte er wieder ans Meer gedacht. Der Gedanke war langsam gewachsen – eine vage Idee, die nur allmählich Gestalt annahm, bis er sie, für ihn selbst überraschend, in die Tat umsetzte. In einer sonnigen Woche Anfang Juli hatte er die Anzeigen in der *Shetland Times* durchgesehen und einen Mann in Scalloway angerufen, der ein gut vier Meter langes Shetland-Boot zum Kauf anbot, war hingefahren, um es sich anzusehen, und hatte es mit nach Hause gebracht, alles an einem Tag. Normalerweise war David kein impulsiver Mensch, aber das Boot war das richtige gewesen. Und auch die Zeit war die richtige.

Dann brauchte er noch ein paar Wochen, um einen Motor zu finden, und als er endlich einen kaufte – einen kleinen Yamaha-Außenborder von einem alten Schulfreund in Lerwick –, war das gute Wetter vorüber. Tag um Tag jagte ein Sturm den anderen, und inzwischen fragte er sich, ob er je die Chance bekommen würde, das Boot auszuprobieren. Aber Mitte August gab es noch einen Nachhall des Sommers. Der Wind legte sich, die Temperatur stieg, und die Voraussage war gut.

Das schöne Wetter würde mit Emmas Besuch zusammenfallen. Sie sollte heute so gegen Mittag ankommen. Mary wollte zum Flugplatz fahren und sie abholen, und Kate und die Kleinen würden dann zum Abendessen kommen. Also konnten er und Sandy vormittags ein paar Stunden auf dem Wasser verbringen und, wenn sie Glück hatten, vielleicht sogar ein paar Fische für morgen mitbringen.

Der Ausflug würde allerdings nicht nur ihm guttun. Sandy war es, der ihn wirklich nötig hatte. Er brauchte eine Anregung. Seit dem Feuer war er nicht mehr der Alte. Ein paar Tage danach war er schon wieder zur Arbeit gegangen, ohne Probleme. Aber irgendetwas stimmte nicht mit ihm. Er war nicht unbedingt krank, aber er tat rein gar nichts mehr außer dem Allernötigsten. Bei den Schafen schaffte er nur das absolute Minimum. Er konnte eine Unterhaltung führen, aber ohne Begeisterung. Er wirkte einfach, als wäre er nicht ganz da.

Ein paar Tage nach dem Feuer hatten sie einiges von dem, was noch aus Gardie zu retten war, zurück ins Red House geschafft. Alles war rauchgeschwängert. Hin und wieder roch man es auch noch an Sandy – ein brandiger Hauch an einem Kleidungsstück, aus dem der Gestank nicht gründlich genug herausgewaschen worden war. Es war schwer, ihn anzuschauen, als sie an diesem Tag in ihren Gummistiefeln durchs Haus stapften. Das Feuer selbst hatte sich zwar kaum über die Küche hinaus ausgebreitet, als es gelöscht wurde. Doch das war mehr als genug. Dieser Raum war fast völlig zerstört – zuerst verbrannt und dann durchnässt –, und Wände und Decke waren auch im Wohnzimmer geschwärzt. In der Küchendecke klaffte ein Loch, fast so groß wie ein Silageballen, und durch die Öffnung war Sandys Schlafzimmer zu sehen. Nur das Gästezimmer und die Bäder waren unbeschädigt, doch der Geruch hatte sich überall festgesetzt.

Sie waren fast stumm, als sie an diesem Tag von Zimmer zu Zimmer gingen, fast so, wie schon einige Monate zuvor, nach Maggies Tod. Doch diesmal war hier keine Hoffnung mehr zu finden, kein Gefühl dafür, wie Dinge besser gemacht oder erneuert werden konnten. Ihre Gedanken waren nur bei dem, was verloren war. Zum Glück war das Red House zu dem Zeitpunkt bereits wieder leer, also war wenigstens das einfach. Mit der Versicherung konnte es jedoch Probleme geben. Noch wartete David auf einen Bescheid, aber es gab schlechte Vorzeichen. Das Fehlen eines Feuermelders im Erdgeschoss war vermerkt worden. Die Brandursache war vermerkt worden. Das Fehlen von Unterlagen über die Vermietung war vermerkt worden. Er war nicht sehr zuversichtlich.

Sandy kam mit einem kleinen Rucksack und einer Jacke aus der Haustür. Er hatte eine wasserdichte Hose und Gummistiefel an. Er schaute David nicht an, als er auf den Pick-up zukam. Er ging mit dem Kopf zum Tal gedreht, fast wie eine Krabbe.

»Morgen!«

»Aye, aye, Sandy. Hast du alles, was du brauchst?«

»Na ja, was brauch ich denn?«

»Nicht viel. Einen zweiten Pullover, Sandwiches. Das ist so ziemlich alles.«

»Dann hab ich alles. Bereit!«

»Okay.«

David löste die Handbremse und drehte den Schlüssel nur halb in der Zündung. Der Pick-up rollte geräuschlos den Hügel hinunter. Er drückte die Kupplung und legte den zweiten Gang ein, ließ dann das Pedal kommen. Der Laster machte einen Satz, und der Motor sprang an. Es war nicht nötig, dieses Ritual, nur eine Angewohnheit. Wenn er auf einem Hang war, startete er immer so, als wollte er dem Anlasser Arbeit ersparen. Gewohnheiten bestimmten einen Großteil seines Lebens, dachte er manchmal. Gewohnheiten, durchbrochen vom Unkontrollierbaren und Unberechenbaren. So war es immer gewesen.

»Und, was werden wir heute fangen?«

»Mal schauen, was da so rumschwimmt. Piltocks, Ollicks, Schellfisch, Kabeljau, was auch immer. Irgendwas oder auch gar nichts, ist mir eigentlich egal. Tut einfach gut, mal wieder rauszukommen. Ist jetzt schon einige Jahre her.«

»Weißt du überhaupt noch, wie's geht?«

»Ich hoff's. Wenn wir erst mal draußen sind, kommt schon alles wieder. Ist wie Fahrradfahren, denk ich.«

»Na, ich verlass mich mal drauf. Ich hab allerdings keine Ahnung, also, wenn du dich täuschst, sind wir in Schwierigkeiten.«

»Ha! Zerbrich dir darüber nicht den Kopf. Weit fahren wir ja nicht raus. Schätze, wir kommen schon zurecht.«

Sie schwiegen, als David den Pick-up vor Gardie parkte. Er sah, wie Sandy zu dem schwarzen Fleck über dem Küchenfenster hinaufschaute, doch keiner von beiden sagte etwas. Es gab nichts zu sagen.

David ging zur Ladefläche, hob den Motor heraus und trug ihn mit beiden Armen. »Könntest du das Benzin und die Ruten nehmen? Den Rest der Ausrüstung hab ich in meiner Tasche.«

Die beiden nahmen den Pfad, der seitlich am Haus vorbei- und dann hinunter zum Strand führte. Dort lag das Boot in einer Anlegestelle, die vielleicht Davids Großvater gegraben hatte. Zumindest hatte man es ihm so erzählt. Er wusste noch, wie vor Jahren noch mehrere dieser Anlegestellen zu sehen waren, doch die meisten waren von den Winterstürmen zerstört worden. Keiner außer seinem Vater hatte hier jahrzehntelang ein Boot liegen gehabt. Nicht einmal Walter, der mehr als zwanzig Jahre bei der Handelsmarine gewesen war, hatte ein eigenes Boot. Vielleicht vor allem Walter nicht.

Der Strand war weder still noch ruhig. Obwohl der Wind nur schwach wehte, brachen sich die Wellen an den Felsen in einem stetigen Rauschen, einem beharrlichen Flüstern, das die Luft aufzublähen schien. Im Seegrasstreifen an der Flutmarke stocherten Regenpfeifer mit nickenden Köpfen, und Möwen segelten dicht über dem Ufer. Die Männer legten ihre Sachen auf den Felsen ab und stellten sich zu beiden Seiten des Boots. Es hatte einen breiten Rumpf, war blau lackiert mit weißem Dollbord.

»Anheben und gehen«, sagte David. »Den Kiel immer in der Luft.« Es war schwer, aber zusammen konnten sie es bewegen, auch wenn sie mehr schlurften als gingen. David spürte dabei Schmerzen im Rücken und ein Stechen zwischen den Schulterblättern, aber er sagte nichts. Sie schleppten das Boot zum Wasserrand und kehrten dann zurück, um den Motor, die Ruten, die Taschen und den Eimer zu holen. David befestigte den Außenborder am Heck und kippte ihn nach vorn, damit die Schraube in der Luft hing. Zusammen schoben sie es ein Stück weiter ins Wasser.

»Gut, dann spring mal rein.«

»Okay«, sagte Sandy. »Aber wenn wir beide reinspringen, können wir uns mit den Riemen abstoßen.«

»Hm, vielleicht. Aber ich will ihm nicht den Arsch zerkratzen, bevor es ganz im Wasser ist.« Er wartete.

Mit Sandy an Bord, schob David das Boot, bis das Wasser ihm fast zu den Stiefelrändern reichte. Es schwamm jetzt, und Sandy hob einen der Riemen, um abstoßen zu können. David hievte das linke Bein hinein und versuchte, sich an Bord zu ziehen, aber das Boot neigte sich in seine Richtung, er rutschte und wäre fast rücklings ins Wasser gefallen.

»Scheiße. Ich hätte meine Wathose anziehen sollen. Jetzt habe ich nasse Füße.«

»Mach dir keine Gedanken über nasse Füße, mach dir lieber Gedanken, wie du an Bord kommst.«

»Wie's aussieht, bin ich nicht mehr so gelenkig, wie ich mal war.«

»Da könntest du recht haben.«

David umklammerte noch einmal fest das Dollbord. »Okay, lehn du dich nach hinten, wenn ich mein Gewicht ins Boot verlagere. Damit wir nicht beide im Meer landen.« Er hob wieder das Bein, drückte die Hände auf die Bootsflanke und zog sich hoch, bis er sich mit einem seitlichen Abrollen auf den Sitz im Heck hieven konnte. »Nicht elegant, aber effektiv«, grinste er.

»Mehr Elefant als elegant.« Sandy reichte ihm den anderen Riemen, und gemeinsam drückten sie gegen die Felsen, um das Boot vom Ufer wegzubekommen. Als sie es dann frei schwimmen spürten, gaben sie ihm beide noch einen zusätzlichen

Schubs. Nun drehte David sich um und brachte den Außenborder in Position. Er drückte den Kaltstartknopf und zog den Choke. Dann riss er am Seilzug. Obwohl er das zuvor ein paarmal ausprobiert hatte, um sicherzugehen, dass es auch funktionierte, war er trotzdem erleichtert, als es gleich beim ersten Mal klappte.

»Na, was für ein Glück.« Er schüttelte staunend den Kopf und grinste Sandy an. Er setzte sich wieder und steuerte das Boot aus der Bucht und hinaus zu den Felsen, dem höchsten Punkt von Burganess. Während sie über die Wellen getragen wurden, war fast nichts anderes zu hören als der Motorenlärm, ein gleichmäßiges Röhren. Jenseits der Landspitze fing das Boot an zu tanzen, David ging vom Gas und steuerte nach Süden, in den Wind. Als sie etwa zweihundert Meter vor der Klippe waren, drehte er die Leistung noch weiter zurück und wendete. Er senkte den Kopf, kontrollierte, ob die höchste der kleinen Felsinseln auf einer Linie mit der Spitze des Hügels hinter dem Tal war, und drehte dann nach Osten, konnte aber nicht sehen, wonach er suchte. Er fuhr langsam weiter, immer darauf achtend, dass Felsinsel und Hügel auf einer Linie waren, bis die Spitze der Kirche von Treswick in Sicht war. Das war die Stelle.

Sein Vater hatte ihm das gute halbe Dutzend Angelplätze gezeigt, die in der Nähe ihrer Bucht lagen – nahe genug, um sie mit einem Boot dieser Größe zu erreichen. Zu seiner Schande musste David gestehen, dass er bis auf zwei alle vergessen hatte. Er hatte gehofft, dass ihm die anderen wieder einfallen würden, wenn sie erst einmal draußen auf dem Wasser waren, so wie ein Gesicht, das man jahrzehntelang nicht gesehen hatte, zu einem zurückkehrt, wenn der Name fällt. Doch für den Augenblick würde er sich an die halten, bei denen er sich ganz sicher war, und das hier war der erste. Er stellte den Motor ab, und die Stille floss zurück wie Wasser in eine versinkende Flasche. Nur dass es keine Stille war, denn dahinter drangen die Geräusche der Bucht herein: zuerst die Wellen und der Wind, dann die Vögel – die Klippenmöwen und die Eissturmvögel; und schließlich das Geräusch seines eigenen Atems.

»Wir probieren es hier mal«, sagte David. Dann erklärte er Sandy die Stelle – die Formel der Sichtlinien, die sie an diesen Punkt gebracht hatte. Es war eine Art Beschwörung, und er hörte die Stimme seines Vaters, als er die Worte laut aussprach. »Präg es dir ein«, sagte er. »Fürs nächste Mal.«

Er hatte die Ruten mit bunten Fliegen und einem Bleigewicht ausgerüstet. Eine gab er jetzt Sandy. »Du weißt doch, wie man damit umgeht, oder?« Sandy nickte. Dann hielt David seine eigene an der Steuerbordseite übers Wasser. Er hakte die unterste Fliege aus und ließ das Gewicht ins Wasser sinken, löste dann die Arretierung der Verstärkerrolle und ließ die Schnur laufen, mit dem Daumen so abgebremst, dass sie sich nicht verhedderte. Als das Gewicht auf Grund traf, legte er die Arretierung um und kurbelte ein paar Meter Schnur wieder ein. Dann lehnte er sich zurück und sah zu, wie Sandy dasselbe machte.

Das Boot trieb nach Nordost, auf Burganess zu, aber sehr langsam. Die Tide war schwach – eine halbe Stunde vor dem Wechsel. Alle paar Sekunden riss David kräftig an der Rute und ließ das Gewicht dann wieder in Richtung Grund sinken. Fünfzehn Minuten vergingen, dann zwanzig. Irgendwann meinte er, etwas zu spüren, ein Ziehen oder Flattern, doch als er kräftig an der Rute zog, gab es keine solide Reaktion. Als sie sich der Landspitze näherten, holte er die Leine ein und sagte Sandy, er solle es ihm nachmachen. Dann brachte er sie an die Stelle zurück, wo sie angefangen hatten. »Wir probieren es noch einmal, dann fahren wir an eine andere Stelle.«

Wieder ließen sie ihre Leinen ins Wasser und warteten. Beim ersten Versuch hatten sie überhaupt nichts gesprochen, und auch bei diesem wurde nicht mehr gesagt. Davids Gedanken kehrten an Land zurück, zu seinem Haus und seiner Frau. Er dachte an Mary, jetzt unterwegs in den Süden, zum Flughafen; er dachte an seine Tochter, die nach Hause kam; er dachte an das hinkende Mutterschaf, das er heute Morgen gesehen hatte; er dachte an das ungesunde Rasseln, das sein Pick-up entwickelt hatte; er dachte an seinen Vater und die Tabakflecken auf seinen Fingern; er dachte ans Feuer. Davids Gedanken kreisten und dümpelten und waren doch irgendwie festgemacht an dieser dünnen Schnur, die unter ihm verschwand, hineinreichte in eine Welt, die er nicht sehen und sich auch kaum vorstellen konnte. Seine Gedanken waren verbunden mit dieser Stille in der Tiefe.

Am Ende des zweiten fischlosen Versuchs wendete David und schaute nach Norden, zum anderen Ende der Bucht. Dort tauchte eine Schar Tölpel, einer nach dem anderen, und er nickte in ihre Richtung. »Vielleicht wissen die mehr als wir«, sagte er, während er die Leine einholte und die Fliegen neu befestigte. »Schätze, das könnte sein.«

Das kleine Boot durchquerte die Bucht, mit dem Wind im Rücken. Inzwischen stieg die Flut, sanft, aber nicht genug, um es für sie ungemütlich zu machen. Beide schauten zum Tal, während sie vorbeifuhren. Das Red House und Kettlester waren sichtbar, Flugarth und Gardie fast versteckt. Nur ihre Dächer und Kamine zeigten sich über dem Strand.

Die Tölpel machten ihnen Platz, als sie ankamen, tauchten aber nicht weit vom Boot weiter. David stellte den Motor ab.

»Lass die Leine diesmal nicht bis auf den Grund sinken. Schätze, nur ein paar Meter.«

Beide schwangen ihre Ruten und legten die Arretierung um, ließen das Gewicht sinken und rissen dann die Rute hoch. Einmal. Zweimal. Dreimal. Sofort bissen die Fische an, und David wusste, dass er richtig geraten hatte. Zuckend und springend wie Verrückte kamen die Makrelen an die Oberfläche: zwei an Davids Leine, drei an Sandys. Wie blaue und silberne Gewehrkugeln waren die Fische, kräftig, muskulös, schockierend. Die Männer hakten sie los, warfen sie in den Eimer und hängten die Ruten wieder ins Wasser. Fast augenblicklich kamen weitere, und sie warfen sie auf die ersten. Die Makrelen tanzten und hüpften wie Popcorn.

Eine halbe Stunde holten sie Fisch um Fisch ein, bis der Eimer überquoll und der Boden bedeckt war von Leibern und fleckig vom Blut. Dann nichts mehr. Der Schwarm unter ihnen war weitergezogen. Die Tölpel tauchten jetzt weiter nördlich an der Küste. David überlegte kurz, ihnen zu folgen, aber das war nicht nötig. Sie hatten genug Fisch für die nächsten Wochen gefangen.

»Nach Hause«, sagte er. Es klang wie eine Frage, aber es war keine. Sandy nickte nur und lächelte. David drehte sich um und riss wieder am Seilzug. Diesmal sprang der Motor nicht an. Er versuchte es noch einmal. Er spürte einen Widerstand, aber sonst nichts. Er zog den Choke und riss noch einmal am Seil. Nichts. Drückte den Kaltstartknopf. Nichts. Dann schaute er sich den Außenborder an, in der Hoffnung, dass ihm eine Lösung einfallen würde, aber er hatte überhaupt keine Idee.

»Kennst du dich mit Motoren aus?«, fragte er.

»Nein. Kein bisschen.«

»Ich auch nicht, leider. Ich wollte es immer lernen, aber …« Er zuckte die Achseln. »Was ist mit Rudern?«

»Ich glaube, das schaff ich gerade noch.«

»Da bin ich aber furchtbar froh, das zu hören.«

Sandy wechselte den Platz, und David schaute ihm zu, wie er die Riemen anbrachte und etwas unbeholfen zu rudern begann. David sagte nichts. Er schaute über ihn hinweg, zum Ufer, dankbar, dass er es nicht selber tun musste, dankbar, dass ein anderer diese Arbeit übernahm. Die Stille war ebenfalls angenehm. Das Spritzen der Riemen war zwar lauter, als es hätte sein müssen, aber es überdeckte nichts. Er konnte noch immer die Vögel hören, Wasser und Wind in ihrer gemeinsamen Bewegung, und nun war er froh, dass der Motor versagt hatte. Er war froh um alles, was der Tag ihm gebracht hatte.

Auf halber Strecke machte Sandy eine Pause. Er streckte den Rücken und bewegte die Schultern, dann drehte er sich kurz zum Ufer um.

»Wie geht's deiner Mutter?«, fragte David.

Sandy schaute zu ihm. »Gut, glaube ich. Sie hat eine Wohnung in der Stadt und einen Job im Co-op, Regale auffüllen und so was.« Er hob die Augenbrauen. »Vielleicht hält sie's durch. Ich weiß es nicht.«

»Und was ist mit dir?« David sah Sandy zusammenzucken und wartete.

»Ach, mach dir wegen mir keine Sorgen«, erwiderte er mit einem Achselzucken. »Ich halt das durch, denk ich. Wenn ihr mich noch haben wollt.«

David nickte und erwiderte das Lächeln. »Ja. Tun wir. Tun wir.«

Sandy fing jetzt wieder an zu rudern, hängte sich richtig rein. David sah den Schweiß auf seiner Stirn glänzen, und er wusste, dass er müde war. Aber übernehmen würde er nicht. Diesmal nicht.

Nun tauchten zwei Gestalten am Strand auf, Arm in Arm schlenderten sie langsam über die Felsen. David sah seine Frau und seine jüngere Tochter, und er wäre gern schneller bei ihnen gewesen. Als sie sich dem Strand näherten, kam Emma an den Wasserrand, und David sah hilflos zu, wie sie den Arm hoch in die Luft hob und lächelte. Sandy drehte sich um, sah sie ebenfalls und zog jetzt noch fester an den Riemen, sein Körper trieb das Boot nach Hause.

Danksagung

Dank an John Burnside, der mir mit großer Geduld half, dieses Buch auf die Beine zu bringen. Für ihre Ermutigung, Bestätigung und (notwendige) Kritik danke ich Amy Liptrot, Jordan Ogg, Jennifer Haigh, Roxani Krystalli, Julia Smith Porter und Kerrie-Anne Chinn.

Dank an Mary Blance für ihre Überprüfung meines Dialekts, an meine Agentin Jenny Brown, an meine Lektorin Jo Dingley, an Debs Warner und an alle bei Canongate. Dank an Creative Scotland, das mein Schreiben mit einem Stipendium unterstützte; und an den Scottish Book Trust für die Robert Louis Stevenson Fellowship, während der ein Teil dieses Buches geschrieben wurde.

Das Buch ist reine Fiktion. Seine Handlung, die Figuren und der Handlungsort fußen nicht auf realen Ereignissen, Menschen oder Orten. Doch was ich über Kleinlandwirtschaft und Gemeinschaftsleben weiß, habe ich auf Fair Isle gelernt, und meine Dankbarkeit an diese Gemeinde – für diese und andere Lektionen – ist seither nicht geringer geworden.

Malachy Tallack

60° Nord

288 Seiten, btb 71917
Aus dem schottischen Englisch von Klaus Berr

Malachy Tallack begibt sich auf eine Reise entlang des 60. nördlichen Breitengrades, einmal rund um die Welt, und er beginnt und endet in Shetland, wo er den Großteil seines Lebens verbracht hat.

Das Buch erzählt von den Landschaften – in Grönland, Alaska, Sibirien, Finnland – und den Menschen dort, ihrer Geschichte und der wechselseitigen Prägung durch Mensch und Natur. Es ist jedoch auch eine intime Reise: Malachy Tallack hat den Verlust seines Vaters zu betrauern, und er hadert mit seiner Heimat. Durch die Auseinandersetzung mit den Themen Wildnis und Gemeinschaft, Isolation und Dialog, Exil und Gedächtnis, durch seinen klaren, kritischen Blick und die offene Selbsterforschung wird der Reisebericht des schottischen Autors zu einem anschaulichen, spannenden und sehr persönlichen Memoir.

»Die wahre Stärke dieses Buches liegt in Tallacks Blick: Es ist der Blick eines Poeten.«

The New York Times

»Es ist eine Freude, das zu lesen – Prosa, so klar wie das Licht auf Grönlands Eis.«

The Telegraph